실명대협

실명대협 1

서효원 장편 소설

초판 1쇄 찍은 날 § 2009년 11월 13일
초판 1쇄 펴낸 날 § 2009년 11월 20일

지은이 § 서효원
펴낸이 § 서경석

편집장 § 문혜영
편집 § 서지현

펴낸곳 § 도서출판 청어람
등록번호 § 제1081-1-89호
등록일자 § 1999. 5. 31

주소 § 경기도 부천시 원미구 심곡2동 163-2 서경B/D 3F (우) 420-822
전화 § 032-656-4452 팩스 § 032-656-4453
http://www.chungeoram.com
E-mail § eoram99@chollian.net

ⓒ 서효원, 2009

ISBN 978-89-251-1993-9 04810
ISBN 978-89-251-1992-2 (세트)

※ 파본은 구입하신 서점에서 교환하여 드립니다.
※ 저자와 협의하여 인지를 붙이지 않습니다.
※ 이 책은 도서출판 청어람과 저작자의 계약에 의해 출판된 것이므로,
    무단 전재 및 유포·공유를 금합니다.

서효원 장편 소설

CHUNGEORAM ROYALTY ORIENTAL NOVEL

[전2권]
실명대협

책머리에	6
序	9
너는 일천호	36
적자생존	48
비정천하	62
지피지기 백전백승	75
용형·풍형·운형	86
제거되지 않는자	100
구미령주의 탄생	116
개가 된 여인	129
약관의 태상대종	141
만리총관	154
미납계	169
죄를 짓는 미인	187
금쇄연단동부	201
고금제일지를 찾아서	217

천기석부의 초기안	231
마의 그림자	244
고금제일마	258
피의 내력	274
소로 공주의 비밀	295
하늘은 하늘, 땅은 땅	313
일대 백도천하	330
피, 그리고 꽃!	347
막후의 대결	362
의기는 무산되고	377
보이지 않는 손	392
열 번째 미녀	408
배 위의 암수	432
영주를 위해	443
대풍운의 장막	465

책머리에

　실명대협에서 보여지는 세상을 색으로 칠한다면 단연 붉은빛이리라. 그것도 타오르는 선홍의 빛이 분명하리라.
　실명대협 안에서 만든 강호는 오로지 힘이 지배하는 세상이다.
　개인의 이해는 문파의 야망에 녹아버리고, 각 문파는 추구하는 이념에 모든 것을 헌신한다. 후회도 없으며 멈추는 법도 없다. 오로지 목표를 향해 나아갈 뿐이다. 마도의 무사들은 신화적 장소인 구마루를 열어 후예를 양성하고 자신들을 음지로 추방한 백도의 무사들에게 복수를 하려 한다. 선택받은 일천 명의 아이들, 그들은 출신 내력은 고사하고 자신의 이름조차 모른다. 그들에게 주어진 생존의 법칙은 강해야 한다는 것. 살아남기 위해 동료를 베야 하고 죽지 않기 위해 강해져야만 한다.
　일천호라 불리는 아이.
　마의 염원대로 일천호는 구마령주가 되어 세상을 핏빛으로 물들이며 알량한 정의를 주장하는 백도의 무리를 휩쓸어 나간다. 그러다 찾게 된 이름 능설비……. 부모를 알게 되고 피의 내력을 알게 될 때 그는 마침내 진정한 자신을 발견하게 된다.

서효원의 수많은 작품들 중에도 실명대협은 단연 돋보이는 수작이다. 자객무협의 기원을 연 '대자객교'나 신비와 환상의 세상이 중심인 천년시리즈와는 다른, 힘이 지배하는 강호의 이야기다. '실명대협'이 세상에 나온 지 오랜 시간이 흐르고 많은 것들이 변했지만 강호는 여전히 존재한다. 그 짜릿한 강호의 향기 또한 여전히 남아 있으리라.

백도(白道)와 마도(魔道)!
수천 년 내내 대치한 인간무림계의 두 흐름.
대체 그것은 무엇인가?
 백도가 양지라면 마도는 다만 음지일 뿐인가? 백도는 의에 목숨을 걸고, 마도는 탐욕을 위해 죽음을 불사하는가?
 사실 어떤 것이 백도이고 어떤 것이 마도인지 구분 짓는 것은 그렇게 단순하지 않은 일이다. 무사의 길로 들어선 이상 피와 죽음을 딛고 일어서야만 하기에, 그 야망의 깊이와 이룩하려는 목적이 다르기에 백도와 마도로 대별되는 것이다.
 하지만 무엇이 백도이고 마도인지 말하기는 그렇게 어려운 일이 아니다.
 소림이나 무당 같은 명문 정파 출신이면 백도이고, 천마성이나 혈루회(血淚會)에 속한 무사들은 마도인 것이다. 또한 무공으로 인해 구분되기도 한다.

무림의 역사가 이룩되면서 무수한 무공들이 나타났다. 책으로 엮는다면 족히 수만 권의 분량. 그 가운데 어떤 것은 살아남았고 어떤 것은 흔적도 없이 사라져 버렸다. 은밀하게 전수되는 비전 절기도 있지만 소림사의 복호신권이나 무당파의 삼재검법처럼 무사라면 반드시 익혀야 할 초식으로 남은 것도 있었다. 백도의 무공을 마도무사들만 배우는 것은 아니었다. 마도의 무공이었으나 백도무사들이 익히는 무공도 있다. 영사쾌검술(靈蛇快劍術)이나 독룡조(毒龍爪) 같은 무공이 그런 종류의 무공이었다. 하지만 그 이름만으로 그 색깔을 확연히 나타내는 무공들도 존재한다. 그중 백도를 대표하는 무공 절기는 아홉 개라 했다.

백도구절기라 불리는 것들이 바로 그것이다.

금강수미무적신공(金剛須彌無敵神功).

소림사에서 은밀하게 전해지는 무공. 이제 세상에서 사라진 광음공공(光陰空空)의 비기의 재현이라 할 수 있을 정도로 위력이 가공한 기공이다. 그것은 불가 무공의 정화로 만마가 그 앞에서 멸망할 수밖에 없다고 했다.

무당비전(武當秘傳) 태청보록(太淸寶錄).

장삼풍 조사의 천뢰진경(天雷眞經) 이후 가장 빼어나다는 도가 최고 수법이 바로 그것이었다. 또한 금석을 두부와도 같이 으스러뜨리는 위력을 지닌 현문선천강기도 했다. 마공은 그 푸른빛 기류 아래 여지없이 흐트러지고 마는 것이다.

전진파 허중쇄월지력(虛中碎月指力).

소리도 없고 형체도 없는 지공으로 십 장 밖의 강철에 동전만 한 구멍을 뚫는 수법이다. 그것은 마도 무림의 호신강기를 산산이 박살 낸다.

사천당가(四川唐家) 만천호접표(滿天蝴蝶飄).

이것은 절기가 아니라 나비 모양의 암기이다. 그러나 지극히 단단한 강철로 만들어진 도검으로도 잘리지 않는다. 게다가 날아드는 만천호접표를 장력으로 물리치려 하면 나선형으로 방향을 틀어 더욱 빨리 들이닥친다. 거기에 독분이라도 바른다면 그 위력이야말로 필설로 형용치 못할 수준이 되지 않겠는가.

소림사 백팔나한진(百八羅漢陣).

그것은 절기도 아니고 암기술도 아니었다. 철저한 수비를 바탕으로 하는 진세였다. 그것은 펼쳐지는 형태조차 비밀이었다. 그러나 그 진식으로 인해 뜻을 꺾어야만 했던 흑도거마의 수가 수백에 달한다는 것을 안다면 그것을 백도의 수호 절기로 삼아도 부끄럽지 않을 것이다.

대항마복룡진(大降魔伏龍陣).

백도구절기 중 최고라 일컬어지는 것으로 그것도 하나의 진세였다. 구백 명의 고수에 의해 사상(四象), 육합(六合), 팔괘(八卦)가 뒤엉키고 거기에 삼재복룡(三才伏龍)이 뒤엉켜 시전되는 개세의 대진세이다. 그것이 없었다면 천하는 여러 차례 피로 씻겨졌을 것이다.

천외천혈마, 풍운마검방주, 혈루회주 혈수광마웅(血手狂魔雄) 등 백도구절기에 의해 사라져야 했던 거마는 부지기수로 많았다.
　그 외에도 아미파의 강룡복마인, 개방 대환환취영비급, 무산 신녀곡의 공공난무신녀공 등이 백도구절기에 꼽혔다.
　그러나 이들 절기들이 바로 백도를 말한다고는 할 수 없을 것이다. 누가 감히 인간을 제외하고 백도를 말하겠는가?

　지주(支柱)!
　백도계 사람들은 백도를 수호하는 거성들을 지주라 불렀다. 노명숙과 장로들, 태산북두로 인정받는 정의파의 영웅들, 그중에도 유독 빼어난 여섯 개의 기둥이 있었다.
　이름하여 육대지주!
　당세 백도무림계는 그들이 존재함으로 해서 마를 꺾을 수 있었다.

　소림사 정각대선사(淨覺大禪師).
　그는 불도대종사이다. 젊어서부터 곡기를 끊고 살아왔으며 불학에 통달했다. 그의 머릿속에는 달마역근경과 벌근세수경을 위시한 칠십이종절예로 꽉 차 있어 가히 소림사의 걸어다니는 장경각이라 불릴 정도였다.
　무당파 태청백우자(太淸白羽子).
　전진파 건곤금령자(乾坤金玲子).
　이 두 사람은 도가쌍기(道家雙奇)이며 동시에 천하쌍자(天下雙子)로 불렸다. 무공보다 인품, 그리고 도량이 천하의 표본이 되어 천하 만인이 그들을 활선으로 존경했다.

뇌전신개(雷電神丐).

그는 이 세상에서 가장 바쁜 사람이었다. 백도에서는 그에게 동의총순찰이라는 지위를 주었다.

어디 그뿐이랴. 그는 개방 총수로 수천 명에게로 가는 비합전서구를 도맡아 처리한다.

그는 이제껏 한 번도 자리에 누워 잠을 자지 못했다. 그가 가장 바쁜 이유는 바로 그가 구백 명으로 이루어지는 대항마복룡진을 발동시키는 영기주인(令旗主人)이기 때문이었다.

구유회혼자(九幽廻魂子).

살아 있는 화타로 불리는 무림신의이다. 그는 백골에 살을 붙이는 의술을 가지고 있었으며 평생의 숙원으로 금강대환단의 연단에 심취해 있다.

또한 대가를 바라지 않고 의술을 베푸는 자비스럽고 덕성 좋은 인품의 소유자이기도 했다. 이 세상에서 그보다 더 존경받는 사람이 또 어디 있겠는가?

그러나 그런 구유회혼자마저도 언제나 상석을 양보하는 사람이 있을 줄이야!

머리를 털면 각종 약방문이 비듬 떨어지듯 우수수 떨어지는 절대 신의가 존경해 마지않는 사람.

대체 그는 누구일까? 누구이기에 억조창생이 그를 신으로 여기는 것인가?

무림제일주(武林第一柱)!

그는 무림에서 가장 거대한 기둥이라고 불렸으며 무림동의맹의 창시자이기도 했다. 그는 살아 있는 제갈공명이고 백도의 법전이었으며 살아 있는 자[尺]였다. 한마디로 위대하다고밖에는 설명이 불가능했다.

천하 모든 사람이 숭앙해 마지않는 사람, 그리고 마도를 걷는 사람이라면 꿈에서도 찢어 죽이고 싶어할 정도로 치를 떠는 마도의 천적, 뜻하는 바는 모조리 이루어내는 사람!

그는 바로 쌍뇌천기자(雙腦天機子)라 불리는 자였다.

그는 단목유중(檀木儒仲)이라는 이름을 갖고 있는데도 항상 쌍뇌천기자라 불렸다. 천기석부에 기거하는데도 사람들은 언제나 그가 자신의 바로 곁에 있다고 느끼며 살아가고 있었다.

그러나 그 위명과는 달리 쌍뇌천기자는 항상 겸손했다. 남들이 자신을 보고 오체투지하면 얼른 달려가 일으키며,

"나는 남다를 바 없는 사람이지요. 허헛."

하며 홍안의 소년같이 웃곤 했다.

일백만 협사가 아버지라고 여기는 사람, 백도의 대흥을 위해 자신마저도 버린 사람!

그가 없었다면, 아니, 그의 천재적 계략이 없었다면 백도는 지리멸렬되었을 것이다.

그런데 그런 쌍뇌천기자가 더없이 바빠졌다. 수천 장의 동의첩이 그의 손에서 떠났고, 암중에 일천 고수가 숭산의 소실봉에 모였다.

최근에 일어난 천여 건의 혈사 때문일까?

아니면 누구도 모르는 백도의 첩자 동의대호법이 마도에 잠입시킨 그 어떤 사람이 무엇인가를 알려왔기 때문일까?

백도와는 상반된 길을 걷는 마도!

그곳에 존재하는 것은 파괴뿐이었다. 황금과 색(色), 그리고 패권, 그 모든 것이 파괴로 이어진다. 그러한 연유로 그것에 머물면 인간이 아니라 마로 불린다.

핏빛 꿈에 젖어 사는 악의 씨앗인 그들에게도 한 가지 바라는 일은 있었다.

마도인들이 마지막에 가서 죽는다는 설산의 비밀 묘인 고금대마총(古今大魔塚)!

일컬어 구마루(九魔樓)라 불리는 그곳을 참배하는 일을 무한의 영광으로 생각하고 있었다.

마의 바람은 영원히 잠들지 않는다. 언제고 번개가 되고 피비가 되어 세상을 몰아치리라!

가자, 마도인들이여! 그대들의 핏빛 꿈이 잠들어 있는 구마루를 향하여!

고금대마총이 깨어나는 날 한 마리 혈붕이 날아오르며 구주팔황이 온통 피로 물들리라!

 핏빛보다 더 붉은 노을이 타고 있다.
 불문의 성지라 여겨지는 소림사를 자락에 품고 있는 숭산은 타오르는 화마에 잠긴 듯 발갛게 달구어지고 있었다.
 소실봉 정상.
 언제부터인가 미간을 찌푸린 채 우뚝 서 있는 한 사람이 있었다. 연륜을 상징하는 흰 수염과 내 천(川) 자의 주름살에 고뇌의 빛을 가득 드리운 그는 바로 무림제일주 쌍뇌천기자였다.
 타오르는 노을 속에 언제까지나 움직일 것 같지 않던 그의 입술을 비집고 나직한 침음성이 흘러나왔다.
 "으음! 그가 올 시간이 지났는데 어이해서 아직 오지 않는단 말인가? 설마 비합전서구를 날린 다음 정체가 발각되어 제거되었단 말인가!"
 만사통(萬事通)의 무소부지(無所不知)인 그에게도 어떤 모르는 것이 있었단 말인가? 쌍뇌천기자는 그 한마디를 내뱉고는 깊이 침잠한 시선을 들어 서쪽 하늘을 바라보았다.
 하늘을 베어버릴 듯한 기개로 날이 서 있는 소실봉. 소림사는 정상으로부터 멀지 않은 곳에 자리 잡고 있다.
 백도의 본산으로 군림하는 위대한 대지.
 영원한 백도의 고향인 그곳 하늘 위는 삼엄한 기운에 휘감겨 있었다.
 지금 경내에는 지난 며칠 전부터 중무장을 하고 무엇인가를 기다리고 있는 일천 고수들이 있었다.
 무림동의지맹!
 천하를 받치는 기둥 무림동의지맹을 사람들은 동의맹이라 약칭했다. 소림사는 바로 그 동의맹의 총타였다.
 사흘 전.
 동의맹 십맹주의 만장합의나 동의대호법의 요구에 의해서만 발휘되는 무림첩이 동의맹의 일천호사(一千護士)들에게 발송되었고, 그에 따라 총타인 소림사에서 대집회가 이룩된 것이다. 한데 삼산오악, 구류백파(九流百派)에서 모인 사람들은 어떤 연유로 무림첩이 발부되었는지를 알지 못했다. 일천호사가 모인 이유를 알고 있는 사람은 수뇌부의 몇 사람에 국한되었다.

 '으으, 음! 그의 정체가 발각되지 않는 한 일이 이렇게 미루어질 수 없다.'
 땅이 꺼지는 듯한 장탄식이 동의대호법 쌍뇌천기자의 입에서 한숨과 함께 흘러나왔다. 그는 여전히 함몰되어 가는 노을빛을 지켜보았다.

'아아, 혈루회의 잔당이 대체 무엇을 꾸미고 있단 말인가!'

그의 한숨은 바로 무림백도의 한숨이었다. 그러나 그가 어이해 고해에서 벗어나지 못하는 것인지는 아무도 몰랐다. 오직 자신만이 알고 있을 뿐.

노을은 점점 빛을 잃어갔다.

초경이 되었을까?

그때 돌연 피이이잉! 하는 향전 음이 만학천봉에 소성을 남기며 정적을 깨뜨렸다. 그와 함께 분분한 외침 소리도 터져 나왔다.

"적이다!"

"잠입자다! 막아라!"

"어서 나한진을 펼쳐 포위하라!"

"붕괴된 혈루회의 귀영마수라다!"

휙! 휙! 휙!

소림사의 경내로부터 속인과 무도승들이 재빨리 뛰쳐나오며 잠입자를 저지할 태세를 갖추었다.

"으으… 막지 마시오. 나를 막아 시간이 지체되면… 으으… 백도가 위태하오."

서쪽 기슭에서 다급한 목소리가 터져 나오더니 피에 범벅이 된 한 사람이 소림사 쪽으로 빠르게 치달려나갔다.

푸른빛 수염을 흩날리는 오 척 단구의 노인. 그는 한 손으로 복부를 움켜쥐고 있었다. 한데 배를 움켜쥔 그의 손가락 사이로 뭉클뭉클 핏덩이가 쏟아져 나오며 누런 창자가 내비치고 있지 않은가? 그는 복부에 치명적인 부상을 입은 상태였다. 그러나 그가 허공을 스쳐 지나가는 속도는 가히 섬전이었다.

"서라!"

"무슨 잔꾀를 부리려느냐? 네놈 귀영마수라는 이미 동의맹이 정한 공적 명단에 들어 있다. 보이는 순간 쳐죽여도 살인자라 할 사람이 없을 정도란 말이다!"

동의맹의 대집회장을 수비하던 무사들이 눈을 부라리며 귀영마수라라 불린 잠입자를 포위해 들었다. 그들이 막 공세를 취하려 할 때, 갑자기 요란한 종소리가 울리며 그들의 모든 동작을 일시에 멈추게 했다.

"맹, 맹주!"

"어이해 이곳까지!"

무사들은 종을 치며 다가서는 사람을 보고 모두 긴장된 표정을 지었다.

휘이이—! 바람에 날리는 깃털과도 같이 금색 가사를 걸친 노승이 능공허도의 신법으로 무사들에게 다가섰다.

정각대선사.

소림사의 현임 방장이자 무림동의맹의 제일맹주인 그였다.

다급한 표정의 자포노인이 그의 뒤를 따라 움직였다. 바로 방금 전까지 소실봉의 정상에서 장탄식을 흘리던 쌍뇌천기자였다. 그는 향전 음을 듣자마자 질풍같이 움직여 정각대선사와 더불어 소란이 일어난 곳으로 들이닥친 것이었다.

"어찌 되었소?"

쌍뇌천기자는 벌써 부상당한 잠입자를 부축하고 있었다.

정말 놀랍지 않은가? 나타난 자는 백도의 공적인데 두 사람은 죽마고우같이 친근해 보이니!

"겨, 겨우… 알아냈소이다!"

귀영마수라는 칠공으로 검은 피를 줄줄 쏟으며 힘겹게 입을 열었다. 그는 마수인(魔手刃)이라는 마공에 당해 오장육부가 자리를 바꾸고 피가 썩는 중상을 입은 상태였다. 그런 몸으로 천 리를 달려오고도 아직 말을 할 기운이 남아 있는 것이 믿어지지 않는 일이었다.

"그들은 무… 무엇인가를 모으고 있소. 그것이 무엇인지는 잘 모르나… 으으… 마도의 이십팔수, 그리고 일천폭풍혈건대가 지난 반년간 비밀리에 꾸민 것으로 보아 보… 보통 일은 아니오. 분쇄해야 하는 일이오!"

귀영마수라는 끊어지려 하는 의식을 겨우 이어가며 입술을 달싹였다.

"그들이 모… 모이는 장소는 비조… 평이라는 곳이오."

"비조평? 남안탕의 비조평 말이오?"

쌍뇌천기자가 침중한 어조로 물었다.

"그… 그렇소. 나는 그것을 알아낸 직후 혈수광마옹에게 당했소. 겨우… 여기까지… 왔소."

귀영마수라는 목소리를 길게 끌다가 의식을 잃었다.

"고맙소!"

쌍뇌천기자는 실신한 귀영마수라를 내려다보며 진심이 담긴 어조로 뇌까렸다.

그때, 한 사람이 불쑥 끼어들었다.

"지금은 고맙다는 말보다 한 알의 구전신단이 이 사람에게 더 필요할 것이오, 천기자."

손에 금빛 단약을 든 노인, 그는 바로 동의맹 약왕전주인 구유회 혼자였다. 그는 귀영마수라에게 단약을 먹이면서도 몹시 놀라운 표정을 감추지 못했다.

'귀영마수라는 마도거효 중에서도 열 손가락 안에 드는 사람인데 이 사람이 본 맹의 첩자였을 줄이야……!'

기실 지금 혼절해 아무 말도 못하고 있는 귀영마수라는 대흉마로 소문난 위인이었다. 그러나 그것은 그의 겉보기 신분일 뿐, 그는 오래전부터 마도에 잠입한 동의맹의 첩자였다.

구유회혼자는 귀영마수라에게 단약을 으깨어 먹인 후 쌍뇌천기자를 힐끗 바라보았다. 쌍뇌천기자는 정각대선사와 더불어 무엇인가를 혜광심어로 급히 논의하는 중이었다.

이각 후, 소림사 대웅전 앞.

사흘 전 모인 일천호사 중에서 단 오십 명만이 한자리에 모였다. 그들은 세 가지 공통점을 지니고 있었다. 하나는 경공술에 특히 강하다는 것, 둘째는 내공이 노화순청 수준 이상에 이른 사람들이라는 것, 셋째는 모두 역전노장들이라는 것이었다.

그들은 모두 쌍뇌천기자 앞에 시립했다.

"지리멸렬된 마도계는 최후의 발악으로 한 가지 대사건을 꾀하고 있었소."

쌍뇌천기자가 심각한 투로 중인들을 향해 입을 열었다.

"그런 낌새는 오래전에 알았으나… 정작 그 일이 무엇인지 몰랐고 현재도 모르고 있소."

"……!"

장내는 물 뿌린 듯 고요했다. 가히 묘 속과 같은 적막감이 자리할 뿐이었다.

"그러나 아쉬운 대로 일이 꾸며지고 있는 장소를 알 수 있었소. 바로 비조평이 그 장소요. 거기에서는 필경 백도의 존망을 좌우할 어떤 일이 벌어지고 있을 것이오."

존망이라는 말이 모두를 심각하게 했다.

쌍뇌천기자는 잠시 입을 다물었다가 말을 이었다.

"쉬지 않고 거기로 가야만 하오. 여러분이라면 그곳 비조평까지 쉬지 않고 가더라도 지치지 않을 것이외다."

"그곳에 가서 우리가 해야 할 일이 무엇입니까?"

중인 중 하나가 진중한 표정으로 물었다.

"아직은 모르오. 다만 한 가지 확실한 건… 무엇이든 현재 그곳에서 벌어지는 일을 철저히 파괴해야만 하오."

쌍뇌천기자는 말을 마치고 턱 끝을 가볍게 끄덕였다.

직후, 열 명의 남색 옷을 걸친 미동이 쌍뇌천기자의 뒤편에서 빠른 속도로 미끄러져 나와 시립해 있는 동의맹 특급고수들 사이를 누비고 다니기 시작했다. 미동들은 각기 다섯 개씩의 금낭을 지니고 있다가 특급고수들에게 하나씩 나누어 주었다.

"이것을 지니십시오."

"이것은……?"

"준비물입니다."

고수들이 금낭을 받아 들고 의아해하며 묻자 미동들은 짧게 답했다.

금낭 안에는 주먹만 한 쇠구슬 열 개, 나비 모양의 비표 다섯 개, 그리고 한 봉지의 미혼산이 들어 있었다.

'산화탄까지?'

'으음, 사천당가의 만천호접표를 다섯 개씩이나 써야 할 일이라니…….'

'대체 무슨 일이기에…….'

고수들은 금낭 안의 물건을 확인하고 몹시 긴장했다. 그들을 지켜보는 쌍뇌천기자의 안색도 그리 좋은 편은 못 되었다.

주위는 벌써 어둠 속에 깊이 침잠해 들고 있었다. 이제 삼라만상이 잠에 들어야 할 시간인데,

"떠나시오!"

쌍뇌천기자의 일갈이 적막한 산사의 밤을 흔들었다.

그의 명이 떨어지기가 무섭게 오십 명이 동시에 어둠을 뚫고 허공으로 날아올랐다. 어떤 사람은 무당파의 제운종으로, 어떤 사람은 천산파의 칠금신법 중 연비식을 시전했다.

그들의 신법은 각기 달랐다.

비룡행공, 암향표, 일위도강, 운룡대팔식 등등…….

대체 무얼 위해 쌍뇌천기자는 오십이나 되는 특급고수를 이 야심한 밤에 비조평으로 급파하는 것인가? 그것은 아무도 모르는 일이었다. 모든 것을 꾸민 쌍뇌천기자도 그들 앞에 무슨 일이 기다리고 있는지는 모를 것이다.

　미인의 눈썹을 닮은 편월이 교교한 빛을 발하고 있다.
　그 달빛 아래 태고의 정적을 품은 듯 광막한 원시림의 수해가 검게 펼쳐졌다. 그 원시림을 오십 리나 헤치고 가야 이를 수 있는 곳이 비조평이다.
　그런데 모든 것이 잠들어 있을 이 시각에 그곳에서 괴이한 일이 벌어지고 있었다.
　"떠나라!"
　초원의 어둠이 소스라쳐 깨어날 정도의 음산한 마음신후와 함께 끄륵끄륵! 하는 새의 울음이 일며 날개 길이가 이 장에 달하는 금색마조 이십 마리가 일제히 달빛을 뚫고 날아올랐다.
　금색마조의 등에는 안장 비슷하게 얹힌 목갑 하나씩이 있을 뿐 사람은 타고 있지 않았다. 스무 마리 수리는 긴 울음소리를 토하며 구중천으로 날아올랐다.

그 일대 장관을 달빛마저 가려진 어둠 속에서 핏빛 쌍수를 지닌 사람이 지켜보고 있었다. 금색마조가 어두운 하늘 속으로 사라지자, 문득 그의 입술을 비집고 소름이 끼칠 정도로 음산한 목소리가 흘러나왔다.

"흐흐… 사십구차도 무사히 끝난 셈이다. 이제 제오십차 구마루행만이 남았다."

그는 핏빛의 두 손과 어울리는 아주 시뻘건 눈빛을 하고 있는 백발노인이었다.

그리고 그의 뒤쪽으로는 스무 명의 황의무사가 시립해 있었다. 몹시 지친 듯 땀으로 옷을 적시고 있는 자들. 그러나 표정만은 하나같이 만족해 보였다. 특징이라면 이마에 혈건을 두르고 있다는 것이었다.

폭풍혈건대(暴風血巾隊).

그들은 수년 전, 혈루회가 무너지지 않았을 때만 해도 강호를 질타했었다. 그러나 그들의 세력이 없어진 최근 들어서는 백도에 잡혀 죽을까 봐 신표인 혈건조차 이마에 두르지 못하는 신세로 전락하고 말았다.

그들에게서 풍기는 분위기는 흡사 유적과도 같았다. 거기에 끈끈한 땀의 열기와 갈망하는 눈빛이 있었다. 그리고 또 한 가지 자세히 살핀다면 어딘지 모르게 허탈함이 깃든 표정들을 읽을 수 있을 것이다.

일순 우두머리 되는 노인이 뒤돌아서며 입을 열었다.

"모두들 수고했네."

놀라운 일은 그다음에 벌어졌다.

노인은 포권지례를 한 다음, 이십 인의 폭풍혈건대원들을 향해 아주 천천히 땅에 무릎을 꿇는 것이 아닌가!
 지위에 있어 천양지차가 있는데 상전이 하수에게 무릎을 꿇다니 이 어찌 놀라운 일이 아닌가!
 "회… 회주!"
 이십 폭풍혈건대는 모두 눈물을 글썽였다.
 그들은 주먹을 거머쥐었으며 굳은 표정이 되어 한 무릎을 땅에 대었다.
 "속하들은 결코 후회하지 않습니다!"
 "저희 사십구조가 모셔온 후예들이 무사히 구마루로 가시어 장차 마도천하의 초석이 되기를 학수고대하는 지옥 귀신이 되겠습니다!"
 "죽어서도 마도에 충성합니다! 멸구됨은 긍지입니다, 회주시여!"
 "마도의 영광을 위해!"
 파팍!
 말을 마친 그들은 누가 먼저랄 것도 없이 자신들의 머리를 주먹으로 내려쳤다. 장내는 일시에 쏟아진 뇌수와 낭자한 선혈로 피비린내가 진동했다. 이십 인은 찰나지간에 처참한 시신이 되고 말았다.
 "……!"
 백발노인은 그제야 몸을 폈다. 그는 품을 뒤져 약병 하나를 꺼냈다. 마개를 따고 기울이자 아주 미세한 황색 분말이 비처럼 뿌려지며 머리를 깨고 자결한 폭풍혈건대의 시신을 모두 녹이기 시작했다. 그것은 뼈와 살을 순식간에 녹여 버리는 화골사(化骨砂)였다. 잠깐 동안 스무 명의 시신은 화골사에 녹아 흔적이 없어졌고 구깃

구깃한 옷가지만이 덩그러니 남았다.
 한데, 아아! 그곳의 주위에는 이미 무수한 옷가지가 널려 있질 않은가? 수백 벌의 파의(破衣)는 자세히 세어본다면 구백팔십 벌이라는 것을 알리라.
 그렇다면 벌써 구백팔십 명이 이곳에서 죽어갔단 말인가?
 정녕 경천동지할 일이 아닐 수 없었다.
 "이제 한 번만 더 성공을 하면 된다. 훗훗, 변절자 귀영마수라가 동의맹에 붙었다 해도 이미 돌이키기에는 늦었다. 수리가 날아가는 곳을 아는 사람은 중원 천하에 없다."
 노인은 중얼거리며 까만 점으로 화해 날아가는 수리들을 바라보았다.
 '사흘 후 자시(子時)에 수리가 올 것이고, 마지막 폭풍혈건대 이십 명이 가장 먼 청해성(靑海省)에서 기재 스물을 데리고 올 것이다.'
 그는 눈을 스르르 감았다.

 사흘 후.
 남안탕산 기슭으로 들이닥치는 일단의 무림고수들이 있었다. 바로 숭산을 떠난 동심맹의 무사들이었다. 그들은 먼 길을 달려왔음에도 조금도 흐트러진 기색을 보이지 않았다.
 "흩어집시다!"
 "포위하며 다가가야 하오. 들키면 안 되니까 모두 조심하시오."
 자시의 하늘은 완전한 어둠이었다. 달도 없는 밤하늘, 보이는 것은 어둠 속에서 뿜어내는 고수들의 혁혁한 정광뿐이었다.
 스슥!

오십 개의 화살이 흩어지듯 남안탕산의 오지 비조평을 넓게 포위해 가는 사람들 하나하나의 신법은 놀랄 만했다.

그중 유독 두 사람의 움직임이 두드러져 보였다.

대춧빛 붉은 얼굴을 한 노도장과 언제나 웃는 얼굴을 하고 있는 중년 문사. 두 사람은 야유하는 사람들처럼 한가로웠다. 그러나 그들의 신법은 가장 쾌속했다.

이십 리 정도 갔을까?

노도장이 자신과 나란히 달리고 있는 중년 문사에게 물었다.

"신품소요객, 어디 가서 무엇을 훔쳐 먹었기에 경공이 노납만 한가?"

"핫핫, 과연 곤륜 상취 도장의 눈은 못 속이겠군요."

신품소요객이라 불린 중년 문사는 천하제일의 풍류남아답게 뭇 여인들을 유혹할 만한 음색으로 말했다.

"흠, 그간 기연이 있었던 게로군."

상취 도장이 궁금한 듯 곁눈질로 신품소요객을 훑어보며 말을 던졌다.

"동의지회에 참가하라는 밀첩을 받고 오던 중 기련 산중에서 영약을 얻었지요."

"영약이라……. 지난번에 비해 내공이 일 갑자는 증가한 듯하니 보통 물건은 아닌 듯한데?"

상취 도장은 궁금해 못 견디겠다는 듯 눈매를 더욱 가늘게 떴다. 그 바람에 신품소요객은 더 이상 숨기지 못하고 솔직히 털어놓고 말았다.

"하핫, 인형설삼입니다!"

"이거 정말 부러운데? 이러다가는 말석이나 차지한 제십맹주의 지위를 신품소요객에게 도적질당하겠어."

상취 도장은 못내 아쉬운 듯한 표정으로 신품소요객을 바라보았다. 그런 상취 도장의 의중을 읽기라도 한 듯 신품소요객이 넌지시 운을 떼었다.

"핫핫, 반 뿌리는 아직 남아 있습니다. 원하신다면, 아니, 놀기 좋은 장소 몇 곳만 일러주시면 대가로 그것을 드리겠습니다."

"제길… 꿍꿍이속이 있어 반을 남긴 것이었구먼."

상취 도장은 멋쩍어하며 쓴 입맛을 다셨다. 둘은 이토록 서슴없이 말할 정도로 친숙한 사이였다.

하여간 두 사람은 그 누구보다도 빨리 몸을 날렸다. 앞선 사람은 상취 도장이었다. 그는 천하 지리에 밝은 사람답게 산세를 보는 눈이 밝았다. 그는 가장 빠른 길을 택해 비조평으로 날아올랐다. 신품소요객은 일정한 간격을 유지한 채 그의 뒤를 따랐다.

상취 도장과 신품소요객이 비조평 가까이 이르렀을 때는 자시가 조금 지날 무렵이었다. 이제 남은 거리는 백여 장. 그 위에서 어떤 일이 벌어지든 무조건 막아야 하는 것이다.

그들이 재차 신형을 뽑아 올릴 때였다.

휙! 휙! 휙! 하는 파공성이 어두운 허공에서 들려왔다.

"어엇?"

"아니, 수리 떼가……?"

두 사람은 멈춰 서며 파공성이 들린 하늘을 보고는 크게 놀랐다. 금빛의 수리 떼가 화살이 하늘을 가르듯 날아올랐기 때문이다.

상취 도장의 입에서 먼저 놀람의 외침이 흘러나왔다.

"저것은 백 년 전에 죽은 천외천혈마(天外天血魔)가 부리던 금색마조네!"

"금색마조……!"

신품소요객도 덩달아 놀람의 외침을 터뜨렸지만 상취 도장은 아랑곳하지 않고 재빨리 품속에 손을 밀어 넣고 있었다.

끄윽! 끅!

금색마조는 위기감을 느낀 듯 높이 치솟기 시작했다. 날갯짓 한 번에 벌써 수십 장을 날아올랐다. 깃털이 은은한 금채를 발해 하늘이 온통 금빛으로 물드는 순간,

"차아앗!"

"핫핫, 저도 암기술을 쓸 수밖에 없군요!"

상취 도장과 신품소요객의 손이 동시에 떨쳐지며 화탄과 호접표, 그리고 독분이 든 봉지가 수리 떼를 향해 떠올랐다. 하지만 수리 떼는 너무도 높은 곳에 있었다.

직후 콰쾅! 하는 벼락 치는 소리와 함께 화탄이 터지며 하늘이 화광(火光)에 젖었다.

"젠장, 이럴 때가 아니야. 금색마조가 나섰다는 것은 우리가 죽은 줄로만 알고 있는 금면마종사가 살아 있다는 증거다."

상취 도장은 결과가 어찌 되었는지에는 관심도 두지 않고 비조평 쪽으로 신형을 날리려 했다. 그 순간 신품소요객이 허공을 가리키며 외쳤다.

"한 마리가 떨어지고 있습니다!"

그는 말을 끝맺기도 전에 비장의 소요무(逍遙舞)로 바람처럼 날아올랐다. 상취 도장이 동작을 멈추고 돌아보았을 때는 이미 구슬픈 비명 소리를 내며 떨어지는 금색마조 한 마리를 신품소요객이 품에 안듯 받아 들고 있었다.

금색마조의 몸체에는 다친 곳이 보이지 않았다. 다만 눈빛만이 술에 대취한 것처럼 흐리멍덩했다.

끼르르… 륵…….

금색마조의 울음소리가 점점 가늘어지더니 힘없이 고개를 떨어뜨렸다. 그와 때를 맞춰,

"아아앙!"

마조의 등에 묶인 나무 갑 안에서 구슬픈 어린아이 울음소리가 나지 않는가!

예기치 않았던 상황에 두 사람은 멈칫 서로를 바라보다 나무 갑을 열어보았다.

그 안엔 태어난 지 얼마 되어 보이지 않는 아이 하나가 붉은 포대에 싸여 누워 있었다. 상자는 조금 깨어졌고 아이의 머리에서는 피가 흘러나오고 있었다.

"아, 아이라니?"

신품소요객이 놀랄 때,

"불쌍하게도 죽게 되었군. 쯧쯧, 눈망울로 보아 아주 총명하게 생겼는데……."

상취 도장이 나무 갑 속의 아이를 내려다보며 안쓰럽다는 듯 혀를 끌끌 찼다.

아이의 머리에는 화탄의 파편에 맞은 듯 큰 상처가 있었다. 그곳으로부터 흘러나온 피가 포대를 흥건히 적시고 있었다. 얼마 지나지 않아 아이의 몸뚱이는 급작스럽게 푸른빛으로 물들어갔다.

"……?"

순간, 죽어가는 아이를 측은한 시선으로 바라보던 상취 도장의 시선이 아이의 목에 걸린 목걸이를 발견하고는 이채를 발했다. 은

사 목걸이에는 가슴 쪽에 얄팍한 동패 하나가 걸려 있었다.
　동패의 표면에는 '일천번'이라는 글이 음각되어 있었다.
　"아아, 아이가 있는 줄 알았다면 손을 쓰지 않았을 텐데……."
　신품소요객은 마음 한구석이 무너진 듯 착잡한 심정이 되었다. 협행으로 강호에 이름을 날린 그였지만, 여인과 노약자는 절대 해치지 않는 사람이었다. 어린아이를 해한다는 것은 상상조차 못할 일이었는데, 자신이 던진 화탄에 아이가 죽어간다는 사실이 그를 혼란 속에 빠뜨렸다.
　상취 도장은 그의 마음을 아는 듯 그의 어깨를 쥐며,
　"하는 수 없는 일이지 않았는가? 자, 어서 가세. 금색마조가 비조평에서 떠올랐다면 그곳에는 마의 집단이 있는 게 틀림없지 않은가? 가서 그들을 분쇄하다 보면 기분이 풀어질 것이네."
　"……."
　상취 도장이 그의 어깨를 다독였지만 신품소요객은 아이에게서 눈빛을 거둘 줄 몰랐다.
　"허허, 마음이 크게 상한 모양이군."
　상취 도장은 너털웃음을 짓다가는 아이에게서 눈을 뗄 줄 모르는 신품소요객의 모습을 보고는 의아해했다.
　'무슨 일이지?'
　그도 나무 갑 안의 아이를 바라보았다.
　벌써 울음을 그친 아이의 눈이었지만, 그 안에 세상의 온갖 것을 빨아들일 듯한 순진무구함을 담고 있었다. 실로 그 누구도 거역하지 못할 아름다운 눈빛이었다. 그 눈빛이 신품소요객을 옭아매고 있었던 것이다.
　'너, 너무도 신비하다.'

상취 도장도 이마에 진땀을 흘리며 애써 몸을 틀었다. 그는 일부러 질끈 눈을 눌러 감았다.
 '이토록 순진무구한 생명을 빼앗다니… 씻지 못할 죄악이다!'
 그는 죽어가는 아이로 인해 다리가 후들거리는 이상한 허탈감을 느껴야 했다. 무너뜨려서는 안 될, 해쳐서는 안 될 고귀한 것을 해친 기분이랄까? 모든 것이 정지된 듯했다.
 상취 도장이 자책감에 빠져 있을 때 어디에선가 선향(仙香)이 일어나 그의 후각을 자극했다.
 '앗!'
 상취 도장은 향기가 나는 곳을 돌아보다가 깜짝 놀랐다.
 신품소요객이 동자를 닮은 유백색의 설삼 반 뿌리를 아이의 입에 넣어주고 있지 않는가!
 "아이야, 미안하다. 이것으로 죄를 씻겠다."
 신품소요객은 처연한 표정으로 아이를 바라보며 중얼거린다. 그 순간에 '일천번'이라는 동패를 건 아이의 얼굴에 보일 듯 말 듯한 미소가 떠오름을 신품소요객은 느꼈다. 필설로는 형용치 못할 신비였다.
 "하하핫!"
 그는 웃으면서 상취 도장에게 눈을 찡긋해 보였다.
 "도장에게 반 뿌리 인형설삼을 선사하지 못해 죄송스러우나 이 아이를 우리 두 사람의 공동 전인으로, 소요문(逍遙門)과 곤륜파(崑崙派)의 의발전인으로 삼으면 보상되겠지요?"
 "말이 틀렸네!"
 상취 도장은 신품소요객의 의중을 간파한 듯 손을 내저었다.
 "예?"

신품소요객이 의아한 얼굴로 반문하자 상취 도장이 익살스런 표정을 지으며 대답했다.

"소요문과 곤륜파가 아니라 곤륜파와 소요문이야. 알겠나?"

"핫핫, 이 아이에게 벌써 반하셨군요. 저와 같이."

두 사람은 서로의 마음이 통하자 흡족한 웃음을 만면에 가득 지었다. 그들이 부드러운 얼굴로 대화할 때 돌연 숲의 앞쪽에서 경악성이 터져 나왔다.

"혈수광마옹이다!"

"혈루회주가 나타났다!"

그것은 상취 도장과 신품소요객이 지체한 사이 그들을 앞질러 갔던 동의맹 소속 고수들의 외침이었다.

그러나 그 외침 소리가 끝나기도 전에 이번에는 꽈르릉! 펑! 하는 벼락 치는 듯한 소리와 함께 숲 속의 여기저기서 단말마의 비명 소리가 터져 나왔다.

"혈루회주가 살아 있다고!"

"이럴 때가 아닙니다!"

상취 도장과 신품소요객은 너무도 놀라 소리가 난 곳으로 훌쩍 날아올랐다. 그러다가 신품소요객이 멈칫 금색마조 쪽을 가리키며 소리쳤다.

"저 아이를……?"

"나중에 구하세."

상취 도장이 급히 재촉하는 바람에 신품소요객도 어쩔 수 없이 그의 뒤를 따랐다. 두 사람은 자신들의 신법을 절정으로 끌어올리며 숲을 향해 날아갔다.

홀로 남겨진 아이의 입에는 신품소요객이 물려준 인형설삼이 즙으로 화해 녹아들고 있었다. 설삼 즙의 반은 아이의 입속으로 들어가고 반쯤은 방울방울 입가를 타고 떨어지기 시작했다.
 그런데, 아아! 운명의 희롱인가?
 하필이면 그 흘러내린 방울이 미혼액에 취해 죽은 듯 누운 금색마조의 부리 끝에 걸릴 줄이야.
 얼마 지나지 않아 금색마조는 푸득푸득 날개를 털고 일어났다. 영약의 기운이 미혼약을 제거해 버린 것이다. 마조는 끄아악! 한 소리 크게 부르짖더니 날아오르기 시작했다. 금빛 구름이 떠오르는 듯 금색마조는 벌써 까마득히 구중천으로 떠올랐다.

너는 일천호

그곳은 아주 거대한 석부(石府)였다.

높이가 십 장이 넘었고, 정방형으로 한 벽면의 길이가 무려 이백 장에 달하는 아주 거대한 곳이었다.

정면으로 보이는 벽면의 중앙에는 석단(石壇)이 하나 있었고, 단 위에는 복면인이 한 사람 좌정해 있었다. 그는 매와 같은 눈을 하고 있었다. 전면에 고정시킨 그의 망막에는 단상을 향해 무릎 꿇은 자세로 앉아 있는 수많은 소년 소녀들의 모습이 담겨 있었다.

모두가 같은 또래의 소년 소녀들. 그러나 눈빛만은 나이답지 않게 조숙한 아이들이었다.

그 수는 정확히 일천이었다.

'……!'

일천의 눈빛은 한 점 흔들림없이 단상의 복면인을 뚫어져라 직시했다. 그 나이 또래의 아이들이라면 의당 서로 꼬집고 욕하며 뒹굴어야 마땅한데 그들은 너무도 조용했다.

살기랄까?

냉정한 눈빛에서 느껴지는 건 적개심뿐이었다.

"으으음!"

굳은 듯 단상 위에 앉아 있던 복면인이 오랜만에 몸을 틀었다. 소년 소녀들은 마른침을 삼키고 복면인을 더욱 뚫어져라 주시했다.

나직하나 힘이 있는 음성이 복면인에게서 흘러나왔다.

"백팔 초로 이루어진 구천나후검초(九天羅侯劍招) 중 일백칠 초가 이미 전수되었다. 이제 마지막 초식만이 남았다. 그것을 배우게 되는 것이다."

복면인은 말한 다음 손을 들었다. 그러자 단의 뒤에서 적색 장포를 걸친 사람들이 흡사 그림자처럼 스며들 듯 나와서 소년 소녀들 틈으로 걸어 들어갔다. 소년 소녀들은 그런 것에 익숙한 듯 눈 하나 깜짝하지 않았다. 몹시도 차가운 눈빛들이었다.

그런데 맨 뒷줄에서 조금 다른 눈빛 하나가 빛을 발했다. 그것은 아주 청명한 느낌을 주는 눈빛이었다.

"……!"

아주 아름답게 생긴 흑삼소년이 두 손으로 턱을 괴고 적포인들이 다가서는 것을 빤히 바라보는 것이었다.

적포인의 수는 열 명. 그들은 각기 일백 매씩의 종이를 들고 있었다. 어떤 과장(科場)일까? 적포인들은 한 사람에게 한 매씩 재빨리 건네주며 줄 사이를 누비고 다녔다. 소년 소녀들은 모두들 그것을 받고는 손바닥에 땀을 쥐었다.

'음!'

'아, 나후파천(羅睺破天)이라는 이름이군.'
'난해한데? 이틀 안에 오성 이상 익히려면 잠도 못 자겠어.'
종이를 받아 든 아이들은 어느 정도 반응을 나타냈다.
눈빛이 남다른 맨 뒷줄의 소년은 맨 마지막으로 종이를 받게 되었다. 그에게 종이를 준 적포인은 흑삼소년을 조금 유심히 바라보았다.
'정을 주어서는 안 되나… 어쩐지 일천호에게만은 정이 간다.'
적포인은 이내 자신의 그런 감정을 눌러 버리고는 흑삼소년의 곁을 스쳐 지나갔다. 그가 두어 걸음 옮겼을 때다.
"헤헷!"
흑삼의 미소년이 갑자기 웃자 다른 소년 소녀들의 시선이 일제히 그에게로 집중되었다.
'일천호… 항상 헤벌리는 녀석!'
'제일 게으른 놈!'
'초관의 꼴찌가 뭐가 좋다고……!'
소년 소녀들은 일천호인 흑삼의 미소년에게 적개심을 갖고 있었다. 그도 그럴 것이, 소년 소녀 모두는 감정이 절제된 듯 냉막한 심성 일변도였는데 일천호만은 항상 히죽히죽 웃기 때문이었다.
일천호(一千號).
그의 눈빛에는 몽상이 가득했다. 그는 누가 비웃어도 눈 하나 깜짝하지 않았다.
"나후파천이라……. 검을 들고 날아올라 마치 편월을 가를 듯한 인물도의 모습이 재미있는데?"
그는 적포인이 나눠 준 종이를 보며 나직이 중얼거린다.
그때 단상 위의 복면인에게서 힘이 실린 음성이 들려왔다.

"이제 그만 모두 거처로 돌아가라. 이틀 후 여기 모여 비무를 할 때까지 불철주야 노력해야 한다!"

복면인은 말을 마치고는 석부를 빠져나갔다. 그러자 기다렸다는 듯 소년 소녀들이 일제히 자리에서 일어났다.

"어서 가야지!"

"일천 명 중 제일 영민한 내가 남에게 뒤질 수 없다!"

그들은 갈가마귀 떼가 화살에 놀라 흩어지듯 뒤쪽으로 물러났다. 썰물이 빠져버리듯 소년 소녀들의 행동거지라고는 할 수 없이 일사불란한 모습이었다.

소년 소녀들이 서둘러 빠져나간 석부는 텅 비어 공허했다. 남은 사람은 오직 일천호뿐이었다. 그는 이제껏 해온 것처럼 제일 나중에 석부를 나섰다.

석부를 나서면 매우 복잡한 석도였다. 거미줄같이 복잡하고 무지개같이 길기만 한 석도에는 간간이 유등(油燈)이 붙어 빛을 내뿜었다. 일렁이는 불빛에 길게 그림자가 만들어졌다.

일천호는 잠시 전에 받은 종이를 구깃구깃 쥐고 석도를 따라 걷는다. 석도의 양쪽으로는 문이 다닥다닥 붙어 있었고, 닫힌 문마다에서 기합 소리가 흘러나왔다.

"차앗—!"

"얍!"

각기 자신의 방으로 들어간 소년 소녀들이 남이 볼세라 문을 꽁꽁 걸어 잠그고 나후파천검을 익히는 기합 소리였다.

이름도 없이 번호로 불리는 그들.

일호에서 구백구십구호까지 누구를 봐도 기질이며 행동이 비슷하다. 생김새마저 아주 비슷했다.

그러나 일천호만은 남달랐다. 그는 항상 느릿느릿 행동했다. 초관교두가 그를 꾸짖은 적이 몇 번이던가! 그는 구경 나온 사람처럼 이곳저곳을 기웃거리며 석도를 따라갔다. 그가 모퉁이를 돌아갈 즈음 그를 유심히 지켜보는 눈이 하나 있었다.

"흠… 저 녀석은 언제나 마성(魔性)을 얻을 것인가?"

숨어서 일천호를 지켜보던 사람이 중얼거렸다.

그는 바로 초관교두였다. 그는 어린 기재들이 글을 깨우친 이후부터 교두가 되어 나후백팔검을 전수한 사람이었다. 그러나 그의 진면목을 아는 사람은 아이들 중 하나도 없었다.

"일천호… 가장 쓸 만한 아이이다. 하지만 이곳에서 누구에게라도 정을 주어서는 아니 되는 것이 제일법이지."

그는 중얼거리다가 뒤돌아섰다.

'이틀 후면 옥석이 가려지리라.'

그는 속으로 말하며 스르르 모습을 감췄다.

다섯 평 정도 되는 석실.

나무 침상이 하나, 그리고 작은 서가가 석실을 채우고 있는 전부였다. 단출한 석실에 흥얼거리는 소리가 흘렀다.

"구름은 발이 없어 좋고… 바람은 몸이 없어 마음대로 뭉쳐지고……."

미소년 하나가 침상 위에 벌렁 누워 시편(時編)을 뒤적이며 웅얼거렸다. 침상의 머리맡에는 꾸겨진 종이 한 장이 아무렇게나 널려져 있다. 석부에서 적포인들이 소년 소녀들에게 나눠 주었던 바로 그 종이였다.

〈나후검 백팔초 나후파천… 극쾌로 만정(萬靜)을 제압하기 위해서는 시계를 넓혀야 한다. 일단, 수직으로 삼 장 상승해야 하는데, 주의할 것은 회선하며 날아올라야 하는 것이다. 삼우육좌, 구번청연신(九翻晴嚥身)을 쾌속하게 시전하는 가운데에 검끝으로 천극을 끊고 연환하여 전이단(前二斷) 후삼도(後三屠)…….〉

종이에는 그런 글이 적혀 있다. 그러나 미소년은 종이를 거들떠보지도 않고 계속 흥얼거리기만 한다.
미소년의 옷자락에는 '일천호'라는 붉은 글씨가 수놓아져 있었다.
'일천호……!'
그것은 그의 모든 것이다. 가족도, 친구도 그에게는 없다. 그에게는 다섯 평 남짓한 아주 작은 석실의 공간만이 있을 뿐이었다.
일천호가 시편에 빠져들 때, 데에에에엥! 어디에선가 육중하기 이를 데 없는 종소리가 들려왔다. 종소리는 오장육부를 가루로 만들 듯 석실 내부를 진동시켰다.
"모이라는 신호군."
종소리가 들리자 침상에 누워 있던 일천호는 느릿하게 몸을 일으켰다.
"가보면 재미있을 것이다. 옆방의 구백구십구호는 이틀 내내 검무를 추었으니 필경 오줌 마려운 강아지같이 인상을 찡그릴 것이고, 맞은편 구백구십팔호는 완벽히 익혔다고 자신만만해 나를 비웃겠지."
일천호의 표정은 티끌 한 점 없이 맑았다.
"그러나 나는 아무도 미워하지 않아. 하하!"

일천호는 시편을 놓고 밖으로 나갔다.

그는 지난 이틀간 자고 먹고, 그리고 글을 읽었을 뿐이다. 석부에서 건네받은 종이는 그 자리에서 한 번 훑어본 다음 다시 펴보지도 않았다.

통로는 어느새 아이들로 가득 찼다. 그러나 일체의 소란은 없고 차가운 기운만 흐를 뿐이었다. 하나같이 긴장된 표정이었으나 일천호만은 달랐다. 그는 싱글거리며 지나치는 아이들의 표정을 살폈다. 그리고 나머지 아이들은 일천호의 빙글거리는 모습이 역겨운 듯 침을 내뱉는다.

"퉤에, 굶어 죽을 자식!"

"마종(魔宗)께서 너를 위해 공간을 제공하는 것이 아깝다!"

"저놈은 제일 먼저 낙오될 것이다!"

다르다는 것!

그것만으로 일천호는 매양 이렇게 다른 소년 소녀들의 적이 되는 것이다.

하여간 일천 명의 소년 소녀들은 거대 석부로 모여들었다. 이날은 지난 수년간과는 아주 달랐다. 소년 소녀들이 신처럼 알고 있는 초관교두, 그가 단하에 시립하고 있었기 때문이다.

초관교두 대신 단상에는 다른 사람이 자리를 하고 있었다. 역시 복면을 한 사람인데 그의 눈빛은 번개와 같았다.

비수같이 심령을 그어버리는 눈빛. 소년 소녀들은 스쳐 지나가는 눈빛에도 전율을 느껴야 했다.

그는 소년 소녀들이 오늘 처음 보는 사람이었다.

소년 소녀들은 모두 자신들의 자리에 무릎을 꿇고 앉았다. 그들은 단상 위의 복면인이 풍겨내는 무거운 분위기에 눌려 쥐 죽은 듯 입을 다물었다.

"그간 수고들 했다."

단상에 있는 복면인의 목소리로 짓눌렸던 분위기가 깨어졌다. 그의 목소리는 하나의 음공으로 모든 사람의 고막을 아프게 했다.

"노부로 말하자면 지난 십 년간 이날만을 기다리며 살아온 사람이다."

비파가 깨어질 때 이런 소리가 날까? 복면인의 음성은 가히 단말마라 할 수 있는 사악한 음파였다.

"노부는 마인루주(魔刃樓主)이다. 너희들에게 내, 외공을 전수할 제구교두이다."

"......!"

"이제껏 너희들을 맡아 키운 제십교두는 사실 노부의 사질이지. 훗훗, 물론 너희들이 배운 것은 무공이라 할 수도 없이 천박한 것들이고."

'으으음!'

'무서운 분이시다.'

소년 소녀들이 겁을 집어먹고 숨도 크게 쉬지 못했다. 하지만 맨 뒷줄의 일천호는 달랐다.

'그래, 너무도 쉬운 것이었어.'

일천호는 복면인의 말을 수긍하며 고개를 끄덕이는 것이 아닌가!

하여간 마인루주라 자칭한 복면인이 더욱 단호하게 말을 이었다.

"너희들은 이제부터 진짜 무엇인가를 배우게 되는 것이다. 그러나……!"

그의 목소리가 더욱 강렬해졌다.

"모두가 마인(魔刃)의 시련에 드는 것은 결코 아니다. 너희들 중 구백 명은 들지 못한다!"

'단 일백 명만이……?'

소년 소녀들은 마인루주의 단언에 흠칫해했다. 마인루주는 그런 반응이 당연하다는 듯 번갯불 같은 눈빛으로 소년 소녀들을 쓸어보았다. 그러다가 그는 하나의 아주 담담한 눈빛을 발견했다.

마인루주의 시선이 맨 뒷줄의 일천호에게 고정되었다. 그는 일천호의 눈빛을 대하고는 복면 속의 이맛살을 찌푸렸다.

'저 녀석이 바로 그 유명한 일천호로군. 다른 녀석들과 다르다고 하더니… 소문대로군. 하지만 그뿐이다. 조금 다를 뿐 뛰어난 구석이 없어 보여.'

그는 재빨리 일천호에게 고정시켰던 눈빛을 거두었다. 그리고는 좀 전처럼 말을 이었다.

"너희들은 단약 한 알씩을 먹게 된다. 그다음 쪽지 한 장씩을 받게 될 것이다."

비파를 깨는 듯한 마인루주의 음성이 소년 소녀들의 고막을 파고들었다.

"그 안에는 모두 같은 내용이 적혀 있으며 너희들은 그것을 받고 나서 한곳에 가게 된다."

"……!"

"거기서 옥(玉)과 돌[石]이 가려질 것이다. 너희들은 옥으로 평가되기 위해 목숨을 걸어야 함을 명심해야 할 것이다!"

마인루주가 말을 마치고 오른손을 번쩍 쳐들자,

"예엣!"

"백도멸절(百道滅切) 마도천하(魔道天下)!"

"피로 빚을 갚는 데 신명을 불태우겠습니다!"

소년 소녀들은 섬뜩한 말들을 서슴없이 뱉어냈다. 그들은 마인루주의 말에 고무된 듯 살기를 강하게 일으켰다.

그러는 가운데 적포인들이 줄 사이를 돌아다니며 일천 명의 소년 소녀들에게 단약 한 알씩을 건네주었다. 단약은 한 장의 접혀진 쪽지와 더불어 건네졌다. 일천호는 맨 마지막으로 단약을 받았다.

단약의 크기는 잘 익은 살구만 한데 빛은 진홍(眞紅)이었다. 냄새는 없고 크기에 비해 조금 무거운 것이었다.

'보통 물건이 아니다. 그간 십 일마다 한 알씩 먹은 대력신단에 비해 열 배 약효가 좋은 것이고, 마혼(魔魂)을 일으키는 약재가 든 천혈단이라는 것이다!'

일천호가 단약을 바라보며 내심 염두를 굴릴 때 또다시 마인루주의 음성이 울려 퍼졌다.

"모두 그것을 먹고 지하비무관(地下比武關)에 딸린 혈부(血府)로 들어가라. 들어간 다음 쪽지를 펴봐라. 미리 쪽지를 펴보는 녀석은 엄벌로 처단된다!"

마인루주의 음성은 서릿발이 내릴 정도로 몹시 차가웠다. 그의 뒤쪽, 그러니까 석부의 한쪽 벽면에 적힌 글귀들이 마인루주의 모습을 더욱 스산하게 만들었다.

일천 명의 소년 소녀들이 항상 보아온 글귀. 이제는 그들의 뇌리에 각인이 된 글귀는 바로 다음과 같았다.

〈천세장한(千歲長恨) 마도불망(魔道不忘).〉

천 년에 걸친 한을 마도는 절대 잊지 않는다는 뜻이었다.
 글씨는 핏빛이었다. 그것은 아주 지독한 살기를 일으키는 마력을 갖고 있었다. 소년 소녀들은 단약을 먹고 쪽지를 쥔 채 일사불란하게 우측의 벽에 난 대문 안으로 걸어 들어갔다.
 대문의 안으로 계단이 나타났다.
 계단은 백 개로 끝이 났고 다시 철문이 나타났다. 그 안에는 비무하는 장소가 있었다. 모든 아이들이 아는 곳은 거기까지였다.
 오늘은 아주 이례적인 날이었다.
 처음 가는 장소, 그 어떤 신비경이 그들을 맞이할 것인가?

〈혈부(血府).〉

 비무관에 딸린 곳의 입구는 아주 좁았다. 문은 천 년이 지나도 녹이 슬지 않는다는 한철(寒鐵)로 되어 있었는데, 두 사람이 걸어 들어간다면 어깨가 서로 마주칠 정도로 협소했다.
 일천호는 맨 뒤에 서서 문 안으로 들어가게 되었다. 안은 지극히 어두웠다. 통로는 열 걸음마다 열 갈랫길을 만들었다. 일천호는 벌집같이 복잡한 길을 따라 걷다가 결국 혼자가 되고 말았다. 사실은 일천호뿐만이 아니라 모든 사람이 혼자가 된 것이다.
 일천호는 통로를 걸으며 염두를 굴렸다.
 '무슨 이유일까? 진도가 펼쳐져 백 걸음 만에 천 명이 격리되니…….'
 그가 의아해할 때였다.
 "자아, 모두 쪽지를 펴보아라!"
 어디에선가 혈부 안을 뒤흔드는 목소리가 있었다. 그것은 방향을 분간할 수 없는 마인루주의 천리전음이었다.

일천호는 그 소리를 듣고 손바닥을 폈다. 그 안에 작은 쪽지가 한 장 쥐어져 있었다. 과연 그 안에는 어떤 것이 적혀 있을까? 무슨 내용이 적혀 있기에 석부에 들기 전 펴보는 사람은 엄벌에 처한다고 한 것인가?

'보물찾기인가?'

일천호는 고개를 갸웃거리며 쪽지를 폈다. 직후 쪽지를 바라보는 그의 눈빛이 난생처음이라 할 정도로 산만해졌다.

'이럴 수가!'

대체 무슨 글이기에 그리도 놀라워하는 것일까?

적자생존

〈지금 이 순간부터 종소리가 날 때까지 보이는 대로 죽여라. 모든 사람에게 한결같은 명이 내려졌다. 이제 혈부에 있는 사람은 모두 너의 적이다. 네가 상대를 죽이지 않으면 상대가 너를 죽일 것이다. 종소리가 나면 멈춰도 된다. 그것이 바로 옥으로 선택된 것이니까.〉

실로 놀라운 글이었다.
보이는 대로 죽여 버리라니…….
그렇다면 이제까지 같이 생활해 온 천 명의 또래들이 서로를 죽이기 위해 혈안이 되어야 한단 말인가!
그렇다고 명령을 거역할 수는 없다. 자신이 죽이지 않으면 죽임을 당하기 때문에.
'비록 나를 미워한다지만 죄없는 아이들인데…….'
일천호는 손에 땀을 쥐었다. 그 땀이 쪽지에 축축하게 스며들었다. 그는 길지는 않지만 살아온 나날 중 지금 이 순간같이 초조해 하기는 처음이었다.

그러던 중 그는 스슥! 옷자락이 스치는 듯한 아주 경미한 인기척을 듣게 되었다.

다음 순간,

"죽어라!"

악에 받친 기합 소리가 터지며 작은 그림자 하나가 번득이며 일천호의 면전으로 들이닥치는 것이 아닌가?

그림자의 손에는 비수 하나가 들려져 있었다. 그것은 일천호의 허리띠에도 찔러져 있는 일척마비(一尺魔匕)라는 비수였다.

비수는 청색독망(靑色毒芒)을 날리며 일천호의 목젖을 노리며 파고들었다. 실로 눈 깜짝할 사이의 순간이었다.

"어엇!"

일천호는 깜짝 놀라 몸을 뒤틀었다. 그것은 거의 반사적인 행동에 가까웠다. 그의 목젖을 노리며 파고들던 비수는 바람 소리를 내며 허공을 가르고 뒤이어 땅! 하는 쇳소리가 나며 불똥이 튀었다. 일척마비가 일천호의 목을 자르지 못하고 석벽에 부딪쳐 부러지며 불똥을 튀긴 것이었다.

"으으, 너는 멍청이 일천호인데… 어떻게 가장 뛰어난 구십구호의 일도를 피할 수 있단 말이냐?"

필살의 일초를 허사로 돌린 구십구호 소년은 넋을 잃고 말았다. 그는 일천호의 얼굴과 부러져 나간 자신의 일척마비를 믿지 못하겠다는 표정으로 번갈아 바라보았다.

반면, 일천호는 자신의 목숨을 노리던 소년의 코밑 솜털이 땀방울에 촉촉이 덮이는 것까지 너무도 또렷하게 볼 수 있었다.

사실 일천호의 내공은 일천 명 중 최고였다. 또한 오성과 암기력도 타의 추종을 불허했다. 단지 겉으로 드러내지 않았을 따름이다.

구십구호가 그것을 지금에야 처음 알았기에 기절초풍할 듯 놀란 것은 당연했다.

"네, 네가 나의 검초를 피하다니……."

구십구호는 일천호의 허리 어림을 바라보며 아래턱을 덜덜 떨었다. 거기엔 독이 발린 비수가 그대로 있었다. 그는 일천호가 그것을 쓸까 두려워하는 것이었다.

〈보이는 대로 죽여라.〉

자신이 받아 본 쪽지에 그런 글이 적혀 있지 않았던가? 자신이 옥으로 선택되려면 상대가 누구든 죽여야 했다. 자신의 공격이 실패로 돌아갔으니 이제는 일천호의 비수가 자신의 목줄기를 꿰뚫을 것이다.

구십구호의 눈빛이 절망으로 흐트러지는데,

"이 순간이 꿈이기를……!"

갑자기 꿈꾸는 듯한 넋두리 소리가 났다.

"……?"

구십구호는 간신히 정신을 가다듬었다. 그리고는 자신의 앞에 서 있는 일천호를 바라보았다.

일천호는 꿈을 꾸는 듯한 표정으로 구십구호의 부러진 비수를 빤히 바라보고 있었다. 잠시 그렇게 바라보던 일천호는 느릿한 동작으로 등을 돌리며 아무 일도 없었다는 듯 걸음을 떼어놓았다. 자신을 죽이려 했던 구십구호를 뒤로한 채로.

 그 순간, 절망으로 물들어 있던 구십구호의 동공에서 번득이는 광채를 일천호는 느끼지 못했다.

 그가 세 걸음 정도 갔을까? 무엇인가가 그의 등판 쪽으로 쉬익! 바람 소리를 내며 날아들었다. 그것은 일천호의 등판에 정확히 격중되었다.

 일천호는 등판에 화끈함을 느끼며 몸을 틀었다.

 "비, 비수를 던졌군."

 구십구호는 흰 이를 드러내며 회심의 미소를 지었다.

 "그렇게 나를 죽이고 싶으냐?"

 일천호의 눈에는 전에 없었던 위독함이 떠올랐다.

 "으핫핫, 너는 방심하지 말았어야 했다!"

 통쾌하게 웃어 젖히는 구십구호는 빈손이었다. 그가 쥐고 있던 반 토막의 비수는 일천호의 등줄기 속으로 파고들어 간 상태였다.

 "으음!"

 구십구호를 노려보던 일천호는 다리에 힘이 풀리며 그 자리에 털썩 고꾸라지고 말았다.

 "으하하, 하나를 해치웠다!"

 구십구호가 기쁨을 참지 못하고 웃어 젖힐 때,

 "나후건곤절(羅喉乾坤絕)!"

 앙칼진 소녀의 목소리가 터지며 열여덟 송이의 검화가 허공 가득 퍼졌다.

 "흐읍!"

 구십구호의 입에서 짧고 급박한 경악성이 터져 나왔다. 일천호를 해치운 후 기뻐하느라 자신의 경계를 게을리 한 탓이었다.

흑삼을 걸친 미소녀가 일척마비를 어지럽게 흔들어 일으키는 검막(劍幕)이 찰나지간에 구십구호의 몸을 휘감아 버렸다. 나후건곤절의 수법은 강호의 어떤 고수도 조롱하지 못할 독랄한 검초였다.
파파팍!
구십구호의 머리 위쪽이 반으로 쪼개지며 허연 뇌수가 흥건한 핏물과 함께 벽면에 튀었다. 구십구호는 손 한 번 제대로 써보지 못하고 썩은 짚단처럼 바닥에 처박히고 말았다.
미소녀는 일천호의 곁에 쓰러진 구십구호를 내려다보며 도도하게 웃었다.
"호호! 누가 칠백오호를 막겠는가!"
흑삼의 미소녀는 칠백오호였다. 볼우물이 아주 귀여운 얼굴이었다. 그러나 그 귀여운 얼굴 뒤에 사람을 죽이고도 웃을 수 있는 독랄한 심성이 숨어 있을 줄이야!
칠백오호가 까르르 웃을 때 살금살금 다가서는 은밀한 그림자가 하나 있었다.
삼백육십사호.
그도 소녀였다. 그녀는 고양이가 걷듯이 소리없이 다가와 일척마비를 번쩍 들어 나후통천식(羅喉通天式)이라는 수법으로 길게 뻗어냈다. 번득이는 푸른 빛 섬망이 고개를 젖히며 웃어대는 칠백오호에게 빠른 속도로 쏘아져 갔다.
"크억!"
처절한 비명을 지르며 칠백오호가 앞가슴을 부둥켜안고 앞으로 나뒹굴었다. 칠백오호가 벌렁 나뒹굴 때 일각(一脚)이 들이닥쳐 그녀의 하복부를 후려 찼다. 마치 가죽 공이 터지듯이 펑! 하는 소리와 함께 칠백오호의 아랫배가 터지며 오장육부가 쏟아져 나왔다.

"호호! 검수는 언제나 육감을 열어두어야 한다는 것이 교두 어르신네의 가르치심이었는데 그것을 잊었느냐?"
삼백육십사호는 웃으며 몸을 날렸다.

초관오칙(礎關五則).
소년 소녀들은 그것을 지난 수년간 가르침받아 왔다. 그것은 무사의 수신 요결이라 할 수 있는 것이었다.
첫째, 누구도 믿지 마라!
둘째, 언제나 경계하라!
셋째, 어떤 장소에서건 주의를 소홀히 하지 마라!
넷째, 불안하면 먼저 베라. 죽고 나서 후회하느니 죽이고 나서 후회하라!
다섯째, 암전이 되어도 승리만 하면 된다. 패자보다는 비겁자가 오히려 낫다!
그것은 철저하고도 가혹한 흑도무림법이었다. 일천 명의 소년 소녀들은 이제껏 그 다섯 가지를 생활의 전부처럼 가르침을 받았던 것이다.
통로는 세 구의 시체에서 흘러나온 핏물로 짙은 혈향에 잠겨 있었다.
"으음."
문득 미약한 신음 소리와 함께 시체 한 구가 스르르 몸을 일으켰다. 바로 구십구호의 반 토막 비수를 등에 맞고 쓰러졌던 일천호였다. 그는 죽은 것이 아니었다.
'미안하다. 내가 너의 비수를 부러지지 않게 했다면 너는 죽지 않을 수도 있었을 것을… 그리고 나로 인해 네가 방심하지 않았다

면 승자는 너였을 수도 있는데…….'

일천호는 흥건한 핏물 속에 드러누운 구십구호의 시체를 보고 눈물을 떨어뜨렸다. 그의 눈물은 아주 맑았다. 거기에는 진정으로 구십구호의 죽음을 슬퍼하는 아름다운 마음이 깃들어 있었다.

그가 알 수 없는 상념에 젖어들 때 혈부의 통로 곳곳에서는 대도 살극이 끊임없이 벌어졌다. 비수와 비수가 맞부딪치는 소리와 연이어 터지는 단말마의 비명 소리가 난무했다.

온통 피를 뒤집어쓴 채 서로 상대를 죽이기 위해 혈안이 되어 있는 소년 소녀들은 야차를 방불케 했다. 혈부 안에는 소년이 없다. 소녀도 없었다. 있다면 오로지 살아남기 위해 상대를 베는 살인귀가 있을 뿐이었다.

일천호는 그 자리에 선 채로 움직일 줄을 몰랐다.

바닥의 흥건한 핏물이 일천호의 신발을 적셨다. 독혈이기 때문일까? 썩는 냄새가 유독 고약했다.

일천호의 손에는 반 토막의 비수가 들려 있다. 구십구호에 의해 자신의 등판에 박혔던 비수를 뽑아낸 것이다. 상처에서는 피가 그치지 않고 뭉클뭉클 쏟아져 나왔다. 그런데 일천호의 등줄기에서 흐르는 핏물은 다른 아이들이 흘린 피와는 달리 아주 맑았다. 믿을 수 없게도 선혈이었다.

일척마비에는 독이 발라져 있었다. 일보단장산(一步斷腸散)과 절독추명사(絶毒追命沙)가 섞여 만들어진 패혈분(敗血紛)이 살 속으로 들어간 이상 살이 썩고 피가 고름이 되어야 하지 않는가?

그런데도 선혈이라니…….

설마 일천호가 이미 백독불침지신(百毒不侵之身)이 되었단 말인가?

'……!'

일천호는 구십구호의 시체를 물끄러미 보았다. 이상하게도 무엇인가가 그를 취하게 했다.

붉은 피가 망막에 아른거리자 뱃속 깊은 곳에서부터 아주 이상한 열기가 뿜어지는 것이었다.

'죽음이 이리 아름답다니.'

일천호는 신음처럼 뇌까리며 자신도 모르게 핏물을 손으로 움켜쥐었다. 핏물은 손바닥을 타고 뚝뚝 떨어져 내렸다. 끈끈하고 뜨거운 느낌이 전신의 혈관을 타고 뇌를 자극했다.

일천호의 전신이 세찬 경련을 일으켰다.

'으으… 이 더러운 핏물이 나를 들뜨게 하는 이유가 무엇이란 말인가?'

일천호는 고개를 번쩍 들었다. 그의 눈은 전과는 달랐다. 전에 없던 빛이 드리워져 있었다. 진홍의 핏빛이 안광에 배어 있었다.

그것은 천혈단의 약효 때문이었다. 혈부에 들어서기 전 일천 명의 소년 소녀들이 한 알씩 먹었던 마성을 일으키는 천혈단이 뒤늦게야 일천호의 피를 들끓게 하는 것이었다.

"으으으……!"

일천호의 두 눈에서 뿜어지는 혈광이 더욱더 짙어졌다. 그에 따라 표정도 고통으로 더욱 일그러졌다. 그가 옷을 핏물로 물들이고 뜨거운 숨결을 토하고 있을 때였다.

휘익! 검은 그림자 하나가 빠른 속도로 모퉁이를 막 돌아 나오는 것이 보였다. 그의 허리띠에는 수급 다섯 개가 대롱대롱 매달려 있었다. 그는 칠호라 불리는 소년이었다.

칠호는 일천호를 발견하자 지체없이 몸을 날려왔다.

"네 목도 내 것이다!"

칠호는 몸을 틀며 나후파천의 일식을 시전해 왔다.

쉬쉬쉭! 시퍼런 독망이 어지럽게 흔들렸다. 칠호의 몸은 사라지고 대신 수없이 많은 줄기의 검망이 거미줄같이 퍼져 나가 일천호의 몸을 휘감았다. 아차 하는 순간 일천호의 목이 떨어져 나갈 절체절명의 순간이었다.

그때 아주 경미한 파공성과 함께 한줄기 청색 선이 뻗어나갔다. 그리고는 따당! 하는 요란한 쇳소리와 함께 검편이 뿌려지며 핏방울이 비가 되어 후두두 쏟아져 내렸다.

뒤이어 불신에 가득한 음성이 들려왔다.

"이, 이럴 수가… 나, 나의 검을 그대로 자르다니…….."

그것은 두 눈을 한껏 부릅뜬 칠호의 입을 통해서 흘러나온 말이었다. 일천호는 줄기줄기 시뻘건 안광만 폭사해 낼 뿐, 한 손을 쭉 뻗은 채로 미동도 않고 우뚝 서 있었다.

칠호의 얼굴이 극심한 고통으로 일그러지며 그의 입매가 씰룩거려졌다.

"다… 다른 사람도 아닌… 멍청이… 네가……!"

그 말이 끝이었다. 칠호는 눈을 감지 못했다. 일천호의 일척마비는 그의 천돌혈을 뚫고 들어가 뇌호혈 쪽으로 빠져나갔다. 칠호는 일천호의 일척마비에 대롱대롱 매달린 셈이었다.

'……!'

일천호는 아무 말도 하지 않고 손을 흔들었다. 칠호의 몸뚱이는 비수에서 뽑혀져 구십구호의 시체 위로 가서 한데 포개졌다.

"우우……!"

돌연 일천호는 미친 듯이 울부짖는 짐승처럼 허공을 향해 장소성을 토해냈다. 그의 입술 사이에서 흘러나왔다고는 믿어지지 않는 마의 장소성이 혈부 안을 진동시켰다. 그리고는 장소성의 여운이 사라지기 전 일천호는 몸을 날려 한줄기 검은 연기가 되어 통로의 어둠 속으로 사라져 갔다.

거대한 석전.

세 개의 태사의가 품 자형으로 놓여 있고 그 주위에는 일곱 개의 호피가 덮인 의자가 칠성진세(七星陣勢)로 배열되어 있었다. 자리가 빈 의자는 하나도 없었다. 그리고 막 한 사람이 일어나 말을 하기 시작했다.

"모든 것이 예상한 대로 되어가고 있습니다. 조금 예상과 다른 것은 한 가지… 가장 많은 수를 죽인 아이의 번호입니다."

그는 일천 명의 소년 소녀들을 혈부 안으로 넣어 생사를 건 혈투를 유도한 마인루주였다. 그런데도 그의 표정에서는 일말의 자책감이나 죄책감 따위는 찾아볼 수가 없었다.

"가장 많은 수를 죽인 아이는 일호나 오백호 둘 중 하나일 텐데?"

누군가 말하자 마인루주가 다시 대답했다.

"일호는 오십칠 명을 죽였고 오백호는 백 명을 죽였는데 그는 반 시진 안에 삼백 명을 혼자 죽였습니다."

"삼백이나?"

"오오!"

좌중의 인물들이 모두 놀람의 탄성을 자아냈다.

마인루주가 다시 좌중을 향해 입을 열었다.

"그 아이는 바로 일천호입니다."

"일천호!"

"그가 그리 강하다니 정말 놀라운 일이군."

좌중은 또 한 번 놀람으로 술렁거렸다.

"일천호의 근골이 남다르다는 것은 초관교두를 통해 누누이 들었으나 저 역시 그 정도일 줄은 생각지 못했습니다. 하여간 일천호 덕에 예정보다 하루 앞당겨 마인루에 들어갈 일백영(一百英)이 가려졌습니다."

마인루주의 설명이 끝나자 창노한 음성이 들려왔다. 그것은 태사의에 앉은 인물이 발하는 음성이었다.

"일백 명은 현재 어찌 되었는가?"

"일백 명은 예정대로 음양마동(陰陽魔洞) 안으로 들어갔습니다, 대종사(大宗師)!"

마인루주가 허리 굽히자,

"흠… 반년 안에 오십을 추리게."

태사의의 대종사라 불린 인물이 명령했다. 그 음성에는 항거할 수 없는 어떤 힘이 깃들어 있었다.

"명심하고 있습니다."

"천년대업을 이룰 구마령주(九魔令主)와 그를 보필할 십구위(十九衛)만 가리면 되네. 나머지는……."

대종사라는 인물은 말을 잇지 않았다.

그 뒷말은 들으나마나 상관없는 일이리라. 구태여 말한다면 불필요한 인물은 제거한다는 뜻이리라.

대체 어떤 곳일까? 이곳도 인간 세상일까?

우르르르! 꽈르르릉!

개벽하는 소리보다도 엄청난 굉음이 동굴 안을 뒤흔들었다. 거기에 열사의 사막에서 뿜어지는 기류처럼 일대 열풍이 모든 것을 휘감아 들었다. 두툼한 서책이 삽시간에 재가 되고 말 정도로 엄청난 열기를 품은 바람이었다. 그리고 그 뜨거운 바람 소리에 묻혀 폐부를 쥐어짜는 듯한 신음 소리가 끊이지 않고 들려왔다.

"크으으!"

"아아악! 차라리 죽… 죽여주십시오, 마인루주님!"

음양마동의 내부.

모든 것을 태워 버릴 것만 같은 열풍 속에 고통을 못 이겨 버둥거리는 아이들이 있었다.

그들은 모두 실오라기 하나 걸치지 않은 나체였다. 그중에는 젖가슴이 여인답게 봉곳하게 발육하기 시작한 소녀도 있고, 코 아래 수염이 나기 시작한 조숙한 소년도 있었다.

피부는 이미 타서 허물을 벗고, 그 위에 다시 물집이 잡혔다. 모발 또한 완전히 타서 재가 된 상태였다. 가히 초열지옥의 형벌을 연상케 하는 끔찍한 장면이었다.

휘류류류류!

지옥의 화염은 가차없이 소년 소녀들의 몸을 유린했다.

어른도 견딜 수 없는, 내공이 삼십 년 수위 아래라면 한 시진을 버티지 못하고 타서 죽을 지독한 열기인데 그 안에 있는 아이들은 달랐다. 벌써 보름째 그들은 악착스레 살아남고 있는 것이다.

어떤 아이는 인내심으로, 어떤 아이는 내공법을 이용해, 그리고 몇몇은 이곳이 지옥 굴이 아니고 자신의 거실인 양 의젓한 모습으로 버티어냈다.

고통으로 몸부림치는 아이들 중에서도 고통을 내색하지 않고 서성이는 아이들 수는 네 명 정도였다. 그들은 백 명의 아이들 가운데서 가장 뛰어난 아이들이었다.
 일호.
 사백칠호.
 오백호.
 일천호.
 그렇게 숫자로 불리는 네 명의 아이는 남다른 데가 있어 전혀 고통스러워하지 않는 가운데 악마의 열풍을 견뎌냈다.
 일천호는 웅크린 채 벽을 보고 있었다, 면벽하는 노승처럼.
 붉게 달아오른 벽 위에 무수한 영상이 떠올랐다.
 그의 손에 죽어간 무수한 동갑내기들, 그들이 마지막 숨을 거두며 자신을 향해 지르던 단말마의 비명 소리가 그의 뇌리에 울려 퍼졌다. 그 얼굴들이 하나하나 떠오르며 일천호의 마음을 무겁게 내리눌렀다.
 그는 혈부를 나온 이후 아주 다른 아이가 되었다. 무뚝뚝하고 말이 없고 눈빛을 애써 숨기는 신비한 아이가 된 것이다.
 일천호는 끊임없이 자신을 괴롭히는 자책감으로 인해 두 눈을 질끈 감아버렸다.
 '나의 마음속에 그런 흉성이 있는 줄 몰랐다니… 내가 속으로 친근하게 여기던 아이들을 내 손으로 죽였어. 구백구십구호도, 구백구십팔호도 모두가 내 손으로 죽여 버리다니!'
 그의 얼굴에 땀방울이 맺혔다.
 음양마동 안이 화로같이 뜨겁기 때문일까? 그것은 아니리라. 일천호는 이미 수화불침지신(水火不侵之身)이었다.
 그가 땀을 흘리는 이유는 괴로운 마음을 억누를 수 없었기 때문이다.

 동굴은 비명 소리와 신음 소리를 가려 버리는 바람 소리, 그리고 만물을 태워 버릴 듯한 열기만이 가득했다. 가히 혼백을 제련하는 곳이라 할 수 있었다.

 일천호는 면벽하는 가운데 시간을 보냈다.

 무정세월, 그것은 그냥 그대로 쉬임없이 흘러가고 있었다.

비정천하

　백 일이 물같이 흘렀다.
　그야말로 피골이 상접한 아이들은 음양마동의 연혼화동(煉魂火洞)에서 나와 줄을 이어 연혼빙동(煉魂氷洞)으로 들어갔다. 들어갈 때의 수는 일백이었는데, 나올 때의 수는 일흔네 명뿐이었다. 나머지 스물여섯 명은 연혼화동 안에서 죽었다.
　그런데 신기한 것은 타서 죽은 아이는 하나도 없고, 다만 고통을 이길 수 없어 발버둥 치다가 스스로 자결한 아이들이 전부라는 것이었다.
　연혼빙동으로 들어가는 아이들은 조금 특이했다. 그들은 아주 강한 신체를 갖고 있었고 몸 어딘가에 신비한 힘을 갈무리하고 있는 것처럼 보였다.
　그중에서도 잠재력이 가장 강한 아이는 바로 일천호라 불리는 무정해 보이는 미소년이었다. 그는 모발조차 타지 않았다. 걸치고 있는 흑삼도 타지 않았다. 그의 전신 팔만 사천 모공에서 신비한 기운이 일어나 지옥의 화마처럼 덮쳐들던 열풍을 식혀 버렸던 것이다.

일흔네 명의 아이들이 연혼빙동에 모이자 육중한 기관음이 나며 한쪽 벽면이 열렸다. 아이들의 시선이 일제히 쏠리는 그곳으로부터 한 인영이 천천히 걸어나오며 차가운 음성을 발했다.

"자, 이제부터는 연혼빙동에서 백 일을 보내야 한다. 연혼화동에 들어가기 전처럼 열 개의 천혈단과 열 개의 벽곡단을 동시에 먹고 들어가게 된다."

차가운 음성을 발하는 인물은 야차보다도 사나운 핏빛 눈빛을 흘리는 마인루주였다.

마인루주의 말이 끝남과 동시에 마인루의 부교두 겸 소년 소녀들의 수발을 들어주고 있는 적포 차림의 복면인들이 소년 소녀들 틈 사이를 돌아다니며 물건을 전했다.

열 개의 살구만 한 천혈단과 벽곡단이 소년 소녀들에게 건네어졌다. 천혈단은 내공을 오 년 수위씩 상승시키고 마성을 일으키게 하는 약이다. 그리고 벽곡단은 한 알 먹으면 십 일간 곡기를 끊고도 생존할 수 있는 마문비전(魔門秘傳)의 환단이었다.

소년 소녀들은 그 자리에서 그것을 먹어야 했다.

단약의 힘은 아주 신비로웠다. 칠십사 명의 아이들은 일문십지(一聞十知)의 오성과 암기력을 지니게 됐으며, 시정의 어린아이들과는 비교할 수 없이 강한 근골에 절대로 수그러들 줄 모르는 강한 기질을 얻게 하였다.

모두 피에 굶주린 어린 사자들이라 할 수 있었다.

가장 달라진 사람은 일천호였다. 그는 한 가지를 잃었다.

웃음, 그는 자신도 모르는 사이에 웃음을 잃고 만 것이다.
영재라 불리게 된 소년 소녀들은 단약의 힘이 발휘되기 시작하자 줄을 지어 안으로 들어갔다. 일천호는 맨 마지막으로 들어갔다. 그들이 모두 안으로 들어서자 쇠사슬이 돌에 부딪치는 소리가 나며 육중한 석벽이 꽉 닫혔다.

연혼빙동.
백색 기류가 한순간도 끊이지 않고 쉬임없이 몰아치는 곳이다. 공간은 백 평 정도인데, 보이는 것은 온통 흰색뿐이며 느껴지는 것은 아무것도 없었다.
안으로 들어가는 순간 모든 것이 얼어버린다.
차라리 베어지는 듯 시리고 아프면 오히려 나으리라.
그 안에는 죽음 같은 정적과 냉동에서 오는 마비감이 졸음과 함께 있을 뿐이었다.

"졸면 죽는다. 졸음이 오면 초관에서 전수받은 천마연혼심법(天魔鍊魂心法)을 비롯한 세 가지 기초 심법으로 운기행공하라!"

마인루주는 미리 그렇게 말한 바 있다.
일찍이 일호에서 일천호에 이르기까지 초관에서 배운 것이다. 그것은 구천나후검초를 비롯한 몇 가지였다. 모두 구천나후검초를 완성하기 위한 준비이기도 했다.
날고뛰며 시전하는 구천나후검법이기에 보법과 신법이 필요함은 당연하다. 내공이 필요함은 두말할 나위도 없는 일이다.

천마연혼심법(天魔鍊魂心法).
광마운기술(狂魔運氣術).
대천주행신공(大天周行神功).

초관교두는 소년 소녀들이 그것을 익히도록 강요했다.

연혼빙동은 눈이 부실 정도의 흰 기류에 휘감기고 있었다. 일천호를 비롯한 일흔넷의 영재들의 모습은 이미 흰 기류에 덮여 하얗게 변해가고 있었다.

그들은 세 가지 심법에 있어 이미 제거된 구백여 소년 소녀들에 비할 수 없이 탁월한 성취를 이룩하였다. 또 다른 것이라면 남다른 인내력을 겸비하고 있다는 사실이다.

시간은 소리없이 흐른다.

빛도 없고 소리도 없다. 있다면 삼라만상을 얼려 버릴 것만 같은 지독한 추위와 백색의 적막, 그리고 마비감에서 오는 졸음뿐이었다. 졸음을 쫓지 못하면 그것은 곧바로 죽음과 연결됨을 뜻한다. 그 안에서 일흔네 명의 영재들은 시체같이 누워 언제고 문이 열릴 날만을 기다리는 것이었다.

일천호는 연혼화동에서와 마찬가지로 벽을 보며 운기행공에 몰입했다. 그의 두 손은 깍지 끼듯 모아 하단전 기해혈을 가리고 있다. 그의 기해혈에서는 언제나 막강한 기운이 일어났다.

대부분의 무사들은 진기를 끌어올리다 임독양맥(任督兩脈)에서 그 흐름이 막혀 화후가 절정에 이르지 못하게 된다. 임독양맥이 뚫린다면 요결에 의해 끌어낸 진기를 원하는 형태로 마음껏 사용할 수 있으며, 중단이 없기에 진기의 막힘도 느끼지 않게 된다. 하기에 임독양맥의 관통을 지상의 과제로 여기며 불철주야 내공 수련에 열중하는 것이었다.
 하지만 일천호는 달랐다. 그는 임독양맥이 본시부터 막히지 않은 기이한 체질이었다. 또한 누구보다 뛰어난 오성을 지녔기에 지옥 같은 환경 속에서도 꿋꿋하게 버틸 수 있었던 것이다.
 '나는 강하다. 내가 포기하지 않는 한 나는 살아남는다. 어떠한 것도 나를 가로막을 수 없다!'
 일천호는 입술을 질끈 물었다.
 그의 입가에 한동안 없어졌던 미소가 떠올랐다.
 그 미소는 신비하다는 데에는 전과 같았으나 느낌에 있어서는 완전히 달랐다. 지난 동안의 미소가 춘풍이라고 한다면 지금의 미소는 삭풍(朔風)이랄까?
 '버러지 같은 놈들과 비교된다는 것이 부끄러울 뿐이다.'
 그는 전에 느끼지 못했던 호승심마저 느꼈다.
 죽음이라는 것, 그것은 전과 달리 그에게 아주 낯익은 것이 된 느낌이 들었다.
 "으으… 음……."
 그때 누군가가 가느다란 신음 소리를 냈다.
 무리 중에서 다른 소녀들에 비해 훨씬 숙성한 소녀 하나가 팔베개를 하고 자리에 웅크리며 눕고 있었다. 그녀는 벌거벗은 채였는데, 매끄러운 가슴에는 처녀의 상징인 투명해 보이는 연분홍의 젖꼭지가 꽤 솟아 나와 있었다.
 이곳의 소년 소녀들은 범속한 아이들에 비해 오 년 정도 빨리 자라났다. 소녀로 보기에는 너무도 성숙해 버린 몸뚱이는 수마를 이기지 못하며 스르르 침몰해 갔다.
 사신(死神)의 검은 그림자가 그 위로 조용히 덮쳐들었다.

"졸립다······. 영원히··· 영원히 잠들고··· 싶어······."
　소녀는 중얼거리며 잠에 빠져들었다. 그것은 칠십구호라 불리던 소녀의 최후이기도 했다.
　그뿐만이 아니었다. 시간이 지남에 따라 영원히 잠들어 버리는 아이들이 하나둘 늘어났다.
　푸르뎅뎅하게 얼어 죽은 아이들, 차게 식어가는 모습보다 처참한 모습은 무정한 아이들의 아름다운 얼굴들이었다.
　일백 일이 다가오자 신기하게도 오십 명이 가려졌다. 미리 예정이 되었던 듯, 홀수와 짝수가 짝을 지어 정확히 이십오 쌍만이 연혼빙동에서 살아남았다.
　일호, 이십일호, 사십일호, 육십일호, 팔십일호, 백일호, 백이십일호··· 육백이십호, 육백사십호, 육백육십호··· 구백이십호, 구백사십호, 일천호.
　일천 명 중 전 오백(前五百)에서는 각 백마다 다섯씩, 그것도 모두 홀수로, 후 오백(後五百)에서는 각 백마다 다섯씩 모두 짝수로.
　신기하게도 뒤쪽, 그러니까 육백호 이상은 모두 남자였고 그 이하는 모두 여자였다.
　특히 빼어난 쪽은 둘이었다.
　그 하나가 일호였다. 머리카락이 아주 긴 소녀로 강호에 나간다면 벌써 혼인을 강요당했을 정도로 성숙한 체격이었다. 그녀는 일천 명의 영재 중 가장 뛰어났기에 늘 주목받는 존재였다. 다른 하나는 최근 들어 주목을 받게 된 일천호였다.
　머리카락이 타지 않은 사람은 일호와 일천호뿐이었다. 물론 둘은 이제껏 한마디 말도 하지 않았다.
　연혼빙동에서 살아남은 오십 명의 소년 소녀들은 귀재(鬼才)로 불리게 되었다. 그러나 시련이 거기에서 끝난 것은 아니었다. 마인루주는 음양연혼동을 나선 그들에게 아주 혹독한 수련을 쉬임없이 강요했다.

첫 번째는 전신을 채찍으로 얻어맞는 편태형(鞭笞刑)이란 고된 수련이었다.

짜악! 짝!

채찍은 아이들의 살결 위에 사정없이 휘감겼다. 적포인 오십 명이 일 장 길이의 연편(軟鞭)을 들고 각기 맡은 귀재 하나를 초주검이 되도록 후려쳤다.

채찍에 맞아 갈라진 피부에서 피가 흘러내렸다.

"크으으, 너무도 고통스럽다!"

"이, 이렇게 살아야 하나?"

귀재들은 앙다문 입술 사이로 신음 소리를 흘리며 몸을 뒤튼다. 그렇다고 채찍질이 무서워 도망갈 수는 더욱 없는 일이었다. 두 발목과 허리, 그리고 양 팔목에 쇠사슬을 두른 상태이기에 도망치려야 도망칠 수조차 없는 것이었다.

그래도 그것은 다음에 이어지는 화삭태형(火索笞刑)이란 시련에 비한다면 견딜 만했다.

적포인들은 이번에는 연편 대신 불에 발갛게 달궈진 쇠사슬을 휘둘러댔다. 적포인들은 지독한 빠르기로 쇠사슬을 휘두르며 무공초식을 전개했다. 한데 그 초식은 놀랍게도 모두 백도의 전통적인 명초식들이 아닌가?

옥대위요, 고행미륵, 철수개화, 나한복룡, 횡단무산 등 구파일방의 초식들이 적포인들에 의해 재창조되어 귀재들의 몸에 시뻘건 화인(火印)을 만드는 것이었다.

"너희들은 이런 초식들을 평생 증오하게 되리라!"

적포인들은 쇠사슬을 쉬지 않고 휘두르며 귀재들에게 그런 말들을 주지시켰다.

파파팍! 쇠사슬이 흔들릴 때마다 자지러지는 비명이 터져 나왔다.

"크윽!"

적포인들은 인정사정 두지 않았다. 귀재들의 터진 살결에 작렬하는 쇠사슬에도 한 점 인정이 실려 있지 않았다.

찢겨진 살이 타들어가고 핏방울이 튀었다. 귀재들이 비록 음양연혼동을 거쳤다고는 하나 그것은 너무도 참기 힘든 고통이었다.

그러나 일천호만은 달랐다. 발갛게 달구어진 쇠사슬이 수천 번도 더 전신을 두드렸지만 그의 피부에는 상처가 없었다.

짜악! 짝! 쇠사슬이 몸에 감겼다가 풀리면 아주 잠깐 붉은 흔적이 남았다가는 봄눈 녹듯 스르르 사라지는 것이었다. 그의 얼굴에는 고통스런 표정조차 없었다. 오히려 고통을 즐기고 있는 것 같았다.

'놀라운 녀석… 보면 볼수록 신비하다. 초관교두가 저 아이에게 독호(毒虎)의 젖을 먹여 키우던 시절부터 혈루대호법이 총애하는 일호 이상으로 높이 평가한 이유를 이제야 알겠다.'

화삭태형이 펼쳐지고 있는 광경을 바라보며 마인루주는 땀을 흘렸다.

그는 일천호에게 시선을 떼어내지 못했다.

다른 어떤 아이에 비해 특별한 대접을 받은 바 없는 일천호였으나, 그는 여기 온 이후 비밀스러운 가운데 주목의 대상이 되고 있었던 것이다. 그 사실을 모르는 사람은 일천호 그 자신뿐일지도 모르는 일이었다.
 마인루의 시련은 강철보다 단단한 몸뚱이를 지닌 귀재 사십오 명을 탄생시킨 채 종식되었다. 다섯은 뜨겁게 달궈진 쇠사슬을 이기지 못하고 혀를 깨물고 죽었다.
 고통을 견뎌낸 사십오 명의 귀재들의 눈빛은 한결같이 차고 강렬했다.

 제팔교두는 검루주(劍樓主)라고 불리는 인물이었다. 그는 사십오 명의 귀재를 앞에 모아두고 몹시 흡족해했다.
 "너희들은 일당천의 강자들이다. 물론 싸움은 몸뚱이가 강하다고 이기는 것은 아니지만……."
 그는 중얼거리듯 말하다가 손을 슬쩍 흔들었다. 바람도 일어나지 않는데 손에서는 보이지 않는 힘이 흘렀다.
 "어엇!"
 제일 앞줄에 서 있던 소년 하나가 무엇에 이끌린 듯 둥실 떠올랐다. 진기의 힘으로 먼 곳에 있는 사물을 끌어당기는 격공섭물공(隔空攝物空)이었다.
 소년이 공중에 매달린 듯 허우적거릴 때 검루주의 왼손이 가볍게 흔들리며 검은빛이 빠르게 흘렀다.
 파꽉꽉! 하는 둔탁한 소리가 퍼질 때 검은빛은 사라졌다. 대신 '으윽!' 하는 답답한 신음 소리가 터지며 검루주의 격공섭물공에 의해 떠올랐던 소년이 피투성이가 되어 털썩 떨어져 내렸다.
 소년의 전신에는 헤아릴 수 없이 많은 검흔이 새겨져 있었다. 철퇴로 쳐도 상처가 나지 않을 정도로 강한 근골인데 대체 어떤 병기를 썼기에 살이 베어졌단 말인가?

"후훗, 내가 쓴 무기는 바로 이것이다."

검루주는 미소 지으며 한 가지를 꺼내 들었다.

그것은 아주 작은 붓이었다. 털 오라기가 열 개도 채 되지 않는 세필이었는데 붓 끝에는 먹물이 묻어 있는 게 보였다.

바람만 불어도 날아가 버릴 것만 같은 보잘것없는 물건인데 어떻게 소년의 몸에 무수한 검흔을 남겼단 말인가?

"빠르다는 건 가장 강하다는 것과 일맥상통한다. 후훗, 쾌속에서 살기가 일어나는 이치와 같다."

검루주는 붓을 내려놓고 손가락을 가볍게 튕겼다.

팍! 소리가 나며 붓은 산산이 쪼개지는데 그 모습은 완연한 노죽(老竹)의 한 가지였다. 그것도 마를 대로 말라 손가락으로 치지 않았더라도 부서졌을 정도로 약한 것이었다.

'으음, 그야말로 빠름의 극치가 아닌가!'

'그동안 너무도 하찮은 것을 배웠어. 여기서 배워야 할 것이야말로 진짜 무공이다.'

소년 소녀들 대부분은 검루주의 절기를 목격하고는 놀라워했다. 그러나 단 두 사람, 일호와 일천호만은 서로 미리 약속이나 한 듯 아주 무표정했다.

검루주는 다시 팔짱을 꼈다.

"너희들은 구절검(九絕劍)을 배우게 될 것이다. 구절검은 이곳에서 창안된 것이고, 백도 문파의 검초에 극성이 된다. 일초는 구식, 고로 구구 팔십일 식인데 연환하면 일관통검(一貫通劍)으로 용이 구름을 토하듯 끊임없이 토하게 된다."

검루주는 거두절미하고 구결을 말했다.

그는 귀재들의 능력을 너무나도 잘 알고 있었다. 세세히 말해준다는 것은 시간 낭비일 뿐이었다. 한 자를 들으면 열 자를 깨우치는 정말 지독한 아이들이었기에.

검루주가 말한 구결은 다음과 같았다.

비류(飛流).

제일초로서 빠름을 빠름으로 꺾는 묘법이 있는 절초였다. 백도에서 빠르기로 유명한 천성파의 쾌검식을 파괴하기 위해 만들어진 것이었다.

환영(幻影).

그림자가 나타나면 더 많은 그림자로 가두는 초식이었다. 가히 환환묘묘(幻幻妙妙)의 극치라 할 수 있는데, 수비하는 자세는 전혀 없고 공격 일변도의 식으로만 이루어진 것이다. 물론, 공격적인 면은 비류식도 마찬가지였다. 환영의 초식은 무당파가 자랑하는 대환검(大幻劍)의 극성이 된다 할 수 있었다.

금강(金剛).

흔들리지 않으면 변화하는 만물을 제어하는 힘을 얻을 수 있고, 그것을 정(靜)이라 부른다. 소림에서 유래한 검초의 대부분이 정에 근간을 두는데 제삼초식 금강은 부동의 묘법을 그에 상응하는 빠름으로 제압하는 변초였다. 말이 금강결이지 사실은 파금강검초라 불릴 만한 내용이었다.

허공(虛空), 대유(大幽), 선천강(先天罡).

구절검의 사초, 오초, 육초식은 도가 수법의 전형을 깨어버리는 특징을 갖고 있었다. 이들 모두는 내공의 기초가 있어야만 시전할 수 있는 것이었다.

태청(太淸).

그것은 일원태극의 변화를 역으로 펼치는 것으로, 역천검류의 최고라 할 수 있는 것이다.

구양(九陽).

이것은 장중하고 강한 것을 깨어버리는 초식이었다. 음하고 사한데 구양이라고 이름 지은 것이 우스꽝스런 일이었다. 즉, 태청검은 태청검을 쓰는 사람을 만날 때 쓰라는 것이고, 구양검은 구양검을 시전하는 사람이 있을 때 시전하라는 뜻이 아니겠는가?

구절검의 마지막 초식은 현음(玄陰)이라 불렀다.
가장 빠르고 변화가 많은 초식이면서 살기 또한 가장 짙은 초식이었다. 위력 또한 막강하기에 피를 보기 전에는 절대 거둬들일 수 없는 검초였다.

구절검의 아홉 개 초식 중 가장 터득하기 어려운 것도 현음초식이었다. 앞선 여덟 개의 초식을 완벽히 익혀야만 익힐 수 있는 것이기에.

귀재들 중 제일 먼저 구 초를 터득한 사람은 일호였다. 그다음이 일천호였다. 그러나 그것만을 비교해서 누가 뛰어나다 따질 수는 없는 일이었다. 일호는 쉬는 시간에도 수련을 했고, 일천호는 언제나 명상하며 목검을 놓고 있었다는 것을 감안한다면 말이다.

반년이 지났을 무렵, 현음초식을 익힌 귀재들이 서른 명으로 늘어났다. 검루주는 서른 명이 채워지는 순간 귀재들을 호형루(虎形樓)라 불리는 곳으로 보냈다.

미처 검초를 익히지 못한 열다섯 명의 귀재들은 검루주의 일검에 모두 고혼(孤魂)이 되었다. 그들이 이를 악물고 익히려 했던 현음검초에 의해서.

"후훗, 내 임무는 여기까지다. 호형루로 보낼 서른을 골라내는 것이었지."

검루주는 낙오자들의 피투성이 시체를 보고 중얼거리다가 급히 뒤돌아섰다.

비정함만이 존재하는 세계.

이곳에서는 다정하고 아름다운 것이 오히려 이상하게 보일 것이다.

지피지기 백전백승

호형루.

그곳은 두 발을 지상에 붙이고 시전하는 제반 종류의 무공이 숨어 있는 곳이었다. 호형루에는 사대무관(四大武關)과 열 개의 서고, 수십 개의 작은 연공실이 있으며 수십 개의 침소도 있었다.

호형루주는 복면을 착용한 상태였다.

그는 서른 명의 귀재를 보며 우선 매우 흡족해했다.

"너희들은 하나같이 인중용봉이다. 그러나 손재간을 익히지 못한 이상 날개가 없는 용이고 발톱이 없는 호랑이라 할 수밖에 없다."

"……"

서른 명의 귀재들은 침묵하며 호형루주에게 시선을 집중하고 있었다.

이제 아이들은 이곳에 없다. 비정의 세월 속에 아이들은 어른으로 자라난 것이었다.

용모에서도 가장 빼어난 쪽은 일호와 일천호였다.

일호는 보기 드문 미인으로 자라났다. 눈빛이 너무 차가운 게 흠이라면 흠일까? 월궁(月宮)에서도 그런 미인은 찾아보기 힘들 것이다. 벌써 그녀는 미색으로 여타의 귀재를 사로잡기 시작했다. 그의 그물에 걸리지 않은 사람은 일천호뿐이라 할 수 있을 것이다.

'대체 무엇을 위함인가?'

일천호는 내심 중얼거리며 교두이자 루주가 되는 복면인의 말을 귀담아들었다.

"이 안에서는 금나수법(擒拿手法)과 권장법(拳掌法)을 배우게 된다. 기한은 일 년이다. 정확히 일 년 후 스물여섯만이 이곳을 나가게 되리라!"

스물여섯만 나간다면 넷은 남아야 한다는 말이 아닌가?

그 말은 귀재들에게 있어서는 일대 풍운을 일으키기에 충분했다. 은밀한 가운데 전율이 일어났다.

일호는 문득 일천호 쪽을 바라보았다.

그녀가 아름다운 여인으로 성장했듯, 일천호는 반듯한 미소년으로 자라났다. 훤칠한 체구에 이목구비는 옥을 깎아 만든 듯 뚜렷하다. 다른 귀재들이 그렇듯 일천호 역시 차가운 눈빛을 띠었다.

모든 비정의 극치를 담은 냉막함이랄까? 그 차가움은 가히 신품이라 불릴 만했다.

'......!'

일호는 일천호를 의미심장한 눈빛으로 바라본 다음 얼굴을 돌렸다. 그 순간 일천호의 무심하던 눈빛에 한줄기 이채로움이 떠올랐다.

'저 계집이 나를 주시하고 있군. 오만방자한 줄로만 알았는데 나를 경쟁자로 여길 줄이야.'

일천호는 코끝에 걸리는 방향을 느꼈다. 그리고 전에는 느끼지 못했던 조금은 야릇한 감정을 느꼈다.

호형루주의 말이 이어졌다.

"여기서 배우게 되는 것은 모두 백도의 수법들이다. 자고로 지피지기면 백전백승이라 했다. 백도의 수법을 알지 못하면 그들을 깨뜨릴 수 없다."

그는 말을 한 다음 손을 쳐들었다. 그러자 그의 뒤쪽에서 네 사람이 쟁반 하나씩을 들고 그림자가 다가서듯 가벼운 동작으로 다가섰다. 그들은 모두 적포를 걸친 복면인들이었는데 그들이 들고 있는 쟁반 위에는 손으로 직접 쓴 책들이 한 줄로 쌓여 있었다. 어떤 책은 단 한 장으로 이루어졌고, 어떤 책은 세 치 정도로 두툼했다.

쟁반 네 개에 쌓인 책은 모두 무공 비급이었다.

보법십칠서(步法十七書).

제일 우측의 부교두가 들고 있는 쟁반 위에는 백도 십칠 개 문파의 보행신법에 관한 책들이 놓여 있다.

개방의 취팔선보, 화산파의 오행매화보, 무당파의 구구미종보법……. 하나같이 구파일방을 대표하는 보행술이었다. 중원의 신법만 있는 것은 아니었다. 포달랍궁의 천룡지행술과 묘강 철기족의 철기행운보가 적힌 비급도 있었다.

열일곱 권의 비급이 한데 모이기 위해 얼마나 많은 사람들의 희생이 따랐는지 모르는 일이었다. 하여간 마도인들의 죽음을 딛고 백도의 보법 열일곱 가지가 한자리에 모이게 되었다 할 수 있다.

권장수법(拳掌手法) 삼십삼서(三十三書).

두 번째 쟁반 위에는 권법, 장법, 수법에 관한 비급 서른세 권이 놓여 있다.

그중에서 열한 가지는 불가의 무공이었고, 그다음 열한 가지는 도가 무공, 나머지 열한 가지는 속가에서 전해지는 절기들이었다.

불가 무공 대부분은 소림사의 장경각에서 나온 것들이었다.

복마나한권과 백보신권의 요결이 한 자도 빠짐없이 적혀 책으로 남았으며, 호법승만 익힌다는 수미금강권과 일자허공권에 관한 내용도 있었다. 어디 그뿐인가. 오대파에서 비전으로 내려오는 연화배불권과 청련모니신장도 있었다.

도가 수법은 주로 삼 파(三派)에서 흘러나온 것들이었다.

도가의 본산이라는 무당파의 무공 다섯 가지, 전진도교(全眞道敎)의 신묘한 건곤산수(乾坤散手), 그리고 곤륜파 장기인 대천강백팔식이 그것이었다.

속가로 분류된 열한 권의 경전은 백도에서 이름을 날린 군소 문파의 절기들이었다. 오래전 강호에서 사라진 문파의 무공도 있었다. 백도의 수법답지 않게 호신을 위한 무공이 아닌 살기가 짙은 무공이 대부분이었다.

쟁반에 담긴 비급들을 바라보는 눈빛들이 타올랐다.

세 번째 쟁반과 네 번째 쟁반에는 더욱 난해한 수법을 수록한 비급들이 담겨 있었다.

금나수(擒拿手)에 관한 비급 일곱 권과 백팔 가지의 지공(指功)을 기록한 책들이 그것이었다.

금나수가 장권의 초식보다 어려운 이유는 적을 죽이지 않고 제압해야 하기 때문이다. 보법에 능통해야 그 효과가 배가된다.

제일 위에 놓은 비급은 소림이 자랑하는 금나수법인 오금룡수(五擒龍手)였다. 천산파의 절기인 쌍수금룡의 절기와 점창파의 칠절연쇄금나수법(七絕連鎖擒拿手法)도 보였다. 한결같이 강호에서 위명을 떨친 금나수법들, 백도인들이 보았다면 아마도 원통해서 피눈물을 흘렸을 것이다.

지공 또한 익히기 어려운 이유는 점혈법과 해혈법에 대해 통달한 후에야 위력을 발하기 때문이다.

지공에는 가장 많은 변화가 있다. 강철보다 단단하게 단련된 손가락으로 적에게 직접 타격을 가하는 지력도 있지만 일정한 거리를 격해 강기류를 토해내는 절묘한 지공도 있기 때문이었다.

석벽에 구멍을 뚫는 천운지나 낙성지공은 오히려 쉽게 다가왔다. 방향을 틀어 사혈을 꿰뚫어 버리는 회선지력이나 소리없이 발출하는 무영무음지, 먼 거리에서 적의 심장을 찢어발기는 격공쇄월지력은 시늉조차 내기 어려운 절기들이었다.

비급들은 빠르게 귀재들의 손에 들어갔다.

이상하게도 비급을 받아 드는 그들의 표정에 일말의 불안감이 스쳐 지나갔다.

"넷은 여기에 남게 되리라!"

호형루주가 자신들에게 했던 그 의미심장한 말이 자꾸만 뇌리를 파고들었기 때문이다. 호형루를 나가지 못하고 남는다는 것은 결국 죽음을 의미하는 것이므로.

단아한 석실.

미소년 하나가 붓을 들고 그림에 열중하고 있었다. 화선지에 그려지는 것은 의미가 없어 보이는 그림이었다. 무늬라고 할까, 아니면 구름이 뒤엉키는 모양이라고 할까? 도무지 그 뜻을 헤아릴 수 없다. 그런데도 소년은 온 신경을 거기에 쏟아부었다. 그가 그것을 열심히 그리고 있을 때 똑똑! 문 두드리는 소리가 나더니 한 줄기 음성이 들려왔다.

"일천호, 용정차를 갖고 왔다. 바란다면 너와 일다향(一茶香)을 함께 즐기고 싶은데……."

누구의 목소리일까? 옥구슬이 구르듯 아름답고도 차가운 음색이 아주 매력적이다.

'일호의 목소리군. 흠, 일호가 나를 찾다니.'

미소년은 바로 일천호였다. 붓으로 무늬를 그리던 그는 눈살을 찌푸리다가 무미건조한 어투로 말했다.

"문은 법칙대로 항상 열려 있어."

그의 목소리가 입 밖으로 나온 것은 정말 오랜만의 일이었다. 지난 반년 동안 일천호는 한마디 말도 하지 않고 지내지 않았던가?

방문이 열리며 머리카락이 아주 긴 소녀가 나무 쟁반에 두 잔의 찻잔을 얹어 들고 나비가 꽃잎에 내려앉듯이 사뿐사뿐 걸어 들어왔다.

그녀는 일호였다. 서른 명의 귀재 중 장래가 가장 촉망받는 그녀가 오늘따라 겸손한 표정을 지으며 안으로 들어서는 것이었다. 그러나 겸손함은 표정뿐이었다. 일호는 안으로 들어서자 먼저 책상 위를 살폈다. 책상 위에는 그녀가 찾고 있는 책은 하나도 없었다.

일호의 고운 미간이 가볍게 찌푸려졌다.

'설마 벌써 모든 것을 다 터득했단 말인가? 나도 오늘 아침에서야 겨우 완전히 터득할 수 있었는데…….'

찻잔을 드는 일호의 손이 가늘게 떨렸다. 두 사람은 아주 친한 사이처럼 별 말도 없이 묵묵히 차를 나눠 마셨다.

그러나 일호의 눈빛은 계속 일천호의 모습을 훑고 있었다.

'나보다 정말 뛰어난 자일까? 나는 한 살 때 천년화리의 내단을 먹어 내공이 일천 명 중 가장 강하다고 여겼는데 이자가 더 강하단 말인가? 아냐. 그럴 리가 없어.'

일호는 애써 일천호의 뛰어남을 부인했다.

그간 일천호가 해온 일은 하나같이 기적 같은 일들이었다. 아니, 믿기지 않는 일들이었다. 어릴 적에는 가장 진도가 느렸는데, 관문을 가장 늦게 통과했던 그가 혈부(血府)에서 삼백 명을 혼자 죽였다는 것은 아직도 믿어지지 않는 사실이었다.

흐리멍덩해 보였던 눈빛은 이제 심연이 된 듯 깊게 가라앉았다. 그 예의 차가움은 그가 무슨 생각을 하는지 짐작조차 할 수 없다.

일천호는 그저 목석처럼 말없이 차를 마셨다. 바로 앞에 앉아 있는 눈부신 미녀의 존재를 느끼지 못하는 듯.

일호의 얼굴이 붉게 상기되었다.

'애써 나를 무시하는군. 그렇겠지. 아마 나에게서 넘을 수 없는 벽을 느끼겠지. 그래서 시선조차 마주치지 못하는 거야. 다른 것들이 그랬듯이.'

이미 스물여덟 곳의 석실을 방문한 그녀였다. 느닷없는 그녀의 방문에 당황한 기색들이란.

냉담한 반응을 보인 사람은 일천호가 유일했다.

'물론 일천호가 탈락할 일은 없을 거야. 둔하긴 해도 강하니까 십구비위(十九臂衛)의 한자리는 차지하겠지. 나는 이자를 제일비위로 삼고 나의 말고삐를 잡게 하겠어. 나로 말하면 혈루대호법이 특

별히 총애하는 사람이 아닌가!'
 일천호에 대한 탐색이 끝난 듯 일호가 앵두 같은 입술을 벌리며 말을 했다.
 "호홋, 다른 아이들은 책을 외우고 부교두들과 비무하기에 여념이 없는데 일천호는 어이해 꼼짝도 안 하는 거지?"
 "나는 생각하기에 바쁠 뿐이야."
 일천호의 목소리는 언제나 조용하고 차분했다.
 "생각? 무공 연마를 하는 데에도 머리가 모자랄 텐데 또 무엇을 생각하지?"
 "요즘은 이런 것들을 생각했지."
 일천호는 자신이 그리던 그림을 앞으로 내밀었다. 흐트러지고 뭉치는 구름 무늬였다.
 '몹시 기묘해 보이는데?'
 일호는 호기심 어린 시선으로 그림을 바라보았다. 그러다가 그녀는 그림의 의미를 확연히 알 수 없다는 듯 미간을 찡그렸다.
 "일원에서 양의가 생성되고, 태음태양소음소양의 사상이 변화되어 나오는 괘의 그림 같기도 한데……?"
 일호가 이맛살을 찌푸리고 묻자 빙그레 미소 지으며 대답했다.
 "비슷하게 말했으나 사실 완전히 달라."
 "비, 비슷하고도 완전히 다르다니?"
 이해가 가지 않는다는 표정으로 그녀는 일천호의 얼굴을 빤히 바라보았다.
 일천호의 얼굴에는 신비한 미소가 사라진 대신 진지한 표정이 떠오르고 있었다. 그가 그림에 대해 자세히 설명하기 시작했다.
 "이것은 순리가 아니라 역리야. 즉, 생성지리가 아니고 파괴지법이지. 일원으로 양의를 제압하고 양의로 사상을, 사상은 팔괘를 팔괘는 육십사효를… 나는 그 이치를 기경팔맥도에 연관시켜 대역천금쇄지(大逆天禁鎖指)라는 한 가지 절기를 만들어내느라 최근 바쁘게 지낸 거야."

'절, 절기를 만들어냈다고!'

일호는 할 말을 잃었다. 차 맛이 갑자기 소태같이 쓰게 느껴졌다. 자신보다 못하다 여겼던 일천호가 자신은 생각지도 못했던 무공의 절기를 만들어내고 있을 줄이야!

'이자는 거짓말쟁이가 아니면 만고 기재다. 그러나 싸움에서는 나도 누구에게 못지않다. 나의 무공은 벌써 교두 이상이다!'

일호는 새침해져 몸을 일으켰다. 그리고는 일천호를 향해 차가운 음성으로 한마디 던졌다.

"너한테 한마디만 하겠다. 비위 자리 이상을 넘보다가는 바로 이 손 아래 고혼이 된다는 것만을!"

그녀는 말과 함께 섬섬옥수를 쳐들었다. 직후, 팍! 하는 음향과 함께 다섯 손가락이 언제 튕겨졌는지 모르게 튕겨지더니 석벽에 오 촌 깊이의 지인 다섯 개가 매화 꽃잎 모양으로 새겨졌다. 그것은 바로 자기 과시였다.

"……"

일천호는 그 모양을 일말의 감정도 나타내지 않았다.

'이 정도라면 일천호 네가 발 벗고 따라와도 십 년은 걸릴 것이다.'

그녀는 도도한 미소를 입꼬리에 달며 아무 말도 못하고 있는 일천호를 바라보았다. 그녀는 일천호가 자신이 펼쳐 보인 절기에 감탄하고 있는 것이라 여겼다.

"호호호홋!"

일호는 웃음을 터뜨리며 찻잔을 회수해 밖으로 나갔다.

일천호는 그녀가 나가는 것을 보다가 고개를 가로저었다.

'자질은 좋으나 심성이 흐려. 그래서 성취가 자질에 비해서 천박하다.'

그는 고개를 젓다가 손을 가볍게 내저었다. 그의 손에서 음유한 경력이 일어나더니 벽면에 먼지가 일었다. 직후, 일호가 남긴 다섯 개의 매화 꽃잎 모양의 지인이 흔적도 없이 사라지고 석벽은 전과 마찬가지로 매끈한 흰 석벽으로 화했다.

'그림을 마저 그려야지. 이것을 다 만들게 되면 강기를 전문적으로 파괴하는 정말 대단한 작품이 나오리라!'

일천호는 아무 일도 없었다는 듯 다시 붓을 놀리기 시작했다.

세월은 또 그렇게 속절없이 흘러가고만 있었다.

반년 후.

대전 안에서 한 사람이 서서 크게 말하고 있었다.

"모두 예정대로 되어가고 있습니다. 미리 점찍었던 아이들은 이미 통관했고, 제거 대상이었던 아이들은 결국 제거되었습니다."

그는 그렇게 말한 다음 주먹을 한데 모아 포권지례를 취했다. 그는 바로 반년 동안 삼십 명의 귀재들을 가르쳤던 호형루주였다.

"후훗, 이제는 용형루주가 일 년 동안 고생할 차례로다."

누군가 말하자,

"속하, 대루주(大樓主)의 명, 그리고 마도 천년한(千年恨)의 사명에 따라 제자들을 가르치는 데 신명을 다할 것이오!"

대전 안에 있던 복면인 하나가 벌떡 일어나 아주 크게 외쳤다.

대루주라는 자의 음성이 이어졌다.

"후훗, 일백팔 종의 경신술을 갖고 일 년 동안 고생하려면 꽤나 힘이 들 것이네."

"자신있습니다. 필히 옥과 돌을 가려 스물셋을 고르고, 셋은 바로 이 손으로 처단하겠습니다!"

용형루주는 주먹을 불끈 쥐었다. 그의 주먹으로 말하자면 금석을 박살 내는 마권(魔拳)이었다.

그 용형루주의 마권 아래 세 명의 두개골이 또 바스러져야 한다. 앞으로의 일이지만 그 셋을 위해 울어줄 사람은 단 한 사람도 없을 것이고, 묘를 세워줄 사람조차 전무할 것이다. 남은 귀재들은 자신이 살아남기 위해 몸부림을 쳐야 할 것이기에.

대전의 높다란 천장에 적힌 글이 그것을 대변해 주고 있었다.

〈대파천(大破天)의 순간을 위해 전 마도가 천 년을 토혈하며 보내리라. 아아, 형극은 힘드나 언제고 구마령주(九魔令主)가 탄생하리라! 그의 탄생은 바로 마도군림천하의 시작일지니 모두 그날을 위해 사투하라!〉

누가 썼을까?

핏빛 글씨 한 자만 봐도 심장이 비수에 베어지는 듯 섬뜩할 뿐이다.

용형·풍형·운형

　일천호는 자신의 차례가 오기를 기다리며 무게가 이천 관이나 나가는 철갑을 천천히 걸쳤다. 그의 두 눈에서는 쉴 사이 없이 광기가 뿜어져 나왔다.
　등골이 오싹할 정도로 섬뜩한 눈빛.
　'모두 죽이고 싶다. 누군가 나를 제거하고 싶어 철갑을 이천 관짜리로 바꿔놓았다.'
　그는 최근 들어 성격이 급격히 달라졌다. 과거에는 소년 소녀들 중 가장 온순했던 그다. 그러나 현재의 그는 가장 지독한 광마성을 갖고 있었다. 물론 그의 용모는 뛰어났으나 눈빛만은 음험해 보였다. 지금의 그와 눈빛을 마주하고 싶은 사람은 별로 없을 것이다.
　그는 한곳을 뚫어지게 응시하고 있었다.
　혈수은지(血水銀池).
　그곳은 만독이 응결된 죽음의 연못이었다. 혈수은지의 폭은 사십 장 정도로, 가장 무서운 것은 혈수은지의 위에 뜬 것이면 무엇이든 일천 관의 힘으로 빨아들이는 흡인력이었다.

지금 일천호가 치러내야 하는 시험은 이 혈수은지를 건너야 하는 것이었다. 철갑을 걸친 채 자신의 위치에서 떠서 반대편까지 가는 동안 지난 일 년간 배운 백팔 종의 절기 중 자신이 자랑하는 아홉 가지를 자세히 시전하는 것이 출관의 요령이었다.

"차앗! 천마행공!"

한소리 낭랑한 외침 소리가 터지며 맨 먼저 대기하고 있던 일호의 몸이 솟구쳐 올랐다. 그녀는 자신의 몸에 비해 세 배는 큰 철갑을 걸치고 있었다. 그런데도 다짜고짜 비스듬히 칠 장 정도를 떠오르는 것이었다.

"하아앗!"

일호는 표표히 날아올랐다가 선녀무로 몸을 틀며 곧바로 운룡대팔식을 시전했다. 그녀가 지금 펼쳐 보이는 초식은 더없이 빼어난 운신술이었다.

혈수은지의 중간 정도에 이른 그녀는 연속해서 제운종(蹄雲踪)과 능공허도의 경신술을 시전했다. 콧잔등에 땀방울이 송골송골 맺히기 시작했다. 그러나 그녀는 전혀 당황하지 않고 다시 절세적인 백도신법을 구사하며 혈수은지의 허공을 가로질러갔다.

"유운부(遊雲浮)! 유성간월(流星看月)!"

일호는 기합 소리를 지르며 멋들어지게 허공을 갈랐다. 그녀가 반대편 연못가에 사뿐히 내려서는 순간 탄성이 터졌다.

"와아! 역시 일호다!"

"나도 저 정도만 되면 좋으련만……!"

정해진 곳에 모여 있던 귀재들은 일호가 무사히 내려서서 용형루주의 칭찬을 받는 것을 보고 몹시 부러워했다.
"이제 백호 차례다. 깃발을 들면 시작하라!"
귀재들이 술렁거리고 있을 때 용형교두의 천리전음이 들려왔다.
"기다리고 있었습니다."
귀재들 중에서 조금 유순하게 생긴 미소녀 하나가 육중한 철갑을 걸친 채 연못가로 다가갔다.
용형교두의 손에서 적색 깃발이 쳐들렸다.
"하앗!"
백호라 불린 미소녀가 지체없이 몸을 날려 허공으로 날아올랐다. 그녀에게서 한당도학(寒塘渡鶴)과 추풍비행술 등의 절기가 연속해서 펼쳐졌다. 그녀는 일 년간 전수받은 백팔 가지 수법 중에서 자신이 특히 잘 아는 아홉 가지를 잇달아 구사해 혈수은지를 겨우 넘어갔다.
이어 백일호의 차례가 되었다. 백일호 또한 미소녀인데 눈빛을 제외하면 청초하기가 한 떨기 수선화 같은 소녀였다.
"떠올라라!"
용형교두에게서 신호가 떨어졌다.
백일호는 지체없이 지면을 박차며 날아올랐다.
"과천성(過天星)!"
그녀는 기합 소리를 지르며 다짜고짜 십오 장을 가로질렀다. 먼저 지나친 두 사람보다도 훨씬 빼어난 신법이었다.
그런데도 그녀를 바라보는 용형루주의 미간이 찌푸려졌다.
"쯧쯧."
그는 오히려 혀를 차는 것이 아닌가?
"수라등천(修羅騰天)!"

백일호는 수법을 바꾸며 다시 십 장을 날았다. 뒤이어 그녀는 마지막 남은 거리를 비천연(飛天鳶)의 신법으로 간단히 주파해 용형루주의 앞으로 떨어져 내리려 했다.

그 순간 용형루주의 호통이 터졌다.

"낙방! 아홉 가지를 쓰라 했는데 세 가지만 썼다!"

호통 소리와 함께 손이 쳐들리더니 소매 속에 감추어두었던 수리도(袖裏刀) 한 자루가 피이잉! 소리와 함께 빛살처럼 빠르게 허공을 갈랐다.

"캐애액!"

백일호는 천돌혈에 수리도가 꽂힌 채 뒤쪽으로 날아갔다. 그녀는 그대로 풍덩 연못에 떨어졌다. 곱디고운 소녀의 몸을 삼킨 핏빛의 연못이 부그르르 끓어올랐다. 잠시 후 백일호의 몸뚱이와 철갑은 혈수로 화하고 말았다.

"......!"

상황을 지켜보던 귀재들은 숨도 크게 쉬지 못했다. 언제 자신들에게도 백일호와 같은 죽음이 찾아올지 모르기 때문이었다.

허공에서 아홉 가지 신법을 잇달아 시전한다는 것은 쉬운 일이 아니었다. 차라리 한 가지만으로 연못을 넘으라고 한다면 문제가 되지 않으리라.

"이백호, 시작하라!"

용형루주는 방금 전 자신이 사람을 죽인 사실도 잊은 듯 다시 깃발을 들어 올렸다.

이백호는 땀을 흘리며 즉시 신법의 시험에 들어갔고, 귀재들은 숨을 죽이며 바라봤다. 그러나 일천호만은 이백호의 신법 시험을 보고 있지 않았다.

'모두 죽이리라!'
그는 살기를 일으키며 이를 갈고 있을 뿐이었다.
그런 중에서도 시험은 계속되었다.
"아아악!"
팔백호로 불리던 소년이 내력이 달려 혈수은지에 빠져 녹아 죽었다. 그리고 구백일호도 아깝게 수중고혼이 되고 말았다.
혈수은지의 건너편에는 스물세 명의 모습이 보였다. 용형루주를 제외하면 스물두 명이었다. 그렇다면 이미 탈락자의 수는 채워진 셈이었다.
마지막으로 일천호만이 외롭게 남았다. 한 가지 다른 것은 스물두 명의 귀재들이 일천 관의 철갑을 걸치고 시험에 임한 반면, 그는 누군가 몰래 바꿔치기한 이천 관의 갑옷을 입고 연못을 건너야 한다는 것이었다. 바로 그런 점이 일천호의 분노를 일으켰다.
반대편에서 대기하고 있는 일천호를 바라보는 용형루주의 눈빛은 의미심장했다.
'일천호는 가장 쉽게 넘는다. 일호는 혈루대호법이 믿고 있으나 일천호는 대종사께서 특히 눈여겨보고 계시지 않는가!'
용형루주는 일천호의 실력을 믿어 의심치 않았다.
'일천호는 구마루에 오기 이전 이 안의 어떤 아이도 복용하지 못한 가장 신비한 어떤 영약을 복용했다. 그러나 저 아이가 가장 빼어난 아이가 된 것은 영약의 힘도 물론 있었지만 사실은 근원적인 자질이 뛰어나기 때문이다.'
그는 손에 쥔 적색 깃발을 들어 올리며 명령했다.
"건너와라, 일천호!"
"흥!"

일천호는 자신도 모르게 코웃음을 치며 천천히 날아올랐다. 그는 사자구천행(獅子九天行)에 이어 유선나월보(遊仙拿月步)를 시전했다. 그의 움직임은 그리 빨라 보이지 않았다. 이천 관이나 되는 철갑의 무게 때문만은 결코 아니었다.

'모든 것을 저주한다. 지금 나의 마음은 혈수은지의 빛깔보다도 더 붉은 핏빛일 뿐이다!'

일천호는 이글이글 타오르는 눈빛을 던지면서 아홉 가지 신법을 구사해 혈수은지를 횡단해 갔다. 이제껏 혈수은지를 건넌 어떤 귀재들보다 느린 속도로.

침묵 속에 전율이 흘렀다. 느릿느릿 다가오는 일천호를 보며 질리지 않는 귀재들은 없었다.

'이제 알았어. 나는 도저히 일천호를 능가하지 못해. 얼마 전까지만 해도 이 정도인 줄은 몰랐는데 시간이 지날수록 격차가 더욱 심해질 뿐이야.'

내심 경쟁 상대라 여기며 모든 촉각을 곤두세웠던 일호는 엄습하는 좌절감에 몸을 떨었다. 그리고 땅에 내려서는 일천호를 바라보는 그녀의 눈빛은 살기로 가득 찼다.

스물세 명의 귀재가 가려지자 용형루주는 귀재들을 향해 큰 소리로 말했다.

"이제 너희들은 풍형루주(風形樓主)께로 가게 된다. 그분은 기문기관학(奇門機關學)의 대가로 너희들에게 천하의 모든 기문진식을 전수해 주실 것이다. 너희들은 이제 바람이 되어 어디든 파고드는 재주를 배우게 되리라. 하하핫!"

용형루주는 호쾌하게 웃어 젖히다가 앞장서서 걸었다. 귀재들은 일천 관 무게의 갑옷을 걸친 채 말없이 그 뒤를 따랐다.

기문학은 하도(河圖)와 낙서(落書)에서 유래했다. 물론 하도와 낙서가 그 시초는 아니었다. 왜냐하면 그것은 천기의 비밀을 먼저 풀이한 책에 지나지 않았기 때문이다. 시작은 우주와 더불어 있다 할 수 있었다.

기문기관학을 배우게 될 풍형루는 서당이나 다를 바 없었다. 일천호를 비롯한 스물세 명의 귀재들은 그 안에서 자신이 보고 싶은 책을 마음껏 골라서 읽을 수 있었다.

풍형루주는 자신이 직접 나서서 가르쳐 주는 사람이 아니었다. 귀재들 스스로 책을 읽고 이치를 터득해야 하는 것이다.

"풍형루에는 백만 권의 고서가 있으니 마음껏 보아라. 그중 반은 기문진학에 관한 것이다. 여기 있는 것들은 마도기인(魔道奇人) 수천 분이 지난 천 년간 모아 이룩된 것이지. 마도의 역사가 바로 너희들 앞에 펼쳐져 있다고 보면 된다."

이미 옥석이 가려졌기 때문인 듯 이전에 들른 곳과는 달리 풍형루주의 말은 부드럽게 들렸다. 그러나 긴장하지 않는 귀재는 없었다. 말을 하지 않았을 뿐이지 아직도 죽어야 할 자들이 있다는 것을 그들은 알고 있기 때문이었다.

또한 귀재들은 구마루(九魔樓)가 바로 자신들이 의식을 깨우친 후 줄곧 머물러 왔던 장소라는 것도 어느 정도 간파하고 있었다. 다만 그곳에서 자신들이 무엇을 위해 키워지고 있는지 자세히 모를 뿐이었다.

일천호는 오랜만에 정갈한 차림으로 생활할 수 있었다. 그는 과거 책 귀신이라 불렸듯이 이곳에서도 그 기질을 유감없이 발휘했다.

'내가 머물고 있는 이곳은 대체 어떤 세상이란 말인가?'
 그는 꿩이고 매고 가리지 않고 닥치는 대로 잡아대는 사냥꾼처럼 무엇이고 눈에 띄는 대로 섭렵해 읽었다. 다른 귀재들은 기문진학에 대한 책만 골라 읽었다.
 그러나 일천호의 뇌는 다른 사람들이 상상할 수 없을 정도로 깊이가 있지 않던가?
 그는 천부적인 기억력에 오성을 지니고 있었다. 그를 제외하고는 가장 빼어나다는 일호의 기억력도 일천호에 비하면 조족지혈에 불과했다. 일천호는 지난 백 년간 누구도 꺼내보지 않았던 곰팡이 낀 책을 무수히 찾아내 독파했다.
 그중 아주 우연히 그의 시선을 잡아끄는 구절이 눈에 띄었다.

〈마도의 전설 중 구마루가 있다!〉

 그는 그 대목에 이르러 숨을 죽였다.
 '구마루라고 하면 바로 내가 머물고 있는 이곳이다!'
 그는 눈빛을 번득이며 다음 구절을 읽어 내려갔다.

〈구마루는 천 년 전 구마종(九魔宗)에서 비롯되었다. 구마종은 삼풍 진인이 이고는 정도연맹에 의해 세력을 잃고 중원을 떠난 아홉 거마를 말한다. 천지인(天地人) 천지삼종마(天地三宗魔), 풍화뢰(風火雷) 무적삼종마(無敵三宗魔), 검도음(劍刀音) 기문삼종마(奇門三宗魔)가 바로 아홉 거마의 장본인이다. 그들은 패주한 후 구마루를 세웠으며 그것은 전설이 되어 노래로 강호를 떠돌았다.
 '구마루는 설산에 있다. 그곳은 마도의 복수의 한이 서려 있는 곳이다. 꺾인 자, 부러진 자는 모두 구마루에 가라. 살아 복수할 희망이 없다면 그곳에 핏방울 한 방울이라도 뿌려라. 언제고 구마령주가 모든 모아진 것을 얻고 한 마리 마룡(魔龍)이 되어 천하를 물어뜯도록…….'
 아직 구마령주는 나타나지 않았다. 구마령주가 나타나는 날이 바로 백도의 명줄이 끊어지는 날이리라.〉

 스스로 만사통(萬事通)이라 밝힌 상고기인이 쓴 글이었다. 그것은 일천호가 알고자 하는 것을 몇 가지 알려주었다.
 '이곳이 설산이란 말인가? 그렇다면 석부의 밖은 얼음 세상이겠군.'
 일천호는 이제야 자신이 어디에 있는지를 알 수 있었다.
 '역사가 그리 오래되었다면 이 안에 그토록 많은 비급과 그토록 많은 시설이 있는 것도 이해가 된다. 이곳이 전 마도의 고금대총(古今大塚)이란 것도.'
 그는 읽던 책을 슬그머니 접었다.
 '고금의 모든 마도인들이 여기 와 죽으면서 유물로 몇 가지씩을 남겼고, 그것이 모여 이 거대한 조직이 되었단 말인가?'
 생각이 거기에 미치자 일천호는 섬뜩한 기분이 들어 몸을 한차례 떨었다.
 '천축국(天竺國)에 백상(白象)이 있는데 그들은 죽을 때 정해진 무덤을 찾아간다고 했다. 그것은 그들에게 은혜를 베푼 사람이 있으면 꿈에 나타나 그들의 무덤을 가르쳐 줌으로써 상아를 발견케 해 은혜를 갚기 위함이라고 했다!'
 일천호는 고금대마총을 코끼리들의 무덤에 비교해 보며 스르르 눈을 감았다.
 풀과 구름, 꽃, 창공… 이름만 알 뿐 보지 못한 여러 가지 신기한 것들이 그의 뇌리 속으로 물밀듯이 밀려들어 오고 있었다.

일 년이란 세월이 꿈결같이 흘렀다.
스물세 명의 귀재들은 이제 어엿한 사내와 여자로 한몫을 할 만큼 신체적인 발육을 보였다.
일천호는 언제나처럼 맨 뒤에 자리를 잡았다. 그는 조금 호리호리하게 보였다. 그러나 웃옷을 벗는다면 그의 가슴 근육이 겉보기보다 잘 발달되었음을 알 것이다. 칼같이 날카로운 눈썹과 별빛의 눈동자, 주위의 모든 것을 조롱하는 듯한 입 매무새, 거기에 언제나 비수 한 자루를 품고 있는 듯한 야릇한 냉소가 그의 특징이었다. 그는 다른 귀재들에 비해 더욱 빼어난 사람으로 성장했다.
일천호는 지금 풍형루주의 말을 듣고 있는 중이었다. 풍형루주는 거대한 철문 앞에 서 있었다.
"문 안에는 일곱 가지의 관문이 있다. 하나하나가 절진(絕陣)이며, 백도 구파가 장기로 삼는 것이 태반이다. 이 모든 것을 돌파해야 운형루로 가서 운형루주께 잡기(雜技)를 전수받게 된다!"
"……."
일천호를 비롯한 나머지 귀재들은 마른침을 삼키며 풍형루주의 말을 한마디도 놓치지 않으려고 귀를 기울였다.
"모두들 잘 통과하리라 믿지만 두 명은 남아 있어야 한다. 그것은 대루주의 명(命)이다."
두 명이 남아야 한다는 풍형루주의 말에 귀재들은 일순 긴장한 빛을 띠었다. 그들이 앞서 거쳐 왔던 관문에서 보았듯이 그것은 탈락과 동시에 죽음을 뜻하는 말이기에.
풍형루주의 말은 끊이지 않고 이어졌다.

"안으로 가면 갈림길이 많다. 어느 길이고 간에 거치게 되는 것은 같다. 무조건 돌파하여 가다 보면 문이 보일 것이다. 물론 스물두 번째와 스물세 번째에게는 죽음이 기다리고 있겠지만……."

풍형루주는 말끝을 흐리며 뒤편의 철문에 일장을 후려 갈겼다. 꽝! 하는 폭음이 일며 육중한 철문이 활짝 열리며 안으로부터 음산한 공기가 흘러나왔다.

그러자 귀재들은 누가 먼저랄 것도 없이 열린 문 안으로 재빨리 몸을 날렸다. 당연히 일호가 그들의 선두였다. 스물한 명의 귀재들이 그녀의 뒤를 따랐다.

그러나 일천호는 그 자리에 선 채로 움직이지 않았다. 귀재들의 모습이 안으로 사라지자 그때서야 느릿느릿 움직였다.

풍형루주는 일천호의 그런 행동을 못마땅하게 생각하지 않고 오히려 내심 칭찬을 아끼지 않았다.

'스물셋 중 제대로 배운 놈은 일천호뿐이다. 진세(陣勢)에 접해 서두른다는 것은 정말 어리석은 일이니까.'

일천호는 자신을 바라보는 풍형루주 앞을 내심으로 코웃음을 날리며 관문의 안으로 들어갔다.

분명 길게 뻗은 널찍한 통로였는데, 안으로 한 발짝 들어서자마자 모든 것이 뒤바뀌었다. 길이 사라지며 벽이 나타났고, 벽이 무너지며 없던 길이 만들어졌다. 그리고 채 세 걸음을 걷기도 전 모든 것이 혼돈의 상태가 되었다.

무수한 진세들이 실타래처럼 뒤엉켰다.

칠성대라(七星大羅), 삼륜무극(三輪無極), 혼천수라멸진(混天修羅滅陣), 천문금쇄(天門禁鎖), 반오행구궁(反五行九宮) 등 걸음마다 난관이었다. 그 복잡한 석도(石道)를 빠져나가는 데 온 신경을 쓰다가 자칫하면 기관을 건드리게 된다.

오로지 죽음을 위한 함정들.

깊이를 모르는 무저갱, 양쪽 벽면에서 발출되는 독화살, 천장에서 쏟아지는 독극물, 하나하나 빠져나갈 수 없는 지옥의 관문들이었다.

하지만 일천호에게는 빈집을 지나치듯 쉬운 일에 불과했다. 그것은 마치 한줄기 바람의 모습이었다. 그는 풍형루주가 원하는 모습대로 어떤 관문이든 소리없이 지나쳐 가는 것이었다.

일호.

그녀는 온 전신이 땀으로 범벅이 되어 출관할 수 있었다. 그런 그녀를 문가에서 기다리는 복면인영이 있었다.

작은 키에 유달리 커 보이는 머리통, 등에 난 커다란 혹으로 인해 구부정한 모습이 기괴해 보이는 사람이었다.

'운형루주이시다.'

지옥 같은 관문을 돌파하느라 진이 다 빠진 일호였지만 대번에 복면을 쓴 괴인이 운형루주임을 직감했다.

"운형루에 온 걸 환영한다, 일호."

가쁜 호흡을 참으며 다가서는 그녀를 보며 운형루주가 건조한 음성으로 말했다.

"제, 제가 제일 먼저인가요?"

일호는 발갛게 상기된 얼굴에 기대를 가득 담고 물었다.

운형루주의 눈빛이 야릇해진다.

"네가 두 번째다. 일천호는 사흘 전에 나와 벌써 운형루의 잡학 수련에 들었다."

"일, 일천호가 사흘 전에!"

일호는 그 말을 듣는 순간 까무러칠 듯이 놀라고 말았다.

그녀는 일천호가 자신보다, 그것도 사흘씩이나 빨리 출관할 줄은 꿈에서조차 생각해 보지 않은 일이라 놀라움은 더욱 컸다.

그러나 그 놀라움도 잠시, 그녀는 가슴 저 밑바닥으로부터 와락 설움 같은 그 무엇인가가 치밀고 올라옴을 느껴야 했다. 갑자기 일천호의 얼굴이 보고 싶다는 그런 느낌이었다.

그러고 보니 일호의 가슴이 유독 부풀어 있었다. 옷자락을 살짝 벗기면 너무도 탐스러워 당장에라도 터질 듯한 육봉 두 개를 볼 수 있을 정도로.

'무정한 중에 가장 무정한 자이건만 그 눈빛이 자꾸만 떠오르는 것은 무슨 얄궂은 심사란 말인가? 그는 나를 구마령주로 은밀히 키우려 하는 혈루대호법을 위해 제거되어야 하는 자인데… 내게 천년화리의 내단을 주시어 초귀재로 키워주신 그분의 은공을 어찌 잊을 수 있단 말인가?'

일호는 몹시 씁쓸한 기색이었다.

닷새 후,

휙! 휙! 바람을 가르는 소리를 내며 두 귀재가 거의 동시에 문을 빠져나오고 있었다. 그들은 누가 먼저랄 것도 없이 문 앞에 서 있는 운형루주를 향해 외쳤다.

"제가 먼저 나왔습니다!"

"아니올시다. 제가 먼저인데 한 모퉁이에서 이놈이 나를 암습해 속도가 비슷해진 것입니다."

그 순간 운형루주의 두 눈이 살벌한 빛을 발했다.

"너희 둘은 탈락이다!"

그는 말소리와 함께 쌍장을 동시에 내뻗었다. 뒤이어 거북의 등이 터지듯 펑! 하는 격타음 속에 처절한 비명이 터져 나왔다. 서로를 헐뜯던 두 귀재는 한 덩어리 피 떡이 되어 관문 안으로 다시 날아들고 말았다. 그들은 바로 스물두 번째와 스물세 번째의 출관자들이었다.

"이제 하나만 제거되면 다시는 사부가 제자를 죽이는 일이 없으리라."

운형루주는 손을 털며 천천히 몸을 돌려 걸음을 옮기기 시작했다.

스물한 명의 귀재가 출관했던 문은 육중한 모습으로 다시 닫혀졌다.

제거되지 않는 자

　스물하나.
　동료들의 죽음을 밟고 살아남은 스물하나의 귀재들은 운형루주 앞에서 숨을 죽인 채 섰다. 강호에 나간다면 능히 일당백이라 불릴 자들이었으나 이곳에서는 아직 관문 통과를 기다리는 시한부 존재에 불과할 뿐이다.
　운형루주는 귀재들을 앞에 두고 십여 권의 양피지 비급을 쳐들어 보였다.
　"너희들은 이제껏 무공만을 배워왔다. 아주 훌륭한 무공들이지, 어디에 내놔도 부족함이 없는. 하지만 그것만으로 세상을 지배할 수 있을까?"
　문득 운형루주는 말문을 멈추며 귀재들을 쓰윽 훑어보더니 이내 칼칼한 음성을 토해냈다.
　"클클, 그렇게 생각하는 바보 멍청이는 여기 없을 줄 안다. 무공이란 세상을 움직이는 하나의 수단에 불과할 뿐 전부는 아니지. 진짜로 세상을 움직이려 한다면 다방면에 능통해야 한다. 잡학(雜學)이라 할자라도 능수능란하게 펼칠 줄 알아야 진정한 고수라 불리는 법. 그런 자만이 세상을 지배할 수 있지."

무공 이외의 것을 배워야 한다는 말에 귀재들은 야릇함을 느꼈다. 살아남기 위해 무공을 배웠고, 강하지 못한 자는 석실 모퉁이에 시체로 누워야 했다. 여기까지 온 것은 오로지 무공 수련에 전념했기 때문이지 다른 이유는 없었다.

"너희들이 우선 배워야 할 것은 신투술(神偸術)이다."

운형루주가 제일 먼저 쳐든 것은 '묘수공공지계(妙手空空之計) 녹림진전(綠林眞傳)'이라 적힌 책자였다.

신투술이란 남의 물건을 훔치는 기술을 일컫는 것이다.

한껏 기대했던 기재들은 녹림의 무리들이 사용하는 도적질을 배워야 한다는 말에 불쾌한 표정이 된다.

귀재들의 속마음을 읽은 것일까?

"신투술을 우습게 여기는군. 그렇다면 이것을 잘 보아라."

운형루주의 눈빛이 묘한 빛으로 바뀌더니 왼손이 앞으로 쭉 내뻗어졌다. 눈앞의 하루살이라도 잡는 듯 그의 손이 어지러이 흔들리다가 멈춰졌다. 귀재들이 의아해하는데,

"아, 아니? 나의 허리띠가?"

"어엇? 비녀가 어디로 사라졌지?"

"내 오른쪽 가죽신이 없어졌어!"

맨 앞쪽에 있던 세 명이 입을 딱 벌렸다.

어느 사이엔가 운형교두의 손 위에는 검은 허리띠 하나, 나무 비녀 하나, 그리고 가죽신 한 짝이 들려 있질 않은가? 정말 귀신이

곡할 완벽한 솜씨였다.

귀재들은 더 이상 신투술을 가벼이 여기지 못했다.

"훗훗, 신투술이란 일종의 오묘한 철학이다. 임기응변에 능하고 안력이 강해야 하며 손을 지극히 빨리 놀려야 한다. 그리고 대단한 배짱이 있어야 한다. 그것을 모두 다 얻어야만 비로소 상대를 눈앞에 두고 서로 담소하는 가운데 상대의 품 안을 자신의 품 안으로 만들게 되는 것이다."

운형루주는 신투술의 묘를 자세히 설명한 다음 두 번째 책을 쳐들었다.

"너희들이 두 번째로 배워야 할 것은 천면문의 절기이다."

두툼한 책자에는 '변용변성술(變容變聲術) 천면문진전(千面門眞傳)'이란 글귀가 금박되어 있었다.

천면문은 무공이 아닌 역용으로 악명을 떨친 문파였다.

―천면절기를 익히면 천하의 그 어떤 사람으로도 변신할 수 있다.

귀신도 곡할 변신술로 중원을 혼란에 빠뜨린 천면문이 사라진 건 곤륜파 장문인의 분노 때문이었다. 칠십 년 전, 천면문의 이십오대 문주였던 천면색랑군(千面色郎君)이 곤륜의 제자로 변신하여 하북제일의 미녀를 겁간한 일이 벌어졌었다.

그 일로 촉망받던 곤륜의 제자는 오명을 뒤집어쓴 채 자결해야 했으며, 비련의 여인은 머리를 깎고 심산유곡의 산사에 들어가 다시는 강호에 모습을 나타내지 않았다.

후에 자초지종을 알게 된 곤륜파 장문인의 진노는 대단했다. 무맹에서는 추살대를 급파했고 곤륜파의 전제자들은 천면문의 뒤를 쫓는 데 전념해야 했다.

무려 삼 년에 걸친 추격전 끝에 천면문은 멸문당했으며 다시는 강호상에 그 모습을 드러낸 바 없다. 사라진 천면절기가 운형루주의 손에 쥐어져 있다는 게 놀라울 뿐이었다.
 천면문의 비사를 아는지 모르는지 귀재들의 표정은 진지했다.
 "좋아, 이제야 철이 들었군. 무공에 귀천이 없다는 것을 알았으니."
 운형루주의 음성이 한결 부드러워졌다.
 그는 주위를 쓰윽 훑어보다가 문득 일호와 눈빛이 마주치자 시선을 고정시킨다.
 "일호, 내 얼굴이 보고 싶은가?"
 얼굴을 감춘 교두들, 복면 아래 숨겨진 교두들의 얼굴을 보고 싶지 않은 귀재들은 없었다. 무공을 수련하는 목적 다음으로 알고 싶은 것이 교두들의 정체였으니까.
 "보여준다면 사양 않겠어요."
 일호의 눈빛이 반짝거렸다.
 "뭐, 잘생긴 얼굴은 아니야. 그렇다고 감출 정도도 아니지. 보고 놀랄 정도는 되니까."
 여전히 일호의 얼굴에 시선을 고정시키며 운형루주는 천천히 오른손을 들어 복면의 밑 부분을 움켜쥐었다.
 그리고,
 "호호, 이게 바로 내 얼굴이지."
 나직한 음성이 사라지며 돌연 여인의 음성이 흘러나왔다.
 순간적인 변화에 귀재들이 멍한 표정을 짓는데, 그 순간 운형루주의 얼굴을 가렸던 복면이 벗겨졌다.
 귀재들은 눈을 번쩍 뜨고 복면 속에서 나타나는 얼굴을 주시했다. 한데 이럴 수가? 복면에 가려졌던 얼굴은 다름 아닌 바로 일호의 얼굴이 아닌가?

'어, 어떻게 이런 일이!'

일호의 온몸이 한순간 땀으로 젖는다.

거울을 보듯 자신의 얼굴이 바로 눈앞에 나타났으니 그럴 수밖에.

그 짧은 시간에 운형루주가 자신의 얼굴로 변신했다고는 믿어지지 않았다. 애당초 운형루주의 얼굴이 자신과 판박이였다고 여겨질 정도였다.

얼굴뿐이 아니었다. 운형루주의 목소리 또한 일호의 음성과 같았다.

"이 절기는 인피면구(人皮面具)나 변성환을 쓸 필요가 없이 내공으로 시전하는 변체환용술로 역용술 중 고금제일이다. 그러나 너희들이 쉽게 익힐 수 없는 것이다. 이것은 이백 년 공력 이상이어야만이 익힐 수 있다. 그리고 일각 이상 시전하려면 적어도 삼백 년 공력은 갖고 있어야 한다."

내공이 달리는 듯 음성이 조금씩 굵어졌다.

더 이상 역용을 유지할 수 없는 듯 운형루주는 얼른 손을 들어 복면으로 얼굴을 가렸다.

'아아!'

귀재들은 잠시 잠깐의 차이로 그의 얼굴을 못 본 것을 몹시 애석하게 여기는 눈치들이었다.

물론 일천호만은 예외였다. 그는 모든 것에 무신경했다. 그는 자신이 지금 어디에서 무엇을 하고 있는지조차 잊고 있는 듯했다.

운형루의 세 번째 수련은 암기술이었다. 귀재들이 배워야 할 비급은 도합 세 권이었다.

〈당씨진전(唐氏眞傳) 상편.〉
〈막북수라교비전술법.〉
〈뇌마암기술(雷魔暗器術).〉

세 권의 비급 중 한 권은 무림 최고의 암기 명문인 사천당가(四川唐家)에서 분실한 비급이었다.
당가의 비급은 세 가지로 나누어진다.

〈상편 삼백육십오 종 암기.〉
〈하편 독약공.〉
〈장문진전편 호접비가.〉

불행인지 다행인지 마도에는 한 가지만이 있는 것이었다. 그렇다고는 해도 당가에서 안다면 당장 조종을 치게 할 정도로 끔찍스러운 일이었다. 만에 하나, 상편을 터득한 사람이 당가 행세를 하며 살육을 하고 돌아다닌다면 사천당가는 당장 공적으로 몰릴 테니까.
수라교 비전에는 주로 미혼분, 최음약을 조제하는 수법이 적혀 있었다. 물론 그것을 쓰는 수법도 적혀 있었다.
뇌마암기술은 가히 절세신공이었다. 적엽비화(摘葉飛花), 미립타혈(米粒打穴)에 이어지는 점적낙영(點滴落影)의 기예는 가히 뇌마암기술의 백미라 할 수 있었다.

그중 점적낙영은 실전된 지 오래된 것이었다. 점적낙영은 가장 부드러운 물방울을 암기로 삼아 백 장 밖에서 적을 타살하는 수법이다. 그 한 가지 수법에 통달한 마도 고수가 나타난다면 아마 천하 백도 문파에는 물방울에 맞아 죽는 사람들의 장례식으로 몹시 바빠지리라.

운형루의 수련은 쉴 틈이 없이 이루어졌다.

허기는 벽곡단으로 메우고 부족한 잠은 운기행공으로 때우며 잡다한 마도 수법을 배우고 익혔다.

천 명 중 고르고 고른 귀재들이라 성취도는 탁월했다. 아니, 눈이 부실 정도였다. 육 개월이 채 지나기 전, 귀재들은 마지막 암기술인 점적낙영을 시전할 정도가 되었다.

그뿐이 아니었다. 사기술총람, 마도삼십육계, 도박술 등도 귀재들은 의무적으로 익혀야 했다.

그 이외의 네 가지 수법은 모두 강호에서 배우는 것을 금기로 여기는 것이었다.

방중묘법.

남녀 간에 합환하며 내공을 상승시킨다는 뜻에서 나온 수법이 타락해 만들어진 채음보양과 채양보음의 음악한 수법이 기록되어 있었다.

활시사법(活屍邪法).

강시가 된 사람들의 혼백을 불러일으켜 무혼강시가 서서 걷게 하는 법이다.

만수제령비법(萬獸制靈秘法).

금수를 자유롭게 부리는 수법인데, 그에 대한 비급은 금면마종 사란 사람이 직접 지은 것이었다. 금수를 부리는 비법에는 여러 가지가 있다. 어떤 때에는 안광만으로 금수를 제압한다. 어떤 때에는 소성이나 장소성으로, 또 어떤 때에는 약물을 써서 제압한다. 그러나 가장 뛰어난 수법은 그런 것이 아니고, 바로 정(情)으로 제압하는 것이라고 그는 말미에 적었다.

〈이것은 사공이 아니다. 이것은 가장 훌륭한 조련법일 뿐이다.〉

비급을 남긴 사람은, 만수만금을 자유롭게 부리는 경지에 이르려면 적어도 새둥지에서 십오 년, 호랑이 굴에서 이십 년을 살아야 한다고 적었다.
마지막의 잡학.
그것은 십대취미학이라는 조금은 걸맞지 않는 제목을 갖고 있었다. 그 안에는 열 가지 소요하는 방법이 자세히 적혀 있었다.
장기와 바둑, 난초 기르기, 금어를 기르는 법 등 가히 야학같이 노니는 은자들의 서가에 꽂혀 있어야 할 비급이라 할 수 있지 않은가?
운형루주는 특히 기예를 강조했다.
"바둑은 정신 수양에 좋다. 바둑에 통한다면 내공 또한 증진되리라. 그렇게 알고 집중해서 연마해야 한다."
그의 눈빛이 몹시 삼엄한 빛을 띠어갔다. 그는 그런 눈빛으로 스물한 사람을 하나하나 쓸어보았다.
"출관자는 최소한 나와 맞수로 겨룰 수 있을 정도가 되어야 한다. 그 바둑에서 패한 자가 여기 남게 되리라."
"예엣?"
"다, 다른 것이 아니라 바둑 두는 것으로 출관자와 낙오자를 정한다고요?"

 바둑으로 승부를 정한다는 말에 귀재들은 놀라운 표정이 되었다. 물론 일천호는 언제나와 마찬가지로 무표정했지만.

 "명심하거라. 너희들이 상상할 수 없는 바둑이 될 것이니."

 보통 바둑이 아니라는 말은 일 년 후 운형루의 수련이 끝나는 날 입증되었다.

 시합장은 운형루의 중앙 광장에 만들어졌다.

 강철로 만든 바둑판 위에는 백석과 흑석이 가지런히 올려 있었고, 예의 복면 차림의 운형루주가 방석 위에 앉아 첫 번째 도전자를 기다렸다.

 "일호, 시작하라."

 이번에도 첫 번째 도전자로 나선 사람은 일호였다.

 호명을 받은 일호가 재빨리 대열에서 벗어나 바둑판 앞으로 다가왔다.

 맞은편 빈 방석에 일호가 앉자 운형루주가 품 안에서 기다란 검은 천을 꺼냈다.

 그는 그것을 일호에게 건네며 말했다.

 "이것으로 눈을 가리거라."

 "눈을 가리라고요?"

 멍한 표정이 되는 일호를 보며 운형루주는 빠르게 말을 맺었다.

 "후훗, 눈만 가리면 재미가 없지. 무조건 일각 안에 한 수를 둬야 한다. 조금이라도 지체한다면 네가 지는 것이다."

 '눈을 가리는 것도 모자라 일각 안에 두라고? 아예 죽이려고 작정을 한 거야.'

일호는 기가 막힌다는 듯 아무런 말도 하지 못했다.
"백돌은 네가 쥐거라. 내가 선으로 시작하겠다."
운형루주가 바둑판 위의 흑돌을 들며 말했다.
일호는 긴장하며 백돌을 잡았다. 그리고 일순 그녀의 얼굴이 야릇하게 일그러졌다. 강한 흡인력으로 인해 백돌을 떼어내기가 힘들었기 때문이다.
눈을 가려야 하고, 시간에 쫓겨야 한다. 그것도 모자라 내공을 끌어올려야만 바둑돌을 원하는 곳에 놓을 수 있다. 자칫 공력이 흐트러진다면 흡인력으로 인해 바둑돌이 엉뚱한 곳에 놓이게 되는 것이었다.
놀라운 지력에 청력, 그리고 반면을 깡그리 외우는 암기력에 육감마저 겸비되어야 바둑을 둘 수 있다. 게다가 한 가지 더한다면 이제껏 스물한 사람을 가르친 운형루주가 이기려 하느냐 지려 하느냐 하는 것이었다.
일호는 귀로는 천이통을, 그리고 손가락에는 대금룡수를 써서 대국에 임했다.
딱!
그녀가 돌을 한 점 놓을 때마다 벼락 치는 소리가 났다. 운형루주는 그 소리의 여운이 끝나기 전 거의 소리를 내지 않고 돌을 두었다.
'으으, 십오에 사를 둔 것 같기도 하고 십육에 삼을 둔 것 같기도 하다.'
일호는 손바닥을 땀으로 축축이 물들이며 고운 미간을 흉하게 일그러뜨렸다. 그녀의 입매가 악다물려졌다.
'십육에 삼일 것이다. 거기에 두어야만 나의 대마를 위협할 테

니까.'

그녀는 반 짐작으로 응수했다.

백돌이 반상 가까이 스치며 흡인력으로 인해 잘못 둘 뻔한 위기의 순간도 있었으나 그녀는 침착하게 원하는 지점에 돌을 놓을 수 있었다.

수가 교환되기 두 시진 정도 흘렀을까?

"으핫핫, 네가 이겼다."

운형루주는 흡족히 웃으며 손을 휘저었다. 좌르르르! 반상의 돌은 모조리 흐트러졌다.

일호는 눈을 가리고도 운형루주와의 시합 바둑에서 한 집 차로 이겨낸 것이다. 그녀는 탈진된 모습이면서도 안도의 숨을 내쉬었다.

귀재들은 자신의 차례가 오기를 기다리며 전전긍긍해했다. 일호에 이어 백호가 대국에 들었다. 안력으로는 뚫지 못할 천잠사건으로 일호와 마찬가지로 눈을 가린 채였다.

"……!"

초조한 마음으로 차례를 기다리는 귀재들 모두 백호가 패하기를 바라는 눈치였다. 그러나 백호는 세 시진 끝에 반 집 차이로 이겼다.

그다음 사람도, 또 그다음 사람도 아슬아슬하게 운형루주와의 승부에서 이겼다. 일천호의 차례가 올 때까지 진 사람은 하나도 없었다.

결국 떨어지는 사람은 일천호란 말인가?

일천호는 스스로 눈을 천잠사건으로 가린 다음 운형루주와 더불어 바둑 두기를 시작했다.

딱!

아주 가벼운 소리가 났다. 운형루주가 시작을 알리는 일석을 두는 소리였다. 그 직후, 일천호는 반상을 울리던 흑돌의 여운이 끝나기도 전에 백돌을 가볍게 좌상귀 화점에 내려놓았다.

'정말 대단한 놈이다. 그러나 이놈을 제거하라는 혈루대호법의 밀명이 있었으니 무슨 일이 있어도 바둑에서 꺾어야 한다.'

운형루주는 두 번째 돌을 소리없이 내려놓았다.

'네가 아무리 뛰어나다 한들 내가 무음수로 둔 이상 알지 못하리라.'

지난 스무 번의 대국에서는 고의로 소리를 내어 바둑돌의 위치를 쉽게 짐작케 하였으나 일천호와의 대국은 달랐다. 돌이 떨어지는 소리가 전혀 들리지 않았던 것이다.

눈을 가린 상태에서 소리까지 들리지 않는다면 승패는 불 보듯 뻔한 일이 아닌가.

그러나 일천호가 당황해하는 모습을 그리던 운형루주의 예상이 깨어지는 데 걸린 시각은 찰나에 불과했다.

딱—!

일천호는 그가 손을 떼자마자 아무렇지도 않다는 듯 자신의 돌을 반상에 두는 것이 아닌가? 그 자리는 꼭 두어야 할 쌍방 간의 맥점이었다.

지금 복면을 벗긴다면 일그러진 운형루주의 얼굴을 볼 수 있을 것이다.

"와아아, 역시 일천호다!"

"일천호가 제일이다!"

"일천호의 청력은 이미 허공의 흐름을 느낄 정도에 이르렀다!"

대국을 관심있게 지켜보던 귀재들은 일제히 함성을 터뜨렸다. 그들은 자신들도 모르게 손에 땀을 쥐고 있었다.

시간이 경과하며 수는 아주 빨리 교환되었다. 얼핏 보면 운형루주와 일천호가 거의 동시에 바둑을 두는 듯했다.

결국 대국은 일천호의 승리 쪽으로 기울어졌다. 귀재들은 일천호의 탁월함을 이제야 뼛속 깊이 느끼게 되었고, 귀재들은 볼 수 없으나 벽 속에 숨어 그들을 지켜보고 있던 노인 하나의 입가에는 쓰디쓴 웃음이 떠올랐다.

'일천호! 나의 모든 희망을 물거품으로 만들어 버리는군. 아아, 내가 아끼는 아이를 구마령주로 만들려 했는데… 모든 것이 다 틀어졌다. 영주의 지위는 네 녀석, 일천호만이 지닐 수 있는 지위이다. 나는 이제야 그것을 알았다!'

노인은 쓴웃음을 짓다가 입술을 달싹였다.

"일천호를 제거할 수는 없으니 본래대로 하게. 더 이상 누구를 편애하지는 않을 것이네!"

그의 목소리는 상대를 가려 전하는 전음입밀 수법이기에 운형루주의 귓속에만 들렸다.

'혈루대호법! 이제라도 아셨으니 다행이오. 아아, 그대가 비록 구마루의 완성을 위해, 그리고 일천 기재를 모으기 위해 일천혈건대(一千血巾隊)를 모조리 희생시켰다 하나 이 일은 혈루회의 일이 아니고 전 마도의 일인 것이오. 혈루회 충신의 후예인 일호가 구마령주가 되면 혈루대호법이 좋을 것이나, 전 마도를 위해서는 탁월한 인재가 구마령주가 되어야 마땅한 것이라오.'

반상으로 떨어지던 그의 손길이 허공중에 멈추었고,

"일천호, 너도 통과다!"

말을 마치며 그는 바둑판을 흩뜨렸다.

일천호의 입가에는 비웃음이 떠올랐다.

'나는 안다. 이자는 나를 제거하기 위해 일부러 내 앞까지 져주는 바둑을 두었다는 것을. 그러나 나는 죽지 않는다. 나는 바로 여기에서 너희들에 의해 어떠한 상황 아래에서도 죽지 않을 사람으로 길러진 사람이다!'

일천호는 느릿느릿 눈을 가렸던 천잠사건을 풀었다. 실로 눈이 부실 정도로 빼어난 용모였다. 단 하나, 눈빛이 흐릿하지만 않다면 가히 일대 미남자라 불릴 만하였다.

운형루주는 태사의에 앉으며 말했다.

"너희 스물하나는 모두 완벽하다. 아니, 오히려 넘칠 지경이지. 그러나 삼대호법은 이십 명만을 바라고 계시다. 즉, 너희 중 하나는 죽어야 한다는 소리이다."

하나는 죽어야 한다!

서슴없이 말할 수 있는 종류의 이야기는 절대 아니다. 하지만 이 안에서는 어떤 비정한 이야기라도 서슴없이 이야기되는 것이었다.

운형루주의 무거운 음성이 장내를 숙연하게 만들었다.

"결국 운(運)으로 가릴 수밖에 없다. 본 루주도 너희들이 모두 뛰어나 운으로 낙오자를 가릴 수밖에 없음을 미리 짐작하고 있었다."

"……!"

"여기에서 남은 이십 명은 보다 탁월한 자로서의 수련을 하게 된다. 그리고 그중 하나는 천(天)의 수련에 든다. 여기서 나가는 이십 명은 우선 제일인자를 가리게 될 법을 따라 중원으로 가게 될 것이다."

'중, 중원으로!'
'아아, 드디어 이 지긋지긋한 곳을 떠날 수 있단 말인가?'
'신선한 공기를 맡을 날이 목전에 있다니…….'
귀재들은 모두 머리카락을 곤두세웠다. 모두 이날을 기다리며 살아왔다 할 수 있지 않은가?
운형루주는 가벼운 소란이 거둬지기를 기다렸다가 품 안에서 단약 스물한 개를 꺼냈다. 단약에는 각기 수가 파여져 있었다. 일에서 이십일까지.
운형교두는 이어 쪽지 스물한 개를 꺼내 작은 가죽 주머니 안에 담아 귀재들 앞에 던져 두었다.
"하나씩 뽑아라. 그다음 자신이 선택한 숫자가 적힌 단약을 먹어라. 스무 개는 영단이고 한 개는 독단이다. 영단을 먹으면 반 갑자 내력(半甲子內力)을 얻을 것이고, 독단을 먹으면 고통 없이 죽을 것이다. 노부가 할 일은 이것이 전부다."
그는 주머니를 보지 않고 눈을 감았다.
제일 먼저 일호가 쪽지를 취했다. 사(四)가 나왔다.
이어 백호가 칠 자를, 일천호는 마지막 남은 것을 뽑았는데 숫자는 삼이었다.
자신이 뽑은 쪽지에 적힌, 숫자가 새겨진 단약을 먹는 차례는 일천호가 쪽지를 취한 이후에 있었다. 누가 독단을 먹게 될 것인가? 그것을 먹을 확률은 적으나 꼭 한 사람은 있다. 그는 억세게도 운이 없는 자가 될 것이다. 그들은 눈을 질끈 감고 운을 하늘에 맡긴 채 단약을 삼켰다. 직후, 장내를 진동시키는 찢어지는 듯한 비명성이 귀재들의 고막을 아프게 울렸다.
"아아악!"

그것은 백오호의 비명 소리였다. 눈 깜짝할 사이에 백오호의 몸이 검은 연기에 뒤덮이며 핏물로 녹아버렸다. 그는 일천호와 일호에 뒤이어 뛰어난 자였는데 억세게도 운이 없어 독단을 골라 먹고 숨을 거둔 것이다.

이제 선택받은 이십 명의 귀재들만이 남았다. 그들은 제거되지 않을 것이다. 그들에게는 죽음의 공포가 아니라 남에게 죽음의 공포를 주는 자격만이 남아 있는 것이다.

구마령주의 탄생

석전 안, 노인 셋이 품 자형(品字型)으로 모여앉아 있었다.
셋 중에서 얼굴이 유독 금빛인 노인 하나가 웃음을 터뜨리며 입을 열었다.
"어떤가, 혈루. 노부가 점친 대로 일천호가 유력하지 않은가?"
"부끄럽습니다, 대종사. 저는 이제야 일천호가 천년화리단을 먹은 일호 이상임을 확실히 알았습니다."
혈루라 불린 두 손이 유독 붉은 노인이 고개를 떨어뜨렸다. 그가 바로 일호를 총애했던 혈루대호법이었다.
대종사라 불린 노인은 혈루대호법을 지그시 응시하며 입을 열었다.
"하핫. 노부는 이미 다 알고 있었네, 자네가 일천호를 암살코자 했음을."
"예엣?"

고개를 떨구고 있던 혈루대호법이 소스라쳐 놀라며 고개를 번쩍 들었다.

"핫핫, 자네는 암중에 일천호를 죽이려 하지 않았던가? 용형루에서는 일천 관의 철갑 대신 이천 관의 철갑을 주어 그를 혈수은지에 빠뜨려 죽이려 했고, 운형루에서는 과거 혈루회의 부회주이자 자네의 오른팔이었던 운형루주에게 비밀리에 명해 일천호를 탈락자로 만들려 하지 않았는가?"

"그, 그것을 모두 알고 계셨습니까?"

"물론."

"으음… 그럼 어이해 모르는 척하셨습니까?"

혈루대호법의 표정이 무겁게 굳어졌다.

"일천호가 능히 이겨내리라 믿었기 때문이지. 이기지 못한다면 할 수 없고."

대종사는 몹시 흡족해하는 모습이었다. 그의 본래 이름은 금면마종사(金面魔宗師) 사마웅풍(司馬雄風)이었다. 또한 천외천혈마(天外天血魔)라고 불리던 사람이었다.

백이십 년 전, 그는 천외천마문을 세웠다. 그의 목적은 무림일통(武林一統)이었다. 그러나 백도계가 어찌 그의 발호를 그냥 묵인할 수 있겠는가? 백도연맹이 결성되었고, 무림의 주인을 가리는 백도와 마도의 지루한 싸움이 수년간 이어진 끝에 그는 패배자로 남아야 했다. 간신히 살아남은 금면마종사 천외천혈마는 분루를 삼키며 중원을 도망쳐야 했다.

지금 그의 눈빛을 받고 있는 혈루대호법이라 불리는 자는 천외천마문의 후예로, 배분으로 따지자면 천외천혈마의 사질뻘이었다.

그는 백도의 모든 사람에게 피눈물을 흘리게 하리라 작정하고 혈루지회(血淚之會)를 일으켜 강호에 나왔다가 자신이 혈루를 흘리고 패주해야 했던 사람이다. 그는 야욕이 몹시도 지대한 사람이었다. 마도에서의 서열은 타의 추종을 불허할 정도로 지고한 자이기도 했다. 그러나 천외천혈마에 비한다면 삼척동자에 불과할 것이다. 그는 일천 년간 백도에게 눌려왔던 마도계에 신풍을 일으킨 이대 주역 중의 한 사람이었다.

금면마종사와 혈루대법의 곁에 있는 노인은 단장대호법(斷腸大護法)이라 불리는 자였다.

그는 강호에서 정검무쌍신(正劍無雙神)이라 불리던 사람이다.

백 년 전, 그는 백도 명숙 중 수뇌로 불리고 있었다. 그러나 그의 피는 정혈이 아니고 마혈이었다. 그는 자신이 차지하고 있는 지위를 이용해 백도계를 힘으로 장악하려 했다. 그러다가 쌍뇌천기자를 만나 꼬리에 불이 붙은 여우마냥 꽁무니를 빼고 만 것이다.

쌍뇌천기자는 고금제일지로 불리는 사람이다. 그는 정파의 반역자인 정검무쌍신의 마각을 강호에 적나라하게 밝혀 정검무쌍신의 야욕을 철저히 짓밟았던 것이다.

'중원에 군림한다는 것은 망상이다. 설산을 넘어 오랑캐 땅을 찾아 제왕 노릇이나 하며 살자.'

정검무쌍신은 그렇게 생각하며 설산에 당도했다.

그러다가 일이 벌어진 것이다. 그는 설산에서 한 사람을 만날 수 있었다, 그보다 이십 년 앞서 중원을 도망친 전대 마맹주 천외천마를.

둘은 설산의 패자 자리를 놓고 칠 주야 내내 싸웠다. 그리고 그들이 싸우는 중에 놀라운 일이 벌어졌다. 설산의 빙벽 하나가 그들의 내공 대결로 인해 허물어지며 천 년간 잠자고 있던 마루지문(魔

樓之門)이 열렸던 것이다.

〈고금대마총 구마루.〉

 두 사람은 살아 그곳을 찾아온 유일한 사람이었다. 그 후 오십 년, 두 사람은 의기투합해 구마루의 비밀을 푸는 데 전념했다. 결국 천년장한의 열쇠랄 수 있는 구마루의 비밀은 풀렸고, 그간 구마루로 들어온 모든 것이 그들에게 발견되었다. 하나 어이하랴, 두 사람은 이미 호호백발이 되고 말았으니.
 둘은 궁리를 하다가 후예를 찾을 작정을 했다. 그래서 혈루회와의 연수가 만들어졌던 것이다.
 백도에 의해 세력이 흩어지기는 했어도 혈루회의 뿌리는 좀처럼 잘려지지 않았었다.
 혈수광마옹.
 그는 절세고수이기 이전에 계략가였다. 그는 항상 여러 가지 길을 궁리해 둔 다음에야 무엇이든 일을 시작하는 사람이었다. 그렇지만 그는 금색마조가 전한 구마루에 대한 소식을 듣고는 즉시 일을 결정해 버린 것이었다. 그가 한 결정은 바로 구마루의 오늘이 있게 한 결정이었다.
 ─혈루회의 전 고수를 동원해 일천 기재를 찾아 구마루로 보낸다!
 이것이 바로 혈수광마옹의 결정이었다.
 "……"
 혈루대호법은 금면마종사를 바라보며 멋쩍은 표정을 짓고 있었다.

그때 갑자기 밖으로부터 큰 소리가 들려왔다.

"이십영(二十英)이 비무할 준비를 모두 마쳤습니다. 세 분 종사께서는 어서 나오십시오!"

그 소리를 들은 세 노마의 표정이 근엄한 빛으로 물들기 시작했다.

"드디어 구마령주의 탄생일인가?"

"기다리던 순간이다. 전 마도를 지배할 한 마리 마룡이 드디어 탄생되는 것이다!"

"오오, 너무도 오랫동안 기다렸도다!"

세 명의 노마는 얼굴을 붉게 물들이며 밖으로 걸어나갔다.

하늘 대신에 돌 천장이, 바닥의 흙 대신 석판이 깔려 있는 비무대 아래 십남십녀가 질서정연하게 서 있었다.

일천 명 중 살아남은 자들.

그들 이십 명에게는 공통점이 있었다.

첫째, 그 눈빛에 정이 없다는 것.

둘째, 일신에 천하 각파의 절기를 익히고 있다는 것.

셋째, 어떠한 악조건에서도 살아남을 수 있는 지독한 기질을 갖고 있다는 것.

다른 점이라면 각자의 내공 수준일 것이다.

둥둥둥—!

북소리가 들려왔다.

귀재들의 콧등에 땀방울이 맺히기 시작했다. 그들은 숨소리를 느낄 수 있었다. 모습은 보이지 않지만 여러 사람이 와서 보고 있다는 것을 그들은 알고 있는 것이었다.

둥둥둥!

북소리가 갑자기 고조되다가 한순간 뚝 그쳤다. 그리고 천장에서 몹시 큰 소리가 들려왔다.

"너희들끼리 서열을 가려야 할 차례다. 가장 강한 사람은 구마령주가 되고, 나머지 열아홉은 마도십구비위가 되어 장차 구마령주를 죽음으로 보필하게 되는 것이다!"

마음신후(魔音神吼)에 의한 혈루대호법의 목소리였다.

"구마령주는 나머지 열아홉의 항복을 받아내는 사람만이 가질 수 있는 지위이다."

"……!"

귀재들의 목 줄기를 타고 마른침 넘어가는 소리가 들렸다. 그만큼 긴장하고 있는 것이다.

혈루대호법의 음성이 이어졌다.

"구마령주는 그 어떤 사람도 복종할 수밖에 없는 숭고한 지위이다. 그분이 탄생되면 마도의 일천 년 장한이 풀릴 것이다. 그분은 너희들 가운데 계시다. 자아, 이제부터 싸움에 들어가라. 맨 마지막까지 쓰러지지 않고 서 있다면 그는 바로 구마령주로 탈태환골하게 되는 것이다!"

목소리가 끝나는 순간, 이십 명의 귀재는 일제히 비무대 위로 날아올랐다. 그리고는 약속이나 한 듯이 열아홉 명의 귀재는 한 사람을 향해 공격해 들어갔다.

"자질은 어떨지 모르나 싸움에는 지지 않는다!"
"쓰러져라. 구마령주의 지위는 내 것이다."
"일천호! 너만 쓰러지면 내가 최고다!"

그들의 목표는 일천호였다.

그는 찰나지간에 열아홉 명이 펼쳐 내는 목검진(木劍陣)에 갇혀졌다. 열아홉 줄기의 검파가 일천호를 향해 빛살처럼 뻗어나갔다.

"으으, 이 천한 것들! 나를 합공하다니?"

일천호의 눈에서 새파란 불똥이 튀었다. 그는 가장 뛰어났기에 시기의 대상이 되는 것이었다.

파파팍! 츠츠측!

목검이라 하지만 그 위세는 철검을 능가했기에 검파에 휘감긴 비무대 위에는 거북이 등판 같은 균열이 그어졌다. 일천호는 이를 빠드득 갈며 흉포한 안광을 폭사시켰다.

"나를 건드리지 마라! 나를 막는 자는 다칠 뿐이다!"

포효에 석전이 뒤흔들리며 한줄기 회선 강기가 검진 가운데에서 일어났다. 벼락 치는 소리와 함께 검진이 뒤흔들렸다.

"도망치지 못한다!"

"우리끼리 이미 내정한 바 있다! 네놈을 가장 하위로 두자고!"

"건곤이 모두 막혔다! 이젠 발악해도 소용없어!"

십구검은 잠시 동요했다가 다시 검진을 구축했다. 그러다가 그들은 아연실색하고 말았다. 당연히 검진 속에 갇혀 있어야 할 일천호의 모습이 보이지 않는 것이었다.

"어엇? 이, 이놈이 어디로 갔단 말인가?"

"이, 이럴 수가!"

그들이 일천호의 모습을 찾으려 두리번거릴 때 꽝! 하고 바닥의 석판이 튀어 오르며 흑영이 불끈 솟아 나왔다.

'벌써 바닥 속으로 들어가 있었다니……!'

'일천호의 둔신술(遁身術)이 저 정도일 줄이야!'

일호를 비롯한 십구검은 크게 놀라 분분히 뒤쪽으로 물러났다.

그 순간 검은 그림자로 화한 일천호는 한 사람을 향해 날아들며 쌍장으로 땅을 후려쳤다.
"파천황(破天荒), 벽락강세(碧落降世)!"
펑! 펑!
폭음이 일며 거대한 목대가 산산이 박살이 났다. 목편이 폭우처럼 뿌려진 직후,
"으으윽! 뼈가 으스러지다니!"
처절한 비명 소리가 나며 한곳에서 피보라가 일어났다. 백호가 가슴 복판에 장인이 찍힌 채 피를 토하며 나뒹굴었다.
"으으… 이, 이렇게 차이날 줄이야!"
"분, 분명 특혜를 받은 쪽은 우리가 암중에 추대한 일호였는데?"
열아홉 명의 귀재들은 모두 혀를 내두르며 일천호의 모습을 찾았으나 그의 모습은 보이지 않았다. 석부는 넓었지만 시계를 가리는 것이 없어 몸을 숨긴다는 것은 불가능했다. 그렇다면 일천호는 대체 어디로 숨어버렸단 말인가?
목편 조각이 모두 다 떨어지는 데에는 꽤 오랜 시간이 걸렸다. 일호를 위시한 귀재들은 쓰러진 백호의 곁으로 모여들었다. 표적이 된 일천호가 사라졌으니 이제 그들이 표적이 될 수밖에 없는 것이다. 그들은 동심원을 그리며 일천호의 암습에 대비했다.
하나같이 긴장된 표정으로 목검을 움켜쥔 채 전면을 응시하는 귀재들, 그러나 어떠한 움직임도 감지되지 않았다.
찰나가 영원처럼 느껴진다.
귀재들은 숨소리조차 흘려보내지 않았다.
한데 그 수가 열여덟이 아니라 열아홉이라니……!

모두 동요한 나머지 그것을 잊고 말았다. 일천호의 얼굴을 찾기에 급급한 나머지 자신들 중 얼굴이 같은 사람이 둘 있다는 것을 까맣게 모르고 있는 것이다.

백호 곁으로 모인 열아홉 명의 귀재 중에는 칠백호가 둘이었다. 가짜 칠백호는 백호 근처로 모이는 자들이 자신을 알아보지 못한다는 데 피식 냉소를 흘렸다.

'어리석은 놈들!'

그의 손이 꼿꼿이 치켜 들려졌다.

'모조리 쳐죽인다!'

그가 두 눈에서 혈광을 쏟으며 막 손을 쓰려 할 때 갑자기 데에엥! 하고 허공에서 묵직한 종소리가 들려왔다. 직후 격동에 떠는 듯한 음성이 장내에 울렸다.

"일천호, 너는 상상을 초월하는구나. 너를 잘못 보았다. 너를 다른 아이들과 함께 기른 것은 정말 어리석은 일이었다."

"일천호, 찰나지간에 칠백호의 얼굴로 역용하다니… 역용술이 이미 운형루주를 능가했구나."

"너, 너야말로 우리 모든 사람이 기다리던 구마령주이다. 초대 구마령주가 될 사람은 고금을 통해 오로지 너 하나뿐이다."

다른 귀재들이 망연자실해 있을 때, 허공에서 세 사람이 떨어져 내려 손을 쓰려 하던 가짜 칠백호 곁으로 내려섰다. 그들은 금면마종사를 위시한 혈루대호법과 단장대호법이었다.

셋은 일천호의 곁에서 넋을 잃고 말았다.

일천호라는 자, 그는 이미 그들의 상상을 초월한 고수가 되어 있었던 것이다. 화초는 그냥 두어도 잘 자란다. 엄동설한을 견뎌내며 품었던 자태를 드러내는 것이다.

일천호의 기질 역시 그러했다. 그는 찰나지간에 열여섯 가지의 수법을 시전해 오만방자하던 일호를 비롯한 모든 사람들을 철저히 희롱해 버렸던 것이다.

'으으, 일천호가 찰나지간에 우리 사이에 끼어 있었다니……'

'어이쿠! 까딱했으면 백호 꼴이 될 뻔했다.'

'일천호는 정말 위대하다.'

일호를 비롯한 귀재들은 절로 무릎을 꿇었다.

개와 호랑이는 원래 다르다. 새끼 때에는 비슷하나 자랄수록 표가 나는 것이다. 일천호와 다른 귀재들의 차이는 바로 견호지차라 할 수 있는 것이었다.

"후훗, 구마령주가 나요?"

일천호는 빙긋 웃으며 변체환용술을 풀었다. 칠백호의 모습을 하고 있던 그가 본래의 모습으로 되돌아왔다.

"그, 그렇소!"

"아아, 이제 의식만 거행한다면 어느 누구에게도 명할 수 있는 마도제일령(魔道第一令) 구마령주가 되는 것이오!"

"마도를 위해 헌신하겠다는 맹세, 그리고 전 마도의 총수가 되겠다는 맹세를 할 순간이 된 것이오!"

세 노마도 이제는 일천호를 하수로 보지 않았다.

일천호의 몸에서는 아무도 범접치 못할 어떤 신비한 기도가 뿜어져 나왔다. 그것은 바로 대마혼(大魔魂)이었다.

일천호는 금포를 걸친 채 제단 앞에 섰다. 그는 무릎을 꿇지 않았다. 과거의 누가 그보다 뛰어났던가? 그는 가장 존귀한 자가 되어야 했고, 그러하기에 그 어떤 우상에 대해서도 절을 하지 않는 것이다.

그는 두루마리를 펴 들고 있었다.

"구마령주로 세 가지를 지킬 것을 맹세하도다!"

그는 천천히, 그러나 위엄이 가득한 음성으로 두루마리의 내용을 읽어 내렸다.

"첫째, 지금 이 시간 이후 전 무림을 나의 발아래 복종시키리라!"

"……!"

일천호의 발아래 부복한 세 노마와 일호를 비롯한 열아홉의 귀재들이 숨을 죽인 채 경청하고 있었다. 이제 일천호는 그들과는 비교도 안 될 지고한 신분에 오른 것이었다. 그의 음성이 계속되었다.

"둘째, 백도구절기를 파(破)하고 지난 백 년간 마도를 괴롭힌 백도육대지주를 처단하리라!"

"……!"

"셋째, 구마령주로서 갖춰야 할 구마진경(九魔眞經)을 완벽히 익혀 전 마도를 잘 다스리리라!"

일천호는 두루마리에 쓰인 대로 모조리 읽었다. 그것은 구마령주로서 지켜야 할 일종의 선서였다.

그가 두루마리를 접자 단장대호법이 허리를 숙인 채 다가서 그에게 잔 하나와 칼 하나를 전했다.

"피의 맹세를 하셔야 하오!"

일천호는 잠시 단장대호법을 바라보다가 오연한 말투로 입을 열었다.

"하라면 할 것이오. 그러나 이후에는 무엇이든 나의 명에 따라야 하는 것이오!"

"지, 지당하신 말씀이십니다. 영주로서의 맹세를 지키시는 이상 마도의 어느 누구도 영주의 권위를 존중할 것입니다."

단장대호법은 소도와 옥배를 내밀었다.

일천호는 소도를 받아 그것으로 자신의 오른손 동맥을 간단히 갈랐다. 곤옥비(崑玉匕)인지라 그의 무쇠같이 단단한 팔뚝이 쉽게 그어졌다. 그어진 팔목의 상처에서 붉은 핏줄기가 뿜어져 피보라를 만들었다가 작은 옥배 속으로 떨어져 내렸다. 투명한 옥배는 곧 선혈로 가득 찼다. 일천호는 그것을 손에 들고 천천히 내뱉었다.

"나의 피가 붉은 한 나의 맹세는 지켜질 것이고, 맹세가 어겨진 다면 나는 구마령주가 아닐 것이다!"

그는 옥배를 들고 외친 다음 옥배를 슬쩍 흔들었다. 그러자 핏방울이 내공력에 의해 빠른 속도로 날아가 석벽 속으로 파고들었다. 그리고 벽에는 혈서가 새겨졌다.

〈이제 나를 다스릴 자는 없으리라. 구마령주로서 모든 것 위에 군림할 것이니 모두 구마령주를 경배하라.〉

가히 유아독존의 극치를 이루는 글귀였다. 지금껏 일천호를 기른 그들조차 일천호의 끔찍한 기질에 혀를 내두를 뿐이었다.

'너무도 무섭게 자랐다.'

'혈루대호법이 자극한 것이 화근이다. 아니, 오히려 전화위복일 것이다. 일천호는 시련 덕에 더욱 강해진 것이다.'

'이제 누구도 저 사람을 제거하지 못한다. 전 마도인의 혼백과 고금마도법이 저분을 수호하리라. 마도는 저분과 함께 운명을 같

이한다.'

 세 노마는 하나같이 진땀을 흘렸다.

 일천호는 불꽃이 이글거리는 듯한 시선으로 허공을 노려보았다.

 '하늘을 저주한다, 나를 탄생시킨 하늘을! 나를 만든 하늘이기에 나의 손아래 피로 물들리라!'

 그의 머리카락이 바늘같이 곤두섰다. 그의 몸에서 풀풀 흘러나오는 것은 대살기였다. 일천호는 이제 자신으로서 도저히 억제하지 못할 어떠한 존재로 자라 버린 것이다.

개가 된 여인

머리에는 금관을 쓰고 화려한 금포를 두른 일천호는 금장식이 된 태사의에 앉아 있었다.

그의 손에는 작은 금패 하나가 들려 있다.

구마령(九魔令).

전 마도가 복종하는 지고무쌍한 신물인데도 그는 그것을 장난감 정도로 아는 모양이었다. 그가 금패를 만지작거리는 사이 한 사람이 열심히 말을 했다.

"혈루회가 무너진 이후 무림동맹은 더욱 굳어졌습니다."

허리를 숙인 사람은 나후신마라는 사람이었다. 그는 초관교두 노릇을 하던 사람이고, 과거 풍운마검방(風雲魔劍幇)의 태상호법이었던 사람이다.

"하지만 마도는 무너진 것이 아닙니다. 꾀 많은 쌍뇌천기자를 속이기 위해 무산된 척했을 뿐입니다!"

"……."

구마령주의 지위에 오른 일천호는 아무런 감정을 나타내지 않고 듣고 있었다.

"강호에는 이십팔수(二十八手)가 있습니다. 그리고 황금총관(黃金總官), 만화총관(萬花總官), 만리총관(萬里總官)이란 삼총관이 있습니다."

"삼총관이란 무엇을 하는 사람들이지?"

일천호는 지나가는 말처럼 슬쩍 질문을 했다.

"황금총관은 장차 영주께 군자금을 대어줄 사람이고, 만화총관은 기루를 경영하며 모은 모든 정보를 일러줄 것이고, 만리총관은 온갖 궂은일을 도맡아 해줄 사람입지요."

"이십팔수는?"

"여태껏 백도에 잠입해 있었는데 조만간 만리총관과 합류할 것입니다. 영주께서 출도하시어 그들 모두를 이끌게 되는 것입니다."

그 순간 일천호의 미간이 살짝 찌푸려졌다.

"쌍뇌천기자라는 자는 천하에서 가장 머리가 뛰어난 자라 하던데?"

"그, 그렇습니다."

나후신마가 황급히 대답을 하자 일천호는 한 손으로 턱을 괴며 말을 이었다.

"흠, 그가 모를까?"

"예? 무엇을 말씀하시는 건지……."

나후신마는 일천호의 질문이 무엇을 뜻하는지 알지 못하겠다는 듯 반문했다.

"과거 비조평에서 이곳 설산 구마루로 일천 기재가 왔음을 그가 모르겠는가 하는 말이네."

일천호가 설명을 하자 나후신마는 약간은 당혹스런 기색으로 대답했다.

"모, 모를 것입니다."

"혈루회의 수괴 중 하나였던 귀영마수라가 배반했다고 지난밤 자네가 말하지 않았는가?"

"그, 그랬습지요. 그렇지만 귀영마수라는 그 일을 절대로 모를 겁니다."

나후신마는 벌써 닷새째 마도의 내력에 대해 말을 하는 중이었다. 마도의 내력은 장차 전 마도를 이끌어 나갈 구마령주인 일천호가 의당 알아야 하는 것들이었기에.

일천호의 눈빛이 심연처럼 깊어지며 그는 한 가지 생각으로 염두를 굴렸다.

'그는 알지도 모른다. 백도절기가 강하듯 백도인들 또한 뛰어나다. 그러기에 내가 이리 강하게 키워졌을 테니까.'

그 후로도 나후신마는 쉬임없이 이야기했다. 일천호는 그가 말하는 것을 한 번 듣고는 모두 외워 버렸다.

구마령주가 되고 십구 일이 되는 날, 일천호는 구마진경의 수련을 위해 일 년 동안의 연공에 들어야 했다. 지금 그가 얻은 것은 영주의 지위에 불과하다. 구마진경 안의 마공을 익혀야 완전한 마도의 일인자로 군림하게 된다.

연공에 들기 전 그는 영주전으로 한 사람을 불렀다. 십구비위와 더불어 중원행을 준비하고 있던 혈루대호법이었다. 그는 명을 받는 즉시 달려와 구마령주 앞에 무릎을 꿇었다.

'신기하게 달라졌다. 아아, 제왕의 풍모가 여실히 나타나지 않는가!'

혈루대호법은 구마령주의 기도에 새삼 놀랐다.

"속하를 어이해 부르셨는지요?"

"한 가지 귀찮은 것이 있어 불렀네."

"귀찮은 것이라니요?"

돌연한 질문에 혈루대호법이 의아한 표정을 지으며 구마령주를 바라보았다.

"떨칠 것이 있네."

구마령주가 짤막하게 말하자 혈루대호법은 황송한 듯 고개를 조아렸다.

"무엇인지요? 속하, 지난 죄를 씻기 위해서라도 영주께 가장 충성할 따름입니다. 어서 말씀해 주십시오."

"흠, 나는 내가 누구인지 알아야겠네."

구마령주의 표정은 몹시 담담했다. 그러나 듣고 있는 혈루대호법의 안색은 그리 좋은 것이 아니었다.

'결국 올 것이 왔단 말인가?'

그는 무겁게 안색을 굳히며 구마령주를 향해 조심스럽게 입을 열었다.

"신, 신분 내력 말씀이십니까?"

혈루대호법의 반문에 구마령주는 간단하게 대답했다.

"말하자면 그런 것이지."

놀라운 것은 구마령주가 전혀 알 길이 없는 자신의 내력을 물으면서도 동요하지 않는다는 것이었다. 그는 본래의 자신에 대한 호기심조차 없는 모양이었다. 구마령주는 입가에 흐릿한 조소까지 지으며 한마디 내뱉었다.

"귀찮아 떨치고 싶을 뿐이야."

"······!"

혈루대호법은 그만 아연해지고 말았다.

구마령주가 아무렇지도 않게 내뱉은 그 말이 진심이라면 그는 정말 고금에 희귀한 대마제(大魔帝)일 것이다.

"그, 그것은······."

혈루대호법은 비지땀을 흘렸다.

"훗훗, 그대는 내가 구마령주가 되는 것을 철저히 봉쇄하려 했었지. 거기에는 그대가 일호를 총애한다는 것 말고 또 다른 이유가 있을 것이야."

"어, 어찌 그렇게 생각하시는지요?"

혈루대호법의 등줄기로 땀이 축축이 흘러내렸다.

"훗훗, 계집을 믿느니 사내를 믿는 것이 낫다고 그대가 지은 혈루보록에 적혀 있더군."

"그, 그건 그렇습니다만······."

"훗훗, 그렇다면 그대는 일호를 후예로 삼기보다 차라리 나를 끌어들여 나를 더 잘 키워 일찍 구마령주로 만들어야 했어. 일호보다야 내가 더욱 믿음직스러울 테니까."

"······!"

혈루대호법의 안색이 창백해지기 시작했다.

그러나 구마령주는 아랑곳하지 않고 입가에 조소를 더욱 짙게 피워 올리며 말을 이었다.

"그러나 그대는 굳이 일호를 고집했고, 나를 암살하려 했어. 나는 왜일까 궁리하다가 결국 그대가 나를 두려워한다는 것을 알게 되었지."

구마령주는 시련을 겪어내며 아주 무서운 사람으로 변해 있었다. 그는 절대 자신의 심중을 밖으로 드러내 보이지 않았다. 자신에 대한 이야기가 아니라 남 이야기를 하는 듯 신세의 비밀에 관해 물어보면서도 담담한 표정을 지을 뿐이었다.

"약속하지, 내가 누구였는지 말해도 자네를 죽이지 않겠다고."

구마령주는 구마령을 쳐들어 보였다. 그것은 마도인들에게 있어서는 권위의 상징이었다. 질문에 답하지 않는 자는 불충이고, 저항하는 자는 목숨이 열 개라도 부지할 수 없다.

"정, 정말이십니까?"

"물론!"

'으으음.'

쉽게 입이 떨어지지 않는 듯 혈루대호법은 진땀을 흘렸다. 하지만 명을 받은 이상 말을 해야만 하는 것이다.

"속하는 구마령주의 대충복입니다. 절대 배반할 사람이 아닙니다. 그것은 알아주셔야 합니다!"

"물론 알고 있네."

"감사합니다."

이마가 바닥에 닿을 정도로 머리를 조아리던 혈루대호법은 잠시 호흡을 가다듬으며 고개를 든다. 그리고 차분한 어조로 말을 이어나갔다.

"구마루가 계획되면서 속하에게 할당한 일은 바로 일천 기재를 모으는 일이었습니다. 아이들을 모으는 일은 쉽지 않았지만 폭풍혈건대원들이 목숨을 걸고 임했기에 백도의 감시망을 피할 수 있었지요. 대원들은 비밀을 지키기 위해 스스로 목숨을 끊었기에 기재들의 신원을 알 방법이 없습니다. 하지만… 영주에 대한 것은 기억하고 있습니다. 그것은 왜냐하면…….."

여기에 이르자 혈루대호법의 음성이 흔들렸다.

"왜냐하면… 그, 그들을 죽인 사람이 바로 저이기 때문입니다."

"그들이라니?"

구마령주의 검미가 살짝 치켜져 올라갔다.

"능, 능은한(陵銀漢)과 난유향(蘭幽香)… 청해쌍선(靑海雙仙)을 말하는 것입니다!"

"그들이 나와 관련이 있단 말인가?"

구마령주는 미간을 찌푸리며 물었다.

"그, 그것은 아닙니다."

"그렇다면……?"

"그들은 능설비라는 아이의 부모였을 뿐입니다."

혈루대호법은 말하며 구마령주를 바라보았다. 그의 눈꼬리가 파르르 떨리고 있었다.

'신세에 집착해 능설비 노릇을 하시지는 않으리라 나는 믿는다.'

구마령주로 키워진 자, 과거 일천호라 불렸던 그의 본명은 능설비였다. 그는 태어난 지 한 달 만에 부모를 잃었다. 혈루회주였던 혈수광마옹이 그의 친부모를 죽이고, 그를 일천 번째의 기재로 취했기 때문이다. 결국 혈루대호법이 된 혈수광마옹은 바로 구마령주의 친부모를 죽인 사람임이 밝혀지고 만 것이었다.

"내 본명이 능설비였다……. 훗훗, 싫지 않은 이름이군."

구마령주는 중얼거리며 입을 다물었다. 그 후 그는 아무것도 묻지 않았다.

'정말 지독한 분이다. 아아, 이제 마도는 이분을 믿고 날개를 펴고 구만 리를 날 수 있을 것이다.'

혈루대호법은 그제야 긴장을 풀 수 있었다. 그는 감격한 어조로 구마령주를 향해 읊조렸다.

"영, 영주를 믿었습니다. 그래서 사실대로 말했을 뿐입니다."

"나가보게."

구마령주는 감정이 섞이지 않은 어투로 짧게 한마디만을 할 뿐이었다. 혈루대호법은 절을 두 번 했다. 그는 하직 인사를 마치고 나가려다가는,

"영주, 하직 예물을 준비했다는 말씀을 제가 드렸는지요?"

"예물?"

"속하의 충정에서 나온 예물이 있습니다. 속하가 영주의 진짜 부하임을 밝히는 예물이니 부디 거두어주십시오."

"무엇인가?"

구마령주는 예물 따위에는 관심이 없다는 듯 건성으로 물었다.

"속하가 밖으로 나가는 대로 곧 보내 드리겠습니다."

나가는 혈루대호법의 입가에 여릿하게 미소가 걸렸지만 구마령주는 무신경한 듯 눈을 지그시 감았다.

'능설비… 한순간이나마 그 이름으로 불렸던 시절이 내게도 있었단 말인가?'

그는 그런 생각을 하다가 고개를 가볍게 저었다. 구마루 이전의 기억은 그에게 없다. 설령 있다 해도 과거란 한낱 스쳐 간 꿈일 수밖에는 없었다. 구마령주로서의 현재의 그가 존재할 뿐이었다.

이각이 지났을까? 문이 가벼운 소리를 내며 열리며 방 안으로

들어서는 사람이 하나 있었다. 과거 일호로 불렸던 여인, 현재는 제일비위(第一臂衛)로 불리는 여인이 조심조심 방 안으로 들어서는 것이었다.

거친 무복 대신 붉은빛 화려한 궁장을 걸친 그녀는 눈부시도록 아름다웠다. 칙칙하던 석실이 그녀의 미모로 인해 밝아지는 듯했다.

너무도 달라진 신분 때문인 듯 그녀는 감히 구마령주를 마주하지 못하고 고개를 다소곳이 숙였다.

"영, 영주! 예물을 갖고 왔습니다."

"꺼내놓고 물러가라. 한 시진 후 중원을 향해 마조를 타고 날아 올라야 할 테니 준비를 서둘러라."

구마령주는 그녀를 거들떠보지도 않았다.

"시, 시간은 넉넉합니다."

제일비위는 말을 하며 얼굴을 붉혔다. 직후, 사르르 옷자락이 흘러내리는 소리가 들렸다.

"……?"

힐끗 시선을 돌려 제일비위를 바라보는 구마령주의 시선에 그녀가 옷자락을 스스로 벗어 내리는 모습이 비쳤다.

동그란 두 어깨와 비단결같이 희고 보드라운 살결. 그 위에 선명히 드러난 한 점의 붉은 수궁사(守宮砂)가 눈이 부시도록 현란했다.

그녀는 실오라기 하나 걸치지 않은 전라의 몸이 되었다. 성숙한 여인의 전신이 적나라하게 드러난 것이다. 그것은 흰 대리석으로 깎은 매끈한 조각을 연상케 했다.

"혈루대호법께서 제게 명하셨습니다. 예물은 제 몸입니다. 부디 거둬주십시오."

떨리는 음성이다. 얼굴을 붉힌 채 시선을 내리깔고 있는 그녀의 유난히 긴 속눈썹도 바르르 떨렸다. 그녀는 입술을 지그시 깨물며 천천히 바닥에 자신의 몸을 눕혔다. 매끈하게 빠진 두 옥주(玉柱) 사이의 신비림(神秘林)과 금세라도 터질 듯 부풀어 오른 두 개의 젖무덤이 도발적인 모습으로 일목요연하게 드러났다.

예물로 바쳐진 여인.

한때 경쟁자로 자부하던 여인은 모든 것을 체념한 듯 눈을 질끈 감은 채 바닥에 누워 그의 손길을 기다렸다.

뚫어지게 그녀를 바라보던 구마령주의 입가에 묘하게도 비릿한 조소가 걸렸다.

"너를 취하란 말이냐?"

"영, 영주 마음대로 하십시오."

"네가 원한 일은 아닐 텐데?"

"모, 모든 것은 명받은 대로 행해질 뿐이지요. 저는 영주의 머리카락 한 올만도 못한 천한 계집입니다."

그녀의 피부에는 닭 피부에나 있음 직한 굵은 소름이 돋고 있었다. 그것이 구마령주를 노엽게 했다.

'아직도 나를 거부하는군. 그렇다면 내 비록 바라지는 않으나 너를 꺾기 위해 혈루대호법의 예물을 취하리라.'

구마령주는 차가운 웃음을 흘렸다.

"너를 다른 이름으로 부르겠다."

"영주의 뜻대로 하십시오."

그녀는 모든 것을 체념한 상태였다. 구마령주가 자신을 어떻게 하든 순순히 따르는 것만이 남았을 뿐이다. 거역한다는 것은 곧 죽음을 의미할 테니까.

구마령주의 입가에 매달린 조소가 더욱 짙어졌다.

"너는 이제부터 혈견(血犬)이다."

아름다운 여인을 개에 비유하다니……!

"그리고 너는 나를 보면 언제나 옷을 벗어야 한다."

"……."

제일비위는 수치심으로 입술을 피가 나도록 깨물었다.

"훗훗, 네가 원해 이뤄진 일이다. 사실 드러누워 꼬리를 치는 종자란 개밖에 없지 않느냐?"

"그, 그렇습니다. 저는 개입니다. 흐흑."

혈견이 된 여인, 그녀의 유독 긴 속눈썹을 비집고 눈물이 주르르 흘러내렸다.

"개는 주인 앞에서 울면 안 된다. 항상 즐거워하며 꼬리를 쳐야 하는 것이다. 무릎을 꿇고 기어 다녀라."

"흐흑……."

더할 수 없이 모욕적인 언사였다. 그녀는 과거에 자신의 발가락에 끼인 때만큼도 여기지 않았던 한 사내에게 도리어 견딜 수 없는 수모를 당하고 있는 것이다.

구마령주의 호통이 터졌다.

"어서!"

"말, 말씀대로 하겠습니다."

그녀는 터져 나오려는 울음을 이를 악물고 참았다. 그리고는 무릎을 모으고 일어나 젖가슴을 축 늘어뜨린 채 엉금엉금 기며 개 우는 소리를 흉내 내기 시작했다.

"워어엉……."

"……!"

구마령주는 말없이 턱을 괸 채 엉덩이를 흔들며 기어 다니는 제일비위를 바라보았다.

'너를 미워하지는 않는다. 미워하는 것은 너와 나를 덮은 마의 장막일 뿐이다. 아느냐? 우리는 사람이 아니라 마인 것을!'

"워어엉… 워엉!"

제일비위는 서럽게 개처럼 짖어댔다.

개가 된 여인, 그리고 사람이기를 포기한 영주. 이곳에는 하늘이 없다. 하늘은 지금 구마령주의 손에 쥐어져 있을 뿐이다.

"워엉!"

혈견은 구슬픈 소리를 내며 방을 열 바퀴 넘게 기어 다녔다. 얼마 지나지 않아 그녀의 얼굴에서는 수치심마저 사라져 버렸다. 개가 된 것이 당연한 듯, 그녀는 엉금엉금 기며 딸기빛 붉은 입술 사이에서 개 울음소리를 내는 것이었다.

이십 마리 금색마조는 예정한 대로 날아올랐다. 혈루대호법과 구마령주에 의해 혈견이라 이름 붙여진 제일비위를 위시한 십구비위, 그들은 중원을 향해 쉬임없이 날아갈 것이다.

약관의 태상미종

넓은 석실.

어떠한 집기도 보이지 않는 그곳에 금포청년 하나가 우뚝 서 있었다. 날카롭게 쭉 뻗은 칼날 같은 눈썹과 산악처럼 우뚝 솟은 코, 한일자로 굳게 다물려진 입매, 그리고 대리석으로 다듬은 듯 단아한 용모가 일세의 미장부임을 여실히 말해주고 있었다.

그는 한쪽 벽면을 보고 있었다.

벽에는 노승의 웃는 모습이 부조되어 있었다. 노승은 모지와 중지를 한데 모은 자세였는데 부조한 솜씨는 실로 실물을 대하듯 정교했다.

"금강수미무적공을 시전하는 자세로군. 그것은 세상에서 가장 완벽한 수비 자세이지."

미청년은 작게 중얼거렸다. 그의 눈에서는 잔혹한 혈광이 쏟아져 나왔다.

"그러나 내게는 금강수미무적공과 극성이 되는 것이 있다. 바로……."

그의 목소리는 더욱 차가워졌다. 그는 말과 함께 오른손을 번쩍 쳐들었다. 순간 위이이잉! 하는 음향과 함께 그의 쳐들린 손에서 은은한 혈광이 일며 몽롱한 혈무가 바람이 불어가듯 그림 쪽으로 흘러갔다.

"파라혈광무(破羅血光霧)!"

그의 외침이 끝나기도 전에 꽈꽝! 하고 벼락 치는 듯한 소리가 뒤따랐다. 그리고는 벽면에 그려져 있던 노승의 모습이 어느 사이엔가 온데간데없이 사라져 버리고 없었다. 벽면은 그림과 더불어 아주 매끄럽게 깎여져 버리고 만 것이다.

미청년은 느릿한 동작으로 돌아섰다. 그의 등 뒤 쪽에도 노승의 그림이 또 하나 있었다.

정좌한 채로 쌍장을 가볍게 합습한 자세로 있는 노승을 그린 것이었다.

미청년은 그림 속의 노승과 눈싸움을 시작했다.

'아미파의 절기 항룡모니인이군. 이 절기가 아직 강호에 있는지는 모르나, 그렇다 해도 내가 시전해 내는 것을 견디지는 못하리라.'

그는 비릿한 조소를 머금으며 우장(右掌)을 가볍게 내밀었다. 그의 우장이 점차 황금색으로 물들어갔다.

"천마무적금인(天魔無敵金印)!"

일갈이 터지며 우장에서 금색의 기류가 환상처럼 뻗어나갔다. 직후 펑! 하는 폭음이 나며 노승의 그림이 그려져 있던 벽면이 터져 나갔다. 노승의 그림이 갈라졌음은 당연지사였다.

돌먼지가 자욱하게 피어오르는 가운데 미청년은 이번에는 오른쪽으로 느릿느릿 돌아섰다. 그쪽의 벽면에도 도사가 검무를 추는 모습이 그려져 있었다. 검은 한 자루인데 그림자는 무수히 많았다. 발검과 함께 서른여섯 가지 검초를 동시에 쏟아내는 초식으로 뇌성을 일으키며 환광을 만들어 만마를 일거에 복종시킨다는 가장 완벽한 검초였다.

삼십육태청풍뢰검(三十六太淸風雷劍).

그림은 무당파의 절기를 시전해 내는 모습이었다.

미청년은 벌써 기수식에 들었다. 그의 손에는 대나무 가지 하나가 들려 있었다.

"구만리장천… 일검만백절(一劍萬白絶)!"

그는 나직이 외치며 몸을 핑그르르 돌렸다.

휘이이이!

선풍과 함께 그의 몸은 작은 회오리가 되었고, 그렇게 느껴지는 순간 갑자기 한줄기 검강이 일어나 오 장 밖에 있는 석벽 쪽으로 쏘아졌다, 구만리장천을 가르는 한줄기 흰 무지개처럼.

벽면이 파파팍! 깎여 나가며 돌가루가 우수수 떨어졌다.

"……."

미청년은 이미 자세를 멈춘 후였다. 그는 천천히 그림을 바라보았다. 그림 가운데 있는 노도장의 목에 검흔이 아주 깊게 남아 있었다. 진짜 사람이었다면 그의 목은 하늘 높이 날아올라 갔을 것이다.

이어 그는 네 번째 벽을 향해 돌아섰다. 거기에는 원이 있었다.

〈아미파 대원진력, 그 힘은 바로 대항마복룡진세의 근원이도다!〉

원 안에는 그런 글이 적혀 있었다.

미청년은 원을 바라보다가 두 손을 쭈욱 앞으로 내밀었다.

"인마검수(人魔劍手)!"

쌍 장심에서 돌연 검붉은 강기가 일어나더니 원 한가운데를 향해 사정없이 몰아쳐 갔다.

꽈르릉, 꽈꽝!

지축이 흔들리는 굉음이 터지더니 정말 놀랍게도 석벽에는 다섯 척 깊이의 장인 두 개가 선명히 파여져 있질 않은가?

"후훗!"

미청년은 가볍게 웃으며 방을 나섰다.

잠시 후, 그는 석도를 따라 걷다가 또 하나의 연무관 앞에 다다랐다.

〈풍화뢰무적삼마관(風火雷無敵三魔關).〉

문 위에는 전서체로 그런 글이 파여져 있었다.

청년은 문을 밀고 안으로 들어갔다. 바로 그 순간, 폭발하듯 굉음이 일어나며 방이 온통 뒤흔들리는 가운데 육합(六合)에서 비표가 날아들었다. 만천화우랄까? 독이 발린 비표는 방 안을 틈도 없이 가득 메웠다.

"흥! 무흔류마신보를 모르는가?"

눈앞으로 들이닥치는 독표들을 보며 청년은 눈도 깜짝하지 않았다. 어느새 그의 몸은 수십 개의 환영을 그리며 독표 사이를 누비고 있었다.

독표들이 간발의 차이로 스쳐 지나갔다.

빠른 신법으로 독표들을 피한 청년이 바닥에 몸을 내리는 순간 예상치 못한 일이 벌어졌다. 피했다 여겼던 독표들이 돌연 방향을 바꾸며 그를 향해 날아드는 것이 아닌가?

독표들은 직선으로 날지 않았다. 청년이 일으키는 바람을 타고 흐르며 마치 꼬리가 된 듯 그의 뒤를 쫓았다.

'뇌마회선표로군.'

그제야 청년은 독표의 정체를 알아냈다.

일반적인 암기는 직선으로 움직이지만 뇌마회선표는 회전을 한다. 표적이 움직일 때 일어나는 바람을 타고 움직이며, 표적의 몸뚱이에 깊숙이 박힌 후에야 동작을 멈추는 악독한 암기였다. 피할 수 없는 암기였기에 사천당가의 호접만천표와 더불어 기문쌍암기(奇門雙暗器)라 불리던 것이다.

청년의 몸이 다시 빠르게 움직였다. 뇌마회선표는 그 움직임에 따라 더욱 무서운 기세로 방 안을 뒤덮었다.

"나의 호신강기에 따라 방향을 잡고 추적한다! 호신강기로 부수고 싶다만 구마루법에 따라 보법으로만 피하리라!"

그는 아무도 없는 방 안에서 누군가 들으라는 듯 일부러 차게 외쳤다.

그러나 사실 석벽의 기관 뒤에는 몸을 숨긴 채 그의 움직임을 예의 주시하는 사람들이 있었던 것이다. 그들은 바늘 끝만 한 구멍을 통해 청년의 일거수일투족을 지켜보며 손에 땀을 쥐었다.

무수한 그림자를 흩날리며 움직이는 청년, 그리고 뒤를 쫓아 벌떼처럼 달려드는 독표들.

어느 순간, 청년은 허공에 둥실 뜬 상태로 우뚝 멈춰 섰다. 강기의 흐름에 따라 춤을 추듯 날아다니던 독표들이 그를 향해 거침없이 날아들었다. 독표들이 그의 몸을 유린하기 직전 청년은 시체인 양 호흡도 멈춘 채 밑으로 뚝 떨어져 내렸다.

그의 몸에서는 어떠한 강기도 일어나지 않았다. 체중에 의해서만 그대로 떨어져 내린 것이었다.

직후, 따당! 땅! 기관에 의해 발사되었던 수천 개의 뇌마회선표는 허공에서 목표물을 잃고 저희들끼리 부딪치며 쇳가루로 화했다.

"하핫, 이것이 바로 무흔류마의 수법이다!"

청년은 우수수 떨어지는 쇳가루를 바라보며 호쾌한 웃음을 터뜨렸다. 그러나 웃음소리가 여운을 맺기도 전에 벽 속 어딘가에서 소리조차 내지 않는 무음지력(無音指力)이 그의 배심혈(背心穴)을 노리며 날아들었다. 그와 비슷한 수법은 강호상에서 전진파의 허중쇄월지력밖에 없을 것이다.

날아든 지력은 물론 허중쇄월지력이 아니었다. 그러나 소리가 나지 않고 강기를 전문적으로 파괴한다는 데에서는 전진파의 장문인에게만 전해진다는 허중쇄월지력과 다를 바가 없었다.

무음지력이 미청년의 등에 격중되기 전,

"화마종(火魔宗)의 태양섬전지(太陽閃電指)!"

그는 일갈과 함께 손가락 하나를 가볍게 튕겨냈다. 그의 몸 안에서 끓어 넘치고 있던 마의 삼매진화가 지공으로 뻗어 나와 무음지력을 덮쳤다. 뒤이어 벼락 치는 듯한 소리가 터지며 놀랍게도 무음지력의 힘이 하나 남김없이 소멸되고 마는 것이 아닌가!

청년은 가히 무신이라 할 수 있었다.

그가 손을 거둬들이려는 순간, 그림자가 번득이며 그를 향해 날아들었다. 흑영은 모두 셋이었는데 지독히 빠른 자들이었다.

그들은 청년을 향해 날아들며 각기 다른 초식을 전개했다.

마녀무(魔女舞)!

취중용형보(醉中龍形步)!

나한무상수(羅漢無常手)!

세 사람의 몸에서 일어나는 강기의 힘과 권장풍의 힘이 하나로 합쳐져 거대한 암경의 그물로 화해 청년을 덮쳐들었다.

'교두들! 지난 세월 동안 너희들 손에 자랐으나 이제 나는 너희들이 알지 못하는 구마절예(九魔絶藝)를 모두 터득했다. 너희들이 일시에 합공을 한다 해도 나를 꺾지 못한다!'

청년은 바로 구마령주였다. 혈루대호법과 십구비위를 중원으로 떠나보내고 연공에 들었으며, 일 년이 지난 오늘 구마령주로서의 무공 인증에 든 것이었다.

그는 풍(風), 용(龍), 호형(虎形)의 삼교두가 동시에 달려들어도 전혀 놀라는 기색 없이 손을 높이 쳐들었다.

"등천일정도(騰天一頂刀)!"

그의 손끝은 빳빳하게 세워져 머리 위를 갈랐고, 거의 동시에 몸이 둥실 떠올랐다.

"차앗!"

구마령주의 손이 마치 날카로운 칼날처럼 변해 삼교두가 만든 삼재진의 핵을 잘랐다. 펑! 하는 진동음과 함께 삼교두의 합공이 여지없이 허초로 화하고 말았다.

"어이쿠!"

"이, 이렇게나 강하다니… 일 년 전에 비해 다섯 배는 강해졌다!"

"구마종(九魔宗)이 살아 있어도 이만큼은 못하다. 영주께서는 고금마종의 모든 절기를 다 익힌 것이다!"

삼교두는 구마령주의 일격에 하나같이 벌렁벌렁 나뒹굴었다.

구마령주는 팔짱을 낀 채로 삼교두를 내려다보며 입을 열었다.

"이제 대호법들과 교두들에게 선보이지 않은 절기는 단 하나, 음마(音魔)가 구결로 전한 군림마후(君臨魔吼)뿐이오. 그것은 모두 다 모인 자리에서 선보이겠소."

그의 입가에 엷은 미소가 번져 나갔다. 그것은 천하를 조롱할 듯한 비웃음이었다.

지금 이 순간 눈물을 흘리지 않는다면 단연코 마도인이 아니리라!

고금제일마(古今第一魔).
마도제일령(魔道第一令).
구마령주(九魔令主).
구마루(九魔樓) 태상루주(太上樓主).
전마도총수(全魔道總帥).

이토록 거대한 이름과 신분을 지닌 사람이 천 년 만에 탄생한 것이다.

"이날을 위해 죽음조차 미루어두었던 것이다!"

금면마종사는 뜨거운 눈물을 하염없이 흘렸다.

"오만한 백도의 무리가 이제는 하나하나 처단될 것입니다!"

정검무쌍신 역시 어린아이처럼 감격의 눈물을 펑펑 쏟아냈다. 그리고 그들 뒤로 도열한 교두들과 부교들 역시 격동의 눈물을 흘리고 있었다.

'영주를 모시고 강호로 나가 백도를 전멸시키리라!'

'천 년 숙원이 이제야 이루어진 것이다!'

그들은 모두 숨을 죽이고 누군가를 기다리고 있었다.

황금대전의 한가운데 텅 빈 태사의 하나가 놓여 있고 그 앞으로는 팔선탁이 있다. 그 위에는 몇 가지 물건이 가지런하게 놓여 있었다.

첫 번째 것은 금색의 면구였다. 그것은 천외천마문주의 지위를 상징했던 물건이었으며 아직도 신효가 있는 물건이었다.

금색 면구의 옆에는 구마루의 제일인을 뜻하는 영부인 구마령이 놓여 있었다. 그리고 혈루대호법인 혈수광마옹이 충성의 신표로 남겨두고 간 해산된 혈루회의 신표인 혈루제일령, 하루 안에 천만 냥의 황금을 모이게 할 수 있는 황금령, 또한 은밀히 마맹에 뛰어든 사람 중 미인을 마음대로 부릴 수 있는 만화령, 누구에게든 지위를 줄 수 있는 마맹의 순찰령인 만리령이 놓여 있었다.

그 외에 공청석유액, 마종마검, 마맹마인명부, 천하지리도, 백도세력도 등 구마령주를 위한 몇 가지 소지품이 더불어 놓여 있었다.

구마령주의 지위는 엄청난 지위인 동시에 그에 따른 엄청난 의무를 갖고 있는 지위였다. 그에게는 자아(自我)가 허용되지 않는다. 그는 영주일 뿐 사람이 되지 못하는 것이다.

장내는 바늘 하나만 떨어져도 들릴 정도로 정적에 휘감겨 들었다. 잠시 후, 금영 하나가 지면에서 약간 뜬 상태로 바람같이 태사의로 다가섰다.

"구마절기 중 여러분에게 선보이지 않은 군림마후를 듣기 위해 모두 모였구려."

금영은 태사의에 앉으며 신비스러운 미소를 지어 보였다.

천하의 모든 마도인이 경배를 올려야 하는 인물, 모든 것을 바쳐 마도를 구해야 하는 전설의 주인공인 구마령주가 오늘따라 웃으며 나타난 것이다.

그 미소는 일천호가 잃어버렸던 신비한 미소였다.

그 신비스러운 미소는 십 년 전이나 지금이나 마찬가지로 황홀할 정도로 아름다웠다. 마공이 너무 강해졌기에 이제는 마기마저 드러나지 않는다.

구마령주는 자신을 기른 사람들을 하나하나 훑어보기 시작했다. 어떤 사람은 눈물을 흘리고 있었고, 어떤 사람은 감격한 표정으로 그를 바라보고 있었다.

이제 남은 것은 하나, 그들 모두가 구마령주를 따라 강호로 나가는 일뿐인 것이다. 백도구절기를 멸절시키기 위해, 백도육대지주를 척살하기 위해, 그리고 마맹의 부흥을 위해!

지금 이 순간 그들 모두는 꿈에 부풀어 있었다.

그들의 마음을 잘 아는 듯 구마령주는 더욱 신비한 미소를 지었다.

"군림마후를 익혔다는 것을 인증받는다면 나는 구마령주로서 부끄럽지 않게 되는 것이오."

"그렇습니다, 영주!"

모든 것을 계획한 금면마종사가 감격의 눈물을 떨어뜨리며 대답했다.

"후훗, 그럼 잘 들으시오."

구마령주는 팔짱을 끼며 눈을 반쯤 내리깔았다.

"잠, 잠깐! 그것은 위력이 아주 강한 것이니 다른 곳에 가셔서 시전하는 것이 어떨지요?"

한 사람이 다급히 나서며 제의를 하자,

"그럴 필요 없소. 나는 사람과 물건을 가려 음파를 발휘하는 수준에 이르렀소."

구마령주는 단호한 음성으로 일축했다.

'오오! 그런 수준에까지……!'

장내의 인물들이 한결같이 놀라움의 탄성을 지르는 가운데 구마령주는 눈을 감았다. 뒤이어 그의 입술이 가볍게 벌려지기 시작했다.

약관의 나이에 가장 높은 지위에 오른 인간, 그는 과연 음파로 무엇을 부술 것인가?

모두는 바짝 긴장한 채로 대전 안에서 가장 단단한 물건을 찾아보았다.

군림마후는 구결로만 알려졌던 것이고 천 년간 누구도 그 구결을 풀이해 익히지 못했다. 그러한 난해하기 이를 데 없는 무공을 태상마종 구마령주가 처음으로 익힌 것이다.

구마령주가 가볍게 입술을 벌린 직후 장내에 뜻하지 아니한 외마디 비명이 터져 나왔다.

"웨엑!"

이게 웬 일인가? 호형교두가 오공에서 피를 뿜으며 벌렁 나뒹구는 것이 아닌가?

"아, 아니?"

바로 곁에 섰던 풍형교두가 자지러지게 놀랄 때 구마령주의 입에서 장소성이 터져 나왔다.
"우!"
군림의 마후!
그것이 풍형교두의 고막 속으로 파고들며 그의 오장육부를 산산이 파괴시켰다.
"우우욱!"
풍형교두 역시 피를 뿜으며 벌렁 나가떨어졌다.
"설, 설마 우리를 죽이시려고?"
사색이 된 금면마종사가 자리에서 벌떡 일어섰다. 그러나 구마령주는 장소성을 멈추지 않았다.
"우우… 우……!"
혼신의 공력이 실린 군림마후가 금면마종사의 골을 뒤흔들었다. 그의 금강불괴지신이 순간적으로 허물어져 내렸다.
"으으, 이를 일컬어 마환(魔患)이라 하는 것이군. 호랑이를 길러 잡아먹히듯… 마를 길러 마의 첫 희생자가 되다니……."
금면마종사는 말을 끝맺지도 못하고 피를 토하며 나뒹굴었다.
엄청난 상황에 정검무쌍신이 호구지책으로 검을 뽑아 들었다. 그는 검을 뽑자마자 자신의 몸 주위에 황홀한 검환을 그리며 외쳤다.
"노, 노신은 죽이지 마시오, 태상마종 구마령주시여!"
그러나 절규에 가까운 그의 외침도 소용이 없었다.
"우우……!"
군림마후는 황금대전을 통째로 무너뜨릴 듯 커져 가고 그와 더불어 허공뇌정마권(虛空雷霆魔拳), 천마무적금인(天魔無敵金印) 등 구마절기가 잇따라 시전되었다.

"으아악! 진, 진짜 마인이다. 기르기는 잘 길렀는데 하필이면 우리를 먼저 물어뜯다니……."

"중, 중원에 가지도 못하고 죽다니… 크으윽!"

대전 안은 삽시간에 몰아치는 경기와 비명성이 뒤범벅되어 아수라장으로 변하고 말았다.

따당!

쇳조각 부러지는 소리가 났다. 정검무쌍신의 검마저 박살이 난 것이다. 검편이 우박처럼 퍼부어져 그의 얼굴 속으로 파고들었다. 정검무쌍신은 눈도 감지 못하고 숨을 거두고 말았다. 그는 장내에 있던 사람들 중 맨 마지막에 죽었다.

아직도 더운 피가 쏟아지는 가운데 말없는 시신들만이 누워 있었다. 그것이 끝이었다.

태상마종 구마령주는 태사의에 없었다. 그는 대전 안의 모든 사람을 일각 이내에 번개처럼 쳐죽여 버린 다음 홀연히 사라져 버린 것이었다.

눈도 감지 못하고 죽은 자들, 그들이 본래 바란 것이 이런 죽음이었을까? 그들이 기른 사람이 바로 이런 일을 할 사람이었단 말인가?

그러나 아무도 말을 해주지 않았다. 오직 비릿한 피 내음만이 그것을 대변해 주기라도 하는 듯.

만리총관

천년고도(千年古都) 낙양성(洛陽城).

눈발이 날리고 있는 늦겨울 어느 날, 낙척서생으로 보이는 약관의 서생 하나가 느릿느릿 낙양성 안으로 걸어 들어오고 있었다. 꽤 먼 길을 온 듯 어깨 위에는 잔설이 수북하다.

그는 찌든 삶에 지친 듯 어깨를 축 늘어뜨리며 걸었다.

"쯧쯧, 얼마 전 연산(燕山:北京)에서 대과가 있었다더니 그때 낙방한 모양이구먼."

"젊은 사람이 저리도 패기가 없다니……."

옷깃을 여미며 서생의 옆을 지나치는 행인들이 그의 행색을 보고는 저마다 혀를 찼다. 그러나 지나친 사람들은 두 번 다시 서생에게 관심의 시선조차 돌리지 않았다.

'나의 몸에서 남을 제압하는 기운이 흘러나가지 않는군.'

그 순간 낙척서생의 누리끼리한 얼굴에 잠깐 회심의 빛이 떠올랐다가는 빠르게 사라졌다. 그러나 누구 하나 그런 낌새를 눈치챈 사람은 없었다. 그저 각자의 방향으로 무심히 지나쳐 갈 뿐이었다.

얼마나 갔을까?

그는 사시사철 군마가 들락거리고 수레가 수백 대씩 연일 오가는 아주 웅장한 장원 앞에 이를 수가 있었다.

그것은 가히 하나의 성채를 방불케 하는 장원이었다. 낙양성이 아닌 다른 시점에 있었다면 그 장원 하나만 갖고도 하나의 시진이 이루어졌을 정도로 엄청난 규모였다.

만리대표행(萬里大驃行).

장원으로 통하는 문의 누각 편액에 금빛의 화려한 글씨체가 각인되어 있었다. 거대한 장원은 천하 수백 개소에 분점이 있는 중원에서 가장 큰 표행이었다. 수천 명의 표사가 기라성 같은 표두들의 지휘 아래 비록 지옥 굴이라 할지라도 표물을 안전히 운송해 주는 곳이었다.

만리대표행에는 세 가지 규칙이 있었다.

첫째, 운송하는 표물의 비밀은 절대 지켜준다는 것.

둘째, 신용으로 거래한다는 것.

셋째, 표물이 훼손되거나 도적맞으면 표물 값보다 열 배 더한 가격의 순금으로 하루 안에 변상한다는 것이었다.

천하의 어떤 표행도 그런 조건을 제시하지는 못했다. 그러나 만리대표행만큼은 달랐다.

만리대표행이 세워진 지 어언 이십 년.

사람들은 처음 그곳이 사흘도 못 가서 망할 것이라 생각했다. 그러나 그것은 한낱 기우에 불과했다. 만리대표행은 만인들의 생각과는 반대로 연일 욱일승천하는 기세로 그 영역과 재산을 늘려갔다. 세력도 무시 못할 정도로 커져만 갔다. 하지만 그들은 강호 대세에는 상관하지 않았다. 거래 대상도 흑도와 백도, 녹림도, 하오문의 차별을 두지 않았다. 누구든 표물을 맡기면 성의를 다하여 운송해 주었다.

만리대표행의 대표 행주는 만가생불(萬家生佛) 구만리(九萬里)였다. 만리대표행 이십팔 표두의 상전이자 일천여 표사의 주인인 구대인(九大人)은 그로 인해 낙양부사보다 더 유명한 인물이 될 수 있었다.

만리대표행에 표물을 맡기자면 우선 천통서생을 통해야 했다.

천통서생은 만리대표행에 촉탁되는 표물을 접수하고 표물 값의 백분지 일을 대금으로 받고 일을 보아주는 사람이었다. 사람과 물건을 가르는 데, 그리고 물건 값을 감정하는 데 누구보다도 남다른 재간을 갖고 있는 낙양제일의 처세술가로 통하기도 했다.

그가 지금 한 표방에 앉아 진땀을 흘리고 있는 중이었다.

"이, 이것을 모두 대금으로 한단 말이오?"

천통서생은 믿을 수 없다는 듯 탁자 위를 바라보고 있었다.

탁자 위에는 방금 전 한 사람의 품 안에서 꺼내진 목합 하나가 뚜껑이 열린 상태로 놓여 있다.

목합 안에 든 것은 용안만 한 크기의 구슬 하나.

그것은 청홍황백의 네 가지 영롱한 빛깔이 어울려 보기를 뿜고, 표면에 서리 같은 기운을 갖고 있는 사채용수만보신주(四彩龍首萬寶神珠)였다. 그 가치로 말한다면 가히 일성의 반을 사고도 남을 정도였다.

"표물이 대체 어떤 것이기에……?"

천통서생은 주눅이 든 모습으로 자신의 앞에 앉아 있는 청년을 바라보았다. 탁자 앞에는 방금 전 만리대표행에 도착한 얼굴이 누렇게 뜬 낙척서생이 앉아 있었다.

"표물은 이것이오."

그는 품 안에서 작은 비단 주머니를 꺼내놓았다.

표물을 확인한 천통서생의 두 눈이 더욱 휘둥그레졌다.

"이토록 작은 것을 운반하는 데 천만 냥 값의 사채용수만보신주를 내겠다는 말씀이오?"

"그렇소."

"으음."

천통서생은 진땀이 나는지 소맷자락으로 이마를 훔쳤다. 그는 마른침을 삼키다가 말을 이었다.

"표물을 운반하는 대금이 황금 십만 냥이 넘는 일이라면 표방접사인 소생이 접수의 가부를 결정할 수 없습니다."

"그럼……?"

낙척서생이 넌지시 질문을 던지자 천통서생이 진중한 어조로 답했다.

"대표국주께서 친히 결정하셔야 합니다."

"후훗, 남의 처마 아래에서는 고개를 숙이는 법, 이곳의 법도대로 하리다."

낙척서생은 말을 마친 다음 결과를 기다리겠다는 듯 팔짱을 끼고 두 눈을 스르르 감았다.

만리대표행의 후원은 웅장한 규모만큼이나 아름다움도 함께 갖추고 있었다. 그곳에는 열두 군데의 매복을 거쳐야 도달할 수 있는 석옥이 한 채 있었다. 석옥의 주위로는 겨울이라 해도 잎사귀가 마르지 않는 천축신자죽(天竺神紫竹)이 울창하다.
 지금 그 자죽의 울창함을 감상이라도 하는 듯 석옥 앞을 느릿느릿 거니는 사람이 하나 있었다. 그 모습으로 보아 그는 몹시 한가해 보였다. 그가 바로 만리대표행의 주인인 만가생불 구만리였다.
 그가 고즈넉한 시간을 사색으로 즐길 때,
 "대표국주, 천통서생이 오십니다."
 근처에서 젊은이의 소리가 들려왔다. 뒤이어 한 사람이 아주 빠른 속도로 허공을 가로질러 구만리의 앞으로 다가와 내려섰다.
 "자네가 이 시각에 나의 거소로 찾아오다니 어쩐 일인가?"
 다가서는 천통서생을 향해 구만리는 부드러운 미소를 지어 보였다.
 "아주 괴이쩍은 일이 생겼습니다."
 "……?"
 "이것을 보십시오. 이 귀한 사채용수만보신주를 갖고 온 사람이 있었습니다."
 천통서생은 말과 함께 목합 안의 신주를 구만리에게 내보였다.
 "그것이 표물로 들어왔단 말인가?"
 "표물이 아니라 대금으로 들어왔습니다."
 "허어, 어떤 물건이기에 이 귀한 것을 대금으로 치르려 한단 말인가?"
 구만리의 얼굴에 놀라움이 가득 떠올랐다.
 천통서생은 화주인 낙척서생이 맡긴 비단주머니를 구만리의 손에 건네주었다.
 "으으, 이것은……!"

구만리는 그것을 받다가 자지러지게 놀랐다.
'왜 그러실까?'
천통서생은 구만리가 놀라는 모습을 보고는 의아한 표정을 지었다.
"어이해 그러시는지요?"
"이, 이것을 모르는가?"
비단주머니를 천통서생 앞으로 내밀어 보이는 구만리의 손이 심하게 떨렸다.
"으음, 무게가 이십팔 냥에 만년한철과 황금, 그리고 자금사가 합쳐져 이루어진 합금……!"
만가생불 구만리는 눈매가 아주 정확한 자였다. 그는 비단주머니를 받는 즉시 무게를 저울로 달아보듯 정확히 알아낸 것이었다. 그리고 비단주머니에서 흘러나오는 차가운 느낌이 주는 물건의 정체까지도.
구만리는 아래턱을 덜덜 떨었다.
"이 물건을 맡기신 분이 태, 태상마종 영주이심을 몰랐단 말인가?"
"흐음… 태, 태상마종!"
천통서생은 그만 심장이 멎는 듯 자지러지고 말았다. 그가 어찌 그토록 지고무쌍한 신분의 이름을 꿈에선들 생각이나 했겠는가?
두 사람은 그저 망연한 모습으로 서로를 바라볼 뿐이었다.
그때였다.
"후훗, 그대가 만리총관(萬里總官)인 게로군."
언제 들어왔을까? 다른 곳이 아니라 바로 만가생불 구만리의 거소에서 불쑥 걸어나오는 청년이 하나 있었다.

흐트러진 머리카락에 누리끼리한 얼굴빛, 담담한 눈빛과 구부정한 걸음걸이로 보아 뛰어난 구석이라고는 한 군데도 없는 인물이었다. 바로 사채용수만보신주를 표물의 대가로 치른 낙척서생이었다.

그가 다가서자 만가생불 구만리는 황급히 오체투지했다.

"속하 만리총관, 영주께서 설산에서 오시기만을 학수고대하고 있었습니다. 영주께서 낙양에 오심을 이제야 안 것을 꾸짖어주십시오!"

"오오, 구마령주를 몰라뵈다니… 속하를 처단해 주십시오!"

천통서생은 초주검이 된 채 이마를 땅에 박았다.

만리대표행에 나타난 낙척서생은 바로 구마루를 떠난 구마령주의 역용한 모습이었던 것이다.

"본시 그대들의 죄를 물을 작정이었네만 구마령을 꺼내보지 않고 알아본 것을 감안해 용서해 주겠네. 그러나 이곳의 경비는 너무도 허술하네. 그대들 생각에는 완벽하다 생각할 것이나 정파의 육대지주 중 둘이 힘을 합한다면 이곳은 한 시진 안에 초토가 될 것이네."

구마령주는 구마령이 든 비단주머니를 회수한 다음 느릿한 걸음으로 석옥 안으로 들어갔다.

그로부터 이각이 흐른 후,

석옥 안에는 산해진미가 가득 차려졌다. 고로육, 건작자계, 파채작동순, 홍소배골, 당초육편, 어향가자의 요리를 비롯한 이백 년 묵어 영주가 된 여아홍이 곁들여졌다.

상석에는 구마령주가 앉아 있었다. 그는 상아 젓가락을 사용해 맛을 음미해 가며 만리표행주가 말하는 것을 듣고 있었다.

"백도구절기가 현재까지 전해 내려오는지는 알 수가 없습니다. 하지만 모두 다 남아 있다고 해도 좋을 겁니다."

"육대지주에 대해서는?"

"그들에 대한 것은 미궁입니다. 특히 쌍뇌천기자 단목유중의 거처를 아는 사람은 전무합니다."

그 말에 구마령주의 미간이 약간 찌푸려졌다.

'흠, 쌍뇌천기자… 그자는 제일 먼저 쓰러져야 한다.'

그의 눈빛이 한순간 잔혹한 빛을 발하며 만리대표행주를 직시했다.

"그대는 무엇을 준비했는가?"

"이곳 만리대표행의 안에는 이십팔수가 있어서 그들은 각기 동서남북 칠 로로 나뉘어 이십팔 개 분타를 맡고 있습니다."

만리대표행주가 말한 이십팔수란 바로 이십팔표두의 다른 이름이었다.

이들은 오래전부터 강호에 세력을 꾸며왔지만 겉보기에는 그들 모두는 만리대표행의 표두들이었다. 그러나 그들의 진짜 임무는 정파를 탐색하고 마도의 충신들을 끌어모으는 일이었다.

만리총관인 만리대표행주는 손에 땀을 쥐며 말을 이었다.

"얼마 전 혈루대호법과 연락이 있었습니다."

"……"

"그분은 곧 구마령주께서 나오실 것이고 그때가 바로 전 백도와의 사생결단이 벌어질 것이라고 말씀하셨습니다."

구마령주는 잠잠히 듣기만 했다.

만리총관은 더욱 진중한 어조로 말했다.

"속하들은 영주께서 나오시기를 기다리는 가운데 소림사와 무당 상청관, 화산 옥함별부, 개방의 총타 등 네 군데에 부하들을 집중적으로 숨겨두었습니다. 명을 내리시면 당장에라도 움직일 것입니다."

"뭉쳐도 어려운 판국에 힘을 분산시켰군."

"분산시킨 것이 아니라 집중시킨 것이옵니다."

"집중시킨 것이 아니라 분산시킨 것이야. 백도가 우리보다 강한데 힘을 네 곳으로 분산시키면 패배를 자초할 뿐이지."

"죄, 죄송합니다, 영주!"

만리총관은 황급히 허리를 숙였다.

"후훗, 우리는 타초경사의 어리석음을 범해서는 안 될 것이야."

"자, 자세히 말씀해 주십시오."

만리총관은 구마령주의 섬뜩한 마기에 제압된 상태였다. 그는 구마령주에 대해 소문으로만 들었다. 그런데 막상 대하고 보니 피에 굶주린 사자와도 같은 인상일 거라는 자신의 생각과는 정반대였다.

허공 같다는 느낌이랄까, 아니면 북풍한설이 주는 그런 느낌이라고나 할까? 그것은 도저히 잡으려야 잡을 수 없는 그런 느낌이었다.

그런 착각 속에 빠져 있는 만리총관의 귀에 구마령주의 음성이 아득하게 들려왔다.

"육대지주 중 사실 지주라 할 사람은 하나… 그는 바로 쌍뇌천기자이지."

"……!"

"그의 거처를 알지 못하고 그가 현재 무엇을 하고 있는지도 모르는 상태에서 싸움을 일으킨다면 패배를 각오하고 싸우는 것이나 다름없어."

"속, 속하의 생각으로는 쌍뇌천기자는 죽은 것 같습니다."

"후훗, 마도의 일천 년 장한이 걸린 일을 짐작이나 단정으로 처리한다면 아니 되네."

구마령주는 여아홍을 한잔 들이켰다. 그 빈 잔에 만리총관이 얼른 술을 채웠다.

방 안은 조금 어두운 편이었다. 시간이 흐를수록 만리총관은 자신이 오랫동안 눈 속에 묻혀 있던 돌로 깎은 석상 앞에 있는 기분이 들었다. 사실 구마령주에게서 인간다운 느낌을 기대한다는 것은 우스꽝스러운 일일지도 몰랐다.

석상같이 차가운 느낌을 주는 구마령주가 입을 열었다.

"소림과 무당은 전통적으로 오만해 먼저 적을 치지 않네."

"그, 그렇습니다."

"그런 이상 그들을 서둘러 칠 이유가 우리에게도 없는 것이고……."

"곧 명을 내려 그 근처에 있는 매복자들을 불러들이겠습니다. 혈루대호법에게 연락하면 즉시 시행될 것입니다."

만리총관은 깊숙이 고개를 숙였다. 그러자 구마령주는 입꼬리에 차가운 미소를 달며 입을 열었다.

"굳이 그럴 필요는 없어."

"예에?"

만리총관이 의아한 얼굴로 구마령주를 바라보았다.

"싸움은 준비 단계를 거쳐 시작될 것이고, 준비 단계에서 성패가 결정 나지. 그리고 그것은 나 혼자서도 행할 수 있는 것이니 어떤 움직임을 보여 백도의 의혹을 사면 아니 되는 것이야."
 "영, 영주께서 단신으로 하신단 말씀이십니까?"
 "나는 여기에 사흘 동안 머물 것이네. 그사이 그대들이 강호에서 알아낸 모든 비밀을 내게 말해주면 되는 것이네."
 구마령주는 그 말을 끝으로 눈을 스르르 감아버렸다.
 '정말 지독하게 냉정하신 분이다!'
 만리총관은 구마령주에게서 풍기는 기도에 질식할 것만 같았다.

 사흘 후, 구마령주는 엄동설한에도 푸르디푸르기만 한 천축신자죽을 바라보며 만리총관의 말을 귀담아듣고 있었다.
 "이 일은 사소한 일이라 영주께 말씀드려야 할지 모르겠습니다."
 만리총관이 약간 저어하는 기색을 보이자 구마령주가 단호한 어조로 명령했다.
 "아무리 사소한 일일지라도 하나 빠짐없이 말하도록!"
 "명심하겠습니다."
 만리총관은 허리를 숙이며 조금 전 하지 못했던 말을 꺼냈다.
 "빙미인(氷美人)이 무산(巫山)을 향해 가고 있다는 소식이 들어왔습니다."
 그 말에 구마령주의 눈빛이 신비스럽게 물들었다.
 "빙미인이라면 백도 삼미인 중 하나이고, 곤륜파 상취 도장이란 자의 의발전인이 아닌가?"
 "오오, 속하가 사흘 동안 말씀드린 복잡한 강호 정세를 모두 외우셨군요!"
 만리총관은 구마령주의 암기력에 탄성을 발했다.

"그녀가 무산으로 간다고 했던가?"

구마령주는 감정없는 어투로 반문했다.

"그렇습니다. 빙미인은 곤륜운학칠검(崑崙雲鶴七劍)과 더불어 상자 하나를 호위해 가며 무산으로 가고 있습니다."

"무산이라면 신녀곡(神女谷)이 있는 곳이군."

"신녀곡주인 화영미혼선(花影迷魂仙)은 동의맹의 칠맹주입니다. 그녀는 강호가 평화로워진 이후 무산 신녀곡에 틀어박혀 모습을 보이지 않습니다. 무산 신녀곡과 곤륜 사이에 특별한 교분이 있지 않은데 빙미인이 무산으로 급히 간다니 몹시 이상한 일입니다. 게다가 얼마 전 곤륜산에서 만년설련(萬年雪蓮)이 발견되었다는 풍문이 있었습니다."

"만년설련이라면 남에게 쉽게 줄 물건이 아닌데……."

구마령주는 미간을 가볍게 찌푸렸다. 그로서도 선뜻 이해가 가지 않는 일이었다. 그는 다시 만리총관을 향해 질문을 던졌다.

"무산 신녀곡주인 화영미혼선과 무림신의인 구유회혼자가 젊었을 때 정혼한 사이라고 말했었지?"

"그렇습니다."

"구유회혼자는 소림사에 머물다가 십 년 전 쌍뇌천기자와 함께 그곳을 떠나 어디론가 자취를 감추었고, 무산 신녀곡은 그사이 쭉 외부와의 출입을 단절했다고 했었지?"

"그렇습니다."

"……."

구마령주는 더 이상 질문을 하지 않고 깊은 생각에 잠기는 듯했다. 그는 정파에 대해 거의 모르는 것이 없는 상태였다. 그러나 현재 가장 비밀스러운 일에 대해서만큼은 명확하게 알고 있지 못했다.

'백도인들은 어리석지 않다. 그들은 자만에 빠져 있지도 않고, 마도가 사라졌다고 방심하지도 않을 것이다.'

그는 여러 가지를 생각하며 천천히 걸음을 내디뎠다. 그가 걸음을 옮길 때마다 돌로 된 바닥에 선명한 족인이 찍혔다. 그것은 지금 구마령주의 심경이 얼마나 진중한 것인가를 단적으로 보여주는 것이었다.

'특히 무서운 자는 쌍뇌천기자다. 그자를 제일 먼저 제거해야만 동의맹을 무너뜨릴 수 있다.'

그의 머릿속에는 백도를 무너뜨릴 무서운 계략으로 가득 차 있었다. 머지않아 그 계략들은 실전으로 옮겨질 것이고 강호는 또 한 번 피바람이 몰아칠 것이다.

밤하늘을 유독 붉게 물들이는 천마성(天魔星).

신복학(神卜學)에 능한 자들이 가장 두려워하는 마의 별이 구마령주의 머리 위에 떠서 저주스러운 빛을 뿌려대고 있었다.

어둠이 먹물처럼 풀린 밤이었다. 살을 에일 듯한 송곳바람만이 윙윙 불어갈 뿐, 그나마 달빛이라도 있어서 깊은 산중임을 알게 했다.

달빛 아래 노인의 모습이 드러났다. 눈같이 하얀 머리를 풀어 흩뜨리고 있었는데 안색이 몹시도 창백했다. 그는 제단 앞에 서서 검은 하늘을 올려다보며 탄식했다.

"나의 목숨은 이제 얼마 남지 않았다. 무슨 일이 있어도 일천탕마금강대(一千蕩魔金剛隊)를 만들어놓고 죽어야 하는데 아직도 금강대환신단은 연단되지 않고… 쿨룩쿨룩……!"

그는 말을 끝맺지 못하고 심한 기침을 했다. 그가 쇠잔한 기침을 연이어 토할 때,

"사조시어, 천하는 너무도 평화롭거늘 어이해 걱정을 끊이지 않으십니까?"

낭랑한 음성과 함께 한 소녀가 뒤쪽으로부터 모습을 드러낸다. 소녀는 눈 속에 핀 매화를 닮아 무척이나 아름다웠다.

노인은 소녀를 보며 무겁게 입을 열었다.

"설루(雪淚)야, 조용하다는 것이 오히려 이상하다 여겨지지 않느냐? 지난 이십 년간 강호는 너무도 조용했다. 그리고 이십 년 전 비조평에서의 일은 무서운 것을 암시하고 있다. 나는 그 때문에 하루도 편히 잠들지 못한 것이다."

"걱정하실 것은 바로 사조의 고질병입니다. 어이해 회혼자 어르신께서 선사하신 영약마저 드시지 않고 항상 병마에 괴로워하십니까?"

설루라 불린 소녀의 음성에는 진한 안타까움이 배어 있었다. 그녀의 모습은 차갑게 쏟아지는 달빛을 받아 더욱 처연하게 보였다.

노인은 그런 소녀를 지그시 응시하며 무겁게 입을 열었다.

"나는 나태할 수 없다. 아느냐? 나는 숙명적으로 천기에 통했고, 그러기에 항상 괴로워해야 하는 것이다."

그는 탄식하며 자신의 손에 들린 부채를 바라보았다. 그것은 은은한 보기를 발하는 부채였다.

'이것을 보면 신기가 느껴진다. 항마광음선(降魔光陰扇)… 소림의 정각이 준 이 부채가 없었다면 나는 벌써 죽었을 것이다. 하지만 이제는 이 물건의 힘으로도 더 이상 버틸 수 없게 되었다.'

노인의 병약해진 몸이 금방이라도 바람에 날려갈 것만 같았다.
설루라는 아름다운 소녀는 노인을 숭배하기에 그를 위해 소리없이 눈물을 흘리고 있었다.
산중의 밤은 그저 무심히 깊어만 가고 있다.

미남계

 매서운 바람과 함께 눈보라가 휘몰아치고 있었다.
 호북성(湖北省)의 깊숙한 곳.
 흰 가루를 온통 뒤집어쓴 듯한 설원이 험준한 산령을 향해 흰 비단이 펼쳐지듯 치달리고 있는데, 그 위를 바람처럼 가로지르는 여덟 개의 선이 있었다. 자세히 본다면 그것은 설지비행술을 시전해 허공을 날아가는 여덟 사람임을 알 수 있을 것이다. 그들 중 일곱은 고동색 경장을 걸친 사내이고, 나머지 하나는 흰 옷을 걸친 아주 빼어난 미녀였다. 일곱의 사내는 나무 갑을 소중히 품에 안고 있는 미녀를 호위하는 형세로 경공을 펼치는 중이었다.
 '만년설련을 왜 신녀곡에 전해야 할까? 이 일 덕분에 곤륜산을 떠나 중원을 구경하게 되어 즐겁기는 한데…….'
 빙기옥골의 미녀는 힘들이지 않고 경공을 펼쳤다. 바람이 스치며 그녀의 몸에 달라붙은 옷 위로 굴곡진 몸매가 완연히 드러나 보였다. 그러나 유독 높은 콧대가 사내들의 접근을 쉽사리 허락하지 않을 듯싶었다.
 급하게 깎여진 산자락을 타고 내려오는 바람이 쌓인 눈을 휘감아 올렸다. 그것은 마치 한 마리 백룡이 춤을 추는 형상이었다. 바람이 더욱 거칠어지며 용은 그 모습을 흩뜨렸다.
 '좋은 날이다!'
 미녀의 발갛게 상기된 모습에는 생명감이 가득했다.
 그들이 더욱 기승을 부리는 눈보라 속을 뚫고 숲 쪽을 지나칠 때였다.
 "으아악!"
 처절한 비명 소리가 바람결을 타고 들려오는 것이 아닌가?
 '인적이 끊긴 황량한 곳에서 비명 소리가 들리다니⋯⋯?'
 미녀와 일곱 사내는 급히 비명 소리가 들려온 곳으로 방향을 틀었다.
 "으핫핫, 정말 운이 좋은 날이 아닌가? 이놈에게서 빼앗은 은자로 악양(岳陽)에 가 미녀 다섯을 사서 마음껏 즐기리라!"
 눈 덮인 숲 속에서 거친 웃음소리가 터져 나왔다.
 숲 속에는 흑삼청년 하나가 가슴에서 피를 철철 흘리며 나뒹굴고 있고, 그 앞에는 복면을 쓴 사람 하나가 감산도(坎山刀)를 들고 막 청년의 품 안을 뒤지고 있는 중이었다. 감산도의 끝을 타고 붉은 핏물이 똑똑 떨어지며 눈 위에 혈화를 그려냈다.
 "이런 우라질!"
 청년의 품 안을 뒤지던 복면인이 느닷없이 욕설을 터뜨렸다.
 "은자 한 푼 없이 곰팡내 나는 고서나 끼고 떠돌아다니는 낭객 놈이라니, 재수 옴 붙었군!"

복면인은 침을 퉤 뱉으며 감산도를 번쩍 치켜들었다.
"으으……!"
흑삼청년은 공포로 하얗게 질린 채 신음 소리만 낼 뿐이었다.
"이 설중귀(雪中鬼)에게 걸린 것을 원망해라. 네놈이 입이 있다는 것도 슬픈 일이고!"
설중귀라는 화적은 감산도를 번쩍 들어 청년의 목을 향해 내려쳐 갔다. 청년의 목이 차디찬 칼날 아래 떨어져 나갈 찰나, 갑자기 피이이잉! 하는 날카로운 파공성이 나며 솔방울 한 개가 날아들었다. 직후, 청년의 목을 내려쳐 가던 육중한 감산도가 날아든 솔방울에 맞아 반으로 잘라져 나가는 것이 아닌가?
"어이쿠! 어, 어느 기인이 적엽비화(摘葉飛花)를!"
설중귀는 반 토막 난 감산도를 든 채 자지러지게 놀라 주위를 휘둘러보았다.
언제 나타났는지 설중귀의 뒤에는 칠남일녀가 매서운 눈초리로 그를 노려보고 있었다.
"괘씸한 놈. 동의맹법이 천하정 기를 수호하고 있는데 설원에서 도적질을 하고 그것도 부족해 선량한 사람을 살해하려 하다니!"
흰 옷의 미녀가 눈꼬리를 치켜뜨며 싸늘히 호통을 치자 가슴팍이 아주 넓은 대한 하나가 앞으로 걸어나왔다.
"설 소저(雪少姐), 이런 화적 놈의 처단은 속하에게 맡겨주십시오."
그는 운학제일검(雲鶴第一劍) 자천걸(紫天傑)이란 사람이었다. 그는 상취 도장의 무기명 전인으로 곤륜파의 문하 제자 중에서 성취가 두 번째로 탁월한 인물이었다. 또한 불의를 대하고는 참지 못하는 불같은 성격의 소유자였다.

그가 손가락을 갈고리처럼 오므려 설중귀를 낚아채려는 듯 다가서자,
"아이고, 제발 용서해 주십시오. 소인 놈에게는 노모와 벌어 먹여야 할 처자식이 있습니다. 소인이 죽는다면 제 식구들은 다 죽습니다. 제발 한목숨 불쌍히 여기시고 용서를……."
설중귀가 털썩 꿇어앉으며 눈물을 떨어뜨렸다.
"용서라고? 네놈은 죽어 마땅하다!"
"이번만 살려주신다면 다시는 나쁜 짓을 저지르지 않을 것입니다. 제발 대인께서 너그러운 아량으로 소인의 목숨을……."
"치졸한 놈 같으니! 흥, 그런 돼먹지 못한 말은 지옥에나 가서 지껄여라!"
이미 결심을 굳힌 듯 자천걸의 눈매가 매서워졌다.
그가 냉소를 흘리며 막 손을 쓰려 하자 설중귀의 입술이 보일 듯 말 듯 움직이며 누군가엔가 전음을 보냈다.
"영주, 하는 수 없이 이들을 제압해 고문으로 물어볼 수밖에 없는 듯합니다."
그러자 어디에선가 설중귀의 귀로 전음이 흘러들었다.
"아니야. 계집의 눈빛이 조금 흐트러졌어. 속단은 금물이니 연극을 계속해 보게."
전음을 듣고 난 설중귀가 갑자기 운학제일검 자천걸의 다리를 붙잡으며 애걸을 하기 시작했다.
"아이구구! 제발, 제발 용서해 주십시오."
'추잡한 놈. 무림계에 존재할 가치도 없는 인간이다.'
운학제일검 자천걸은 비굴할 정도로 애걸하는 설중귀를 경멸하며 손을 쓰려 했다.

그 순간 우두커니 상황을 지켜보고 있던 백의미인이 불쑥 말을 던졌다.
"죽이지는 말고 무공을 폐하는 것으로 용서해 주게."
그녀는 빙미인(氷美人) 설옥경(雪玉卿)이란 여인으로 곤륜산 근처에서는 여신으로 여겨질 정도로 대단한 여인이었다.
"분부대로 하겠습니다."
운학제일검 자천걸은 설옥경을 향해 허리 숙여 배례를 했다. 그런 다음 그는 설중귀를 향해 지력을 튕겨냈다.
"으윽!"
지력이 몸의 요혈 몇 군데를 찌르자 설중귀는 고통을 느끼는 듯 오만상을 찌푸리며 벌렁 나뒹굴었다.
설옥경은 설중귀가 나뒹구는 모습을 바라보다가 흑삼청년에게로 시선을 돌렸다.
눈 위에 쓰러져 있는 흑삼청년의 가슴은 온통 피로 붉게 물들어 있었다. 그는 봉두난발되어 잘 보이지 않는 얼굴을 하고 있었다. 그러나 머리카락 사이로 언뜻 보이는 눈빛만은 아주 이상한 느낌을 주었다.
'매우 특이한 눈빛이다. 보는 이로 하여금 가슴이 울렁이게 하는……'
설옥경은 흑삼청년의 눈빛과 마주치자 자신도 모르게 멈칫했다. 하나의 비수랄까? 아주 강한 느낌이 문득 그녀를 사로잡는 것이었다.
"으음… 가, 가야지."
설옥경이 주춤 바라보고 있는 사이 흑삼청년은 배시시 몸을 추스르며 일어서려 했다. 그의 가슴에 난 깊은 도흔에서 선혈이 주르르 흘러내려 눈을 붉게 물들였다.
"으윽!"
흑삼청년은 일어설 듯하다가 상처가 난 가슴을 부여잡고 몸을 휘청거렸다. 그가 다시 쓰러지려 할 때 설옥경의 섬섬옥수가 그의 오른팔을 살짝 움켜쥐었다. 운룡금나수(雲龍擒拿手)라는 수법인데 매우 능숙하고 빠른 출수였다.
"서생은 의지력이 대단하군요."
"고, 고맙소, 낭자."
흑삼청년은 쿨룩 기침을 토하며 자신을 부축해 준 설옥경에게 감사를 표했다.
곤륜의 운학칠검은 허약하게만 보이는 청년을 경멸의 눈초리로 바라보고 있었다.
'형편없는 서생 놈!'
'저리 약하니 도적에게 당하지.'
'내 손가락 하나도 당해내지 못하고 죽을 나약한 문귀(文鬼) 같으니라고.'
곤륜산에서 검술과 내공을 닦은 철담간장의 일곱 사내들이 코웃음을 치는데 정말 이상하게도 빙미인 설옥경만은 나약한 청년서생을 능멸하는 눈치가 아니었다.
그녀의 호수 같은 망막에 얼굴 하나가 가득 차 있었다. 아주 날카롭고도 아름다운 눈썹을 가진 얼굴, 흐트러진 머리카락 사이에서 불쑥 나타나는 절세미남자의 얼굴이 그녀를 사로잡아 버리는 것이었다.
이상하게도 설옥경은 그 얼굴에서 시선을 떼어내지 못했다.
설중귀는 쓰러진 채 그 모양을 보고는 스르르 눈을 감았다.

'영주의 진짜 모습이 저리도 뛰어날 줄이야……. 아니, 저 얼굴도 역용한 모습일지 모른다. 하여간 설옥경은 지금 영주의 섭백미심안(攝魄迷心眼)에 걸렸으니 이제는 문제없다.'

그는 눈을 감고 혼절한 체를 계속하고 있었다.

흑삼청년을 바라보는 설옥경은 아주 야릇한 감정에 사로잡혀 자신을 잊고 있었다. 생각지도 않게 만난 이름 모를 청년서생의 깊이를 알 수 없는 서늘한 눈빛이 그녀의 작은 가슴을 여지없이 흔들어 놓고 있는 것이었다.

"나, 나는 떠돌이요. 한데 저기 누운 도적은 내가 빈털터리라는 것을 모르고 나를 벤 것이오."

청년은 혼절한 체 누워 있는 설중귀를 가리키며 다 죽어가는 듯한 목소리로 말했다.

"일단 금창약을 발라야겠어요."

설옥경은 아주 조심조심 그를 앉힌 다음 품 안을 뒤졌다. 그녀는 우선 붉은 비단으로 싼 나무 상자 하나를 꺼냈고, 이어 작은 주머니 하나를 꺼내 그 안에서 가루약 한 봉지를 꺼냈다.

운학칠검은 설옥경이 생면부지의 청년서생에게 공손하게 행동하자 몹시 얼떨떨해했다.

'세상의 모든 사내를 초개같이 보는 소장문(小掌門)이신데 이해할 수 없군.'

'저 허약한 놈의 무엇이 소장문을 유혹한단 말인가?'

운학칠검은 몹시 불쾌한 표정들이었다. 그렇다고 소주인이 하는 일에 미주알고주알 나설 수도 없는 노릇이었다. 그들은 그냥 묵묵히 설옥경이 하는 대로 지켜보고만 있을 뿐이었다.

설옥경은 청년서생의 가슴에 난 상처 부위에 금창약을 바른 다음 흰 붕대를 둘러주었다.
 청년은 진정으로 고맙다는 눈빛을 설옥경에게 보냈다.
 "소생은 능설비(陵雪飛)란 사람이오. 아아, 낭자께 구명지은을 입어 천수대로 살게 되어 고맙기는 하나 사실 소생은 오갈 곳 없는 외로운 처지외다. 쿨룩쿨룩!"
 그는 심한 기침과 함께 말끝을 흐렸다.
 "……!"
 청년을 바라보는 설옥경의 눈빛이 떨렸다. 그녀의 가슴 깊은 곳에서는 사랑인지 동정인지 모를 뭉클한 것이 억제하지 못할 정도로 치밀어 올라오고 있었다.
 남들이 보기에는 파리 한 마리 죽일 힘도 없이 나약해 보이는 청년은 사실 보통 사람이 아니었다. 그의 일거수일투족은 모두 예정된 것이었다. 그의 눈빛은 질긴 그물과도 같았다. 그 그물은 무공에는 강하나 세상 물정에는 어두운 여인의 마음을 완전히 장악해 버린 것이었다.
 "아아… 걸을 힘도 없소."
 능설비라 자신의 이름을 밝힌 청년은 힘겹게 중얼거리며 스르르 눈을 감았다.
 '정말 불쌍한 사람이다.'
 설옥경은 손으로 눈가를 씻었다. 언제 흘러내렸을까? 두 줄기 눈물이 발그스름한 뺨을 타고 소리없이 흘러내렸다. 그녀는 능설비의 얼굴을 꽃무늬가 새겨진 자신의 수건으로 정성스레 닦아주었다. 그런 그녀의 손길이 가늘게 떨렸다.
 운학칠검 중의 하나가 보다 못해 그녀의 곁으로 다가서며 물었다.

"무산이 지척인데 언제까지 지체하실 겁니까?"

"이제 한 시진만 가면 신녀곡인데 서두르지 않아도 돼. 또한 밤이 깊어 오갈 데 없는 이 사람을 모른 체한다는 건 인정이 아냐. 같이 가도록 해야겠어."

설옥경은 맹목적이 되어버렸다. 그녀의 눈빛은 전과는 아주 달랐다. 그렇게도 지혜롭던 눈빛이 이제는 사랑이라는 그물에 걸려 연민의 정을 가득 담고 있었다.

운학칠검은 낯설고 나약해 보이기만 하는 능설비를 감싸는 그녀의 행동에 야릇한 질투심을 느꼈으나 그녀의 명을 어길 수는 없었다. 그들은 능설비를 부축하며 분분히 자리를 떴다. 얼마 지나지 않아 그들의 모습은 눈보라 속에 묻혀 멀어져 갔다.

세찬 바람에 눈발이 춤을 추듯 어지러이 흩어졌다.

남아 있는 사람은 눈 속에 나가떨어진 설중귀뿐이었다. 모두의 모습이 사라진 직후 설중귀는 아무 일도 없었다는 듯 눈을 툭툭 털며 일어났다.

"과연 뛰어난 분이시다. 무산 신녀곡은 영주 한 사람에 의해 피에 잠기게 될 것이다!"

설중귀는 능설비가 곤륜파의 사람들과 함께 사라진 방향을 바라보며 중얼거렸다.

한데 놀라운 것은 그의 얼굴이 점차 변해가고 있다는 것이다. 그의 얼굴은 흉악한 도적의 모습과는 전혀 다른 모습으로 변했다.

그것은 바로 만가생불 구만리의 얼굴이 아닌가!

무산은 사천성의 동쪽에 양자강을 품고 솟아 있는 험산준령이다. 강의 양쪽으로 험산이 중첩되어 있어 무협(巫峽)이라고 부르는

데 서쪽의 구당협(瞿塘峽), 동쪽의 서릉협(西陵峽)과 더불어 삼협으로 일컬어진다. 무산십이봉은 예로부터 시문에 자주 오르는데 기암괴석으로 이루어진 절벽의 경치는 가히 절경이라 할 수 있었다. 또한 초(楚)의 양왕(襄王)이 꿈에 무산의 신녀와 맺어졌다는 전설로도 유명한 곳이었다.

무산에서 가장 빼어난 봉우리는 신녀봉이었다.

그 깊은 절곡 안에는 사람들이 무산금지라 부르는 정대문파 하나가 자리 잡고 있었다.

이름하여 신녀곡.

그 안에는 아름다운 여인들이 많았다. 그 여인들은 모두 일신에 고강한 무공을 지닌 고수들이었고, 세월이 흘러 나이가 들어도 늙어 보이지 않는 주안술에 몹시 능했다.

신녀곡의 우두머리는 화영미혼선이었다. 그녀의 나이는 이미 백이십 살이나 되었지만 주안술 덕분에 서른 남짓한 미부인으로 보였다.

지금 그녀는 친히 신녀곡의 어귀에까지 나와 있었다. 신녀곡으로 들고 나는 길은 지난 십 년간 수목으로 이루어진 기문진식과 여검사들이 펼친 검진으로 인해 막혀 있었다. 그런데 조금 전 한 발의 향전이 날아들며 금지가 활짝 열린 것이다.

그때 신녀곡의 어귀를 나는 듯이 달려오는 사람들의 그림자가 보였다.

곡의 입구에 나와 있던 화영미혼선은 그들의 빠른 신법을 보고는 고개를 끄덕였다.

'곤륜이 신품소요객의 도움으로 더욱 강해졌고, 상취 도장의 의발전인 설옥경이 특히 강하다더니 과연 명불허전이군. 하지만 세상에서 가장 뛰어난 아이는 내가 길러 단목 노인의 문하생으로 들여보낸 주설루와 나의 의발전인인 빙염(氷艶)뿐이다.'

그녀가 내심 중얼거릴 때, 스스슥! 가벼운 옷자락 스치는 소리와 함께 눈보라로 인해 지극히 단조로워진 곡구를 통해 안으로 들이닥치던 사람들이 일제히 화영미혼선의 앞으로 다가섰다. 그들은 바로 청년서생 능설비를 부축하고 달려온 곤륜의 운학칠검과 빙미인 설옥경이었다.

"신녀곡주이십니까?"

설옥경이 나서며 화영미혼선을 향해 장읍하자,

"호홋, 예상보다 사흘을 빨리 당도하다니 신법이 아주 탁월하군요. 그런데 다친 사람이 있는 것을 보니 도중에 싸움이 있었나 보군요?"

화영미혼선은 공손하게 말하며 운학칠검이 부축하고 있는 능설비를 바라보았다. 백 년 전의 천하제일미인이었던 그녀는 백이십의 나이에도 설옥경의 미모에 크게 뒤지지 않았다.

'눈매가 매서운 분이시군.'

설옥경의 얼굴이 조금 붉어졌다.

"능씨 서생인데 크게 다쳤습니다. 곡주께서 거절하신다면 굳이 안으로 들어가지는 않을 겁니다."

그녀가 조심스럽게 화영미혼선의 의중을 묻자,

"신녀곡은 모든 사람에게 자비를 베푸는 것을 법으로 여기고 있지요. 그리고 우리에겐 영약이 많이 있습니다. 모두 안으로 들어가요."

화영미혼선은 흔쾌히 승낙하며 가볍게 손을 들었다. 그러자 뒤편에서 '예엣!' 하는 대답 소리가 들리며 붉은 구름 한 점이 미풍에 날아오듯 작은 홍영의 모습이 나타났다.

 붉은 경장을 입은 여인.

 그녀는 신녀곡의 장기인 신녀무보(神女舞步)에 이어 평사낙안의 신법을 연이어 펼쳐 설옥경의 바로 앞에 사뿐히 내려섰다.

 바로 신녀곡의 수제자인 화빙염이었다.

 화빙염은 설옥경에 비해 나이가 두 살 아래였다. 그러나 일신의 무공은 설옥경에 비해 훨씬 높아 보였다. 그녀는 내려서자마자 설옥경을 향해 생긋 미소를 지어 보였다.

 "설 언니, 정말 잘 오셨어요. 곤륜파에서 기연으로 얻은 한 갑의 만년설련을 동의맹에 기증한다는 것은 천 년을 두고 미담으로 남을 겁니다."

 "저는 가사의 명에 따라 행할 뿐이지요."

 설옥경은 말은 공손히 했으나 내심 화빙염의 미모에 적이 놀랐고, 그녀의 두 봉목에서 폭사되는 혁혁한 정광에 감탄하고 말았다.

 '화빙염의 무공은 벌써 조화지경에 든 모양이다. 아아, 나도 불철주야 수련을 게을리 하지 않았거늘 화 소저와는 천양지차가 있구나.'

 그녀는 내심 탄식하다가 품 안에서 붉은 상자를 꺼냈다. 상자의 안에는 백 개의 만년설련이 들어 있었다. 설옥경이 운학칠검과 더불어 소문없이 중원 깊은 곳으로 들어온 이유는 그것을 신녀곡에 전하기 위함이었다.

 화빙염은 설옥경으로부터 상자를 건네받고 조심스럽게 뚜껑을 열어보았다. 순간 머릿속을 상쾌하게 해주는 은은한 향기가 사방 일 리 안에 퍼졌다.

 화빙염의 얼굴에 환한 미소가 떠올랐다.

'됐다. 이것이 주약으로 들어가면 금강대환단의 연단이 쉽게 성공할 것이다!'

화빙염은 상자의 뚜껑을 닫은 다음 화영미혼선을 향해 고개를 숙였다.

"저는 이것을 가지고 금쇄연단동부(禁鎖煉丹洞府)로 직행하겠습니다."

"그렇게 하려무나."

화영미혼선은 인자한 미소를 지으며 선선히 응낙했다.

화빙염은 그녀의 응낙이 떨어지자 설옥경을 바라보았다.

"설 언니, 신녀곡은 아주 아름다운 곳이랍니다. 급한 일이 없으시다면 여기서 한 달 정도 머물다 가세요. 지금 당장은 일이 있어서 언니를 안내하지 못하나 사흘 후면 시간이 날 테니 그때 다시 뵙겠어요."

화빙염은 포권지례를 취해 보인 다음 훌쩍 날아올랐다. 그녀의 신법은 아주 빨라 벌써 눈 깜짝할 사이에 오십 장 밖으로 벗어나고 있었다.

'지독히도 빠르군.'

한순간 사라진 화빙염의 경신술에 설옥경은 내심 탄복을 거듭했다.

그리고,

'혈궁장천행(血弓長天行)의 신법은 바로 모습을 감추고 있는 구유회혼자의 것이다!'

화빙염이 전개한 수법의 소리만을 듣고도 그 신법을 알아차린 사람이 있었다. 그는 바로 능설비였다. 그는 혼절한 체하고 있으나 사실 정신이 지극히 맑은 상태였다.

'구유회혼자는 분명 신녀곡에 와 있다. 신녀곡의 비밀을 알아내어 쳐부수는 것이 나의 임무다.'

나약한 청년서생인 능설비는 바로 구마령주가 분장한 모습이었다. 능설비라는 이름은 본래 그의 본명이 아니었던가? 구마령주가 능설비라는 이름을 쓴 데에는 특별한 이유가 없었다. 다만 설옥경을 만났을 때 문득 떠올랐기 때문에 가명 삼아 쓴 것에 지나지 않았다.

'쌍뇌천기자를 죽이기 전에는 구마령주가 출현한 사실을 숨겨두어야 한다.'

구마령주 능설비는 운학제일검의 등에 업혀 있었다. 운학제일검은 자신이 업고 있는 사람이 천하에서 가장 무서운 인물이라는 것도 모르고 신녀곡의 절경을 감상하기에 여념이 없었다.

절곡 안에 짙은 어둠이 깔렸다. 기묘한 암석과 눈밭 사이로 펼쳐졌던 신녀곡의 절경이 사라지며 전각과 망루에서 흘러나온 불빛이 그 공간을 차지했다.

사경(四更)쯤 되었을까?

능설비는 신녀곡의 한 석옥 안에 머물러 있었다. 설옥경과 운학칠검은 신녀곡주가 베푸는 연회장에 가고 없었다. 밖의 문가에는 녹삼을 걸친 여검사 두 명이 서서 한가로이 지키고 있었다.

능설비는 지금 주과(朱果)라는 영과를 한 알 먹고 달게 자야 하는 처지였다. 그는 가는 코를 골며 잠든 체하는 가운데 이러저러한 것들을 생각하는 중이었다.

'구유회혼자가 연관되지 않았다면 곤륜에서 채취한 설련실이 신녀곡으로 들어올 까닭이 없다. 신녀곡주의 제자가 그자의 무공을 익혔으니 분명 이곳 어딘가에 은신처가 있음이 분명해. 그자를 찾아야만 사라진 쌍뇌천기자의 행방을 알아낼 수 있다. 쌍뇌천기자… 그자를 잡는 게 우선이다. 백도를 부수는 일은 그자를 제거한 후 시작해도 늦지 않다.'

백도의 수호신이라 불리는 쌍뇌천기자.

그는 하나를 알면 백을 헤아리고 작은 변화를 보면서 전체를 파악하는 신통한 능력을 지닌 자이다. 궁색하게 신녀곡에 잠입한 까닭도 쌍뇌천기자의 혜안을 높이 샀기 때문이다. 조금의 실수라도 있어서는 아니 된다. 비록 십 년간 쌍뇌천기자의 종적은 묘연하지만 그자의 눈은 여전히 강호를 꿰뚫고 있을 것이다.

'흔적을 남기지 말아야 한다. 내가 나타났다는 것을 아는 순간은 그자가 죽어야 할 때다. 그전에는 나를 철저히 숨겨야 한다. 아무도 나를 알지 못하게 해야 한다.'

능설비는 한동안 궁리에 궁리를 거듭하다가 결심을 굳혔다.

그리고는 빠르게 문 쪽을 향해 손가락 하나를 튕겨냈다. 그러자 밖에서 여인의 목소리가 들려왔다.

"으음… 갑자기 졸리운데?"

"호홋, 향운이 너도 졸음을 느낄 때가 있었니? 밤에는 올빼미보다 말짱한 애가 무슨 일이야? 어서 정신 차려!"

문밖을 지키고 있던 여인 중 하나가 곁에서 하품을 하는 향운이란 여인을 보며 웃으며 말했다.

"으으음……."

그러나 향운은 술에 취한 사람마냥 눈꺼풀을 내리깔고 흐느적거렸다.

"어머? 이상한 일이네. 이 아이가 벌써 잠들다니!"

여인은 주저앉으려는 향운이를 부축하며 호들갑스럽게 말했다. 그녀는 어떻게 할까 잠시 망설이다가 향운을 안은 채로 나무문을 밀고 방으로 들어갔다. 방 안에는 영과를 먹고 능설비가 잠들어 있었다.

향운을 안고 있는 여인은 향로(香露)였다. 둘은 접객원의 호위무사들로 나이는 어리나 이미 무공에 달통해 있는 천하의 고수들이었다.

"일단 향운이를 의자에 눕히고 나서 신호를 보내 다른 아이를 부르자."

향로는 중얼거리며 대나무로 짜서 만든 의자에 향운을 앉혔다. 향운은 너무 깊게 잠들어 팔다리를 제대로 놀리지 못할 정도였다.

향로가 향운을 의자에 앉히고 나서 일어나려 할 때,

"······!"

등 뒤로부터 이상한 느낌이 다가오는 것을 느끼며 돌아서는 순간 무엇인가가 그녀의 입을 꽉 틀어막는 것이 아닌가!

"읍, 읍!"

섬뜩하게 빛나는 붉은 눈.

어느새 모든 것이 사라지고 그녀를 쏘아보는 건 지옥에서 나올 듯한 사악하게 붉은 눈이었다. 향로는 소리도 지르지 못하고 놀란 두 눈만 휘둥그렇게 떴다. 아니, 숨 쉬기조차 어려울 지경이었다.

"으으······!"

향로는 그녀를 꿰뚫을 듯 노려보는 붉은 눈빛에 혼백이 아득해졌다.

붉은 눈빛이 잔혹한 음성을 토해냈다.

"너는 이제 대마혼(大魔魂)의 종이다!"

향로의 눈빛은 심하게 떨리다가 초점을 잃고 말았다. 순간적으로 붉은 눈빛에 혼백을 제압당한 것이었다.

"으으, 나… 나는 대마혼의 종……."

향로는 자신의 귀에 들리는 대로 말을 따라 했다. 그녀의 눈빛은 찰나지간에 아주 공허한 빛으로 변했다. 그녀의 심령을 장악한 눈빛, 그것은 바로 능설비의 초혼마공(招魂魔功)이었다.

능설비는 그물에 걸린 새처럼 가녀린 몸을 파르르 떠는 향로를 향해 물었다.

"곤륜의 만년설련이 왜 이곳으로 보내어졌는지를 말하라."

"모, 모릅니다. 나… 나는 만년설련이 금쇄연단동부로 들어갈 것이라는 것밖에는 모릅니다."

향로는 넋이 나간 사람처럼 중얼거렸다.

재차 능설비의 질문이 이어졌다.

"금쇄연단동부라는 곳은 어떤 곳이냐?"

"십 년 전에 세워진 장소인데 거, 거기 갈 수 있는 사람은 곡주님과 소곡주님뿐입니다. 거, 거기 접근하다가는 누구라도 목이 온전하게 붙어 있지 못합니다."

"위치를 말하라."

능설비의 눈빛이 더욱 붉게 타올랐다.

"으음……!"

향로는 한차례 몸을 부르르 떨더니 모든 것을 말하기 시작했다.

"여기서 북쪽으로 십 리 떨어진 곳에 있습니다. 그 근처에는 신녀곡 사람이 아닌 신비고수 백여 명이 상주하고 있습니다. 기문진이 펼쳐져 있기에 나는 새라 할지라도 그 안으로는 가, 가지 못합니다."
 영혼이 금제당한 향로는 자신이 무슨 말을 하는지도 모르는 채 능설비가 원하는 말을 숨김없이 꺼냈다. 마공이 풀리면 말했다는 것조차 잊어버리겠지만.

죄를 짓는 미인

다음날 아침 능설비가 눈을 뜰 때,
'아아……!'
이제껏 그를 지켜보고 있던 한 사람의 앵두 같은 입술이 벌어지며 가벼운 한숨 소리가 새어 나왔다.
그녀는 바로 어젯밤 신녀곡주가 베푼 연회장에서도 능설비에 대한 것을 잊지 못해하던 설옥경이었다.
"언제 오셨습니까?"
능설비는 자신을 내려다보고 있는 설옥경을 발견하고는 황급히 몸을 일으켰다.
"한 시진 전에 왔어요."
설옥경은 발그레하게 상기된 얼굴에 살짝 볼우물 두 개를 만들었다. 그녀 자신도 어찌 상상이나 했으랴. 사내에 대해서라면 북풍한설 꽁꽁 언 빙심으로 닫혀 있던 가슴이 한 사내에 의해 철저히 무너져 내릴 줄을…….

 능설비는 수줍음으로 얼굴을 붉히고 있는 설옥경을 바라보며 입가에 미소를 지어 보였다. 그 미소는 만금을 주고서라도 한 번 보고 싶을 정도로 신비스러운 아름다움을 간직하고 있었다.

 '너무도 아름다운 분… 그 누구에게도 보여주고 싶지 않고 다만 나 혼자만이 영원히 보고 싶은 분이야!'

 설옥경의 방심이 세차게 흔들리고 있었다. 그녀는 아련한 표정을 지으며 입을 열었다.

 "신녀곡주께서 주신 영약 덕분에 외상이 다 나은 듯하니 제가 붕대를 풀어드리겠어요."

 "아니오."

 설옥경이 붕대를 풀기 위해 섬섬옥수를 내밀자 능설비는 가볍게 손을 저어 만류했다.

 설옥경은 멈칫하며 붕대 쪽으로 가져가던 손을 멈췄다.

 능설비가 그녀의 행동을 제지한 것은 한 가지 이유에서였다. 지금 그의 가슴을 가리고 있는 붕대를 풀면 의당 설중귀에게 당했던 상흔이 있어야 한다. 그러나 능설비의 가슴은 백옥같이 깨끗한 상태였다. 그는 어떠한 외상을 입더라도 쉽게 아물어 버리는 근골을 지니고 있었다. 바로 마종천강지체(魔宗天罡之體)이기 때문이었다.

 '나는 모든 것을 이분의 뜻에 따라 할 뿐이다.'

 설옥경은 살포시 미소 짓다가 그윽한 시선으로 능설비를 바라보았다.

 "이곳은 정말 아름답습니다. 하지만 제가 살고 있는 곤륜산의 운학곡 역시 아름답습니다. 원하신다면 거기로 모시고 가겠어요."

그녀의 눈빛은 정에 취한 사람처럼 몽롱했다. 그녀는 지금 능설비 이외에는 생각할 수가 없는 상태였다.

"소저는 구명지은인이오. 내게 따뜻하게 대해준 사람은 사실 평생을 통해 소저가 처음이오."

능설비의 말은 거짓이 아니었다. 그가 마력으로 끌어낸 정이기는 하나 평생 처음 받아보는 정감 어린 눈빛임에는 틀림이 없었다.

설옥경은 한없이 부푼 마음으로 아무 말이든 술술 풀어놓았다.

"소녀는 보름 정도 머물며 신녀권법(神女拳法)의 기수식 몇 가지를 전수받을 예정입니다. 공자를 생각하면 빨리 나가고 싶습니다만 곤륜파와 신녀곡 사이의 긴밀한 유대를 위해 보름간은 머물러야 할 것입니다."

"내 생각은 마시오. 나란 인간은 밝은 햇빛 아래서는 자취를 감추고 마는 눈과 같이 쓸쓸한 놈일 뿐이라오."

"아아, 지난날 어떻게 살아오셨는지는 모르나 앞으로는 다를 것입니다."

설옥경의 몸이 가벼운 흥분으로 떨림을 보였다. 이제껏 사내들 앞에서 그렇게도 도도하던 그녀가 아니었던가? 그녀는 능설비가 손을 벌린다면 당장에라도 그의 가슴으로 뛰어들 모습이었다.

그때였다.

"소장문, 신녀곡주께서 부르십니다. 저희들과 함께 신녀헌(神女軒)으로 가시지요."

밖에서 운학제일검 자천걸의 목소리가 들려왔다.

설옥경은 그의 목소리를 듣자 못내 아쉬워하며 조그맣게 말했다.

"공적인 일이라 빠질 수는 없습니다. 빨라도 초경쯤은 되어야

공자를 찾아뵐 수 있을 겁니다."

"초경이라······."

능설비는 중얼거리며 고개를 끄덕였다.

설옥경은 능설비와 떨어지는 것이 가슴 아픈 듯 땅이 꺼져라 한숨을 내쉬고는 밖으로 나갔다.

신녀곡의 귀빈이 된 곤륜파의 일봉칠룡(一鳳七龍)은 신녀곡 호법들과 더불어 신녀헌 쪽으로 걸음을 옮겼다.

능설비가 머물러 있는 곳은 백도의 귀빈만이 허락된 접객원의 별채였다. 만년설련을 갖고 온 설옥경에 대한 배려로 능설비는 그중 가장 풍광이 좋은 곳에 묵고 있었다.

한눈에 신녀곡의 절경을 감상할 수 있으며 특히 일몰의 아름다움은 압권이었다.

그러나 자세히 본다면 도처에 매복에 설치되어 있음을 알 것이다. 외부로 통하는 두 곳의 길에는 검진이 설치되었고, 석옥이 내려다보이는 바위틈에도 무사들이 배치되어 있다. 심지어 눈 속을 뚫고 숨어들어 간 자들도 있었다.

완벽한 천라지망.

석옥을 에워싼 감시망을 뚫고 외부로 나간다는 건 불가능해 보였다.

능설비는 방 안의 푹신한 침상 위에 길게 누워 있었다. 그는 귀를 쫑긋 세운 상태였다. 언뜻 보기에 아무것도 하지 않는 듯하나, 사실 그는 천이통 공력을 사용하여 근처 백 장 안의 모든 움직임을 아주 세세하게 살피는 중이었다.

'많군, 내가 누군지 궁금히 여기는 자들이.'

사실 그가 마음만 먹는다면 신녀곡의 감시망쯤은 간단하게 돌파할 수 있다. 그러나 그렇게 한다면 구마령주임을 감추고 능설비란 이름을 사용한 모든 노력이 수포로 돌아갈 수밖에 없다.
 쌍뇌천기자를 찾기 전에는 구마령주의 행적을 감춰야 하는 것이다.
 '아무리 생각해도 그 방법밖에 없겠군, 구마령주의 흔적을 남기지 않는 방법은.'
 능설비는 마침내 결심을 굳힌 듯 입가에 차가운 미소를 흘렸다. 그 미소는 설옥경이 그리던 백면서생의 미소가 아닌 구마령주의 사악한 미소였다.
 그때 밖에서 낭랑한 음성이 들렸다.
 "들어가도 될까요, 공자님?"
 "어서들 들어오시오."
 향로의 목소리를 들으며 그의 얼굴은 예의 순박한 백면서생의 표정으로 바뀌었다.
 향운과 향로가 밝은 미소를 띠며 석옥 안으로 들어왔다.
 둘은 지난밤에 자신들에게 무슨 일이 있었는지 까맣게 모르고 있는 상태였다. 단지 이제껏 그네들이 본 사내들 중 가장 아름다운 사내를 보살피게 되었다는 데 몹시 기뻐할 뿐이었다.
 향운은 비파를 들고 있고 향로는 장기판과 장기 알을 나무 합에 담아 가지고 들어왔다.
 띠이잉 띵!
 비파음이 실내에 울리기 시작했다. 향운은 비파로 비파행(琵琶行)을 노래했고, 향로는 침상에 비스듬히 걸터앉아 능설비와 더불어 장기를 두었다.

"호홋, 솜씨가 보통이 아니신데요?"

향로는 능설비의 장기 솜씨에 호들갑을 떨었다. 그들은 점심녘까지 그렇게 시간을 보냈다.

점심은 상다리가 휘어질 정도의 산해진미였다.

능설비는 진종일 방 안에서 두 여인과 소일했다. 외부에는 흥미가 없다는 듯 한 걸음도 밖으로 나가지 않았다.

신녀곡 위로 어슴푸레한 달이 떠오르고 있었다.

조금 열려진 창으로 달빛이 들어온다.

은빛 편린으로 쏟아지는 달빛에 드러난 능설비의 눈빛은 아주 차가웠다.

'실수는 없다. 구마령주가 하는 일에 조금의 어긋남도 있어서는 아니 된다. 절대로!'

혹독했던 구마루의 수업이 인성마저 사라지게 한 것일까.

신녀곡을 피에 젖게 할 계획이 머릿속에 가득 차 있으나 그의 표정은 조금의 흔들리지 않았다.

'오늘 밤 혈사의 주인공은 설옥경이다. 설옥경이 첫 단추를 잘 꿰어준다면… 구유회혼자를 잡는 일은 그렇게 어려운 일이 아닐 것이다.'

그러는 동안 초경이 되었다.

한순간, 획! 하는 밤공기를 가르는 파공성이 나더니 이어 향운과 향로의 음성도 들려왔다.

"이제 오십니까, 빙미인?"

"호홋, 능 상공에게 반하지 않을 여인이 어디 있겠습니까만, 강호에 빙명(氷名)이 자자한 설 소저께서 빠져들 줄이야……."

두 여인의 부러운 음성이 끝나기도 전에 접객원의 문이 열리며 설옥경이 안으로 들어섰다.
 그녀의 볼은 발그스름하게 상기되어 있었다. 신녀헌에서 여기까지 십 리 길을 쉬지 않고 한 달음에 달려온 때문이었다. 사랑을 모르는 사람이라면 그녀의 조급함 또한 모를 것이다.
 "아아, 아직 주무시지 않고 계셨군요."
 설옥경은 창가에 서 있는 능설비를 발견하고는 들뜬 소리를 내며 다가섰다. 방 안은 조금 어두웠으나 창문을 통해 쏟아지는 달빛으로 인해 사람의 얼굴을 알아볼 수는 있을 정도였다.
 "향로 낭자가 잠을 쫓는 차를 끓여다 준 덕분이오."
 능설비는 어둠 속에서 예의 그 신비스런 미소를 입가에 떠올렸다. 그의 미소를 대하는 설옥경은 무슨 말을 해야 할지 황홀감으로 갈피를 잡지 못했다.
 능설비도 그녀에게 반한 듯 자못 얼굴을 붉히며 입을 열었다.
 "설 소저, 할 말이 있소."
 "무, 무슨 말씀이신지……?"
 그녀는 기대에 찬 눈빛으로 능설비를 바라보았다.
 "아아, 조금 가까이 와주지 않겠소? 도처에 무림 여인들이 있어 크게 말하기가 부끄럽소."
 능설비도 가슴이 설레는 듯 수줍은 표정을 지었다.
 "으음……."
 설옥경은 두근거리는 가슴으로 나직한 숨을 토해냈다. 그녀는 얼굴이 화끈 달아오름을 느끼며 주춤주춤 능설비에게로 다가갔다. 달빛을 받아 방 안에 드리워진 두 사람의 그림자가 아주 가까워졌다.

"소저!"

 능설비가 두 손을 내밀어 설옥경의 섬섬옥수를 살그머니 쥐었다. 금석(金石)을 쪼개는 신공을 지닌 손이지만 작고 보드랍기만 했다.

 자신의 손이 능설비의 손에 쥐어지자 그녀는 한차례 몸을 세차게 떨었다.

 "무, 무슨 말씀이신지요?"

 설옥경은 능설비를 똑바로 바라볼 수가 없었다. 급한 심장의 고동과 뜨거운 숨결이 더욱 그녀를 달구었다. 능설비의 손이 자신의 허리에 닿음을 느꼈다.

 "......!"

 그녀는 입술을 깨물며 애써 격한 숨결을 참았다.

 "나는 소저를......!"

 능설비는 설옥경의 허리에 얹은 손에 힘을 주며 얼굴을 그녀 쪽으로 가져갔다.

 그 순간 설옥경은 차가운 어떤 느낌에 취하고 말았다.

 '창문이 열렸을까?'

 그녀는 조금 놀라 감았던 눈을 스르르 떴다. 순간 그녀의 눈 속으로 시뻘건 광구(光球) 두 개가 파고들 듯 들어섰다.

 능설비의 두 눈이었다. 그것은 사람의 눈이 아니라 마의 불이었다. 혼백이 사그라지는 느낌에 설옥경이 몸부림을 쳤다.

 "흐윽!"

 순식간에 덮쳐 오는 마기에 놀라 설옥경은 몸부림을 치며 빠져 나오려고 했다.

 '내공이 꽤 강하군. 그렇다면 향로에게 썼던 마혼최백술(魔魂催

魄術)보다 훨씬 강한 마공을 쓸 수밖에!'

설옥경이 바동거리며 빠져나오려 하자 능설비는 그녀의 두 손목을 강하게 움켜쥐었다.

"이, 이게 무슨……?"

그녀는 놀라 손을 빼내려 했다. 그녀는 무림에서 열 손가락 안에 드는 후기지수(後起之秀)였다. 곤륜신공에 달통해 웬만한 거마를 만난다 해도 승률이 많을 정도로 강한 여인인데 지금 능설비 앞에서의 그녀는 한없이 작고 왜소해 보였다.

우르르릉!

능설비의 장심에서 마공이 쏟아져 나왔다.

"내 말을 들어라!"

그는 최혼음공(催魂吟功)을 전음입밀로 발휘했다.

그러자 설옥경이 고통에 찬 신음을 토해냈다.

"으으, 네가……!"

그녀는 혼이 끊어지는 듯한 느낌을 이기지 못하고 고개를 마구 저었다.

'정신력이 강한 계집이다. 그렇다면 하는 수 없이 제혼마령술(制魂魔靈術)로 사로잡을 수밖에!'

능설비는 잔혹한 눈빛을 던지다가 그녀를 바싹 끌어당겼다. 설옥경의 가슴이 그의 완강한 가슴에 짓눌려 터질 듯이 찌그러들었다.

"흐윽!"

설옥경은 뜨거운 숨을 토해내며 앵두 같은 입술을 벌렸다. 그 위로 능설비의 차가운 입술이 덮쳐 갔다. 직후, 능설비의 가볍게 벌려진 입술 사이에서 혈기류(血氣流)가 흘러나오며 설옥경의 체내로

뭉게뭉게 흘러들어 갔다.

그것은 혈교의 제혼마령술법이었다. 상대의 심령을 제압하여 정신의 노예로 만드는 극악한 마법인 바 월등한 내공력이 있어야만 사용 가능했다.

설옥경은 잠시 몸부림을 치더니 곧 의지를 잃고 말았다. 그녀의 두 눈은 멍하게 뜬 상태였고, 얼굴빛은 잘 익은 대추같이 붉게 달아올라 있었다.

능설비는 우장으로 그녀의 천령개(天靈蓋)를 덮고 왼손을 들어 그녀의 속옷 속으로 집어넣었다. 무슨 음탕한 짓을 벌이려는 것일까?

설옥경은 능설비의 손이 자신의 치부를 건드리는데도 꼼짝하지 않았다. 아니, 꼼짝할 수가 없는 것이었다.

능설비 역시 여체를 더듬는 사내의 표정이 아니었다. 그는 좌장을 그녀의 회음부에 대었다. 그의 좌장과 우장에서 동시에 마공이 흘러나가 설옥경의 몸 안으로 흘러들어 갔다.

일각이 지난 후,

설옥경은 목석같이 되었고 눈빛마저 아주 차갑게 변했다.

능설비의 얼굴에는 땀방울이 조금 돋아 있었다. 그는 자세를 유지한 채 전음으로 말을 하기 시작했다.

"너는 이제 대마종의 분신체가 되었다. 너는 한 시진 동안 대마종과 같이 용맹해질 것이다."

"예."

설옥경은 감정없는 어투로 대답했다.

"나는 네게 마력을 전했고, 그것은 한 시진 동안 계속될 것이다. 너는 그것으로 두 가지 일을 해야 한다."

"명해주십시오."

그녀는 혼백을 제압당한 상태여서 능설비의 말에 고분고분 대답했다.

능설비의 입가에 잔혹한 미소가 떠올랐다.

"신녀곡주를 방문해 그녀를 주살하라. 찰나지간에 해치워야 한다."

"예!"

"그녀가 죽으면 너는 쫓기게 될 것이다. 그럴 경우 울부짖으며 아무나 보이는 대로 처치하며 북쪽으로 가라!"

"옛!"

"곤륜의 무공을 십분 발휘하면 두 가지 일을 모두 성사시킬 수 있다, 너의 내공은 조금 전에 비해 세 배나 강해졌으니까. 내가 손을 떼면 잠시 의식을 되찾을 것이다. 내가 한 말은 잊을 것이고, 너는 왠지 신녀곡주를 만나고 싶어하게 될 것이다. 그리고 신녀곡주의 얼굴을 보는 순간 나의 분신으로 탈바꿈할 것이다."

우르르르릉!

능설비의 손바닥에서는 혈무가 끊임없이 흘러나왔다. 그 힘은 바로 능설비의 진원지라 할 수 있었다. 한순간 그가 두 손을 설옥경의 몸에서 떼어내자,

"으음!"

그녀가 깜짝 놀라 정신을 차리며 눈을 비볐다.

"왜 그러시오, 소저?"

능설비는 설옥경의 행동이 이해되지 않는다는 듯 짐짓 의아한 표정으로 물었다.

"아, 아닙니다. 제가 갑자기 악몽을 꾼 듯합니다."

설옥경으로서는 능설비의 능청스런 행동을 눈치챌 리가 없었다. 그녀의 눈빛은 전과 다름없이 맑기만 했다. 그녀는 능설비의 주문대로 잠시 전의 일까지 모두 잊어버린 것이었다.

"소생 때문에 피곤하신 듯하오. 남녀가 한 방에 오래 같이 있으면 오해받기 쉬우니 일단 처소로 돌아가도록 하시오."

능설비는 마음씨 좋은 오라비가 말하듯 하며 눈을 내리감았다.

"그, 그러는 것이 좋겠어요."

설옥경은 진땀으로 몸을 축축하게 적신 상태에서 방을 나왔다.

밖은 교교한 달빛이 쏟아질 듯 출렁이고 있었다. 자신의 처소로 돌아가던 설옥경은 갑자기 발걸음을 돌려 신녀곡주가 머무는 화영각으로 향했다.

'신녀곡주를 만나야 한다!'

그녀는 왠지 다급한 마음에 걸음을 몹시 빨리했다.

잠시 후, 화영각을 지키던 시녀들이 그녀가 조급히 오는 것을 보고는 얼른 다가섰다.

"이 야심한 밤에 어인 일이신지요?"

"곡주를 뵙고 싶다."

설옥경의 음성에는 조급함이 역력했다.

"호호, 낮에 신녀헌에서 권법을 특별히 전수받으셨다고 들었는데 거기에 의문이 있는 모양이군요."

조금 나이 든 시녀 하나가 의심하지도 않고 설옥경을 화영각 안으로 안내했다.

화영각 안은 여인의 거처답게 화려하고 치밀하게 치장해 놓았다. 화영미혼선은 노고수답게 좌정으로 밤을 지새우려 하다가 뜻밖의 방문을 받고 서재로 나갔다.

'설 소저가 어인 일이지? 혹 향수병이 나서 내일 당장 곤륜산으로 출발하겠다고 결심한 것이 아닐까?'

그녀는 몹시 야릇해하며 서재로 들어섰다. 서재 안에는 설옥경이 고개를 떨어뜨리고 앉아 있었다.

"무슨 일이지요?"

화영미혼선은 입가에 인자한 미소를 지으며 다가갔다.

"저어……."

설옥경은 무슨 말을 할 듯하며 고개를 들었다. 신녀곡주의 얼굴이 그녀의 망막에 담기는 순간 그녀의 눈빛이 아주 새빨갛게 달아올랐다. 그리고 아주 짧은 외침이 그녀의 입에서 터져 나왔다.

"죽어라!"

설옥경의 손이 번개처럼 쳐들리며 대천강수(大天罡手)가 혼신의 공력으로 시전되었다.

느닷없이 심장을 향해 뻗어오는 살초!

"아, 아니!"

생각지도 못한 설옥경의 공격에 화영미혼선은 자지러지게 놀라며 손을 마주쳐 나갔다. 절세의 고수답게 지극히 빠른 대응초였다. 그러나 설옥경의 공세는 그녀의 상상을 벗어나고 있었다.

우두둑!

마주한 쌍수가 항거할 수 없는 힘에 밀리며 둔탁한 파열음과 함께 뒤로 꺾여 버렸고, 죽음의 사수는 그대로 심장을 향해 파고들었다.

"아아악!"

화영미혼선은 설옥경의 단 일 장에 가슴에 구멍이 뚫린 채 서가 쪽으로 날아갔다. 그녀의 시체가 피보라를 뿌리며 흩어진 책 더미에 뒤엉킬 때 비명 소리를 들은 시녀들이 문을 부수며 안으로 날아들었다. 그녀들은 눈앞에 펼쳐진 상황에 대경실색하고 말았다.
"곡, 곡주를 암살하다니!"
"이년이 미쳤다!"
그녀들은 대경의 외침을 토하다가 두 눈을 부릅뜨며 설옥경을 향해 단죄(斷罪)의 칼날을 뽑아 들었다.
"곡주의 원수를 갚으리라!"
"호호호홋, 모두 죽이겠다! 곤륜파의 무공으로!"
화영각은 아수라장으로 변하며 울부짖음과 미친 듯 웃어 젖히는 웃음소리로 뒤범벅이 되고 말았다.
"나를 막는 자는 모두 죽여 버릴 테다!"
설옥경의 광기에 찬 외침 소리가 무산 신녀곡의 밤을 여지없이 유린하고 말았다.

금쇄연단동부

 청천벽력이었다. 귀빈으로 대우해 준 설옥경이 곡주를 암살했다는 것은 아무도 예기치 못한 일이었다. 그러기에 충격은 더욱 컸다. 더욱이 설옥경은 신녀곡주를 암살한 후 보이는 사람마다 가차없이 죽여 버린다는 것이 신녀곡 사람들의 분노를 샀다.
 "호호호홋, 아무도 나를 막지 못한다! 나는 곤륜의 제자란 말이다!"
 설옥경은 광소를 터뜨리며 독랄한 손속을 쉼없이 휘둘러댔다. 그녀의 일장이 흔들릴 때마다 어김없이 피비가 뿌려졌다.
 "크윽… 빙미인이 이런 고수일 줄이야……."
 여기저기서 비명 소리가 나며 무고한 생명들이 피를 뿌리며 쓰러져 갔다. 그때 사방에서 소란이 나며 미친 듯 날뛰는 설옥경을 향해 신녀검수(神女劍手)들이 들이닥쳤다.
 "잡아라! 무조건 쳐죽여야 한다!"

"곡주께서 손도 쓰지 못하고 살해당하셨다! 원수를 갚아야 한다!"

그들이 일제히 검을 뽑아 들고 설옥경을 향해 서릿발 같은 기세로 합공을 펼쳤다.

"호홋, 가소로운 것들!"

설옥경은 사방에서 공격해 드는 신녀검수들을 바라보며 코웃음을 쳤다. 두 눈에서 짙은 살기가 줄기줄기 뿜어져 나오는 그녀의 모습은 마치 아수라의 형상이었다. 그녀의 손이 치켜 들리며 곧바로 곤륜의 절학인 대천강수의 수법이 펼쳐졌다.

이어 퍼펑! 펑! 거북의 가죽 등이 터지는 섬뜩한 음향이 울리며 공격해 들던 신녀검수들이 피범벅이 되어 날아갔다. 신녀검수들은 이미 구마령주 능설비의 주문에 걸려 잠재력을 폭발시키기 시작한 설옥경의 일장을 막아내기엔 역부족이었던 것이다.

그렇게 설옥경이 미쳐 날뛰기 시작하여 일각여가 흘렀을 무렵, 일곱 사람의 그림자가 허겁지겁 설옥경의 앞으로 떨어져 내리며 칠성진(七星陣)을 펼쳤다.

"소장문, 어이해 이러시오?"

"정신 차리시오, 설 소저! 대체 어이하다가 주화입마에 빠지셨소?"

그들은 곤륜산에서 신녀곡까지 설옥경을 보필했던 운학칠검이었다. 운학칠검은 그들의 소장문인 설옥경이 신녀곡주를 살해하고 닥치는 대로 살상을 서슴지 않는다는 얘기를 전해 듣고 정신없이 달려온 것이었다. 그들이 다급히 외치며 다가서자,

"너희들이군. 이리 와보아라."

미쳐 날뛰던 설옥경이 부드럽게 말하며 손을 늘어뜨리는 것이

아닌가?

"소장문, 이제 마성이 사라지셨소?"

"어이해 이런 엄청난 짓을 저지르셨소?"

운학칠검은 즉시 칠성진을 거두고 피눈물을 뿌리며 설옥경의 앞으로 다가섰다. 그들과 설옥경의 사이가 두세 걸음으로 가까워졌을 때,

"표화탄공수(飄花彈空手)!"

갑자기 설옥경의 입에서 고막을 찢을 듯한 외침이 터지며 그녀의 쌍수가 어지럽게 떨쳐졌다. 너무도 갑작스런 상황이라 운학칠검은 피할 여유도 없었다.

"허억!"

"우, 우리까지 죽이다니……!"

설옥경의 매서운 손속에 당한 운학칠검은 한 사발씩의 피를 토하며 실 끊어진 연처럼 날아가고 말았다. 믿는 도끼에 발등 찍힌다고 했던가? 운학칠검은 그들의 상전을 믿고 다가가다 졸지에 불귀의 객이 되고 말았다.

"우우우……!"

운학칠검을 일 수에 처단한 설옥경은 울부짖는 듯한 장소성을 뽑으며 북쪽을 향해 신형을 뽑아 올렸다.

"미친 계집이 북쪽으로 간다!"

"금쇄연단동부 쪽이다! 천라지망을 펴라!"

절경을 자랑하던 신녀곡은 이제 더 이상 아름다울 수가 없었다. 곡의 내부를 진동시키는 비릿한 혈향과 볼썽사납게 널려 있는 시신들, 그리고 아우성 소리가 뒤범벅이 되어 아수라장을 이루고 있었다.

능설비는 접객원에서 한가로이 누워 있다가 설옥경이 미쳐 닥치는 대로 살육을 저지르고 다닌다는 말을 막 향로에게 전해 듣고 자지러지게 놀라 밖으로 뛰쳐나왔다.
"오오, 이럴 수가!"
그는 곡 안의 도처에서 아우성 소리가 들리자 겁에 질려 다리를 후들후들 떨었다.
"나, 나를 이곳으로 안내했던 여인이 마녀였다니……!"
그는 무서워 벌벌 떨다가 제정신이 아닌 듯 어둠 속으로 무작정 내닫기 시작했다.
"가지 말아요!"
능설비의 뒤를 향운과 향로가 쫓아오며 다급하게 외쳤다.
"나, 나는 무섭소. 나는 힘이 없는 일개 서생에 불과하단 말이오. 이곳에 있다간 언제 죽을지 모르잖소?"
능설비는 정말 자신에게 죽음이 떨어지기라도 한 듯 새파랗게 질려 접객원의 뒤쪽으로 달려갔다. 그쪽으로는 천야만야한 낭떠러지가 있는 곳이었다. 낮이라면 아주 보기 좋은 곳일 텐데 지금은 그렇지 못했다. 공포에 짓눌린 밤이었기에 어둠 속에 시커멓게 솟아 있는 낭떠러지는 보기에도 무시무시했다.
능설비는 벼랑가에서 뒤쫓아온 향운과 향로에게 손을 잡혔다.
"두려워 말아요, 능 공자."
"그래요. 아무도 당신을 해치지 않을 거예요."
두 여인은 위로의 말로 능설비를 안심시키기 위해 애를 썼다. 이미 능설비에게 마음을 뺏긴 그녀들에게 있어서 능설비라는 존재는 모든 것이었다. 공포에 질려 벌벌 떠는 능설비가 보기에도 애처로워 견딜 수가 없었다. 그러던 한순간, 그녀들의 눈빛이 갑자기 흐트러졌다. 조금 전까지만 해도 공포로 가득했던 능설비의 눈빛이 갑자기 시뻘건 광구로 달아올랐기 때문이다.

"너희들은 능설비가 자결했다고 소리쳐야 한다. 능설비는 마음이 약한 서생이다. 그는 두려워 달리다가 벼랑 아래로 떨어져 죽은 것이다. 너희들은 그 모습을 직접 눈으로 본 것이다!"

능설비의 입에서 음산한 목소리가 흘러나와 혼백이 제압된 향운과 향로의 고막을 파고들었다. 섭혼마음은 가녀린 두 여인을 단숨에 사로잡았다.

"그렇습니다."

"이 눈으로 능설비 상공께서 벼랑 아래로 몸을 던지는 것을 보았습니다."

두 여인은 넋이 나간 듯 멍하니 서서 능설비가 시키는 대로 중얼거렸다. 능설비의 죽음을 직접 목격이나 한 듯이 처연한 표정이었다.

'불청객마저 죽었으니 외부인이 끼어들 여지는 없겠지. 신녀곡의 참사는 백도의 내분으로 알려질 수밖에 없다.'

타인의 손으로 신녀곡주를 참살한 능설비는 입가에 회심의 미소를 띠었다.

'지금쯤 설옥경의 힘이 빠져나갔을 것이다. 동굴 안에 숨어 있는 노괴물이 모습을 드러낼 때가 되었어. 옛 애인이 처참하게 죽었다는데 질긴 궁둥이를 눌러앉고 있지는 않겠지. 그자의 목을 비틀면 쌍뇌천기자가 어디에 숨어 있는지 알아낼 수 있겠지.'

그로 인해 흘린 피가 신녀곡의 밤을 공포로 물들이는데도 그는 일말의 주저함도 없었다. 모든 일은 다만 계획대로 진행될 뿐이었다.
 능설비의 신형이 어둠 속으로 날아올랐다. 단숨에 허공 높이로 치솟아오르더니 무흔류마신행(無痕流魔神行)이란 수법으로 허공에서 몸을 직각으로 꺾으며 밤의 장막 속으로 사라져 갔다.

 신녀곡 북단의 단애 아래 많은 수의 무림인들로 이루어진 군진이 펼쳐져 있었다.
 "흐으으으......!"
 그 가운데서 처절한 흐느낌 소리가 흘러나왔다. 그리고 한 여인이 달빛을 받아 새파랗게 빛나는 보검을 번쩍 치켜든 채 분노에 찬 시선으로 바닥을 내려다보는 모습이 보였다.
 보검을 치켜든 여인은 신녀곡주의 의발전인인 백초선랑 화빙염이었다.
 "......!"
 보검을 쥔 그녀의 손이 사시나무 떨 듯 격하게 떨리고 있었다. 지금 그녀의 발아래에는 가슴과 등에 수십 군데를 검과 장풍에 맞아 피범벅이 된 설옥경이 멍한 눈빛을 하고 누워 고통에 찬 신음을 흘리고 있었다. 믿을 수 없게도 조금 전까지 광기에 몸부림치며 살육을 저지르던 그녀가 이제는 그저 평범한 한 여인으로 돌아와 있는 것이었다. 초점을 잃은 그녀의 눈빛은 공허하기만 했다.
 "네가 감히 사부를 죽이다니......!"
 화빙염은 주체할 수 없는 분노에 이를 덜덜 떨었다. 그녀는 금지를 지키고 있던 중 설옥경이 미친 듯 달려오자 직접 나서서 그녀를 제압한 것이었다. 아니, 설옥경이 제풀에 쓰러졌으나 그걸 따질 겨를은 없었다.

화빙염의 주위로는 신녀곡 사람으로는 보이지 않는 기라성 같은 고수들이 즐비하게 서서 눈살을 찌푸리고 있었다.
'상취 도장의 제자가 미치다니 이해할 수가 없다.'
'신녀곡주는 동의맹 제칠맹주이자 약왕전(藥王殿) 부전주인데 제십맹주인 상취 도장의 전인에게 죽임을 당하다니… 동의맹이 생긴 이래 이런 비극은 처음이다.'
모두 참담한 표정들이었으나 입을 여는 사람은 없었다.
그들의 뒤편으로는 어슴푸레한 달빛 아래 시커먼 동굴의 입구가 보였다. 그곳은 신녀곡의 사람이라 할지라도 함부로 들어갈 수 없는 절대의 금지인 금쇄연단동부의 입구였다.
신녀곡 근처에 있으나 신녀곡이 아닌 장소, 신녀곡주가 십 년 전 어느 날 동의맹에 기증한 장소가 바로 그곳이었다.
동굴 입구의 앞에는 이십칠 명의 검사가 화빙염이 설옥경을 문초하는 장면을 물끄러미 보고 있었다. 그들도 사람인 이상 호기심이 있으련만 그들은 미동도 하지 않았다. 그들은 모두 사내였다. 신녀곡 사람은 아니나 신녀곡의 비전 절기인 공공난무신녀권식(空空亂舞神女拳式)을 능숙하게 펼칠 줄 아는 사람들이었다. 그리고 그들은 만천호접표가 가득 든 주머니 하나씩을 허리에 차고 있었다. 그들은 철통같은 경비망을 펼쳤고, 그들의 허락 없이는 누구도 동굴 안으로 들어가지 못할 것이다.
"네년을 죽이리라!"
화빙염은 이를 갈며 보검을 내려쳐 갔다. 그녀가 설옥경을 죽인다 해도 아무도 이의를 제기할 사람은 없었다. 그녀의 보검이 막 설옥경의 목을 치려 할 때,
"멈춰라!"

창노한 음성이 터지며 금쇄연단동부 안에서 흰 그림자 하나가 미끄러지듯 날아 나왔다. 수염이 아주 아름다운 노인이었는데 그의 몸에서는 약 냄새가 물씬 풍겼다. 그는 한달음에 화빙염의 곁에까지 다가섰다. 그가 나타나자 근처 모든 사람들이 황급히 허리를 숙였다.

"구유회혼자시여, 속하들을 용서하십시요."
"설련을 갖고 온 설옥경이 미쳐서 곡주를 살해했습니다."

사람들이 노인을 마중하는 모습은 마치 부처의 현신을 보는 불제자들의 모습같이 공손했다.

구유회혼자는 천하제일의이자 동의맹의 수뇌 인물로 십 년 전 쌍뇌천기자와 더불어 실종된 인물이기도 했다. 또한 그보다 오래 전을 따지자면 신녀곡주의 정혼자이기도 했다.

그는 설옥경의 맥을 짚었다.

그리고 어느 순간, 그의 표정이 묘하게 일그러졌다.

'내공이 모두 사라졌다. 아아, 무슨 힘이 이 여인의 내공을 찰나지간에 모두 소모되도록 했단 말인가?'

구유회혼자는 몹시 냉정한 성격의 소유자였다. 그런데도 그는 지금 이마를 땀으로 적시고도 모자라 등줄기를 땀으로 축축이 적시고 있는 것이었다.

'설마 전설로만 알려진 마법(魔法)이 출현한 것일까?'

그는 냉큼 설옥경의 몸을 들어 올려 팔과 허리 사이에 끼었다. 그리고는 침중한 어조로 화빙염을 향해 입을 열었다.

"모든 것은 노부가 처리하겠다."
"……"

화빙염은 그저 눈물만 뚝뚝 흘릴 뿐이었다.

"이 일은 아주 신비한 일이다. 상식적으로 보아서는 해결이 안 될 일이니 너는 가서 곡주의 시신을 수습해라."

"노호법께서는 그 계집을 어이하실 작정이십니까?"

화빙염이 묻자,

"일단 한 가지를 알아야겠다. 약고(藥庫)에 가서 자세히 조사해 보면 알게 되겠지."

"흐윽!"

화빙염은 북받치는 설움을 억누르지 못하고 오열을 터뜨리고 말았다.

"울지 마라. 이미 엎질러진 물이다."

구유회혼자는 추호의 흔들림도 없었다. 이미 생사(生死)의 문제는 초월한 그였다.

"흐흑, 하늘이 원망스럽습니다. 사부님께서 이렇게 비참하게 가시다니……!"

화빙염은 이를 갈며 눈에서 독광을 뿜어냈다. 그 모습은 설옥경을 당장 쳐죽여도 직성이 풀리지 않을 듯한 기세였다.

구유회혼자는 그런 화빙염을 담담한 시선으로 바라보다 조금 전 자신이 나왔던 금쇄연단동부를 향해 신형을 돌려세웠다.

'마침내 마(魔)가 시작되는 것일까. 단목 노형이 예견한 대로 마풍이 일어나는 것일까? 그 일을 막기 위해 준비를 했는데도…….'

동부로 향하는 구유회혼자를 호위무사들이 바로 곁에서 호위를 했다. 그의 노구가 오늘따라 유독 쓸쓸하게만 보였다.

동부 안을 들어서서 열 걸음 정도 나가면 계단이 나온다. 계단은 몹시도 길었다. 그 아래에는 오백 년의 역사를 자랑하는 신녀석부(神女石府)가 있었다.

신녀석부는 현재 동의맹의 약왕전으로 사용되었다. 그 안에는 방이 여러 개 있었는데, 구유회혼자는 그중에서 의서가 가장 많은 방으로 설옥경을 안고 들어갔다. 그는 설옥경을 작은 나무 침상 위에 눕힌 다음 서가에서 두툼한 의서 한 권을 뽑아 들었다.

그 책의 제목은 '구유회혼의서(九幽廻魂醫書)'였다. 이 책이야말로 오늘의 구유회혼자를 있게 한 상고 의학 서적이라 할 수 있었다.

책장을 빠르게 뒤적이던 그의 손길이 중간쯤에서 멈추어졌다.

〈제혼마령술에 걸린 자는 신지를 상실하게 된다. 시전자의 뜻에 따라 움직이는 꼭두각시로 전락하며 깨어난 후에도 모든 것을 잊어버린다. 두려운 점은 잠능(潛能)이 폭발하여 살인의 도구로 사용될 수 있다는 것이다. 피를 나눈 혈육지간이라도 무참히 살해할 수 있다. 혈교에서 전해지는 마법이니 제혼마령술에 걸린 자를 보게 된다면 마의 부활이 이루어졌음을 경계해야 한다.〉

혈교 마공편에 적힌 구절을 보며 구유회혼자는 진땀을 흘렸다.

"진정 실전된 혈교의 마공이었단 말인가? 으음, 그렇다면 진짜 살인자는 설옥경이 아니라 다른 사람이겠군."

그가 침중한 어조로 중얼거릴 때,

"역시 구유회혼자답군."

갑자기 천장에서 아주 차가운 음성이 들려왔다.

"어엇?"

구유회혼자는 소리가 들린 천장을 바라보다가 기절초풍하고 말았다. 한 덩어리 혈무가 박쥐처럼 천장에 달라붙어 있었기 때문이다.

"누, 누구냐?"

구유회혼자는 창망히 외치다가 지공을 발휘했다. 뒤이어 파공성이 일며 금석을 뚫는 위력을 지닌 우윳빛의 구유천운지력(九幽穿雲指力)이 뻗어나갔다. 한데 놀랍게도 막강한 위력의 지력이 혈무 근처에 이르자 그 기운이 봄눈 녹듯이 사라져 버리는 것이 아닌가?

"믿, 믿을 수가 없다!"

구유회혼자는 기상천외한 현상에 기절초풍하고 말았다. 도대체 무슨 조화를 부려 자신이 발출한 지력을 한순간에 소멸시켰는지 납득이 가지 않았다.

그 순간 팍! 하는 경미한 파공성이 나며 구유회혼자의 단중혈에 점 하나가 찍혔다.

"……!"

구유회혼자는 말도 하지 못하고 그만 나무토막처럼 뻣뻣해지고 말았다. 그와 함께 혈무로 몸을 가린 인영이 느릿느릿 천장에서 바닥으로 떨어져 내렸다.

"후훗, 구유회혼자 너는 무림동의맹에서 두 번째로 가치있는 자이다. 물론 첫 번째는 쌍뇌천기자이고."

혈무로 몸을 가리고 나타난 사람은 다름 아닌 구마령주 능설비였다.

"나는 제일 먼저 쌍뇌천기자를 죽일 작정이다. 그의 거처를 알고 있는 사람은 죽마고우인 너밖에 없는 듯하여 너를 먼저 찾은 것이다. 그다음에 너를 죽일 것이다."

"……"

구유회혼자는 뻣뻣하게 굳어진 채 불신이 가득한 시선으로 능설비를 바라볼 뿐이었다.

이윽고 능설비가 손을 내밀어 구유회혼자의 맥문을 쥐었다. 능설비가 발출한 마공이 맥문을 통해 구유회혼자의 몸으로 흘러들어가며 그의 입술이 조금 벌어졌다.
"구, 구마루에서 왔는가?"
구유회혼자는 힘겹게 말을 했다.
"흠, 구마루를 어찌 알지?"
능설비가 반문하자 구유회혼자의 표정이 침중하게 물들어갔다.
"전설이 실현된 셈이군. 설산 구마루에서 대마종이 나타나 복수한다는 천기(天機)가 있었지. 바로 네가 제일 먼저 죽이려는 쌍뇌천기자가 노부에게 해준 말이다."
"그는 어디에 있느냐? 순순히 말한다면 고통없이 죽여주마."
"그는 노부와 비교할 수 없을 정도로 귀중한 사람… 네가 어떤 수단을 쓰더라도 말하지 않는다. 길게 끌지 말고 어서 날 죽이거라."
"정녕 죽고 싶은 거냐?"
"이미 살 만큼 살았다. 구마령주가 나타난 것을 그가 알게 된다면 닷새 안에 복수를 해줄 것이니… 지금 죽는다고 아까울 것도 없다."
"노괴가 감히……!"
능설비의 몸을 덮은 혈무가 훨씬 강해지며 꿈틀거렸다. 그는 살심을 이기지 못하고 장심에 힘을 가하려다가는 겨우 감정을 억제시켰다.
"쌍뇌천기자가 숨은 곳을 말하지 않는다면 죽는 자는 노괴뿐이 아니다. 신녀곡에 있는 자들 모두 하나도 남김없이 주살시키리라."

"어리석은 자… 마수 하나로 청천을 가릴 수 있다고 믿느냐?"

구유회혼자가 냉소를 짓자 능설비의 두 눈에서 줄기줄기 시뻘건 화광이 뻗쳐 나왔다.

"백도는 조만간 궤멸한다. 내가 그렇게 만들 테니까. 노괴는 지옥에 가서 구경이나 하거라."

"그렇기 때문에 그가 있는 곳을 더더욱 말할 수 없는 것이다. 네가 그를 두려워함을 안다. 구마령주의 존재가 드러날까 두려워 죄 없는 설옥경을 살인 도구로 이용했고, 그 혼란을 틈타 동부로 잠입하여 나를 제압했으니."

정곡을 찌르는 말에 능설비가 잠시 멈칫거렸다. 구유회혼자는 능설비가 뭐라 말하기 전 하던 말을 계속했다.

"쌍뇌천기자의 은거지를 아는 사람은 천하에 나 한 사람밖에 없다. 네가 신녀곡 사람 모두를 죽여도 어쩔 수 없는 일이다. 나는 입을 열지 않을 것이다. 너는 그의 거처를 알아낼 수 없다. 네가 갖고 갈 것은 피 묻은 손밖에 없다."

구유회혼자는 흔들림이 없었다. 오히려 그는 자신의 죽음을 의연히 받아들이려는 준비를 하고 있었다.

바로 그때, 똑똑 석문을 두드리는 소리가 나더니 늙수그레한 음성이 들려왔다.

"전주(殿主), 연단이 다 되어갑니다. 나오셔서 불을 조절하십시오."

그 소리를 듣던 구유회혼자의 표정이 사색이 되었다.

'후훗, 연단이라는 말을 듣더니 사색이 되다니 재미있군.'

구유회혼자를 제압하고 있는 능설비는 쾌재를 부른 다음 밖에다

대고 소리쳤다.
"곧 간다!"
놀랍게도 그것은 구유회혼자의 목소리였다.
"알겠습니다!"
밖에 있던 자가 아무런 낌새를 눈치채지 못하고 목청껏 대답했다. 이어 발소리가 멀어지는 것으로 미루어 그는 의심없이 물러가고 있음이 분명했다.
'으으, 무서운 자다. 이자가 바로 쌍뇌천기자가 경계하던 천마성(天魔星)의 주인공이 틀림없다. 누구도 이자를 막지 못한다. 결국 쌍뇌천기자만이 이자를 막을 수 있다!'
구유회혼자는 서서히 능설비의 존재에 대해서 두려움을 느끼기 시작했다. 능설비를 바라보는 흐트러지는 그의 시선이 그것을 증명해 주는 것이었다.
"마인(魔人), 노부와 타협하지 않겠는가?"
"어떻게 하자는 거냐?"
능설비는 자못 흥미롭다는 듯 구유회혼자를 응시했다.
"쌍뇌천기자의 거처를 알려주는 대신 내 부탁을 들어다오."
"부탁이라면……?"
"노부는 쌍뇌천기자에게 한 가지 물건을 전해야 한다. 여기 머문 이유가 바로 그에게 줄 물건을 만들기 위함이었다."
"……!"
능설비는 묵묵히 듣고 있었다.
구유회혼자의 무거운 음성이 이어졌다.
"그 일은 십 년을 끌다가 설옥경이 곤륜으로부터 설련을 가지고 온 덕분에 진전되어 지금 성공하게 된 것이다. 쌍뇌천기자의 거처를 알려줄 테니 노부와 동의맹 사람들이 힘을 모아 만든 물건을 그에게 전해다오."

"그를 죽일 작정인데 물건을 전하란 말인가?"

"그가 죽고 사는 것은 그대와의 싸움에서 판가름 나겠지."

"……!"

능설비는 잠시 입을 다물었다. 그러자 구유회혼자가 다그쳐 물었다.

"어떻게 하겠는가?"

"좋아. 별로 어려운 주문은 아니니 승낙하지."

능설비가 고개를 끄덕이자 구유회혼자가 다시 말을 이었다.

"쌍뇌천기자는 무당산의 자개봉 중턱에 은둔하고 있다."

그는 회한이 깃든 시선을 허공에 던졌다. 그에게서 느껴지는 것은 공허감뿐이었다.

"내 품 안에는 회혼령(廻魂令)이 있다. 그것을 지니면 네가 갑자기 나타난 사람이라 해도 너를 노부의 후예로 알고 네 말대로 할 것이다. 그리고 네가 쌍뇌천기자에게 전해야 할 물건은 연단실에 있다. 천 개의 금강대환단이 바로 그것이다."

구유회혼자는 그 말을 끝으로 지그시 눈을 내리감았다. 이미 자신에게 다가온 죽음을 의연히 맞이하려는 듯.

그 순간 능설비의 입가에 흐릿한 미소가 감돌았다.

'구유회혼자 당신의 얼굴을 빌리는 것이 내게는 가장 편안한 길이 될 테니 시신조차 남기지 말고 죽어줘야겠다.'

그의 손에서 파라혈광무(破羅血光霧)라는 붉은 기류가 일어나 구유회혼자의 몸을 감싸기 시작했다. 순식간에 구유회혼자의 몸이 붉은 기류에 휩싸였다가는 형체도 없이 녹아내렸다. 비명도 없고 몸을 태우는 냄새도 없었다. 그가 입고 있던 옷과 지니고 있던 소지품만이 덩그러니 바닥에 떨어져 내렸다.

평생을 백도를 위해 헌신한 무림의 큰 별이 지는 순간인데도 누구 하나 울어줄 사람도 없었다.

고금제일지를 찾아서

달마저 기울어 버린 새벽녘이다.

백포를 걸친 노인 하나가 나는 듯 빠른 걸음걸이로 신녀곡을 빠져나가고 있었다. 그는 백도의 절정 신법 중 하나인 비천연(飛天鳶) 신법을 이용해 흐드러지게 흐르고 있는 안개 속으로 사라져 갔다.

두 시진 후, 노인과 똑같은 차림새인데 얼굴만 완전히 다른 사람 하나가 무산의 기슭에 모습을 나타냈다. 그는 큰 상자 하나를 들고 있었는데, 특이한 것은 수북이 쌓인 눈 위를 지나는데도 발자국이 남지 않는다는 것이었다.

그는 자신이 들고 있는 상자를 내려다보며 뜻 모를 미소를 짓고 있었다.

'백팔 가지 영약으로 만든 금강대환단 일천 개… 이것을 쓰면 고수 일천 명을 기를 수 있다. 그러나 이것은 쓰여지지 않을 것이다. 후훗."
 그는 바로 능설비의 얼굴로 들어갔다가 구유회혼자의 모습을 하고 풍운의 신녀곡을 유유히 빠져나온 것이었다.

 자개봉 중턱에는 항상 운무가 머물러 있어서 눈을 부릅뜨고 봐도 자세히 보이지 않는 이상한 신비경이었다. 그곳에는 도끼로 찍어낸 듯한 협도가 끊어질 듯 위태하게 가물가물 안개 속으로 이어져 있었다.
 그때, 스슥 한줄기 바람과도 같이 협곡 안으로 다가서는 백의미남자 하나가 있었다. 그는 자욱한 운무 앞에 멈춰 서며 사방을 둘러보았다.
 '이곳이리라. 세력이 십 리 밖까지 느껴질 정도로 강한 진을 칠 사람은 단 한 사람, 쌍뇌천기자 단목유중밖에 없다.'
 나타난 사람은 나이 약관 정도에 이른 절세의 미남자였다. 그의 등에는 꽤 큰 나무 상자가 끈 두 개에 의해 매달려 있었다.
 '잠입해서 그를 죽인다면 무림동의맹은 덩치만 크고 두뇌는 없는 큰 곰과 같이 되고 만다. 반면 구마루의 힘은 강하다. 날렵한 이리와도 같아 둔한 곰과 싸운다면 필승이다.'
 여러 가지 생각으로 번득이는 그의 눈빛은 아주 차가워 보였다. 그는 바로 신녀곡에서 빠져나온 능설비였다.
 그는 곡의 입구에 펼쳐진 진세를 유심히 바라보았다. 과거 그는 구마루에 숨겨진 모든 책을 섭렵한 바 있었다. 물론 진식에 대한 것도 모르는 것이 없을 정도로 달통해 있었다.
 그는 운명적으로 고강해져야만 했다. 따라서 지금 그가 이룬 성취는 그를 키운 사람들의 상상을 초월하는 지극히 초절한 것이었다. 한데도 지금 그의 입에서 나온 말은 예상 밖이었다.

"정말… 모르겠는데?"

능설비의 입 밖으로 나온 소리는 정말 놀랍게도 모른다는 소리였다. 대체 쌍뇌천기자가 어떤 진세를 펼쳐 놓았기에 능설비로서도 모른다는 것일까?

쌍뇌천기자 단목유중은 모든 것을 바쳐서 의기(義氣)를 일으킨 사람으로 능설비에 비해 뒤지지 않는 사람이었다. 특히 진식과 기관에 대해서는 더욱 그랬다.

'구유회혼자에게서 받은 회혼령을 쓰는 게 낫겠군.'

능설비는 잠시 망설이다가 마음의 결정을 내렸다. 그는 눈을 지그시 내리감았다.

'일단 마기를 흩뜨리지 않으면 놈들이 눈치챌지 모르니 청명부동심법으로 정기(正氣)를 발산하자.'

그는 소림사 비전 신공인 청명부동심법의 구결을 외웠다. 약간의 시간이 흐른 뒤에 그의 몸에서는 마기가 사라지고 은은한 정기가 흘러나오게 되었다. 정말 능설비를 두고 할 말은 철두철미한 자라는 말밖에는 없을 것이다.

"안에 아무도 없소?"

그는 협도 안을 향해 큰 소리로 외쳤다.

그러자 안개 속에서 창노한 목소리가 들려왔다.

"하핫, 한참을 궁리하다 말하다니 자네도 어지간히 행동이 둔한 사람이구먼."

'이럴 수가! 나의 이목을 속이고 숨어 있는 사람이 있을 줄이야.'

능설비는 들려오는 목소리에 흠칫 놀랐다. 그러나 그런 표정은 순간적이어서 떠오를 때보다도 더 빨리 사라졌다. 능설비가 담담한 표정으로 돌아올 때 안개 속에서 예의 그 음성이 들려왔다.

"허헛, 노부는 천기부(天機府)의 호법이네. 보아하니 정파 사람 같은데 무슨 일로 여기에 왔는지 말해보게."

능설비는 안개 속의 인물을 볼 수 없었으나 그는 능설비를 볼 수 있는 모양이었다. 그것은 모두 쌍뇌천기자가 친 진세 때문에 벌어지는 현상이었다.

"제가 제대로 오기는 왔군요."

능설비는 애써 미소를 지으며 말을 했다. 그만이 지을 수 있는 신비스런 미소였다. 그 미소로만 본다면 누가 그를 두고 마인(魔人)이라 할 수 있겠는가?

"제대로 오다니 그럼 이곳이 어떤 곳인지 알고 왔단 말인가?"

안개 속에 있는 자가 말하자,

"저는 이것을 가지고 왔습니다."

능설비는 작은 금패 하나를 품속에서 꺼내 들었다. 구유회혼자가 죽어가며 그에게 넘겨준 '회혼령'이었다.

그가 회혼령을 꺼내 보이자 스스슥 안개가 흐트러지며 그 속에서 네 사람이 동시에 미끄러지듯 날아 나왔다. 네 사람 모두 도관을 쓰고 불진을 들고 있었는데 실로 빠른 몸놀림을 보여주었다.

그들은 우내사상천군(宇內四象天君)이라 불렸다.

태음천군(太陰天君) 이양(李楊).

태양천군(太陽天君) 곽래운(郭來雲).

소양천군(小陽天君) 부천붕(扶天鵬).

소음천군(小陰天君) 진하신(陳何信).

네 사람은 본시 공래파 출신으로 패륜무도한 짓을 자행해 공적이 된 사람들이었다. 그런 그들이 쌍뇌천기자를 만남으로 해서 운명이 바뀐 것이다. 그들은 쌍뇌천기자에게 탄복해 종이 되기를 자처한 수백 명의 무림고수 중 일단에 불과했다.

 그런 연유로 모인 천기부의 고수들은 스스로를 천기수호대(天機守護隊)라 불렀다. 사상천군은 그들 중에서도 가장 강한 사람들이었다.

 "회혼령을 갖고 있다니……."

 "설마 구유회혼자께서 친히 보낸 사람이란 말인가?"

 그들은 놀라며 능설비가 꺼낸 영부를 받아 자세히 확인했다. 영부는 틀림없는 회혼령이었다. 그것은 능설비가 그들의 벗임을 알리는 것이나 다름없는 일이었다.

 "무슨 일인가?"

 "아직 올 때가 아닌데……. 그리고 온다면 그분이 직접 오셔야 하는데?"

 "회혼령은 그분의 목숨이나 다름없는 것인데 자네는 누구기에 이것을 품속에 넣고 여기에 왔단 말인가?"

 사상천군이 저마다 한마디씩 묻자,

 "동의대호법을 직접 뵙고 물건을 전하라는 구유회혼자의 밀명을 받고 왔습니다."

 능설비는 그럴듯하게 말을 꾸며대며 장읍을 취했다. 다른 사람이 본다면 한 점 부끄럼이 없는 소협의 풍모였다.

 "물건이라니?"

 사상천군 중 우두머리인 태양천군이 의아한 듯 질문을 하자 능설비가 지체없이 대답을 했다.

"금강대환단입니다."

"오오, 그것이 예상보다 빨리 완성되었단 말인가?"

사상천군은 능설비의 대답에 모두 입을 딱 벌렸다.

"곤륜산에서 영약이 발견되어 금쇄연단동부로 전해졌다더니 정말 금강대환단이 이 세상에 나타난 모양이군."

네 사람은 죽은 조상이라도 만난 듯 기뻐하며 능설비를 포위한 채 조심스럽게 안개 속으로 걸음을 옮겼다.

"자칫해 발을 잘못 디디면 진에 빠지니 우리가 밟는 곳만 밟아야 하네."

태양천군이 앞장을 서서 능설비를 안내했다.

차 한 잔 마실 시간이 지난 후, 능설비는 인간 세상에서는 볼 수 없는 세외선경(世外仙境)을 볼 수 있었다.

겨울을 모르는 상춘(常春)의 골짜기, 기화요초가 가득 피어 있는 아름다운 분지에 석옥 수십 채가 서 있었다. 석옥 안에는 다른 누구의 명에는 따르지 않고 쌍뇌천기자의 명에만 따르는 천기수호대가 기거하고 있었다.

쌍뇌천기자의 거소는 다른 곳에 있었다. 그리고 최근 들어 그를 본 사람은 아무도 없었다. 모든 것은 천기미인이 맡아 처리하는 중이었다.

능설비는 소천기부(小天機府)로 안내되었다. 그는 그 안에서 웬일인지 눈이 퉁퉁 부어 있는 아름다운 여인과 얼굴을 마주하게 되었다. 그녀는 정말 아름다운 여인이었다. 이슬을 머금은 한 떨기 장미와도 같았는데 몸에는 베옷을 걸치고 있었다. 풍성한 옷이 몸매를 감추고 있는 것이 유감스러운 일이었다.

그녀와 능설비 사이에 나무 상자가 놓여졌다. 상자 안에는 일천

개의 금강대환단이 들어 있었다.

　금강대환단은 구유회혼자의 십 년간에 걸친 역작이었다. 환단의 크기는 살구만 하고 금빛을 띠고 있었다. 한 알을 먹으면 내공의 도를 크게 신장시킬 수 있는 것인데, 가장 큰 특징은 그것을 복용하면 마공에 저항하는 힘이 강해진다는 것이었다.

　"아아, 이것이 오다니……!"

　여인은 상자를 소중히 쓰다듬으며 눈물을 흘렸다.

　천기미인(天機美人) 주설루(朱雪淚), 그녀는 본시 신녀곡의 사람이었다.

　신녀곡주가 죽었다는 소문은 아직 여기까지 전해지지는 않았다. 이곳은 외계와는 철저하게 차단된 장소였기 때문이다. 이곳의 위치를 알고 있는 사람은 죽은 구유회혼자 한 사람뿐이었다. 그런 그도 이 안에서 무슨 일이 벌어지고 있는지 자세히 알지 못했을 정도로 처음부터 끝까지 비밀 속에 묻혀 있는 장소였다.

　그렇다면 천기미인 주설루가 눈이 부어오를 정도로 눈물을 흘린 것은 무슨 이유 때문인가?

　그녀는 단약을 확인한 다음 한숨을 흘렸다.

　"아아, 사실은 회혼자 그분께서 직접 이곳에 오시기를 빌었는데……"

　"나는 사자(使者)입니다. 그리고 이 물건은 천기자 그분을 직접 뵙는 자리에서만 전하라는 명령과 함께 받은 것입니다. 낭자께서 그분의 의발전인이라는 것은 알고 있으나 이것을 드릴 수는 없습니다."

　능설비는 고지식하고 융통성없는 젊은이 행세를 했다.

　그는 공기와 같은 존재였다. 어디에 담기건 그 모습대로 변화한다. 나약한 서생 능설비 행세를 할 때는 나약하게, 구유회혼자의 사자 행세를 할 때는 또 그렇게, 그것은 어떠한 환경 속에서도 살아남도록 훈련을 받은 결과라 할 수 있었다.

"회혼자 어르신과는 어떤 관계이신지요?"

주설루는 옷매무새를 단정히 하며 입을 열었다.

"아주 친한 사이라 할 수 있죠."

"그럼 그분을 대신할 수 있나요?"

"그야 물론입니다."

능설비는 자신만만하게 대답했다.

주설루는 잠시 침묵하며 능설비를 빤히 쳐다봤다.

정말이지 잘생긴 남자였다. 쭉 뻗은 검미도 그렇고 기개를 나타내는 코의 선도 그렇고, 붉은 입술이며 완강해 보이는 턱의 선은 흠잡을 데가 전혀 없었다.

특히 마음을 끄는 부분은 신비한 눈빛이었다.

'나중에 기회가 닿으면 회혼자 어르신께 이 사람에 관해 알아봐야겠어.'

그녀는 남모를 미소를 흘리다가 능설비와 눈이 마주치자 얼른 시선을 돌렸다.

"소녀가 안내하겠습니다. 따라오십시오."

그녀가 몸을 일으키자 방향이 풀풀 날려 능설비의 감각을 자극했다.

'으음, 이 계집이 여자로 보이다니… 다른 것은 모르나 용모에 있어서는 일호에 버금가는 계집이다.'

능설비는 주설루의 뒷모습을 훑어보며 그녀의 뒤를 따라 방을 나섰다.

잠시 후, 두 사람은 어깨를 나란히 하고 석벽에 뚫린 굴속으로 들어가게 되었다. 그들이 옮기는 걸음걸음마다 기관이 설치되어 있었다. 그중의 육 할 정도는 능설비가 쉽게 파괴할 수 있는 기관이었고, 나머지는 전혀 알지 못한 것들이었다.
 모퉁이를 몇 차례나 돌았을까?
 대윤회불회관(大輪廻不廻關)이라 명명된 석부 한가운데가 그들 앞에 나타났다. 그 안은 몹시 낡았다. 몹시도 조용한 곳이었고 눈에 보이는 것이라고는 고서뿐이었다.
 '담이 책으로 이루어질 정도라니… 쌍뇌천기자가 이 많은 것을 외우고 있단 말인가?'
 능설비는 많은 고서들을 바라보며 약간의 질투심을 느꼈다.
 달마조사에 비견될 정도로 존경을 받고 있는 백도 무림의 막후 조종자인 쌍뇌천기자가 이런 곳에서 어떤 일을 벌이고 있는 것일까?
 '후훗, 그러나 네가 얼마나 뛰어난 자이건 오늘을 넘기지 못하고 죽는다, 바로 이 능설비의 손에 의해!'
 능설비는 잔혹한 표정을 짓다가 앞서 걷던 주설루와 더불어 한 곳에 이르러 멈춰 섰다.
 거대한 철문이 앞을 가로막았다.
 주설루는 그 앞에 서서 능설비를 돌아보았다.
 "정말 회혼자 어른을 대신할 수 있지요?"
 그녀는 다시 한 번 능설비의 다짐을 받으려는 듯했다.
 "그야 물론이오."
 능설비도 표정 하나 변하지 않고 대답했다. 회혼령의 주인을 죽였으나 그의 신분을 대신하라 했으니 적어도 틀린 대답은 아니었다.

"따라오십시오."

주설루는 결심이 선 듯 철문에 손을 댔다. 능설비는 여차하면 살수를 쓸 태세를 갖추고 문이 빠끔히 열리는 것을 바라보았다.

그르르릉!

문은 육중한 마찰음을 내며 기관에 의해 활짝 열려졌다. 그 안은 향연이 가득 찬 장방형의 방이었다.

방 한가운데에는 꽤 큰 돌로 된 침상이 놓여 있었고, 그 위에는 계피학발(鷄皮鶴髮)의 한 노인이 누워 있었다.

"……"

그 노인은 문이 열리건 말건 상관하지 않고 그대로 누워 있었다. 아니, 정확히 말한다면 그는 지금 가사 상태였다.

"이분이 쌍뇌천기자시오?"

능설비가 노인의 상태를 한눈에 알아차리고 놀라워하자,

"아아, 이 일은 무림의 가장 큰 비밀입니다. 이분은 사실 오 년 전에 천수를 넘기셨습니다. 운명을 거역하고 살아남으셨으나 최근 들어 원기가 급격히 쇠약해지시어 만약이 무효한 상태였는데……"

주설루는 흐르는 눈물을 닦느라 잠시 말끝을 흐렸다. 그녀가 눈이 부어오를 정도로 울었던 이유는 바로 여기에 있었다.

"으음!"

능설비는 자못 심각한 상태에 직면한 듯한 표정을 지으며 침음성을 흘렸다.

"이틀 전 갑자기 '천마성이 떴다!' 하고 외치시며 의식을 잃으셨습니다. 일단 소림사에서 갖고 온 대환단 세 알에 무당비전 홍운

신단 열두 알을 드시게 하고 신녀심법으로 추궁과혈하기는 했으나 상태가 너무나 위중하시어 별 효험을 보지 못했습니다."

주설루의 뺨 위로는 계속해서 눈물이 흘러내렸다.

"제발 이분을 일어나게 해주십시오. 회혼자 어른의 전인이시라면 이분을 일어나게 할 수도 있지 않습니까?"

그녀는 아주 간곡한 눈빛으로 능설비를 바라보았다. 그런데 이상하게도 섭선을 바라보는 능설비의 얼굴이 일그러져 있었다.

'저 빛이 나의 마성을 파괴하고 있다.'

그의 시선은 쌍뇌천기자의 가슴 위에 놓인 섭선에 고정되어 움직이지 않았다.

항마광음선(降魔光陰扇).

무림일기진(武林一奇珍)이라 불리는 황금 부채로 소림사의 장경각 안에 소장됐던 물건이다. 기혈을 맑게 해주는 특이한 효능이 있기에, 소림 방장의 특별한 명에 따라 십 년 전부터 쌍뇌천기자의 수중에 들어온 것이었다. 그 덕분에 그는 이제껏 숨을 붙이고 있다 할 수 있었다.

"으으음."

능설비가 진땀을 흘리자,

"회생이 불가능한가요?"

주설루가 탄식하며 물었다.

그러나 능설비의 생각은 전혀 다른 곳에 있었다.

'내가 꺾지 못하는 힘은 있을 수 없다!'

그는 눈가에 진기를 모았다. 항마광음선과 구마루주 능설비의 대결이 시작된 것이다. 물건과 인간의 투쟁인데도 능설비의 심각함은 이루 말할 수 없을 정도였다.

"아니 되겠습니까?"

주설루가 다시 물을 때,

"나는 이길 수 있다!"

능설비가 갑자기 큰 소리로 외치는 것이 아닌가?

"오오, 정말 뛰어나시군요. 저의 어르신네를 괴롭히는 병마를 몰아낼 수 있다고 장담을 하시다니!"

주설루는 그의 말뜻을 오해하고 기뻐 어쩔 줄 몰라 하며 능설비의 품 안으로 파고들었다. 순간적인 격정을 이기지 못한 돌연한 그녀의 행동이 능설비를 흠칫 놀라게 했다.

능설비는 주설루의 불룩한 앞가슴이 닿자 뜨거운 숨결을 느꼈다.

"이, 이러지 마시오."

능설비가 당혹하여 물러서자,

"죄, 죄송합니다. 너무 흥분해서 그만 예의를 잊었습니다."

주설루는 얼른 한 걸음 뒤로 물러서며 얼굴을 발갛게 물들였다. 그녀가 고개를 떨어뜨리며 말했다.

"하여간 저의 어르신네를 회생케 하여주신다니 황송할 따름입니다."

"회생이라구요?"

능설비는 어이없다는 듯 반문했다.

"방금 전 그렇게 할 수 있다고 하지 않으셨습니까? 이길 수 있다고요."

이번에는 주설루가 의아한 표정이 되어 능설비를 바라보았다.

'항마력과 마력으로 싸우던 중 내뱉은 말을 오해하고 있군.'

능설비는 내심 피식 웃고 말았다.

'이 사람이 거짓말을 한 것일까?'
 주설루는 능설비의 면모를 새삼 살펴보기 시작했다. 잘생긴 외모에 느낌은 뭐라 말할 수 없을 정도로 독특한 남자.
 이상하게도 그의 이마에 땀이 흥건했다.
 지금 능설비는 마공을 끌어모으는 중이었다.
 '가루로 만들어 버릴 테다!'
 그는 손을 쳐들다가 주설루의 눈을 보고는 입매를 일그러뜨렸다. 그녀가 자신을 바라보며 배시시 웃고 있지 않은가?
 '이, 이렇게 순진한 웃음이 있다니……!'
 능설비는 가슴에 대못이 박히는 듯한 충격을 받았다. 지난 세월 동안 자신을 지켜주던 대마혼에 금이 갔다고나 할까?
 주설루의 미소를 담은 눈빛은 능설비의 웃음만큼이나 위력적이었다. 그녀는 실로 뛰어난 체질을 지니고 있었던 것이다.

 "너는 육절신맥(六絶神脈)의 체질을 가지고 태어났다. 본시 어려서 죽었을 것이나 구유회혼자께서 너를 치료해 주신 덕에 이제껏 살아 있는 것이다. 너의 지혜는 남들보다 몇 십 배 뛰어나다. 네 지혜라면 나의 재간과 꾀를 배울 수 있을 것이다. 장차 내가 사라진 다음 너는 백도의 지주가 되어야 한다."

 지금 식물인간이 되어 있는 쌍뇌천기자가 오래전 그녀에게 한 말이 그러했다.
 "왜 그런 눈빛으로……?"
 주설루는 능설비의 눈빛을 보고 가녀린 몸을 떨었다.
 지금 그녀를 뚫어지게 바라보고 있는 능설비의 눈빛은 사납고 지극히 야성적인 빛을 띠었다. 처음 보았을 때의 순박하던 눈빛과는 전혀 다른 거칠고 잔혹한 눈빛이 그녀에게 야릇한 충격을 주었다.

능설비는 급히 눈빛을 바르게 했다.
"아, 아니오."
능설비는 얼버무리듯 말하며 성큼 걸음을 내디뎌 쌍뇌천기자 쪽으로 다가갔다. 그러나 마음속으로는 주설루에 대한 살심이 격하게 일어났다.
'박살 내버리자, 내 머릿속을 귀찮게 하는 이 미물을.'
그가 마음을 다잡으며 다시 한 번 살수를 쓰려 했다.
그때 돌연, 먼 곳으로부터 띠이이잉, 하는 금음이 들려왔다. 그것은 몹시 날카로운 칠현금의 소리였는데, 주설루는 그 소리를 듣고는 흠칫 놀랐다.
"호법들이 저를 부르는 소리입니다. 이런 일은 한 번도 없었는데……."
그녀는 당혹스런 표정으로 능설비를 한번 힐끗 보고는 급히 문

쪽으로 걸음을 옮겼다.

"어디 가는 것이오?"

능설비가 묻자,

"곧 오겠습니다."

주설루는 그 한마디만을 남긴 채 휑하니 밖으로 달려나갔다.

'어지간히 급한 모양이군.'

능설비는 그녀가 사라지는 것을 바라보다가 침상가로 바싹 다가갔다.

죽은 듯이 누워 있는 쌍뇌천기자의 가슴 위에 놓인 황금선이 그의 눈을 황홀하게 했다. 그는 그것을 잠시 바라보다가 문득 손에 쥐었다. 황금선이 능설비의 손에 들리자 쩌릿쩌릿한 느낌이 전해졌다. 그리 무거운 것도 아닌데 이상하게도 들고 있기에 몹시 무거웠다.

'기분 나쁜 물건이다. 아예 부숴 버리자.'

능설비는 황금선을 들고 있는 손에 힘을 가했다. 그 힘이라면 가히 쇳덩이를 가루로 만들 정도의 힘이었다. 그런데도 황금선은 전혀 훼손이 되지 않았다.

'예상 외로 강한 물건이군.'

능설비는 미간을 찌푸리며 진기를 배가시켰다. 그러나 결과는 마찬가지였다. 능설비가 진기를 끌어올릴수록 황금선에서는 그에 상응하는 반탄력이 일어나서 그의 마공을 가로막았다.

항마광음선은 마와는 극성이 되는 물건이었기에 그런 현상이 일어나는 것이었다.

'하여간 나와는 인연이 없는 물건이다.'

능설비는 가볍게 손을 흔들었다. 그러자 황마광음선이 허공을 찢으며 날아가다가 반대편 벽 속에 깊이 박혀 버렸다. 그 여력으로 인해서 석벽에 쩍쩍 균열이 갔다.
"누, 누구냐? 설루냐?"
석벽에 금이 가는 소리에 그때까지 죽은 듯이 누워 있던 쌍뇌천기자가 스르르 눈을 떴다. 그것은 회광반조의 현상이었다. 꺼져 가는 촛불이 마지막 빛을 발하듯 마지막 생명의 불꽃을 타오른 것이다.
"……!"
능설비의 눈과 쌍뇌천기자의 눈이 허공에서 마주쳤다.
대정안(大正眼)과 대마안(大魔眼)!
그것은 너무도 다른 눈빛이라 할 수 있고, 뛰어나다는 데에서는 너무도 닮은 눈빛이었다.
"후훗!"
능설비가 입가에 짙은 조소를 피워 올리자,
"올, 올 것이 왔도다!"
쌍뇌천기자는 침중한 어조를 흘려냈다.
"올 것이 오다니… 그럼 나를 알고 있단 말인가?"
능설비가 조소를 거두며 싸늘한 음성을 토해냈다.
"그대는 혈수광마옹의 후예가 아닌가? 얼마 전 천기를 보며 대마인이 나타났음을 알았지."
"그럴 리가?"
능설비가 믿을 수 없다는 듯 고개를 젓자,
"이것을 보겠는가?"
쌍뇌천기자는 몸을 조금 뒤틀며 손을 허리 밑으로 넣었다. 그리고는 이제껏 그가 깔고 누워 있던 봉서 한 장을 꺼내 들었다.

"노부의 유서일세."

그는 그것을 능설비에게 건네주었다.

봉서의 겉장에는 다음과 같은 글이 적혀 있었다.

〈설루에게,

혈수광마웅이 나타날 것이다. 그때 이것을 보고 이 안에 적힌 대로 대처하면 실수가 없을 것이다.〉

정말 놀라운 글이 아닌가?

과연 쌍뇌천기자에 대한 소문은 헛것이 아니었다. 그러나 능설비는 자신의 심중을 드러내지 않고 담담한 표정으로 입을 열었다.

"흠, 혈수광마웅은 나의 속하일 뿐이오. 그리고 나는 그를 죽일 작정을 하고 있는 태상마종이오."

그가 봉서마저 무시하며 말을 하자 쌍뇌천기자가 침중한 어조로 입을 열었다.

"천마성(天魔星), 혈수광마웅은 무시할 수 없는 자라네. 어이해 마도인으로 그와 거리가 생겼는가?"

"어리석은 자… 죽음을 눈앞에 두고도 남의 걱정을 하다니."

능설비는 일신에 구마절기의 기운을 끌어올리며 다가섰다. 그러나 쌍뇌천기자 단목유중은 죽음 따위는 안중에도 없는 듯 보였다. 오히려 그는 입가에 담담한 미소를 지었다.

'다행이로다. 내가 두려워하던 천마성이 이런 사람이었다니…….'

쌍뇌천기자의 미소는 능설비의 마성을 더욱 부채질했다.

"나는 노인을 죽이기 위해 여기에 왔다. 그 이유는 간단하다. 노인이 살아 있다면 무림동의맹이 지극히 강해지기 때문이다."
 "내가 죽으면 동의결의(同義結義)가 깨질 것 같은가?"
 쌍뇌천기자가 능설비를 지그시 응시하며 질문하자,
 "물론이지."
 능설비는 단호한 어조로 대답을 했다.
 "후훗, 나는 무림계의 흐름에 따라 만들어진 일개 인간일 뿐이야. 내가 죽으면 과거 내가 나타났듯이 또 어떤 사람이 나타날 것이다."
 "천만에!"
 능설비는 비릿한 조소와 함께 쌍뇌천기자의 말을 강하게 부정했다.
 "후훗, 나를 너무 높이 평가하고 있군. 저곳을 보게."
 쌍뇌천기자는 말과 함께 한곳을 가리켰다.
 "......?"
 그가 가리키는 곳으로 능설비가 시선을 돌리자 자단목으로 된 서가가 눈에 띄었다.
 서가에는 겉장이 누런 책이 이십여 권 꽂혀 있었다. '천기심득록(天機心得錄)', '대천하비록(大天下秘錄)' 등… 서가에 있는 책들은 쌍뇌천기자가 틈이 있을 때마다 짬짬이 저술한 것들이었다.
 "저것들이 바로 나의 머리이네. 그러나 나는 머리로 유명해진 사람이 아니라네. 나는 사필귀정(事必歸正)의 이치를 믿고 살아왔기에 유명해진 것이라네."
 "나를 유혹하지 마라. 나는 당신이 죽어야 이곳을 떠날 것이다."
 능설비의 일신에서 살기가 푸들푸들 떨쳐져 나왔다.
 "후훗, 자네가 해하지 않더라도 나는 죽네. 자네도 그것을 알 텐데?"

 죽어가는 사람답지 않게 쌍뇌천기자의 표정은 시종일관 평온해 보였다. 누구라서 과연 그를 겁먹게 할 것인가? 그러나 그는 지금 두려워하는 중이었다. 자신의 죽음 뒤에 닥칠 무림의 운명에 두려워했다. 단지 내색을 하지 않는 것뿐이었다.

 "나와 긴 이야기를 나누고 싶지 않은가? 자네와 내가 어찌해서 다른가를 알고 싶지 않은가?"

 "싫소!"

 쌍뇌천기자가 은근한 어조로 질문을 했지만 능설비는 단호하게 거절했다.

 "그렇다면 할 수 없군."

 쌍뇌천기자는 봉서를 받아 들더니 갈기갈기 찢어 침상가에 뿌려 버렸다. 봉서의 안에는 무림을 잘 다스리는 법이 적혀 있었는데, 쌍뇌천기자는 그것을 찢고 나서는 오히려 홀가분하다는 표정을 지었다.

 "그나저나 나는 행운아네."

 쌍뇌천기자가 능설비를 향해 미소를 짓자 능설비가 의아한 듯 반문했다.

 "다 죽게 된 마당에 행운아라니 무슨 말이오?"

 "후훗, 언제고 나타날 예정이던 천마성을 눈앞에서 보게 되니 어찌 행운아가 아니겠는가?"

 순간 능설비의 눈꼬리가 날카롭게 치켜져 올라갔다.

 "웃지 마시오. 당신은 마도를 무참히 괴롭힌 자이므로 웃으며 죽게 할 수 없소."

 "그렇다면 내가 어찌 죽었으면 좋겠는가?"

"피눈물을 뿌리며 죽어야 하오!"
"피눈물이라······."
"그렇소. 당신은 이렇듯 처참하게 최후를 맞이하기 위해 이제껏 백도를 위해 일했구나 하며 뉘우치는 가운데 죽어야 하오."
"글쎄······."
쌍뇌천기자가 알 듯 모를 듯한 미소를 입가에 짓자, 능설비가 악에 받친 듯 외쳐댔다.
"결단코 그렇게 울부짖도록 만들어주겠소!"
구마루의 수련을 어찌 상상이나 하겠는가.
일천 명의 기재들이 서로를 죽여가며 마의 도구로 길러진 까닭이 바로 쌍뇌천기자가 두렵기 때문이었다. 백도에 그의 존재가 없었다면 그런 피비린내 나는 역사는 없었을 것이다.
죽어가는 몸뚱이나 그대로 내버려 둔다는 것은 자비일 뿐이다. 그런 일은 절대 용납할 수 없다.
당장에라도 쌍뇌천기자를 쳐죽일 듯 능설비는 칼날 같은 살기를 뿜어냈다. 그러나 쌍뇌천기자는 추호의 흔들림도 없이 그를 지그시 응시했다.
'마성에 의해 인성을 잃은 자이나 모습이 뛰어나다. 마성이 사라진다면 천하대협 감이 아닌가? 마도가 저런 인물을 마종으로 선택하다니 정말 모를 일이다.'
그가 그런 생각을 하고 있을 때, 능설비가 살수를 쓰기 위해 쌍뇌천기자의 천령개로 손을 뻗었다.
쌍뇌천기자는 표정의 변화 없이 자세를 가다듬으며 입을 열었다.
"잠깐!"

그가 능설비의 행동을 저지했다. 그러자 능설비가 코웃음을 쳤다.
"흥! 일찍 죽기는 싫은 모양이군."
"그렇다네. 해야 할 말이 두 가지가 남았기 때문이네."
"……."
능설비가 대꾸하지 않자 쌍뇌천기자가 말을 이었다.
"첫째는… 마가 기승을 부린다 해도 대세는 바꾸어지지 않을 것이라는 점일세. 그 이유는 하늘이 바로 정(正)을 택했기 때문이네. 둘째는 자네에게 한 가지를 주고 싶다는 말일세."
"내게 한 가지를 주고 싶다고?"
"보겠는가?"
쌍뇌천기자는 그렇게 말 한 다음, 능설비의 대답을 기다리지 않고 품 안에 손을 넣었다. 그는 그 속에서 금낭 하나를 꺼내 들었다.
"백 년 전 나는 볼품없는 초동(樵童)이었네. 나는 이것을 우연한 기회에 얻었고, 그 덕에 쌍뇌천기자라는 별호를 얻게 되었다네."
그는 말과 함께 금낭을 열었다. 그 안에는 빛바랜 양피지 한 장이 들어 있었다. 양피지의 표면에는 전서체로 '천기의형도(天機意形圖)'라 적혀 있었고, 그 아래에는 복잡한 무늬가 가득 그려져 있었다.
"나는 이것을 열심히 익힌 덕에 쌍뇌천기자가 되었네. 그리고는 한 가지를 맹세했지."
"……."
"그것은 언제고 나를 놀라게 하는 초기재를 보면 아낌없이 이것을 주겠다는 것이었네."

그는 말을 마친 다음 천기의형도를 능설비 앞으로 내밀었다. '이제 이것은 자네 것이야' 라고 그의 눈빛은 말하고 있었다.
 "거절하겠소. 나는 당신을 존경하지 않아. 나는 힘을 믿는 사람이지 지혜를 믿는 사람이 아니야!"
 능설비는 쌍뇌천기자의 호의를 일언지하에 거절했다. 쌍뇌천기자의 눈빛이 안타까움으로 물들었다.
 "어리석은 자… 천기를 망각해서는 안 된다. 아느냐? 천기는 대의가 시련 뒤에 더욱 굳어짐을 나타내고 있음을 알아야… 쿨룩!"
 그는 심한 기침을 하며 검붉은 피를 주르륵 흘려냈다. 그와 함께 쇠잔한 노구도 경련을 일으켰다. 눈빛도 급속도로 초점을 잃었다. 그는 입가에 흐르는 피를 닦을 생각은 하지 않고 힘겹게 말을 이었다.
 "세, 세상에는 기인이사들이 많… 많다. 내가 준비한 항마의 수단이… 제거되기는 했으나… 세상은 넓고… 모든 것은 바른 것을 바… 란다."
 그 말이 끝이었다. 쌍뇌천기자는 두 눈을 부릅뜬 채 침상 아래로 나무토막이 떨어지듯 나뒹굴었다. 백도 무림계를 받치고 있던 기둥이 무너진 것이다.
 능설비는 쌍뇌천기자의 천령개에 대고 있던 손을 오랫동안 거둬들이지 못했다.
 '왜 철저히 죽이지 못했을까?'
 그는 숨도 크게 쉬지 못했다. 쌍뇌천기자가 그에게 들려준 여러 가지 말이 그를 괴롭히는 것일까? 그는 한동안 쌍뇌천기자의 죽음 앞에 망연자실 서 있다가 자신의 본래 심성을 회복한 듯 이를 빠드득 갈아댔다.

"모두 헛것이다!"
그는 이를 갈며 손을 쳐들었다.
"파라혈광무(破羅血光舞)… 천마무적인(天魔無敵刃)!"
폭갈이 터지며 강맹한 경기의 소용돌이가 휘몰아쳤다. 콰르릉 꽝! 사방의 벽들이 장풍에 맞아 먼지로 화해 내려앉았다.
"태양섬전지(太陽閃電指), 군림마후(君臨魔吼)! 하핫!"
능설비는 앙천광소를 터뜨리며 미친 듯 손을 휘둘러댔다. 엄청난 경기의 소용돌이에 천기부가 통째로 진동을 일으키다가 더 이상 지탱하지 못하고 무너져 내리기 시작했다.
"으핫핫핫!"
능설비는 미친 듯 웃어 젖히며 밖으로 몸을 날렸다. 그 직후 천기부는 완전히 무너지고 말았다. 지축이 뒤흔들릴 듯한 굉음 속에 천기부는 무덤이 되어버렸고, 능설비는 조금은 후련해진 심정으로 밖으로 나섰다가는 눈살을 찌푸렸다.
서천(西天)을 붉게 태우는 석양빛이 동공을 아프게 찔러왔기 때문이다.
그가 석부 앞으로 나왔을 때,
"이제 나오시는군요. 그런데 방금 전에 들려온 건 무슨 소리였소?"
태양천군이 허겁지겁 능설비의 앞으로 달려왔다.
"……!"
능설비가 입을 다문 채 그를 바라보자 태양천군은 포권을 하며 입을 열었다.
"방금 전 큰일이 벌어졌소이다. 주 소저는 그 일로 급히 이곳을 떠나셨소."

"어디로 갔소?"

"상청관으로 갔습니다."

"상청관으로……?"

능설비가 자못 의아해하며 묻자 태양천군의 입에서 놀라운 말이 튀어나왔다.

"구마령주 때문입니다. 그자의 손에 백우 장문인(白羽掌門人)이 암살당했다 하오!"

"뭐요?"

능설비의 두 눈이 휘둥그레졌다. 그도 그럴 것이, 여태껏 자신은 이곳에 있었는데 무당의 상청관에 구마령주가 나타났다니 이해할 수 없는 일이 아닌가?

"그자는 상청관을 찰나지간에 피로 물들였다 합니다. 주 소저는 그 일 때문에 급히……."

'그럴 리가… 내가 명하지도 않았거늘……!'

능설비는 태양천군의 말이 채 끝나기도 전에 미간을 찡그린 채 신형을 뽑아 올렸다. 그의 몸은 강궁(強弓)에서 쏘아진 화살보다도 더 빨리 허공을 가로질러 갔다.

"흐으… 저, 저런 경공의 소유자였다니……!"

태양천군은 능설비의 모습이 삽시간에 사라지자 자지러지게 놀랐다. 그는 여태껏 능설비를 나약한 서생으로만 여기고 있었던 것이다.

그러나 그것도 잠시, 꽈르르릉 쾅! 뒤쪽의 천기석부가 입구까지 산산이 허물어져 버리는 것을 보고는 너무도 놀라 그 자리에 털썩 주저앉고 말았다.

"이럴 수가? 대체 이게 어찌 된 일이란 말인가? 아아, 쌍뇌천기자께서 타계하셨단 말인가?"

그는 천기석부의 붕괴에 넋을 잃고 말았다.

무당의 상청관에서는 정말 무시무시한 일이 벌어지고 있었다. 시산혈해(屍山血海), 그리고 불바다! 그야말로 모든 것이 불에 타고 있었다. 소림사와 더불어 무림 백도를 지탱하던 무당파가 어처구니없게도 화마에 스러져 갔다.

누가 이곳을 검의 본향이라 말하겠는가?

위용을 자랑하던 무당의 도사들은 시체조차 온전히 남기지 못했다. 수레바퀴에 깔려 부서진 새 조롱같이 처참하게 널브러진 시신들 사이로 무당파 장문인의 시신도 보였다.

태청백우자는 철전 하나를 등에 맞고 죽어 있었다.

구마령전(九魔슈箭)이라 불리는 철전에는 다음과 같은 글귀가 적혀 있었다.

〈이제 백도는 피바다에 잠기리라!〉

상청관을 기습했던 자들은 단지 이각 안에 오백여 명을 죽인 다음 일천여 명의 추격을 받으며 썰물 빠지듯 사라져 버렸던 것이다.

짓이겨진 시신들과 불붙어 타오르는 전각들. 기습이라 하지만 너무도 철저히 당한 꼴이었다.

대체 구마령주라 자처한 자가 누구이기에 이런 끔찍한 일을 자행했단 말인가?

사라봉이라 불리는 험한 산기슭을 열아홉 명의 그림자가 거의 비슷한 속도로 달려가고 있는 모습이 보였다.
 그들 중 열여덟은 흉맹한 눈빛을 가진 사내들이었고, 나머지 하나는 풍만한 가슴과 잘록한 허리를 지닌 여인이었다. 그들은 거의 소리를 내지 않고 허공을 날아 북쪽으로 가고 있었는데, 하나같이 절륜한 경공의 소유자들이었다.
 얼마를 그렇게 달렸을까?
 "내가 여기 온 줄 알았다면 감히 나의 면전에서 나를 배반하지는 못했을 텐데?"
 낭랑한 외침 소리가 들리며 누군가 열아홉 명의 앞을 가로막았다. 그가 나타나자 열아홉은 황급히 신법을 멈추고 일제히 무릎을 꿇었다.
 "영주시여!"
 "태상마종, 명하신 대로 행했사옵니다!"
 "저희들을 친히 마중 나오시다니……!"
 그들 중에서 여인이 나서며 일신에 걸치고 있던 옷가지들을 매미가 허물을 벗듯이 스스럼없이 벗어던졌다.
 "혈견(血犬)이 태상마종을 배알합니다!"
 아무것도 걸치지 않은 여인이 포권지례를 취해 보였다. 그녀는 바로 일호였다.

마의 그림자

그녀는 음모(陰毛)와 함께 투실투실한 젖가슴이 드러나는 것도 부끄러워하지 않았다.

'나를 보면 옷을 벗어라. 너는 개다!' 능설비는 과거 그렇게 명했었다. 일호는 그것을 잊지 않고 능설비를 보는 순간 옷을 벗어버린 것이었다.

일호의 뒤에 무릎을 꿇고 있는 열여덟은 그녀를 포함해서 구마령주 능설비를 호위하기 위한 십구위비였다.

"아직도 나를 따른단 말이냐? 감히 나의 명을 어긴 네놈들이?"

능설비가 자신의 앞에 무릎 꿇고 있는 십구위비를 향해 이를 갈자,

"명을 어기다니요? 저희들은 태상마종께서 명하신 대로 따랐을 뿐입니다."

제일비위인 일호가 놀란 표정을 지으며 얼굴을 들었다.

그녀는 설산의 고금대마총을 출관할 때보다 더 아름다워져 있었다. 풋풋하고 싱그러움을 자아내던 몸매가 이제는 완연하게 무르익은 농염한 여인의 자태였다.
너무도 사랑스런 여체.
그러나 그 아름다운 몸뚱이에 찬사를 보내는 사람은 없다.
그녀는 다만 혈견일 뿐이었다.
"나의 명을 받았다고?"
능설비가 눈꼬리를 치켜뜨자 일호가 의아한 듯한 표정을 지으며 대답했다.
"혈루대호법께서 그 명을 대신 전하셨습니다."
"혈루대호법이?"
"이것을 보십시오. 저희들은 일을 마친 다음 만리대표행으로 가서 영주를 기다렸다가 이것을 전하기로 되어 있습니다."
일호는 벗어던진 옷 안에서 봉서 하나를 꺼내 보이며 말을 이었다.
"본시 소림사마저 유린한 다음 영주를 뵈올 예정이었는데… 하여간 무당의 태청백우자를 암살하는 것은 성공했습니다."
"……!"
능설비는 일호가 내민 봉서를 섭물진기를 일으켜 끌어당겼다. 그가 봉서를 펴 보자 거기에는 다음과 같은 글이 적혀 있었다.

〈설산에 다녀와 태상마종께 이 글을 적소. 설산에 즐비한 시신들은 모두 다 태상마종께서 죽였음을 알고 나의 장래를 알비 되었소. 태상마종은 속하마저 때려죽일 분임을 아오. 죽음이 두렵지는 않으나, 태상마종의 손에 죽기 싫어 자결하며 몇 마디 적으려 하오. 태상마종께서는 마도의 법과는 다르게 일을 처리하고 있소. 태상마종은 전 마도의 희망이시오. 그런데 어이해 모습을 감추려 하시오? 이제 속하는 죽음으로 한 가지 일을 단행키로 했소. 그것은 구마령주의 신분을 온 천하에 드러내는 것이오. 그리하여 모든 백도가 겁을 집어먹고 마도를 추종하는 모든 무리가 환호하도록 할 것이오. 태상마종이 속하의 전인이었다면 속하는 태상마종이 모든 고수를 이끌고 천하를 피로 씻게 했을 것이오. 그것이 이루어지지 않을 듯하기에 이 한목숨 기꺼이 버리며 십구비위로 하여금 영주를 위대한 분으로 소문내라 한 것이오.〉

실로 기가 막힌 내용이었다.
혈루대호법 혈수광마옹은 능설비를 기다리다 지쳐 설산의 구마루로 갔다가 거기에 쌓인 시신들을 보고 기겁한 나머지 이런 일을 저지른 것이었다.
과연 혈수광마옹은 자신이 남긴 서신대로 죽음의 그림자 밑으로 영영 사라져 버린 것일까?
'정말 기가 막힐 정도로 대단한 자로군. 그러나 너는 나를 잘못 보았다. 나는 너희들이 나의 친부모를 죽이고 나를 구마루의 사람으로 만든 이유만으로 호법들을 죽인 것은 아니다. 단지 죽이고 싶어 죽였을 뿐이다.'
능설비의 두 눈에서 몸서리쳐질 정도의 혈광이 폭사되어 나왔다. 그는 한바탕 소란을 일으킨 혈루대호법의 서신을 삼매진화를 일으켜 그의 수중에서 태워 버렸다.
십구비위들은 얼어붙은 채 꼼짝도 하지 못했다. 일은 이미 엎질러진 물의 형세였기에 구마령주의 처분만을 기다리고 있어야 했다.
능설비는 그들을 바라보다가 중얼거리듯 입을 열었다.

"그래도 다행스러운 것은 쌍뇌천기자가 죽은 후라는 것이다. 또한 너희들이 열아홉만으로 무당파를 반 넘게 무너뜨릴 정도로 강하다는 것은 반가운 일이다."

십구위비는 능설비의 그 말에 다소 긴장을 풀었다. 그러나 앞으로 선뜻 나서며 그의 말을 거들 엄두는 내지 못했다.

능설비는 강렬한 시선으로 그들을 응시하며 말을 이었다.

"그러나 성급했다. 이번 일은 득보다는 실이 많을 것이다."

"속하들을 벌하여 주십시오."

십구비위는 일제히 고개를 숙였다.

능설비는 그들을 바라보며 차갑게 입을 열었다.

"어차피 저질러진 일이다. 너희들이 시작한 일이니 마무리 또한 너희들이 해야 한다."

"명만 내려주십시오."

"지금 이곳은 오백여 명의 대천강검진에 의해 소리없이 포위되고 있다. 그자들을 일각 안으로 깨뜨려라. 그다음 만리총관이 있는 곳으로 가서 나의 명을 기다려라."

능설비는 냉막하게 말한 다음 신형을 뽑아 올렸다. 십구비위가 고개를 들었을 때는 이미 그의 모습은 어디에서고 찾아볼 수가 없었다.

십구비위가 자리에서 일어설 때,

"장문인을 암살하고 문하 제자들을 도륙한 잔인한 놈들이 저기에 있다!"

"한 놈도 남기지 말고 죽여라!"

증오에 찬 외침이 터지며 도처에서 도복 차림의 무사들이 십구비위를 포위하며 다가왔다.

"호홋, 모두 쳐죽이라시는 영주의 명대로 하자."

제일비위인 일호가 먼저 날아올랐고 그 뒤를 십팔비위가 뒤따랐다. 그들은 적의 수가 많다는 데 오히려 쾌감을 느끼는 피에 굶주릴 대로 굶주린 자들이었다.

"하룻강아지 범 무서운 줄 모르는 놈들!"

"오너라! 모두 죽여주마!"

허공으로 치솟아오른 십구비위는 일제히 악랄한 손속을 휘두르기 시작했다. 강맹하기 이를 데 없는 경기가 십구비위를 포위해 들던 무당의 문하 제자들을 덮쳐 갔다. 직후 사방 여기저기에서 거북 등 터지는 격타음이 터지며 답답한 신음 소리가 뒤따랐다.

"크윽… 보, 보통 자들이 아니다."

"우욱! 고, 고수들이다!"

무당의 문하 제자들은 십구비위의 강맹한 공세에 진열을 흩뜨리고 주춤 뒤로 물러났다. 그들의 무공 수위가 비록 높다 하나 십구비위에 비하면 조족지혈에 불과했다.

잠시 흩어진 진세의 뒤쪽에서는 주설루가 깃발을 흔들며 지휘하고 있는 모습이 보였다.

"중궁(中宮)에서 홍문(洪門)으로 무찔러 가시오!"

그녀가 흔들고 있는 깃발은 동의대호법 쌍뇌천기자가 무림동의맹에서 부여받은 여러 가지 영패 중 하나가 되는 동의천명기(同義天命旗)였다. 무당의 문하 제자 중 그녀를 아는 자는 없었으나 그 깃발을 모르는 사람은 하나도 없었다.

주설루는 계속하여 외쳐 댔다.

"삼십육천강검진이 당도할 때까지 막으면 됩니다! 놈들은 지극히 강하니 근접하지 말고 우회하여 치십시오!"

그녀는 무리를 지휘해 보기는 처음이었으나 그 솜씨는 매우 능숙했다.

그러나 피에 굶주려 미쳐 날뛰는 십구비위의 살수는 인정사정이 없었다.

"모두 죽여 버려라!"

"우리는 태상마종 구마령주의 부하들이다!"

"참(斬)!"

그들의 폭갈이 터지는 곳에서는 예외없이 단말마의 비명이 뒤따랐다. 그리고 무지개같이 뿜어지는 핏줄기.

무림 백도는 지난 이십 년간 싸움을 잊고 화평하게 지내왔다. 무당파의 제자들도 예외는 아니었다. 그들은 무공을 수련하는 것보다는 수신하는 데 몰두하여 이십 년 세월을 보냈던 것이다.

싸움은 점점 치열해져 갔다.

십구비위는 이미 진중을 벗어나 단애 쪽으로 혈로를 뚫은 상태였다. 중과부적의 진리는 이미 그들에 의해 깨어지고 만 것이었다. 그런데도 무당의 문하 제자들은 죽음을 두려워하지 않고 덤벼들었다.

아수라장으로부터 얼마 떨어지지 않은 높다란 나무 위에서는 언제부터인가 그림자 하나가 피비린내 나는 살육극을 지켜보고 있었다.

바로 구마령주 능설비였다.

'십구비위는 지극히 강하다. 그러나 더욱 강한 것은 실력이 비교되지 않는데도 악착같이 덤벼드는 백도인들의 혼백이다!'

능설비의 표정은 그리 즐거운 것이 아니었다. 그는 고강한 무공을 일신에 지니고도 일부러 비밀리에 살인을 한 자였다. 그가 무서워했던 것은 그가 죽여야 했던 인물이 아니었다. 그로 인해 자극되어질 백도인들의 복수심을 두려워했던 것이다.
 '백도는 절치부심할 것이다. 오늘 마도는 잠시 승리했을 뿐 곧 그 이상의 대가를 치러야 한다.'
 능설비는 스르르 눈을 내리감았다.
 '그런 일은 절대 일어나서는 안 된다. 혈루대호법이 내 손에 죽을 각오를 하고 저지른 일이 마도 전체에 확대되어서는 안 된다!'
 아주 가까이서 비명 소리와 울부짖는 소리가 고막을 찢을 듯하건만 능설비는 그 모든 것을 듣지 못하는 듯했다.
 '백도의 사기를 꺾어버려야 한다. 영영 복수할 꿈도 꾸지 못하도록 철저히 유린해야 한다.'
 잠든 듯이 있던 그의 입매에 순간 잔혹한 미소가 어렸다.
 '후훗, 쌍뇌천기자가 사라진 동의맹은 덩치만 큰 거인일 뿐, 이제 그들에게 공포심을 안겨준다면 태산만 한 제 몸뚱이를 지탱하지 못하고 스스로 무너져 버릴 것이다. 앞으로 두 가지 일만 성취한다면 백도계는 싸울 꿈을 버리리라. 그리고 그 일을 할 사람은 다름 아닌 바로 나다!'
 능설비는 무엇인가를 결심한 듯했다. 그는 차가운 시선으로 한동안 발아래를 굽어보다가 한줄기 연기로 화해 허공으로 날아올랐다. 그는 나타났을 때와 마찬가지로 소리없이 사라져 버렸다.
 며칠 사이 벌어진 일련의 사건으로 말미암아 강호 평화가 하루아침에 송두리째 깨어져 버렸다.
 천기석부의 붕괴와 신녀곡주의 사망으로 인한 신녀곡과 곤륜파와의 갈등, 구마령주의 출현으로 인한 무당 상청관의 초토화. 실로 엄청난 사건들이 한꺼번에 봇물이 터지듯 무림계를 강타했다.

이제껏 너무도 평화로웠기 때문일까? 중원 천하를 뒤덮기 시작한 마수가 뿌리는 혈향은 공포를 일으키기에 부족함이 없었다.

개봉(開封)은 황하 남쪽의 대평원에 위치한 고도였다. 시대가 변천함에 따라 각 나라가 도읍을 정하였을 뿐 아니라, 강남의 개발이 진척함에 따라 문물의 집산지로 번창하였던 곳이다. 따라서 송(宋)의 궁전 유적지인 용대(龍臺)를 비롯하여 상국사(相國寺), 남경문(南京門) 밖의 우왕대(禹王臺) 등 유명한 고적도 적지 않다.

지금 개봉부는 잔설이 간혹 보이나 대부분의 장소는 눈이 녹아 질펀한 진흙탕이었다. 완연하다고는 할 수 없으되 분명 봄은 봄이었다.

사람들은 두꺼운 옷 대신 얇은 옷을 찾아 걸쳤다. 살을 엘 듯한 동장군 탓에 집 안에서 틀어박혀 살았던 재자가인들도 때를 만난 듯 승경지를 찾아 유람을 다니기 시작했다. 이렇듯 봄은 만물이 생동하기에 더욱 활기차 보인다.

그 좋은 봄날의 하오 무렵, 옷차림이 아주 허름한 문사가 느릿느릿한 걸음걸이로 개봉부 안으로 찾아들었다. 그는 매사에 서두름이 없는 사람 같았다.

얼마 후, 그는 아직 문을 열지 않은 개봉 제일의 기루인 군방기루(群芳妓樓)에 앞에 이르렀다.

군방기루는 개봉뿐만이 아니라 천하에 이름이 난 기루였다. 그 안에 근무하는 점소이 수만 해도 이백 명에 달했고, 기적에 올라 있는 기녀들의 수도 오백, 기적에는 올라 있지 않으나 언제라도 부를 수 있는 미희의 수는 헤아릴 수도 없었다.

문사는 군방기루를 한 번 힐끗 바라보고는 맞은편의 허름하기

짝이 없는 다루로 들어가 구석진 자리를 하나 차고앉았다. 그는 녹차 한 잔을 시켜 마시며 생각에 골몰했다.
'그자의 행방은 만리총관도 알지 못하고 있다. 그자가 어디 있는지 아는 사람은 개방 사람들뿐일 것이다.'
그는 이런저런 생각을 하다가 손을 소매 속으로 집어넣었다. 그리고는 황색 수술이 달린 작은 패 하나를 꺼내 탁자 위에 꺼내놓았다.
문사의 뒤로는 큰 육각형의 창문이 보였다. 그 창은 군방기루의 한 창문과 정면으로 마주하고 있었다.
군방기루 안.
계화(桂花)라고 불리는 나이 지긋한 기녀는 하루 종일 다루의 창을 내려다보며 소일했다. 이미 주객들의 수발을 들 나이가 지났건만 기루 주인은 그녀를 기적에서 빼지 않았고, 오히려 그녀를 의자매처럼 대하며 그녀에게 온갖 편의를 봐주었다.
그녀가 하는 일은 너무도 단순했다. 사시사철 하루도 빼지 않고 다루의 창을 살피는 게 그녀의 일과였다.
이날도 그녀는 젊은 날의 향수를 간직한 한 잔의 차를 음미하고 있었다. 오래전 떠나 버린 연인을 그리듯 그녀의 눈은 동경을 간직한 채 다루의 창으로 향했다. 그리고 어느 순간, 언제나 부드럽던 계화의 눈빛이 달라졌다.
'오, 오셨다!'
동그래진 눈에서 경외의 빛이 흘렀다.
십오 장가량 떨어진 다루의 창가 탁자에서 반짝이는 빛줄기가 그녀를 요동치게 했다. 빛은 문사가 탁자 위에 꺼내놓은 작은 신패에서 발산되고 있었다.

계화는 얼른 무릎을 꺾으며 다루 쪽을 향해 절을 올리기 시작했다. 그녀는 잇따라 아홉 번 절을 한 다음 단정히 무릎을 꿇고 앉았다.

"영주, 사람을 보내겠습니다. 자의를 걸치고 손에 부용선을 든 사람입니다."

놀랍게도 그녀의 음성은 전음입밀로 전해졌다.

항상 구부정하던 그녀의 허리는 어느새 꼿꼿하게 펴졌다.

'영주께서 오셨으니 준비할 게 많아. 몸이 열 개라도 부족하겠어.'

그녀는 날렵한 걸음으로 밖으로 나갔다.

얼마 지나지 않아서 허름한 다루에는 뜻밖의 손님이 찾아왔다. 군방기루에서도 다섯 손가락 안에 꼽히는 자연(紫娟)이라는 절세 기녀가 찾아온 것이었다. 그녀는 자색 궁장에 손에는 부용선을 들고는 탄탄하게 올라붙은 엉덩이를 살랑살랑 흔들며 다루의 문을 들어섰다.

"호홋, 지척지간에 있는 다루인지라 한번 와보고 싶었는데······."

그녀는 간드러진 웃음을 흘리다가는 그만 이맛살을 찌푸리고 말았다.

"이곳은 사람 살 곳이 아니라 벌레나 와서 살 곳이군."

그녀는 다루 안에서 나는 이상한 냄새에 비위가 상한 듯 코를 움켜쥐며 밖으로 나갔다.

그래도 다루 주인은 화를 내지 않았다. 오히려 헤픈 웃음을 지으며 좋아하는 것이었다.

"헤헷, 한 번 왔다 가신 것만 해도 저희 회춘다루(廻春茶樓)의 영광이올시다. 자연 소저가 왔다 갔다는 것을 개봉부 전체에 소문을 낸다면 돈이 없어 기루에 가지 못하는 파락호들이 벌 떼같이 몰려들 겁니다요. 헤헷!"

다루 주인은 자연이 나간 밖을 향해 연신 허리를 굽실거렸다.

구석진 자리에 앉아 있던 문사는 주인의 그 모습을 보고 피식 웃고는 자리에서 일어났다. 그는 은자 하나로 찻값을 후하게 치른 다음 밖으로 나갔다.

그가 막 모퉁이를 돌아갈 때,

"우측 골목으로 들어가 쭈욱 가시면 표비장(飄飛莊)이 있습니다. 그곳이 바로 비밀 장소입니다."

속삭이는 듯한 목소리가 전음입밀로 문사의 귀를 파고들었다. 문사는 전음대로 발걸음을 떼어놓았다.

표비장은 남의 이목을 끌 정도의 장원은 아니었다.

언제나 문이 닫혀 있었고, 근처 사람들은 그곳에 사람이 사는지조차 모를 정도로 아주 조용한 장원이었다. 장주는 연경에서 고관 벼슬을 하던 사람의 미망인으로 새와 꽃을 가꾸며 세월을 보내는 사람 정도로 알려져 있었다.

그러나 장원의 깊숙한 곳에 이 세상에서 가장 화려하다고 해도 부족함이 없는 엄청난 별부가 자리 잡고 있다는 사실은 누구도 모르는 비밀이었다.

만화지(萬花池).

그곳은 지하 십 장 정도 되는 곳에 있는 별부였다. 그 안에는 모든 아름다움과 온갖 환락이 있다. 산해진미와 미주가효, 금(琴), 비파, 소(簫), 가무에 능한 계집들, 온갖 귀한 물건들⋯⋯. 그런데도 그곳에는 단 한 가지 없는 것이 있었다. 그것은 바로 세상에 지천으로 널려 있는 사내가 단 한 사람도 보이지 않는다는 것이었다.

표비장의 만화지는 세워진 지 십수 년이 지났다. 모든 것이 언제나 화려하게 치장되어 있고, 언제나 사람을 맞이할 준비를 하고 있었다. 그러나 이제껏 단 한 사람의 손님도 받지 않았다. 그래도 여인들은 가꾸고 치장하는 것을 멈추지 않았다.

만화지에 머무는 여인들은 일 년에 한 번씩 모조리 바뀐다. 만화지에 들 수 있는 여인의 자격은 엄격히 제한되었다. 방년 십팔 세에서 하루가 넘어도 안 되었고, 방중술에 정통하지 못하거나 자결을 거침없이 할 정도로 절개가 있지 않다면 발도 들여놓을 수 없다.

그런 만화지를 꾸민 사람은 만화총관이라 불리는 여인이었다. 그녀는 바로 군방기루의 막후 주인이기도 했으며 그녀의 밑에는 열두 명의 부총관이 있다. 의복을 관리하는 사람, 악사를 다스리는 사람, 미인을 가려 뽑는 사람, 음식을 관장하는 사람 등등. 부총관들은 색노(色奴)라 불리는 여인을 열 명씩 거느리고 있었다.

지금 만화지의 모든 사람이 처음으로 한자리에 모였다. 석부 안에는 허름한 옷을 걸친, 나이 서른다섯 정도의 문사 하나가 푹신한 의자에 앉아 있었다. 얼굴이 누리끼리하고 눈빛이 담담한 문사였다. 그는 만화지가 생긴 이래 최초로 발을 들여놓은 사내였다.

"흠, 하나같이 아름답군."

그는 눈앞에 있는 백이십여 명의 색노들을 바라보며 적이 놀란 표정을 지었다.

색노들은 모두 얇은 나삼을 걸치고 있었는데, 미모로 따진다면 세상에 다시없을 정도로 아름다운 미녀들이었다.
 서시같이 날씬한 미인, 양귀비같이 몸이 조금 통통한 아이, 키가 작고 귀여운 아이, 키가 꽤 크고 몸이 풍성한 미인 등 온갖 종류의 미인이 모두 모여 있었다. 마치 한 폭의 군화도를 보고 있다는 느낌이랄까?
 "쯧쯧, 그러나 향이 없는 것이 흠이로다."
 문사는 혀를 차다가 한 사람에게 시선을 주었다. 그의 바로 앞에 무릎을 꿇고 있는 여인이었다.
 그녀의 이름은 만묘선랑(萬妙仙娘) 묘가연(妙佳燕)이었다. 그녀는 과거 만묘색혼문(萬妙色魂門)을 세워 온갖 요사한 술법으로 천하 무림계를 조롱하다가 무림동의맹에 패해 굴복한 여인이었다. 그녀는 현재 구마루를 모시는 마도 무림계의 한 사람으로 만화총관의 자리를 맡고 있었다.
 "얼마 전 만리총관이 연락한 바 있어 곧 뵈리라 믿고 있었지만, 아아… 이렇게 직접 뵙게 되니 자꾸만 눈물이 납니다, 영주."
 만화총관은 뺨 위로 눈물을 주르르 흘렸다.
 "연락도 없이 찾아 미안하네."
 문사는 바로 능설비가 변장한 모습이었다. 그는 무당산을 떠난 이래 쉬지 않고 달려 이곳에 이른 것이었다.
 "여기에는 온갖 것이 마련되어 있습니다. 저희들은 영주께서 천하를 얻는 일에 힘이 되지는 못할 것이나 영주님의 기쁨을 위해 무엇이든 희생할 태세는 갖추고 있습니다."
 만화총관 묘가연은 연신 감격의 눈물을 뿌려댔다.
 그렇다. 온갖 향락이 완벽하게 준비된 만화지는 바로 한 사람만을 위한 장소였다. 구마령주의 여흥을 위한 장소였던 것이다.

대마종의 여인.

만화지의 여인들이 꿈꾸는 신분이 그것일지도.

모두들 들뜬 기색이었는데 정작 자신을 위해 무엇이든 바칠 준비가 되어 있는 여인들을 바라보는 능설비의 표정은 아주 담담했다.

"나는 이곳에 즐기러 온 것이 아니야."

"그, 그럼?"

묘가연의 두 눈이 동그랗게 떠졌다.

"송구하옵니다. 영주를 제대로 모시지 못해서. 부족한 점을 말씀만 해주신다면……."

"아닐세. 이곳은 부족함이 없어. 다만 내가 여기 온 이유는 다른 중대한 일이 있기 때문이지."

능설비는 아주 부드럽게 말을 했다.

그가 자신을 위해 기약없이 기다리고 있는 여인들이 있는 만화지에 즐기러 온 것이 아니라면 무슨 연유로 온 것일까?

능설비에게는 백도의 사기를 꺾어야 하는 당면의 과제가 있지 않던가? 그렇다면 백도의 사기를 꺾는 일과 환락만이 있는 만화지와 무슨 관련이 있단 말인가?

고금제일마

능설비는 묘한 눈빛을 던지며 말을 이었다.
"혈루대호법 덕분에 구마령주의 소문이 천하에 자자함을 아는가?"
"알고 있습니다."
묘가연의 얼굴에 언뜻 곤혹스런 빛이 스쳤다.
불과 얼마 전 만리총관에게서 그녀는 뜻하지 않는 소식을 들은 바 있다.

"무당산에서 벌인 일은 영주의 뜻이 아니네. 혈루대호법 독단으로 벌어진 일이지. 두 분께 묘한 알력이 생긴 것 같아 그것이 참으로 걱정이네."

구마령주는 마도의 힘을 나타내는 상징이다. 하지만 마도의 저변을 일으킨 것은 혈수광마웅이 흘린 피의 산물이었다.

마도의 두 거인이 충돌한다면 그건 상상조차 못할 일이 아닌가?
묘가연의 속이 타들어갔으나 감히 내색치 않았다.
"혈루대호법이 그대에게 어떤 전갈을 보낸 적 있는가?"
"없습니다. 영주께서 강호에 나오셨단 얘기도 만리총관을 통해 들었을 뿐입니다. 속하도 혈루대호법의 연락을 기다리던 차입니다, 영주."
'실로 교활한 수작. 나를 드러내게 해놓고 자신은 철저하게 숨어버렸어. 하긴… 그자가 무슨 수작을 부려도 두려워할 내가 아니지만. 후후, 날 길러준 공이 있으니 그대가 진심으로 자살했기를 바랄 뿐이다.'
능설비는 혈수광마웅에 관한 일을 무시하기로 하였다.
백도의 이십 년 추적을 피했던 혈수광마웅을 쉽게 찾을 수 없을 뿐더러 백도를 궤멸시키는 과업에 전념하고 싶었기 때문이다.
능설비는 바로 화제를 백도 쪽으로 바꾸었다.
"그동안 백도의 움직임을 살폈으니 그대가 더 잘 알겠지. 구마령주가 나타났으니 백도에서 가만있지 않으리라 보는데. 하지만 쉽게 움직이지 못할 터, 내 생각엔 그자들이 필히 동의지회를 열 것 같네."
"그, 그렇겠지요."
"그렇게 되면 천하 도처에 있는 동의맹 사람들에게 동의첩(同義帖)이라는 무림첩이 전달될 것이네."
"그렇습니다. 그리고 그 일은 바로 이곳 개봉부에 총타를 두고 있는 개방에서 담당할 것입니다."
"맞아, 바로 그 일 때문에 내가 여기에 온 것이야."
"설마 개방을……!"

만화총관은 두 눈을 동그랗게 뜨고 능설비를 바라보았다.
"앞서가지 말게. 개방을 치라는 말은 아니야. 아직은 칠 때가 아니거든."

도무지 알 수 없다는 표정을 짓고 있는 만화총관을 직시하며 능설비의 말이 계속 이어졌다.

"나는 한 사람의 행적을 알아야 하네. 그자는 이십 년 전 홀연히 모습을 감추었고, 그 장소는 아무도 모르지. 그자가 숨은 곳을 아는 사람은 개방 방주 뇌전신개뿐이지."

"그럼… 뇌전신개를 잡아야 하나요?"

"그는 용의주도한 자야. 큰 소문을 내지 않고는 그를 잡을 길이 없어. 그리고 그는 잡혀도 비밀을 불 사람이 아냐."

"그럼 누구를……?"

"비합전서구에 첩지를 묶어 날리는 임무를 맡아하고 있는 자가 있다고 아는데?"

"순찰당주 구면신개가 그 일을 도맡아 처리하고 있습니다."

"입이 무거운 잔가? 여기서도 그 입이 무거울 수 있을까?"

"아닙니다. 다른 곳이라면 몰라도… 만화지에서는 그렇지 않을 겁니다, 영주."

그제야 능설비의 의중을 알아챈 듯 만화총관이 서둘러 말했다.

"한 시진 후 그자와 다시 오겠네. 그때까지 준비하게."

능설비는 그 말을 남기고는 가볍게 몸을 한 번 흔들었다. 그러자 그의 모습은 순간적으로 여인들의 시야에서 사라져 버리고 말았다.

'야속하시군. 애써 준비했는데 아이들에게 눈길 한 번 주지 않으시다니…….'

여색을 거들떠보지도 않는 구마령주라니…….
 사내에 대해 모든 것을 알고 있다고 자신했는데 이건 예상과는 너무도 달랐다.
 하지만 새로 모시게 된 주인이 어떤 사람인지 생각할 겨를은 없다. 그녀에게 떨어진 첫 번째 명. 그것을 완벽하게 이행하는 게 무엇보다 시급한 일이었다.
 '구질구질한 개방의 영감이라……. 애들 셋만 붙이면 뼛조각마저 녹아버릴 테지.'
 색노로 훈련받은 무수한 여인들의 얼굴이 빠르게 스쳐 지나갔다.

 개방의 총타는 아주 넓은 대신 지저분하기가 짝이 없는 곳이다. 한때 강호에서 가장 규모가 큰 관제성묘였으나 지진으로 건물의 일부가 무너지며 지금은 개방의 거지 떼 소굴로 변한 곳이었다.
 무너져 볼품없는 건물 사이로 오물더미만 그득하다.
 그러나 지하로 들어가면 또 다른 세상이 펼쳐진다. 관제묘보다 큰 석부가 있으며 몇 개의 비밀 통로로 연결된 석실이 곳곳에 흩어져 있다.
 —개방의 크기는 위가 아닌 아래에 있다.
 폐허로 변한 관제묘. 그 지하에 몇 명의 거지들이 득실거리는지 아는 사람은 없다.
 관제묘 뒤로는 울창한 죽림이 넓게 펼쳐져 있다. 바람이 불면 대나무 잎이 쏴아아 빗소리를 내며 물결처럼 출렁거렸다. 겉으로는 무척 한가로워 보였으나 사실 관제묘의 사방으로는 개미새끼 한 마리 얼씬하지 못할 정도의 천라지망이 펼쳐져 있었다. 특히 구마령주가 출현했다는 소문이 돈 후로 개방의 총타는 철옹성으로 화했다.

죽림 안에는 토굴이 하나 있다. 그 안에서는 끊임없이 새의 울음소리가 들려왔다. 토굴의 안에는 거대한 새장이 있었고, 그 안에는 다리에 철통을 매달아 멀리 날려 보내 소식을 빨리 전하는 일을 하는 전서구가 수천 마리나 갇혀 있었다.

전서구 중에서는 암컷의 능력이 뛰어난데, 그중에서도 가장 뛰어난 놈은 새끼를 본 지 얼마 되지 않은 암컷이다. 중요한 것은 새끼와 어미를 따로 분리시켜 두어야 한다는 것이다. 어미 새는 사람의 명령을 따라 날지 않는다. 본능적으로 자신의 새끼를 찾아 쉼없이 날아가는 것이다.

어떤 새는 자신의 집을 찾아가고, 어떤 새는 자신의 짝을 날아간다. 사람들은 교활하게도 새의 그러한 습성을 이용하는 것이었다.

토굴 안의 전서구를 관리하는 것은 개방의 순찰당 제자들이 맡고 있었다.

현재 순찰당주를 맡고 있는 이는 구면신개라는 인물이었다. 그는 다섯 살 때부터 개방에 몸담고 있는 사람이다. 올해로 그의 나이 일흔다섯이니까 꼭 칠십 년을 개방을 위해 일해온 셈이었다.

"장로회의가 끝나고 나면 많은 것이 전서구로 전해지게 될 것이다. 너희 모두 그 순간을 대비해야 한다."

구면신개는 순찰당 제자들에게 그렇게 당부하고 토굴을 나섰다. 그는 죽림의 안쪽으로 걸음을 옮기며 이맛살을 찌푸렸다.

'구마령주가 대체 누구이기에 천하 도처에서 혈겁을 저지른단 말인가? 전통으로 보아 두려울 것은 없으나 만에 하나 천기석부에 은거하신 쌍뇌천기자께서 소문대로 타계하셨다면 보통 일이

아니다.'
 그는 소피를 보기 위해 죽림의 한곳에 멈춰 섰다. 그가 막 소피를 보려 할 때,
 "으음."
 그는 어깨가 뜨끔함을 느끼며 그대로 정신을 잃고 말았다.

 얼마나 시간이 흘렀을까?
 "으음… 여, 여기는……?"
 구면신개는 간지러움을 느끼며 정신을 되찾았다. 그는 눈을 뜨다가 헉! 하며 자지러지게 놀라고 말았다.
 "흐으응……!"
 벌거벗고 누워 있는 자신의 몸에 아름다운 계집들이 뱀처럼 찰싹 달라붙어 단내를 풍기는 더운 입김을 뿜어내고 있질 않은가? 계집들은 가슴에 하나, 두 다리 사이에 하나, 그리고 그의 목을 쥐고 혓바닥으로 그의 얼굴을 마구 핥아대었다.
 "이, 이게 무슨 짓이냐?"
 구면신개는 너무나 놀라 몸을 벌떡 일으키려 했다. 그런데 전혀 힘을 쓸 수가 없었다. 몸을 일으키려 하는 건 그의 마음뿐, 몸이 말을 들어주지 않았다.
 "흐음… 낭군님!"
 "어, 어서……!"
 계집들의 동공은 목마른 갈증으로 타고 있었다.
 꿈일까? 현실이라고 하기에는 구면신개에게 너무도 황홀한 정경이었다. 용모가 추악해 여인들에게 천시만 받고 살아온 그가 아니던가?

하지만 구면신개 역시 늙었으나 사내였다. 여인들의 비단결 같은 살결이 몸에 닿자 곧 뜨겁게 달아오르기 시작했다. 그는 누구인지도 모르는 계집의 봉긋한 젖가슴을 덥석 거머쥐었다. 구면신개가 이성을 잃고 자신을 주체하지 못하는 것은 방 안에 가득 뿌려진 색혼향(色魂香) 탓이었다.

구면신개는 헉헉 뜨거운 숨결을 내뿜으며 아무 계집이나 잡고 몸을 취하려 했다. 그렇게 하지 않으면 그의 몸이 모두 타버릴 것만 같았다.

"호홋, 성급도 하셔라."

계집은 탄탄한 엉덩이를 교묘하게 놀려 구면신개의 손을 피했다.

"그, 그러지 마라. 제발… 몸이 전부 타버리는 것 같다. 헉헉!"

구면신개는 터져 버릴 것만 같은 음욕에 몸부림을 쳤다. 그것을 당장 풀지 못하면 몸이 숯으로 화하고 말 것만 같았다. 게다가 그를 사로잡고 있는 음욕은 진짜 계집을 취해야만 풀어지는 아주 이상한 것이었다.

"흐응… 귀영마수라가 어디에 살고 있는지만 말해줘요."

계집 하나가 구면신개의 목을 긴 팔로 휘감으며 유혹하듯 끈적끈적한 비음을 발했다. 그와 함께 어디선가 띠잉, 띵, 인간의 이성을 마비시키는 마의 거문고 소리가 들려왔다.

구면신개는 완전히 넋을 잃고 말았다.

"그, 그가 어디 사는지는 모르나… 그에게 날아가도록 훈련된 비둘기가 추운구(追雲鳩)라는 것은 알지."

"그 비둘기가 어디에 있나요?"

계집이 그의 품으로 더욱 바싹 안겨들며 물었다.

"이십구호 새장 안의 가장 힘이 센 놈이야. 헉헉!"

구면신개는 개방의 최고 비밀을 서슴없이 내뱉었다. 그는 오로지 주체할 길 없이 타오르는 음욕을 풀어야 한다는 절박감에 사로잡혀 있었다. 그의 손이 우악스럽게 계집의 봉긋한 젖무덤을 움켜쥐자 계집은 그의 품으로 바싹 파고들었다.

그러나 그 순간 계집의 눈빛이 더없이 차게 빛나는 것을 구면신개는 모르고 있었다. 그녀의 가느다란 손이 구면신개의 등판 혈도를 빠르게 찍어버렸다. 황홀감에 취해 막 계집을 취하려던 구면신개는 등판이 뜨끔한 것을 느끼는 순간 아득한 나락으로 떨어져 버리고 말았다.

얼마나 시간이 흘렀는지도 몰랐다.

구면신개는 축축한 이슬의 감촉이 살갗에 와 닿는 느낌에 흐릿하나마 의식을 찾을 수 있었다. 그러나 완전히 의식이 돌아온 것은 아니었다.

"으으음."

그는 아직도 계집을 끌어안고 있는 착각 속에 벌거숭이의 몸으로 죽림의 이슬 위에서 뒹굴고 있었던 것이다.

그가 열락에 들뜬 신음 소리를 내며 자신의 사타구니를 조일 때, "당주님!"

"이게 무슨 일입니까?"

두 명의 젊은 거지가 죽엽을 헤치며 구면신개에게 다가오며 놀라 외쳤다. 개방에 들어온 지 올해로 딱 십 년째인 추풍개와 부풍개는 구면신개의 해괴한 몰골에 기겁했다.

"응?"

구면신개는 그 바람에 갑자기 정신을 차리고 몸을 벌떡 일으켰다. 어리둥절하며 주위를 휘둘러보는 그의 시야에 바람결에 흔들리고 있는 대나무 잎이 들어왔다. 그리고 기가 막힌다는 표정으로 그를 바라보고 있는 그의 제자들까지.

'내, 내가 망측한 꿈을 꾸다니… 아아, 수양을 더 해야겠다.'

구면신개는 자신의 꼴을 한탄하며 고개를 저었다. 그러나 제자들에게만은 솔직하게 말을 할 수가 없었다.

"험험… 너희들은 내가 왜 이러는지 모를 것이다."

두 제자가 의아한 얼굴이 되어 바라보자 구면신개는 자못 진지한 표정으로 말을 이었다.

"사실 이 노화자께서는 개방 비전 와견행술(臥犬行術)이라는 것을 연마하고 있던 참이다."

"와견행술이오?"

"그런 신묘한 절기도 있었나요? 시간이 나면 저희들에게도 꼭 전수해 주십시오."

추풍개와 부풍개는 구면신개의 말이 진짜인 줄로만 알고 그를 비웃는 표정을 거두었다.

얼마 후, 구면신개는 자신이 기거하는 토굴로 들어갔다.

토굴 안의 비둘기 떼는 날아오를 준비를 하고 있었다. 그때는 이미 집법당의 사람들이 와서 암호로 적힌 전서(傳書)를 정해진 비둘기 다리에 묶은 후였다. 날아오르기로 된 비둘기 수는 오십에 달했다.

구면신개는 제자들에게 새 초롱을 들게 한 다음 먼저 밖으로 나갔다. 그의 지위는 개방 총타에서 다섯 손가락 안에 들었다. 그러나 개방에는 노고수들이 많아 강호 전역을 따지자면 그의 지위는 백 번째 밑으로 가라앉을 정도였다.

대부분의 비둘기는 은거 중인 노고수들에게 보내진다. 그중 몇 마리는 개방에만 소식을 전하고 있는 몇몇 정파의 명숙들에게 날아가기로 되어 있었다.

강호의 모든 것과 소식을 끊고 살고 있는 사람들을 불러내기 위해 비합전서구를 날리는 것이었다.

푸드드득!

힘차게 깃을 젓는 소리가 들리며 오십 마리의 비둘기가 죽림 위로 날아올랐다.

그러나 그 뒤로 다가올 풍운은 아무도 모르고 있었다.

곰의 귀와 닮았다 해서 이름 붙여진 웅이산(熊耳山).

노을에 물든 산중에 조금은 기괴한 장면이 벌어지고 있었다.

구우구구!

긴 비둘기 울음소리가 들려오고,

"하핫, 거의 다 온 모양이구나."

곧바로 숲 속에서 낭랑한 웃음소리가 들려왔다.

소리가 들려온 숲에서는 흰 옷을 걸치고 죽립으로 얼굴을 가린 사람 하나가 비둘기 한 마리를 따라 빠르게 치달리고 있었다. 앞서 날고 있는 비둘기는 간혹 뒤따라오는 자를 돌아보고는 앞으로 날아갔다.

"추운구, 너는 정말 영리한 놈이구나. 다른 녀석이면 만수제령비법(萬獸制靈秘法)으로 길들이는데 시간이 꽤 걸렸을 텐데 네 녀석은 즉시 나의 종이 되었으니……."

만수제령비법은 금수를 제압하여 수족처럼 부리는 신묘한 수법. 그것은 마의 천하를 이룩하려다 설산에서 죽은 천외천혈마의 비전

수법이었다.
 그런데 놀랍게도 죽립 쓴 사람이 시전하는 만수제령비법은 천외천혈마의 수법보다도 뛰어난 것이 아닌가?
 추운구라 불린 비둘기는 주인의 칭찬을 듣자 기쁜 듯 아주 빠른 속도로 날아가는 것이었다.
 추운구와 죽립을 쓴 인물이 도달한 곳은 웅이산 깊은 곳이었다.
 그곳에는 고운도관(孤雲道觀)이라는 세속과 인연을 끊고 지내는 사람들의 집단이 있었다. 도관의 역사는 전국시대 이전까지 거슬러 올라갈 수 있고, 그곳에 머물고 있는 사람의 수효도 꽤 많았다.
 고운도관의 관주는 공동파의 장문인이 되어야 하는데도 호탕하게 그 자리를 사제에게 떠맡기고 은거한 사람으로 고운 상인(孤雲上人)이라 했다.
 달빛이 유난히 차갑다. 고운 상인은 한광을 뿌려대는 달을 보며 불안한 표정이었다.
 "몹시 불길한 기운이 흐르고 있다. 어이해 오늘따라 마의 기운이 강하게 느껴지는지 모르겠군."
 그가 나직이 중얼거릴 때,
 "상인도 이상한 마의 기운을 느끼시는 모양이구려."
 그의 등 뒤쪽에서 오 척 단구의 노도사 하나가 다가오며 말을 걸었다. 그는 과거가 전혀 알려지지 않은 무연 진인(無緣眞人)이라는 사람이었다.
 도관에 들어온 이래 단 한 걸음도 바깥출입을 하지 않은 채 정양하거나 도경을 읽으며 소일한다. 그에 대해 아는 사람은 고운 상인뿐이었다. 그의 신분을 묻는 것도 금기였다. 고운 상인을 따라 도관에 들어온 공동파의 제자들도 그것만은 함구했다.

'천기자 어르신의 별이 지는 것을 보았는데… 그것 때문일까? 어르신이 경계했던 마도의 부활이 시작됐단 말인가?'

문득 오래전의 일이 떠올랐다.

누구보다 존경했던 한 사람, 그의 부탁으로 고운 상인의 운명이 바뀌지 않았던가.

"그대가 보호해야 할 사람은 백도의 운명을 쥐고 있지. 정의를 위해 모든 것을 던진 사람이니 그대가 목숨을 걸고 지켜야 하네. 마가 부활하는 날 제일 먼저 마수가 드리울 거네. 무슨 일이 있더라도 그를 지켜야 하네."

그날 고운 상인은 공동 장문인 자리를 사제에게 맡기고 웅이산으로 들어왔다. 공동파가 자랑하는 복마주천검대를 이끈 채로.

도관 주위에 늘 삼엄한 기운이 감도는 까닭은 바로 복마주천검진이 펼쳐져 있기 때문이었다.

무연 진인이 다가오자 검진의 축이 따라 움직였다.

"며칠 전부터 꿈자리가 매우 사나웠소."

"천기가 뒤숭숭합니다. 무언가 심상치 않은 일이 벌어지고 있음이 틀림없습니다."

달을 바라보는 무연 진인의 표정도 밝지 않았다.

일생을 정체를 숨기며 살아야 하는 사람. 그 사연을 알고 있는 고운 상인은 그가 느끼는 불안감을 떨쳐 내려는 듯 얼른 말문을 바꾼다.

"이제껏 별 탈 없이 지내지 않았습니까. 속세와 멀어진 도관에 무슨 일이 있으려고요. 밤을 그냥 지새우기가 무엇하니 바둑이나 두십시다."

"그러시죠."

아직 구마령주에 대한 소문은 전해지지 않았다. 너무 외딴 곳이고, 의도적으로 강호와 멀어진 곳이다. 만약 소문을 들었다면 불편한 심경을 토로할 여유조차 갖지 못할지도.

그들이 뜻을 같이하고 몸을 돌려세우려 할 때였다. 갑자기 허공에서 꾸루룩, 꾸룩! 하는 소리가 들리며 비둘기 한 마리가 떨어져 내렸다.

"개방에서 소식을 보내다니… 이십 년간 이런 일은 없었는데."

무연 진인이 깜짝 놀라 손을 뻗어 떨어지는 비둘기를 잡았다. 그리고는 즉시 비둘기의 다리를 살피다가는 입을 딱 벌리고 말았다. 의당 매달려 있어야 할 철통이 보이지 않았기 때문이다.

"아무것도 없는 전서구를 날리다니 해괴한 일이잖소?"

"이해할 수가 없군요."

고운 상인 역시 고개를 갸웃거렸다.

그때였다.

"후훗, 뇌전신개가 무림동의맹의 맹주 자격으로 네게 보낸 글을 내가 읽어주겠다."

허공에서 낭랑한 음성이 들려오질 않는가?

"누구냐?!"

두 사람은 기겁성을 터뜨리며 허공을 바라보았다. 비둘기가 날아온 하늘 위에 한 사람이 구름과 같이 둥실 떠 있는 모습이 보였다. 그의 손에는 추운구의 다리에 묶여 있어야 할 철통이 들려 있었다.

"웬 놈이냐?"

고운 상인과 무연 진인이 동시에 노성을 터뜨렸지만 허공의 인물은 가볍게 코웃음을 친 후 철통에서 쪽지를 꺼내 읽기 시작했다.
"귀영(鬼影)에게… 구마령주가 나섰소. 신변이 위급하니 거처를 일단 소림사로 옮기도록 하시오."

절정의 부운답보 수법을 펼쳐 허공에 둥실 떠 있는 인물은 개방의 암호로 적힌 글을 아주 쉽게 풀이해 읽었다. 그가 글을 읽는 동안 사방에서는 소리없이 검수들이 나타나 무연 진인과 고운 상인의 주위를 철통같이 에워싸며 호위를 섰다. 검수들은 무연 진인이 수족같이 부리는 공동파의 제자들이었다.

무연 진인은 이마에 땀을 흘리며 허공의 인물을 향해 입을 열었다.
"너는 누구며 무엇 때문에 여기에 온 것이냐?"
"후훗, 네놈은 동의맹의 첩자로 마도의 비밀을 동의맹에 빼돌린 바 있다. 네놈은 바로 귀영마수라가 아니더냐?"

죽립을 깊이 눌러쓴 허공의 인물은 천천히 지면을 향해 떨어져 내렸다. 그의 발이 지면에 닿음과 동시에 스르릉, 차앙! 하는 날카로운 금속성이 일며 검수들이 일제히 검을 뽑아 들었다. 뒤이어 복마주천검진이 발동되며 수십 자루의 검이 죽립인을 향해 사정없이 찔러 나갔다. 서늘한 검광이 어둠을 가르는 순간 죽립인의 손이 쳐들려졌다.

"천마인(天魔刃)!"

죽립인이 일갈과 함께 손을 가볍게 떨쳐 내자 섬뜩할 정도의 묵혈강기가 회오리치듯 일어나며 짓쳐들던 검수들을 향해 쏘아져 갔다. 주천검수 다섯이 일시에 묵혈강에 격타당해 피떡이 되어 날아가고 말았다.

"마, 마종의 절기!"

죽립인이 펼쳐 낸 수법을 알아보고 무연 진인은 넋을 잃고 말았다.

보다 못한 고운 상인이 한소리 창노한 외침을 터뜨리며 위로 날아올랐다.

"차아앗!"

그가 기합 소리를 내며 복마대력수를 펼쳐 내기 직전,

"너를 지금 처단하지는 않는다. 너는 죽을 자리에 가서 죽어야 한다."

죽립인은 냉소를 흘리며 흐릿한 연기로 화해 검진 속으로 스미듯 파고들었다.

"어엇, 강기가 몸을 밀다니!"

"지, 지독한 자다!"

복마주천검진을 펼치고 있던 수십 명의 검수들이 죽립인에게서 발휘되는 경기에 휘말려 중심을 잃고 휘청거렸다.

죽립인은 그때를 이용해 자욱한 혈무를 일으켜 반경 이 장 정도를 가려 버리고는 재빨리 몸을 빼내 무연 진인을 사로잡아 위로 훌훌 날아올랐다.

"우우!"

그는 긴 장소성을 뽑으며 찰나지간에 백여 장을 날아갔다.

"거, 거기 서라!"

고운 상인은 엉겁결에 당한 일이라 손도 쓰지 못하고 있다가 발을 동동 구르며 죽립인을 뒤따르기 시작했다. 그러나 그가 몇 걸음도 채 옮기기 전에 죽립인의 모습은 그의 시야에서 완전히 사라져 버리고 말았다.

새벽안개가 걷힐 무렵, 장안성문(長安城門)에서 소동이 일어나고 있었다. 시체 한 구가 성문에 대롱대롱 매달려 있는 것이었다. 키가 아주 작은 사람의 시체인데 눈을 감지도 못하고 죽어 있었다. 그러나 정작 사람들을 경악시키는 것은 시신의 가슴 부위에 남아 있는 피로 쓴 글씨였다.

〈전 마도의 배반자 귀영마수라를 처단한다. 마도를 배반한 자는 살아남지 못한다. 이 자리를 빌려 만 천하인들에게 약속한다. 보름 안으로 정파제일고수 정각(淨覺)을 이 자리에서 효수함을!

구령마주.〉

선명한 핏빛 글씨는 온 천하를 발칵 뒤집어놓기에 충분했다.

귀영마수라는 혈루회의 배반자였다. 그는 마도의 비밀을 정파에 넘겼고, 정파는 그 덕에 승리할 수 있었다. 그는 편안한 최후를 마쳤다고 소문이 나 있었다. 그런 그가 이십 년이 지난 오늘 처참한 모습으로 만인 앞에 효시가 되었으니…….

귀영마수라의 시신은 장안 근처 종남파 사람들에 의해 잘 수습이 되었다. 그들 모두는 귀영마수라의 복수를 맹세하였으나 사실 구마령주에 대한 두려움을 떨쳐 버릴 수는 없었다.

가공할 전율이 아주 빠른 속도로 중원 천하를 꽁꽁 얼어붙게 했다. '구마령주는 고금제일마다'. 사람들은 그렇게 말하기를 주저하지 않았다.

피의 내력

　무림은 지난 이십 년 동안 계속된 화평으로 안온에 빠져 있었다. 그러나 구마령주의 출현으로 하루아침에 천하는 공포의 도가니로 빠져들고, 언제까지나 열리지 않을 것 같던 동의지회가 이십 년 만에 열렸다.
　정각대선사는 면벽을 깨고 나왔다. 그는 보름 안에 자신을 죽이겠다고 무림에 공언한 자가 있음을 알고 대자대비한 부처를 찾으며 눈물을 흘렸다.
　"아미타불… 어이해 마종을 다시 세상에 내어 이 불제자로 하여금 살계를 어기게 하시나이까!"
　그는 괴로움을 이기지 못하고 손을 들어 장삼 자락을 휘익 내저었다. 그러자 뇌성벽력과 같은 요란한 굉음이 터지며 소실봉이 뒤흔들렸다.
　정각대선사에 의해 시전된 것은 금강수미공이라는 소림의 절대

기공이었다. 그 위력은 소림의 역대 고수 누구도 도달하지 못한 절정 그 이상이었다.

정각대선사는 금강수미공을 일으켜 백 걸음 밖의 종탑을 산산이 허물어 버린 것이었다.

"그가 오면 빈승은 살인자가 될 것이오. 할 말은 그것뿐, 모든 것은 제자와 의논하시오."

그는 백도고수들이 모인 자리에서 그렇게 잘라 말했다.

그는 대원 선사에게 방장의 도통을 전수한 지 십구 년째로 정신적으로는 이미 무림을 떠난 상태였다. 그는 동의맹의 태상맹주라는 지위조차 맡기 싫어하는 사람이었다.

연경(燕京).

국조의 수도로 부끄럽지 않은 곳이다. 광활한 화북대평원의 소오대산(小五臺山)과 군도산(軍都山), 연산(燕山)에 둘러싸인 분지에 자리 잡고 있는 이곳은 십 리를 걷는 동안 진흙땅을 밟을 기회가 없을 정도로 번영을 구가하고 있었다.

오대(五代)에 이르러 요(遼)는 이곳을 부도(副都)로 삼아 남경이라 하고, 요를 물리친 금(金)은 처음 연경으로 부르다가 이곳으로 천도하여 중도(中都)라고 고쳤다. 다시 몽고족이 남하하여 중도성을 빼앗은 뒤 쿠빌라이[世祖] 때에 신성을 건설하고 국도로 정하여 대도(大都)라고 명명하였다. 몽고족이 중국을 통일하여 원을 세우자 대도는 중국 전역을 지배하는 정치 중심지가 되었고, 명대(明代)에는 처음 수도를 남경에 두었다가 영락제가 이곳을 국도로 정하고 북경이라 하였다.

연경의 봄은 기간이 짧으나 지형의 영향으로 비가 많이 내리는 곳이다.
 봄을 재촉하는 비가 촉촉이 대지를 적실 때, 죽립을 깊이 눌러쓴 사람이 연경의 거리에 모습을 나타냈다. 그는 다름 아닌 마도의 배반자 귀영마수라를 장안 성문에 효시했던 구마령주 능설비였다.
 그가 연경에 들어온 것이다.
 '내가 훌쩍 떠나와 만화총관이 섭섭해하겠군. 그녀는 과거 아주 지독한 여인이었으나 내가 보기에는 전혀 그렇지 않다. 복수심 때문에 백도와 싸우고 있는 것이지 여후(女后)가 되겠다던가 하는 생각은 없다. 그녀야말로 마도의 충신이다. 생사의 여부는 모르나 하여간 다시는 내 눈앞에 나타나지 않게 된 혈루대호법과는 거리가 있는 여인이다.'
 능설비는 비를 맞으며 느릿느릿 걸음을 옮겼다. 누가 보아도 그를 천하에 공포를 몰고 온 구마령주라 여기는 사람은 없으리라.
 '황금총관이 내가 원하는 것을 찾아줄지 의문이다. 그가 축융화뢰(祝融火雷)를 구하지 못한다면 나는 소림사에서 꽤나 고생할 것이다.'
 그는 지금 세 번째 총관을 찾아가고 있는 중이었다.
 황금총관에 대해 알려진 것은 그가 오십 년 전 황금마전을 이룩한 사람이라는 것뿐이었다.
 만리총관과 만화총관은 기대 이상의 세력을 만들었다. 그러나 황금총관에 대한 것은 대부분 비밀이었다.
 '그와 만나는 방법은 간단하다. 제왕릉에 가서 가장 큰 사자 상을 찾아 그 왼쪽 눈에 령(令) 자를 파는 것이다.'
 능설비가 찾아가는 목적지는 제왕릉이었다.
 얼마를 걸어가자 그의 시야에 아주 아름다운 누각이 나타났다.

고색창연하다고는 할 수 없는, 지은 지 얼마 되지 않는 건물이었다. 누각의 편액에는 유향루(幽香樓)라는 명칭이 적혀 있었다.
 유향이라는 글자가 갑자기 능설비의 가슴을 건드렸다. 문득 떠오르는 이름 하나가 있었기 때문이다. 그러나 그 생각은 그리 오래가지 않았다.
 '귀찮은 일일 뿐이다.'
 능설비는 생각을 떨쳐 버리려는 듯 내처 걸음을 옮겼다. 그러다가 그는 누각의 난간에 사람 하나가 서 있는 것을 보았다. 난간을 잡고 서서 먼 서쪽 하늘을 응시하는 중년인의 모습은 아주 신비하게 보였다.
 능설비는 누각을 스쳐 지나다가 중년인을 힐끗 바라보았는데, 그 순간 난간을 잡고 있던 중년인도 아주 우연히 능설비를 보다 눈길이 마주쳤다.
 중년인은 나이 오십 정도 되어 보였다. 화복(華服)을 걸치고 있는 모습이 귀품있어 보였다.
 능설비는 그를 한번 보고는 걸음을 다소 빨리했다.
 화복을 걸친 중년인은 능설비가 당당히 걸어가는 모습을 바라보고는 혼잣말처럼 중얼거렸다.
 "내게도 저런 시절이 있었지."
 허탈함이 역력한 음성이었다. 중년인 능설비의 뒷모습에서 눈길을 거두지 못하자 그의 뒤쪽에 시립하고 있던 인물이 재빨리 말을 거들었다.
 "아직도 젊으십니다."
 "허헛, 내가 아직 젊었다 할 수는 없지. 이미 손자가 다섯이나 있지 않은가?"

화복의 중년인은 공허하게 웃다가 얼굴에 그늘을 지었다.
"아름다움이라는 것은 젊은 시절에 있어 가장 중요한 것인데… 아아, 그 아이는 그것을 느끼지 못하고 전각에 틀어박혀 글만 읽으며 살고 있으니……."
"소로(昭露) 공주님을 생각하면 하시라도 눈물을 흘리지 않을 수 없습니다."
시종으로 보이는 뒤편의 인물이 중년인의 편치 않은 심기를 위로하듯 넙죽 허리를 숙였다.
"모든 것을 내 마음대로 할 수 있는 사람이 바로 나인데 딸아이를 위해서는 아무것도 할 수 없으니……."
화복의 중년인은 깊은 탄식을 자아냈다. 그러다가는 문득 뒤편의 인물을 돌아보며 다소 엉뚱한 질문을 던졌다.
"복아(福兒), 방금 전 지나쳐 간 청년이 아주 뛰어나 보이지 않더냐?"
"이런 말씀을 드려야 할지는 모르겠으나 옆얼굴만 봐도 당세제일의 미남자라 할 수 있는 사람인가 합니다. 그 모습이 그분과 흡사하다고 생각했습니다."
"그럼 너도 그 사람이 유향이와 닮았다고 생각했구나."
중년인의 눈빛에 이채로움이 떠올랐다.
복아라 불린 시종은 공손히 허리를 굽혔다.
"닮은 정도가 아니고 판에 박은 듯합니다."
"흠, 네 눈이나 내 눈이나 다를 바 없구나. 좀 전의 인물은 정말 인상적이었다."
"관직을 주어 곁에 두심이 어떠실는지요."
시종 복아는 중년인의 의중을 조심스럽게 떠보았다.

"글쎄……."

중년인은 무엇을 생각하는지 말끝을 흐렸다가는 정색을 하며 다시 입을 열었다.

"그것보다는 소로의 짝으로 만드는 것이 어떻겠나?"

"예엣?"

시종 복아는 생각지도 못했던 말이 중년인에게서 나오자 자지러질 듯이 놀라고 말았다.

"하핫, 놀랄 것 없네. 얼굴이 밉다고 여자가 아니던가? 게다가 소로는 다른 사람도 아니고 바로 내 딸이거늘."

화복의 중년인은 마치 능설비를 자신의 사위로 삼은 듯 유쾌하게 웃어 젖혔다.

그때 능설비는 철통같이 보호되고 있는 황부금지(皇府禁地)인 제왕릉의 깊은 곳을 섬전같이 뚫고 들어가는 데 별로 힘을 들이지 않았다. 그는 제왕의 묘를 수호하고 있는 많은 석사자상 중에서도 가장 큰 사자상 앞으로 다가갔다. 그리고는 지체없이 손가락을 튕겼다.

파팍! 하는 소리와 함께 사자의 눈 부위에서 돌가루가 튀었다. 능설비가 튕겨낸 지력은 사자의 눈에 령(令)이라는 글자를 음각시켜 놓았다. 그는 글자를 새긴 후 새가 허공을 날듯이 가볍게 위로 날아올랐다. 아주 짧은 시간에 능설비는 제왕릉에서 모습을 감추었다.

잠시 후 능설비는 제왕릉에 들어올 때 지나쳐 왔던 유향루 쪽에 모습을 나타냈다.

'황금총관이 머물러 있다면 저잣거리에 있는 주루에서 나를 찾을 것이다.'

그는 이런저런 생각을 하며 무심코 누각 앞을 지나쳤다. 바로 그 때 그를 부르는 소리가 들려왔다.
"여보시오, 과객. 잠시 기다려 주시오."
능설비가 걸음을 멈추고 돌아보니, 화복의 중년인과 함께 있던 복아라는 시종이 누각 아래에서 손짓을 하며 부르는 것이 아닌가.
'이런 곳에서 나를 부르는 사람이 있다니……'
능설비는 멈춰 서서 그가 다가오기를 기다렸다.
시종은 평소 잘 움직이지 않는 사람인 듯 서른 걸음 정도도 걷지 못하고 숨을 헐떡거렸다.
"헉헉, 보기보다 걸음이 빠르구려."
그는 능설비 곁에 이르러 가쁜 숨을 몰아쉬었다.
"무슨 일로 나를 불렀소?"
능설비가 무뚝뚝한 어조로 묻자,
"어르신네 되시는 분이 뵙기를 청하십니다. 소인을 따라오시지요."
"무슨 소리요? 나는 이 근처에 아는 사람이 없는데."
"어서 가십시다."
시종은 다짜고짜 능설비의 팔을 잡아끌었다. 그러나 그가 있는 힘을 다해 끌었으나 능설비는 꿈쩍도 하지 않았다.
'설마 황금총관이 벌써 나를 찾는단 말인가?'
능설비는 의아한 표정을 지으며 시종이 자신을 끌고 가려는 곳을 바라보았다.
누각 위, 능설비가 제왕릉으로 들어갈 때 눈길이 마주쳤던 화복의 중년인이 묘한 시선으로 자신을 바라보고 있는 것이었다.
능설비는 죽립을 쓰고 있기는 하나 화복의 중년인을 올려다보기 위해 뒤쪽으로 비스듬히 쳐든 상태인지라 얼굴이 거의 다 드러나 있었다.
"으음!"
화복의 중년인은 능설비의 수려한 이목구비를 대하고는 나지막이 한숨을 내쉬었다.
'저 사람이 나를 부르는 것일까?'
능설비는 이상한 호기심을 느끼며 시종이 끄는 대로 따라갔다.
잠시 후 능설비는 누각 위에 올라 화복의 중년인과 마주하게 되었다. 그는 뒷짐을 진 채 능설비를 맞았다. 매우 거만한 모습이었으나 거부감은 들지 않았다. 오히려 상대에게 호감을 주는 모습이었다.
"갑자기 청해 미안하네."
화복의 중년인은 부드러운 어조로 첫마디를 꺼냈다.
"대인이 나를 부르셨소?"
"그렇다네. 잠깐 자네를 보았네만 자네의 몸에서는 이상한 힘이 일고 있네. 그것은 다른 어떤 사람에게서는 찾아보기 힘든 힘이네."
"……!"
능설비는 중년인의 눈매가 몹시 날카롭다고 여겼다. 물론 중년인은 무공과는 거리가 먼 사람이었다. 그는 스스로를 주 대인(朱大人)이라 칭하며 능설비의 체격이 헌앙함을 칭찬한 후 다음과 같은 제안을 했다.
"어떤가? 별로 바쁜 일이 없다면 내가 거처하는 곳에 들르지 않겠는가?"
"어이해 그러시는지요?"

"허헛, 꼭 이유가 있어야 하는가?"

"저는 바쁜 몸이오."

"보기보다는 냉막하군. 아무리 바쁜 일이 있더라도 같이 가는 것이 어떤가? 흥미있는 일이 될 것이네."

"싫소."

능설비가 잘라 말하자,

"고집스러운 모습이 꼭 나의 사촌누이 유향과 흡사하군."

화복의 중년인은 불쾌하게 여기지 않고 오히려 소탈하게 웃었다.

"유, 유향이 사촌이오?"

능설비는 유향이라는 이름이 중년인의 입에서 나오자 흠칫 놀라며 몸을 떨었다.

"그 아이는 난초를 좋아했지. 그 아이의 아름다운 자태를 생각하노라면 지금도 마음이 뿌듯하다네."

화복의 중년인은 아련함에 물든 표정을 지으며 유향루의 기둥을 쓰다듬었다.

유향이라는 여인은 대체 누구일까? 중년인은 유향루와 밀접하게 연관된 사람임에 틀림이 없었다. 그는 수심에 잠겼다가는 이윽고 능설비를 향해 조용히 입을 열었다.

"자네의 고집도 대단하지만 내 고집도 그에 못지않지. 자네와 더불어 하려는 일은 꼭 해내고 말 것이네. 그러니 자네는 오늘 밤 삼경에는 무슨 일이 있어도 내 앞에 있어야 하네."

"……!"

"그리 바쁜 일은 아니야. 가련한 아이를 위해 한 가지 일만 하면 되는 것이야."

중년인은 탄식처럼 되뇌다가 시종의 부축을 받으며 누각 아래로 내려갔다.

누각의 아래에는 중년인이 타고 온 듯한 오추마 한 마리가 매어져 있었고, 그 좌우에는 흑표(黑豹)같이 날렵해 보이는 무사 여덟 명이 시립해 있었다.

중년인은 시종의 부축을 받으며 오추마에 오르며 그에게 지시했다.

"복아, 저 과객을 따라갔다가 삼경쯤 내 앞으로 데리고 오너라."

그는 말을 마치고는 오추마에 박차를 가했다. 말은 큰 울음소리를 한 번 지르더니 쏜살같이 내달리기 시작했다. 그와 함께 여덟 명의 무사들이 놀랍게도 오추마가 전속력으로 달리는 속도와 똑같은 속도로 달리며 중년인을 호위하는 것이었다. 그들의 모습은 찰나지간에 길모퉁이를 돌아 자취를 감추고 말았다.

남은 사람은 능설비와 복아라 불린 나이 지긋한 시종뿐이었다.

"저분은 아주 고집스러운 분이라네."

시종은 이제야 자유스러움을 만끽하려는 듯 항상 반쯤 굽히고 있던 허리를 쭈욱 폈다.

"다른 데 볼일이 있더라도 나와 함께 그리로 가세."

"무슨 일인지 궁금하기는 하나 나는 남의 말에 따라 움직이는 사람이 아니니 그렇게 알고 돌아가시오."

능설비는 그 말을 남기고는 거침없이 계단을 밟고 내려가기 시작했다.

바로 그때였다. 모기 소리만 한 전음이 능설비의 귓속으로 파고들었다.

"영주, 일단 삼경에 그리 간다 하십시오. 그자는 떨치기 힘든 자입니다. 꼭 승낙을 하셔야 떨칠 수 있습니다. 겉보기에는 왜소해도 칠십 년 전에는 대강남북을 공포의 도가니로 만들었던 절대고수입니다."

대체 누가 말하는 것일까?

전음은 계속해서 들려왔다.

"그자는 무상인마(無常人魔)라 하는 자입니다. 무공 수위가 오기조원지경(五氣朝元之境)에 올라 있어 공력이 밖으로 드러나지 않는 것이지요."

무상인마!

그 이름은 백도육지주와 동배의 이름이었다.

"속하는 황금총관입니다. 일단 무상인마를 떼어놓으신 다음 자세한 것을 들으실 것입니다."

정말 신통한 일이 아닐 수 없었다. 사자상의 눈에 글을 새긴 지 이각도 안 되어 황금총관이 능설비를 찾은 것이었다.

'무상인마라는 이름은 혈수광마옹이라는 이름보다도 무서운 이름이다.'

능설비는 황금총관의 전음을 듣고 적이 놀랐지만 내색은 하지 않고 복아라는 노인을 바라보았다. 강호 고수로 보기에는 특별한 데가 없는 사람이었다. 키는 작고 뚱뚱한 것이 도살장의 돼지 같은데, 그가 바로 전설적인 거마 무상인마라니……

"훗, 마음이 변했는가?"

복아라는 노인, 아니, 무상인마는 능설비가 멈춰 서며 자신을 바라보자 묘한 미소를 지으며 말을 던졌다.

"귀찮게 따라올 생각은 마시오. 하여간 그곳에 가기로 하겠으니 당신 일이나 보도록 하시오."
 "거짓말은 아니겠지?"
 무상인마가 다짐이라도 받겠다는 듯 다시 반문했다.
 "물론이오."
 능설비는 황금총관의 말대로 그자를 떼어놓을 요량으로 선선히 응낙했다.
 "좋아, 그럼 이경에 여기서 기다리겠다. 그러나 몰래 도망갈 생각은 마라."
 복아는 그렇게 말하다가 갑자기 재채기를 했다.
 에취! 하는 기침 소리가 나더니 갑자기 벼락 치는 듯한 굉음과 함께 오 장 밖 거석 하나가 산산이 박살이 나버리는 것이 아닌가?
 '옥룡토혼술(玉龍吐魂術)!'
 능설비는 적이 놀라며 무상인마를 다시 쳐다보았다.
 "후훗, 다음에는 기침이 아니라 더 재미있는 것을 보여주겠다."
 무상인마는 은연중 능설비에게 자신의 위용을 과시한 다음 느릿느릿 걸음을 떼어놓았다. 놀랍게도 그는 한 걸음에 오십 장 밖으로 사라져 버렸다.
 '대단한데?'
 능설비가 중얼거릴 때,
 "이쪽으로 오십시오."
 다시 그를 부르는 전음 소리가 제왕릉 쪽에서 들려왔다.
 얼마 후, 능설비는 능원을 지키는 노인과 마주 서게 되었다.
 제왕릉의 능원노인, 그가 바로 구마루에 충성하는 황금총관이었던 것이다.
 제왕릉 안에는 석옥 한 채가 있고, 주위에서 풍기는 송향이 언제

나와 마찬가지로 맑았다.

"그럴 수가!"

매우 놀라는 소리가 그 석옥 안에서 흘러나왔다. 방 안에는 능설비와 황금총관이 마주 앉아 있었는데, 그는 황금총관의 말에 입을 벌렸다.

"정말 유향루에 있던 화복의 중년인이 천자란 말인가?"

능설비는 자신의 귀를 의심하며 재차 물었다.

"그렇습니다."

황금총관은 나직하나 힘있는 어조로 대답했다.

능설비와 만나고자 했던 사람, 그는 바로 현재의 대륙을 통치하는 만인지상의 지위에 있는 천자였던 것이다. 그는 어지간한 일로는 바깥출입은 하지 않는 사람이었다. 그가 몇 년 만에 처음으로 미행을 나섰다가는 능설비를 보고 남다른 점에 감탄해 그를 부른 것이 이날 일의 진상이었다.

"그는 소광 태자(昭曠太子)에게 거의 모든 일을 맡기고 병약한 소로 공주의 거소에서 거의 모든 시간을 보내고 있습니다. 그는 아주 뛰어난 사람입니다. 무상인마와 선풍팔기(旋風八奇)가 무림계를 떠나 그의 충신이 된 이유는 그가 천자라는 지위 이전에 완벽한 인간이기 때문입니다."

"나를 왜 부른 것 같소?"

"그것은 저도 모르겠습니다."

"꼭 가야 할지 모르겠구려."

"가지 않으신다면 아마 무상인마가 십만대군을 이끌고 돌아다니며 영주를 찾을 것입니다."

황금총관은 본시 황금귀라 불렸다. 그는 황금을 너무나 좋아한 나머지 하루에 열 냥 정도의 순금을 장복한 바 있었다. 그 결과 그의 장원의 뒷간에는 항상 많은 사람이 들끓었고, 그의 대변은 세상에서 가장 귀한 대변으로 평가되기도 했다. 하지만 그의 기행은 무림동맹의 철퇴로 인해 산산조각이 되었다. 그는 모든 부하를 잃고 외아들 하나만을 데리고 허겁지겁 도망쳐야 했다. 그것이 바로 사십오 년 전의 일이었다.

"영주께서 바라시는 것이 무엇인지요?"

황금총관이 본론을 이야기하자,

"축융화뢰를 구해주었으면 하오."

능설비가 황금총관을 찾은 뜻을 분명히 밝혔다.

"아, 그것은 세상에서 가장 강한 화기지요."

"구할 수 있겠소?"

"잠시 기다려 주십시오. 목록을 보면 알 수 있습니다."

황금총관은 말을 마치며 건넌방으로 건너갔다. 그는 벽장을 열고 두툼한 책을 한 권 꺼냈다. 책 안에는 천하의 모든 기진이보가 깨알만 한 글씨로 수록이 되어 있었다.

"흠, 하나 있다고 적혀 있군요. 정말 잘되었습니다!"

그는 웃는 낯으로 되돌아왔다.

"언제 구할 수 있겠소?"

능설비가 묻자 황금총관은 흔쾌히 대답했다.

"하루면 됩니다. 사실 물건은 제가 아니고 저의 아들 녀석이 구할 것입니다."

"아들?"

"그 녀석은 정말 뛰어난 아이입니다. 아비가 마도인임을 수치로 여기기는 하나, 허헛, 아비가 구마령주의 속하 된 사람임을 어렸을 때부터 알고 있어 영주가 명하신다면 즉시 그것을 갖고 올 것입니다. 제가 그렇게 가르쳤지요."

"부자가 다른 길을 걷고 있단 말이오?"

"마도계에 대한 충성은 당대에 국한시킬 것입니다. 속하를 꾸짖으신다 해도 할 수 없습니다."

황금총관은 자신의 심중을 솔직하게 털어놓았다.

항상 푸른 숲을 보고 살아온 탓일까? 그는 능설비가 보아온 마도인과는 다른 데가 많은 사람이었다.

첫째, 그는 세력을 갖고 있지 않았다.

둘째, 그는 야욕조차 갖고 있지 않았다. 그가 갖고 있는 것이라면 그의 가문을 전멸시킨 백도인들에 대한 철저한 복수심뿐이었다. 더 있다면 자신이 맹세한 구마령주에 대한 충성심일 것이다.

"총관의 아들은 어떤 사람이오?"

능설비가 묻자,

"그 아이는 현재 호부상서 자리에 있습지요."

"호부의 상서라고?"

능설비는 놀란 표정이 되어 황금총관을 바라보았다.

황금총관의 아들, 그는 온 천하의 창고를 관장하고 있는 지위에 있었다. 호부상서라는 자리는 국고를 떡 주무르듯 할 수 있는 자리가 아니겠는가. 결국 능설비가 바라는 축융화뢰는 황고에 있다는 말도 되는 것이다.

이경 무렵.

능설비는 죽립을 등판에 걸친 상태로 유향루의 난간에 기대어 서 있었다. 유향루의 처마 위 끝에 걸린 편월이 유난히도 아름답다. 북경의 하늘이 주는 느낌은 심산유곡에서 바라보는 느낌과는 확연히 달랐다.

'강호의 아름다움 때문일까? 마성이 조금은 흐려진 듯하다.'

그는 그런 저런 생각을 하다가 피식 웃었다. 소리없이 다가서는 사람이 있음을 느꼈기 때문이다.

마치 유령처럼 다가서는 사람, 그는 바로 무상인마였다.

'일호와 싸우면 평수 정도는 되겠군.'

능설비는 모르는 체하고 기다렸다.

"먼저 와 기다리고 있었군."

복아라고 불리는 무상인마가 불쑥 머리를 내밀었다. 능설비는 애써 놀란 체를 한 다음 말했다.

"노인은 반 도깨비구려?"

"과거에는 도깨비라 불린 적도 있었지."

무상인마는 다짜고짜 손을 내밀어 능설비의 팔목을 낚아챘다. 순간 무상인마는 섬 한 기운을 느끼며 몸을 떨었다.

'냉기가 이리 강하다니……'

능설비의 몸 안에 얼음산이 있는 듯, 그의 손목을 타고 차가운 기운이 흘러드는 것이었다.

'으음… 내공을 숨기고 있단 말인가?'

무상인마는 나지막한 침음성을 흘리며 능설비의 눈을 들여다보았다. 그러나 그의 눈에 비쳐진 능설비의 눈빛은 아주 담담하기만 했다. 눈빛만으로 보면 무공을 익힌 흔적조차 찾기 어려웠다.

'나의 마성이 너무 강한 나머지 안으로 감춰졌기에 망정이지 그렇지 않았다면 노인은 벌써 피떡이 되었으리라.'

능설비는 속으로 뇌까린 다음,

"나는 할 일이 없어 여기 나와 있지는 않았소. 다만 주 대인과 한 언약이 있기에 나와 있었던 것뿐이오."

그가 퉁명스레 말하자,

"꽤 오래 살았지만 너같이 고집스러운 놈은 처음이다. 오래전 이곳을 떠난 난유향 옹주도 너만은 못했다."

무상인마는 멋쩍은 듯 왼손을 들어 머리를 긁적였다. 그 순간,

"뭐, 뭐라 했소?"

능설비가 경악성을 터뜨리며 두 눈에서 혈광을 폭사시켰다.

"어엇!"

무상인마는 능설비의 두 눈에서 뿜어지는 혈광을 보는 순간 벼락을 맞은 듯한 충격을 느꼈다. 아직까지 그는 능설비가 일신에 무공을 지니고 있으리라고는 꿈에도 생각하지 못했다. 그런 능설비에게서 한순간 무시무시한 혈광이 뿜어져 나왔으니 놀라는 것은 당연했다. 그가 정신을 가다듬고 능설비를 다시 바라보았을 때는 이미 혈광이 사라지고 없었다. 능설비는 다시 담담한 눈빛이 되어 말했다.

"방금 뭐라 하셨소?"

'으음… 내가 헛것을 보았는가? 보면 볼수록 신비한 놈이다.'

무상인마는 능설비를 다시 자세히 살피다가 말했다.

"낮에 나의 주인이 너를 부른 이유를 아느냐?"

"모르오."

"그 이유는 너의 옆얼굴이 그분의 사촌 누이었던 난유향이란 어르신네와 흡사하기 때문이었다."

"난유향은 어떤 여인이오?"

"그분의 사촌이라 하지 않았더냐."

무상인마는 미간을 찌푸리며 대답했다.
능설비는 몹시 굳은 표정이 되어 다그쳐 물었다.
"지금 어찌 되었느냐 하는 말이오."
"실종되셨다."
무상인마는 간단하게 잘라 말한 다음 능설비의 팔을 잡아 이끌었다.
"그분은 세상에서 가장 아름다운 분이셨지. 그분은 본시 연경에서 사실 작정이었는데 북풍(北風)이 그분을 데리고 가버렸네."
"북풍이라니… 무슨 바람 말이오?"
평정심을 잃은 듯 능설비의 말끝이 흔들린다.
난유향!
그 이름은 바로 능설비를 낳아준 여인의 이름이기 때문이었다.
"그분을 데리고 간 바람은 능은한이라는 바람이었다."
'……!'
무상인마가 들려주는 말에 능설비는 숨도 쉬지 못했다.
너무나도 충격적인 일이 아닌가? 부모 중 한 사람의 이름이 다른 사람과 같을 수는 있다. 그러나 두 명의 이름이 다 같기는 아주 힘들다.
능은한과 난유향은 바로 청해쌍선이기도 했다. 능설비가 아예 무시해 버린 그의 신분, 거기에 놀라운 배후가 있을 줄이야.
무상인마가 어찌 이런 능설비의 내막을 알겠는가.
그는 유향루 쪽을 가리키며 말을 이었다.
"저 누각은 우리 어르신네가 난유향 그분께 주신 선물이었지. 이십사 년 전, 난유향 그분은 유향루의 낙성식에 참가하고 돌아가시다가 연경 구경을 온 능은한이란 사내를 보고 한눈에 반해 홀연히 모습을 감추어 버리셨다."

능설비의 얼굴은 창백하다 못해 백지보다 희었다. 그는 지난 세월 동안 애써 부모의 이름을 잊어버리려 했다. 그런데 그들을 기억하고 있는 사람이 있을 줄이야.

'유향… 그 이름이 그물이 되어 나를 사로잡다니… 으으, 나는 태상마종이다. 그 어떤 사람의 아래도 아냐.'

그의 얼굴은 납덩어리같이 굳어졌다. 능설비가 좋든 싫든 그가 황실의 일족이라는 것은 분명한 일이었다. 그는 문득 모든 것을 버리고 어디론가 훌쩍 떠나고 싶다는 마음을 느꼈다.

'모든 것에서 멀어지고 싶다. 혈해(血海) 속으로 들어가 버리며 나의 이성을 모조리 잃어버리고 싶다.'

갑자기 이상한 마음이 북받쳐 올랐다. 하지만 지금 당장 무상인마를 때려죽이고 떠날 수는 없는 일이었다. 그는 내일 새벽 황금총관의 아들에게 축융화뢰를 건네받기로 예정되어 있었다. 그 장소는 바로 황성이었다. 능설비는 그런 이유가 있기 때문에 황성으로의 초대를 거절하지 않았던 것이다.

이날의 밤은 유난히도 깊어 보였다. 달빛마저도 오늘따라 잔혹할 정도로 아름답게 출렁이며 능설비의 심란한 마음을 여지없이 흔들어놓았다.

황궁의 깊은 곳, 능설비가 눈살을 찌푸리고 있었다.
"이게 무슨 짓이오?"

그는 탁자 위를 손가락질했다. 탁자 위에는 비단으로 된 홍포(紅袍)가 놓여 있었다.

"이곳이 황궁이고 자네를 부른 어르신네가 바로 주상임을 알고도 그리 고집스러운가?"

무상인마는 가볍게 눈살을 찌푸리며 능설비를 나무랐다. 그러나 능설비는 자신의 주장을 굽히려 들지 않았다.

"그 사람이 주상이라는 것과 내가 이 화려한 옷을 걸쳐야 한다는 것이 무슨 관련이 있단 말이오?"

"쯧쯧, 입으라면 입게."

무상인마는 혀를 한번 찬 다음 휑하니 방을 나섰다.

'황제는 대체 무엇을 바라는 것일까? 여기까지 온 것만 해도 나답지 않은 일인데 또다시 남의 말에 따라 행동해야 하는가?'

능설비는 불쾌한 표정을 거두지 못했다. 축융화뢰를 얻기 위해 억지로 황궁에 들어왔지만, 생각지도 못한 어머니의 신분이 그를 여기로 끌어들인 건지도 모를 일이었다.

'하지만… 어찌 생각하면 나의 경험을 넓히는 일이 될 수도 있다.'

그는 스스로 위안이라도 하듯 자신을 타이르며 옷을 갈아입었다.

알식경 후에 나타난 사람은 무상인마가 아니라 아주 아리따운 시녀 두 사람이었다.

"따라오십시오."

"저희들이 모시고 가겠습니다."

시녀들은 능설비를 보고 얼굴을 괜히 붉혔다. 능설비의 모습은 가히 인중룡이었다. 황궁에서도 능설비만 한 남자는 보기 드물었다.

'일단은 하라는 대로 해주지.'

능설비는 순순히 시녀들을 따라 걸어갔다.

'천자가 과연 나의 외백이 되는 사람이란 말인가? 아니다. 그의 사촌인 난유향은 나와 아무런 상관도 없다. 나는 마일 뿐이야. 나에게 피붙이가 있을 수 없다. 절대로.'

능설비는 또 한 번 자신을 시험하고 있었다.

그는 모든 것을 끊도록 교육받았다. 그에게 남아 있는 것은 구마령주로서의 임무뿐이다. 그리고 그것을 단 한 번도 잊은 적이 없었다.

'여차하면 천자를 쳐죽여 내가 태상마종임을 온 세상에 알리리라.'

그는 마음을 모질게 다잡아먹었다.

소로 공주의 비밀

  황궁 안은 깊고 넓었다.
  능설비는 시녀들을 따라 걷다가 내전 안으로 들어서게 되었다. 발목까지 잠기는 부드러운 융단이 깔린 복도는 끝이 보이지 않았고, 양옆으로 금박을 입힌 기둥이 열병한 병사마냥 도열해 있다. 천장의 화려한 금박은 등불에 반사되어 너무도 찬란한 빛을 뿌려댔다.
  '이렇게 신비한 곳이 있다니 만화지보다 더 신비하지 않은가? 역시 황궁은 황궁이다. 나의 이목을 많이 넓힐 수 있으니 헛걸음만은 아니다.'
  능설비가 그렇게 생각할 때,
  "저 안입니다."
  "어서 들어가십시오."
  시녀들이 복도 중앙 쪽에 있는 방문 하나를 가리켰다.

"들어가라면 들어가지."
 능설비는 냉소를 흘리며 방 가까이 다가갔다. 기이한 흐느낌 소리가 방 안에서 흘러나왔다.
 야릇한 느낌에 그의 눈매가 일그러질 때, 방문이 소리없이 안쪽으로 열렸다.
 방 안은 아주 어두웠다. 천자가 있을 만한 곳은 아니었다. 방 안에는 야릇한 향연이 가득했고, 한구석에서 이상한 흐느낌 소리가 나고 있었다.
 "흑흑."
 아름다운 휘장이 신비하게 드리워져 있는 침상 위, 궁장여인 하나가 쪼그리고 앉아 울고 있는 것이 아닌가?
 "흐윽… 아바마마, 어이해 소로에게 이토록 불결한 일을 강요하는 것입니까?"
 여인의 흐느낌 소리가 애잔하게 퍼져 나갈 때였다. 능설비가 들어왔던 방문이 닫히며 방 안은 더욱 어두워지고 말았다. 물론 능설비는 구마루 안에서 터득한 안력을 이용해 방 안을 낱낱이 살필 수 있었다.
 '도깨비놀음이군. 이곳은 꼭 신방 같지 않은가?'
 능설비는 합환소 같은 실내를 보고 어처구니없어했다. 바로 그때였다. 옷을 갈아입기 전에 만났던 무상인마의 목소리가 그의 귓속으로 천둥소리처럼 파고들었다.
 "젊은이, 미안하네. 하지만 나도 어쩔 수 없었네. 모두 천자를 위하는 일이니까."
 "무슨 짓이오?"
 능설비가 대략적인 상황을 눈치채고 크게 소리치자,

"아아, 어찌 말로 표현할 수 있겠는가. 아무것도 할 말이 없다네. 미안하다는 말밖에는. 그러나 자네에게 있어서는 일생일대의 영광이라는 것도 사실이네."

무상인마의 전음은 거기에서 끝났다. 그리고는 돌과 돌이 가볍게 마찰을 일으키며 내는 기관음이 나며 지독한 향풍이 흘러들었다. 분홍빛 안개가 삽시간에 방 안을 가득 메웠다.

기묘한 향이 번지자 능설비는 기겁하여 코끝을 찡그렸다.

그 순간 침상 쪽에서 다시 흐느낌이 들려왔다.

"오오, 하늘이시여, 어이해 소로에게 이런 처참함을 주십니까? 공주답지 못하게 흉물로 태어난 죄로 평생 외부 출입을 못한 것만도 괴로운 일인데 혼례마저도 이렇게 해야 하다니⋯⋯!"

침상 위에 있던 여인이 탄식하며 능설비 쪽으로 얼굴을 돌렸다. 그 여인의 얼굴을 대하는 순간, 능설비는 먹은 것들을 모두 다 토해 버리고 싶은 심한 구역질을 느꼈다.

여인의 얼굴은 야차의 모습이었다.

반쯤 썩었다고 할까? 얼굴 위에 수백 개의 자잘한 피고름 주머니가 매달려 있고, 고름 주머니에서 악취가 심하게 흘러나왔다. 그런 가운데에도 아름다운 것이 있기는 했다. 눈이 아주 아름다운데, 얼굴이 너무나 흉해 눈빛의 아름다움은 아예 느껴지지도 않을 정도였다.

소로 공주는 하늘을 보며 흐느끼다가 손을 품에 넣었다.

"차라리 처녀귀신이 되는 게 낫지. 아아, 이렇게 비굴하게 살 바엔 내 손으로 나의 숨을 끊으리라!"

그녀의 손에 비수 하나가 들려 나왔다. 아주 섬뜩한 빛이 날 끝에 감도는 비수였다. 소로 공주는 비수를 자신의 목에 대고 그으려

하다가,
"으으… 힘, 힘이 사라지다니… 으으음!"
그녀는 몽롱한 연기에 취해 힘없이 비수를 떨어뜨리고 말았다. 방 안을 가득 메우고 있는 연기는 이 세상에서 가장 지독한 최음약이었다. 비수를 떨어뜨린 뒤 소로 공주는 욕정을 느끼기 시작하며 몸을 뒤틀었다.
"아아……!"
그녀가 뜨거운 숨소리를 토할 때,
"최음약으로 나를 능멸하다니! 더러운 놈들! 나, 나가서 모조리 쳐죽이리라!"
능설비의 눈에서 흉광이 폭사되었다. 천자가 그를 부른 이유는 너무나도 뜻밖이었다. 그는 우연히 본 능설비의 풍도에 반한 나머지 능설비를 자신의 부마로 삼을 작정을 했던 것이다. 천자는 이렇듯 모든 것을 제멋대로 하는 사람이었다.
소로 공주는 황제의 막내딸이었다. 세상에서 가장 고귀한 여인이건만 불행히도 태어난 지 얼마 되지 않아 추물이 되었다. 이후, 그녀는 야귀와도 같이 살아야 했다. 벌건 대낮에는 물론이려니와 캄캄한 밤이 되어도 그녀는 자신의 처소에서 한 발자국도 나서지 않고 틀어박혀 지냈다. 시녀들 중에서도 입이 무거운 시녀만이 그녀 곁에 갈 수 있었다.
소로 공주는 이름만 알려졌을 뿐, 모습은 누구에게도 알려지지 않은 채 지난 십수 년을 보낸 여인이었다. 혼례식을 치른다는 것은 있을 수도 없는 일이었다.
천자는 그렇게 살아야 하는 소로 공주가 불쌍하다 여긴 나머지 우연히 자신의 마음에 들게 된 능설비를 소로 공주의 짝으로 삼을 작정을 해버리고, 무상인마로 하여금 능설비를 데리고 오라 명령했던 것이다.

능설비는 분노를 이기지 못하고 손을 휘저었다.

"모두 쳐죽인다!"

그는 이를 으드득 갈고 마공을 쓰려 했으나, 아무런 일도 벌어지지 않았다. 내공의 힘은 강기가 되어 나가는 대신 아주 지독한 색욕이 되어 갑자기 그의 마음을 휘감아 버리는 것이었다. 능설비는 갑자기 현기증을 느꼈다. 하늘과 땅이 거꾸로 도는 듯한 가운데 피가 펄펄 끓어올랐다.

능설비는 아직 동자신(童子身)이다. 그 덕에 최음약의 기운이 빨리 달아올랐다. 그것은 독이 아니라 약이었다. 독이었다면 차라리 걸려들지 않았을 것이다.

능설비가 끓어오르는 욕정으로 몸을 뒤틀고 있을 때, 침상 위에서 흰 몸뚱이가 벌떡 일어났다.

"흐으윽! 어, 어서 나를……."

신음 소리와 함께 찌이익! 하는 옷가지가 찢겨 나가는 소리가 들렸다. 소로 공주가 모든 옷가지를 찢어버리며 몸을 일으켰다. 그녀의 속살은 얼굴과는 달리 지극히 아름다웠다. 금방이라도 터져 나갈 듯한 봉긋한 두 개의 투실한 젖무덤과 끊어질 듯 휘어진 연약한 허리, 그 아래 펑퍼짐한 곡선을 긋고 있는 둔부는 완연한 여인임을 보여주었다.

"이, 이리 와라. 어서!"

최음제에 취해 이성이 마비된 소로 공주는 사람이 아니라 발정한 암캐와 같았다.

상황은 능설비 역시 마찬가지였다.

"여, 여자가 그립다. 으으윽!"

그는 걸치고 있는 옷이 거추장스럽다는 듯 훌렁 벗어버리며 침상 쪽으로 다가갔다. 방 안은 두 사람이 뿜어내는 열기로 후끈 달아오르고 있었다.

소로 공주는 능설비가 다가서는데도 기다리지 못하고 뛰는 듯 달려나와 와락 그의 품을 파고들었다. 병약했기에 소로 공주는 너무도 쉽게 최음제의 포로가 되어 버렸다. 동공이 붉은 빛으로 타올랐으며 격하게 내쉬는 숨결은 용암처럼 뜨거웠다.

능설비의 모습도 그녀와 다를 바 없었다.

"흐으으!"

누가 먼저랄 것도 없이 두 사람은 한 덩어리가 되어 나뒹굴었다. 두 사람은 정신없이 상대의 몸을 탐닉하기 시작했다.

그녀의 뜨겁게 달구어진 전신에서는 땀방울이 폭포수처럼 쏟아져 내렸다.

"흐으음!"

소로 공주는 능설비의 뜨거운 입술이 자신의 입술에 겹쳐지자 한차례 몸을 세차게 떨었다. 능설비의 손이 그녀의 전신 구석구석을 누비며 그녀를 더욱 뜨겁게 달아오르게 했다.

그녀의 정신이 아득한 열락의 구름을 타고 끝없이 솟아오를 때,

"아아악!"

그녀는 이 세상에서 가장 억센 사나이를 받아들이다 못해 처절한 비명 소리를 내며 경련했다.

실내엔 어둠과 채 가시지 않은 열기로 채워져 있었다.

격랑이 지난 후일까? 소로전 안은 조용하기가 무덤 속 같았다. 그 어둠 속에서 능설비는 부글부글 끓는 심경을 이기지 못하고 두

눈에서 시뻘건 광채를 폭사시키며 주먹을 움켜쥐고 있었다. 아주 추악한 소로 공주의 얼굴이 눈앞에 어른거렸다.

바로 곁에 쓰러져 자고 있는 여인의 얼굴. 능설비가 가장 저주하는 얼굴이 되어버린 세상에서 가장 가엾은 여인의 모습이었다.

'쳐죽이리라. 감히 태상마종을 능욕한 계집!'

능설비가 손에서 혈강을 일으켜 일수에 잠든 소로 공주를 내려치려 하는데 갑자기 소로전의 방문이 열렸다. 그리고는 키가 크고 옷차림이 지극히 화려한 서른 살 정도의 미장부가 다짜고짜 방 안으로 들어섰다.

방 안의 능설비와 소로 공주를 바라보는 그의 표정은 너무도 오만했다. 눈빛을 본다면 무공을 익힌 표가 나지 않는 사람이었으나 남에게 주는 인상은 세외기인이 주는 인상과 비슷한, 매우 뛰어난 사람이었다.

"주상께서 결국 쓸데없는 일을 저지르셨군."

그는 조소를 지은 채 혼잣말처럼 중얼거렸다. 그의 뒤쪽에는 무상인마가 아주 초조한 기색으로 시립하고 있었다.

'욕심 많은 소광 태자가 이 일을 알고 쳐들어오다니 주상께서 아신다면 정말 낭패가 아닌가.'

그가 전전긍긍해할 때,

"복아는 물러나 있게."

비단옷을 입은 사람이 돌아보지도 않고 냉랭한 어조로 명령했다.

"예에."

무상인마는 벌레 씹은 얼굴을 하며 멀리 물러났다. 마음이 내키지는 않았지만 태자의 명이라 그로서도 어찌해 볼 도리가 없었다.

방 안은 어슴푸레했다.

열려진 문을 통해 흘러들어 오는 빛은 소광 태자의 그림자를 아주 길게 만들고 있었다. 그는 팔짱을 낀 채 오만한 모습으로 능설비를 내려다보았다. 그의 눈에는 경멸의 빛이 가득 담겨 있었다.

능설비는 그런 태자를 상대하기도 싫다는 듯 시선을 바닥에 떨어뜨리고 있었다.

태자의 입술을 비집고 경멸에 찬 음성이 흘러나왔다.

"궁녀들의 말대로 네 모습은 바람이 나 황족이 되기를 거부한 난유향 옹주와 비슷하구나."

그는 중얼거린 다음 손을 흔들었다. 그러자 소매 속에서 작은 금패 하나가 능설비의 앞으로 굴러 떨어졌다.

〈소광친령(昭光親令).〉

금패에는 그런 글이 전각으로 파여 있었다.

"네게 줄 것은 이것밖에 없다. 주상께서 네게 뭐라 하시건 지금 내가 네게 말하는 것이 진실이다."

"……."

"소광친령은 곧 나를 뜻한다. 그것을 네게 주겠다. 그것을 갖고 황고로 가라. 그것을 보이면 네가 원하는 것은 무엇이든 꺼내줄 것이다. 황금을 얼마든지 가져가도 좋다. 다만, 오늘 이후 나의 눈에 띈다면 너는 사납기가 야수 같은 금군(禁軍)에 의해 감쪽같이 제거될 줄 알아라. 황성에 남아 관직을 차지하겠다는 마음은 이 자리에서 버리도록 해라. 소로가 나의 누이이기는 하나, 나는 추악한 소로를 누이로 인정하지 않는다. 따라서 너는 부마가 아닌 것이다."

소광 태자는 현재 황제의 역할을 대신하고 있는 사람이었다. 그의 어머니는 대무신후였으며 소로 공주는 그와 어머니가 달랐다. 소로의 생모는 소귀빈(昭貴嬪)이었다. 그녀는 소로 공주를 낳다가 죽은 황제의 첩이었다. 그런 연유로 소광 태자는 소로 공주를 눈엣가시같이 여기고 있었다.

소광 태자는 못 볼 것을 보았다는 듯 침을 뱉으며 발길을 돌려 휑하니 나가 버렸다.

능설비는 그제야 눈을 들었다.

'악한 자로군.'

그는 손끝을 가늘게 떨었다. 마음 같아서는 당장에 태자를 쳐죽이고 싶었다. 그러나 황궁과 시비를 일으키면 안 된다는 황금총관의 말을 떠올리며 가까스로 살심을 억제했다.

'어차피 나와는 인연이 없는 곳이다. 괜히 시비를 일으킬 필요는 없다.'

그는 손을 내렸고, 소광 태자는 멀리 사라져 갔다. 태자가 사라지고 나자 무상인마의 목소리가 밖에서 들려왔다.

"어디 좀 나와 보시오."

"……"

능설비는 대답을 하지 않고 아무렇게나 던져 놓은 자신의 옷을 찾아 벌거벗은 몸을 가렸다.

무상인마는 차마 방 안을 들여다볼 수 없는지 몸을 숨긴 채 말을 했다.

"소광 태자의 말씀을 고깝게 여기지 마시오. 그분은 본시 그런 분이오. 며칠 숨어 지내신다면 금방 부마로 책정될 것이오."

"……"

"태자는 부정하시나 주상은 그대를 부마로 인정하실 것이오. 그대에게는 부마의 지위와 함께 지고한 관직이 하사될 것이오."

그 말이 끝나기가 무섭게 능설비의 미간이 꿈틀 경련을 일으켰다.

"물러가라!"

"노화가 심하신 줄은 아나 비밀로 할 수밖에 없었소. 소로 공주님께서 워낙 추물이신지라……."

무상인마는 능설비의 면박에도 아랑곳하지 않고 얄팍한 웃음마저 떠올리며 대답한다.

능설비의 입에서 좀 더 심한 말이 튀어나왔다.

"꺼져라!"

"원하신다면 그렇게 하겠소. 하여간 주상께서는 부마를 어서 만나보고자 하시니 잠시 후 다시 오겠소."

무상인마는 능설비의 마음이 심상치 않음을 알고 얼른 몸을 돌려 사라졌다. 그가 모습을 감추자 능설비는 천천히 몸을 일으켰다.

'천자의 힘이 무섭긴 무섭군. 한 번 본 사람을 부마로 만들 정도이니. 그러나 무림에서 나의 힘도 그만 못지않게 될 것이다.'

능설비는 가볍게 코웃음을 쳤다.

'나가자. 더 이상 황실의 일에 연루되어 귀찮아지고 싶지 않다.'

그는 차게 뇌까리며 걸음을 내디뎠다. 그때 등 뒤에서 떨리는 목소리가 들려왔다.

"가, 가시렵니까?"

능설비가 돌아보자 소로 공주가 어느 틈엔가 정신을 차리고 자신을 지켜보고 있었다. 그녀의 얼굴은 두 번 다시 보고 싶지 않을 정도로 추악했다. 반쯤 썩은 얼굴이라는 표현이 그녀의 용모에 대한 표현으로는 가장 적합할 것이다.
 "어디로 가시나이까?"
 소로 공주가 재차 물었다.
 "알 것 없소."
 그녀의 질문에 능설비는 차갑게 대꾸했다.
 "나, 나를 싫어하시는군요. 하긴 다른 사람들도 모두 다 미워하는 소로를 좋아하실 리가 없지요."
 애처로움을 담고 있는 소로 공주의 눈에 눈물이 가득 차올랐다.
 "싫어하는 것은 아니오."
 "그럼……?"
 "우린 서로 인연이 없을 뿐이오."
 "흐흑… 결국 그 말이 그 말 아닙니까? 부마라는 자리를 건네받으면서도 취하고 싶지 않은 여인이 바로 여기에 있는 천하제일흉물 소로라는 계집이 아니겠습니까?"
 "울지 마시오. 울기보다는 나를 잊어버리시오. 나는 이미 당신을 잊었으니까."
 능설비는 정말 이번 일을 자신의 기억에서 깡그리 지워 버릴 심산이었다.
 "나의 추악함을 경멸하시는군요?"
 "……."
 능설비는 대답하지 않았다.
 "아니면 소광 태자의 협박이 무서운가요?"
 "그런 자는 무섭지 않소."
 "정말인가요?"
 "물론이오."

"그럼 왜 떠나려 하십니까?"
"……."
능설비가 다시 입을 다물어 버리자 소로 공주는 탄식했다.
"아아, 결국 문제는 나의 추악함에 있는 것이군요? 내가 추악하기 때문에 떠나려 하는 것이군요?"
소로는 눈물을 주루루 흘리며 고개를 떨어뜨렸다. 작은 어깨를 들먹이며 흐느끼는 그녀가 조금은 애처롭게 보였다. 모든 여인이 동경하는 공주 자리에 있는, 세상에서 가장 행복한 여인이어야 하는데 사실은 이 세상에서 가장 불행한 여인인 것이다.
"떠나고 싶으면 떠나십시오. 아바마마도 사실은 소로가 보기 싫어 내버리기 위해 아무나 택해 부마로 삼으신 것이고… 소로는 추악하기 때문에 초야마저 장난치듯 치를 수밖에 없었던 것이지요. 이제는 제가 떠나는 수밖에……."
소로는 갑자기 얼굴을 쳐들었다. 너무나도 흉한 얼굴이었다. 그 가운데도 눈빛만은 정말 추수와도 같이 아름다웠다. 극히 추한 얼굴에 극히 아름다운 눈빛이 함께 있다는 것이 신비하기만 했다.
소로 공주는 혀를 깨물고 죽을 작정을 한 듯했다.
"어서 가세요. 그래도 저는 여인… 당신이 저를 버리기는 했으나, 저의 남자가 되신 그대가 보는 앞에서 죽을 수는 없습니다."
"죽을 작정이오?"
능설비는 몹시 무뚝뚝했다.
'차가운 자!'
소로 공주는 목석같은 능설비의 질문에 몸을 떨었다.
"훗훗, 죽고 싶으면 죽으시오. 그러나 용모가 추악하기 때문에 죽는 것이라면 생각을 달리하시오."

"무슨 말이지요?"

소로 공주가 의아한 표정으로 반문하자 능설비는 웃기만 했다.

'나를 비웃고 있다.'

소로 공주는 더한 슬픔을 느꼈다. 복받쳐 오르는 설움을 애써 참으려는 듯 그녀는 입술을 질끈 깨물었다.

"추악하기 때문에 자결하는 것은 아닙니다. 그럴 작정이었다면 벌써 죽었을 테니까요. 지금 자결하려 하는 이유는 버림받았기 때문입니다. 세상의 모든 것에게서!"

"내가 떠나려는 이유는 당신이 추악하기 때문이 아니오. 그것만은 알아야 하오."

"거짓말!"

소로 공주가 머리를 세차게 흔들었다.

"거짓말이 아니오."

능설비도 이번에는 진지한 표정을 지었다.

"흥, 거짓말이에요."

"천만에."

"더 이상 나를 희롱하지 말아요."

소로 공주가 세차게 고개를 저으며 능설비의 말을 부정했다.

"당신이 추악하기 때문에 내가 떠나는 것이 아님을 이 자리에서 밝히겠소."

능설비는 그렇게 말하며 갑자기 소로 공주를 향해 미끄러지듯 다가섰다.

'아아, 공주라는 지위를 버리고서라도 품에 안기고 싶을 정도로 아름다운 사람이다.'

소로 공주의 눈꺼풀이 파르르 떨렸다.

능설비는 주저하지 않고 두 손을 그녀의 양 볼에 얹었다.
"눈을 감으시오."
"으음."
소로 공주는 그의 말에 취한 듯 스르르 눈을 감았다. 순간 능설비의 몸 안에서 우렛소리가 나며 우둑우둑 뼈마디가 뒤틀리는 소리가 났다. 그의 두 손이 점차 적과 흑의 두 가지 색으로 물들기 시작했다.
'아아, 시원해!'
소로 공주는 몸을 가늘게 떨었다.
능설비의 양손에서 검은 기류와 붉은 기류가 나와 소로 공주의 얼굴을 완전히 뒤덮었다.
"으으음!"
소로 공주는 신음 소리를 내며 정신을 잃었다.
능설비는 땀투성이가 되어서야 자신이 발출하던 기운을 거둬들였다. 그는 묘한 표정을 지으며 두 손을 내렸다.
'대마수벌근해독공(大魔手伐筋解毒功)이 잘 시전이 되었는지 모르겠군.'
그는 눈을 감고 잠시 생각에 잠겼다.
'소로 공주는 태어난 직후 독에 당했기에 추악해진 것이다. 해독을 해주었으니 진짜 자신의 얼굴을 찾을 수 있겠지.'
하지만 그는 소로 공주의 얼굴을 보지 않았다.
그는 그대로 뒤돌아서서 문 쪽으로 걸어갔다. 그가 막 문밖으로 나가려 하는데 갑자기 문 옆에 걸린 동경의 한가운데에 이 세상에서 가장 아름다운 얼굴 하나가 보이고 있지 않은가? 그림보다도 아름다운 얼굴이었다. 이 세상의 모든 미를 갖고 있는 얼굴이었다.

눈을 꼬옥 감고 있는 미인의 얼굴은 바로 소로 공주의 진짜 얼굴이었다.

'저리 아름다운 여인이었을 줄이야.'

능설비는 자신이 치료해 준 소로 공주의 얼굴이 그토록 아름다울 줄은 꿈에도 생각지 못했다. 그러나 그는 냉막하기 그지없는 사람이었다. 그는 뒤돌아보고 싶은 충동을 느꼈지만 그대로 밖으로 나가 문을 닫았다.

그가 밖으로 나오자 무상인마가 기다렸다는 듯 모퉁이를 돌아 나와 그의 바로 앞에 시립했다.

"모시러 왔습니다."

"천자의 앞으로 가자는 말인가?"

"그렇습니다."

"천자는 천수가 그리 많이 남지 않은 사람이라고 여기지 않소?"

"예?"

무상인마는 능설비의 예기치 않은 질문에 어안이 벙벙했다.

능설비는 아무렇지도 않게 말을 이었다.

"훗훗, 나는 관상을 조금 볼 줄 아오. 내가 보기에 천자는 삼 년을 못 넘기고 죽소."

'대단하다. 노부밖에 모르는 그 일을 알아보다니……. 떠돌이인 줄 알았던 사람의 눈매가 이리도 날카로울 줄이야.'

무상인마는 놀라기 이전에 감탄했다. 천자가 오래 살지 못한다는 건 무상인마도 익히 알고 있는 일이었다. 천자가 속병을 앓고 있다는 건 그만이 아는 비밀 중의 비밀이었다.

"그, 그런 말을 어찌 함부로……."

무상인마가 당혹함을 감추지 못하고 말끝을 흐렸다.

"하여간 천자의 지위는 여기 왔다 간 그 오만한 소광 태자란 자에게 돌아갈 것이 아니오?"

"그렇지요."

"그럼 세상은 그자의 것이 되는 것이오."

"그렇습니다. 그래서 천자께서는 부마가 공주를 데리고 멀리 떠나가 사시게 하려는 것이지요."

"훗훗, 미련하구려."

"예?"

무상인마는 능설비의 말뜻을 알아듣지 못하고 의아해했다. 그런 그를 바라보며 능설비는 조소라도 보내듯 입을 열었다.

"대세가 그렇다면 당신은 소광 태자란 자를 따라야 하는데 굳이 죽어가는 천자를 따르니 미련하지 않소?"

"으으음!"

무상인마는 능설비의 거침없는 말솜씨에 침음성을 흘렸다.

그때 능설비가 갑자기 뚱딴지같은 말을 꺼냈다.

"소로 공주가 태어날 때 공주를 받은 사람이 누구요?"

"어의 중 하나인 황의약선(黃衣藥仙)이오. 그런데 그건 어이해 물으시오?"

"그 여인을 죽이시오."

능설비가 대수롭지 않게 말을 하자 무상인마는 적이 놀라는 표정을 지었다.

"죽, 죽이다니?"

"그 황의약선이라는 어의는 소로 공주가 태어나자마자 소로 공주에게 패혈마령산(敗血魔靈散)을 썼소."

"패, 패혈마령산이라고?"

"그렇소. 패혈마령산은 이백 년 전 멸망한 적혈교가 즐겨 쓰던 독약이오, 인마(人魔)."

"으음, 이제 보니 무림고수시군. 나의 별호를 알고 있다니……."

"그렇다고 해둡시다. 그러기에 나는 더더욱 황성과 인연이 없는 것이오."

"보면 볼수록 당신은 사람을 놀라게 하는 인물이구려. 대체 당신의 정체는 무엇이오?"

"훗훗, 설산공자(雪山公子) 정도로 알고 계시오. 그리고 소로 공주는 독약의 금제에서 풀려 제 모습을 찾았소. 그러니 이제는 이 음침한 곳에 기거할 필요가 없을 것이오."

"정, 정말이오?"

무상인마가 놀라며 되묻자 능설비는 간단히 잘라 말했다.

"그렇소."

"아아, 이럴 수가! 노부가 이십 년간 해결 못한 것을 찰나지간에 풀어버리다니……."

무상인마는 감탄에 감탄을 거듭했다.

소로 공주가 제 얼굴을 갖지 못했다는 것도 무상인마가 익히 아는 일이었다. 그는 별의별 방법을 다 동원해 보았지만 소로 공주의 진면목을 회복시킬 수 없었다.

이십 년 전 소로 공주를 받아낸 황의약선이라는 여인은 현재 세상에 없다. 그녀가 무상인마에게 죽은 지 이십 년째였다. 그녀는 다른 사람이 아니라 바로 소광 태자의 어머니에게 명을 받고 소로 공주에게 독을 썼던 것이다. 무상인마는 그 일을 알고 황의약선을 죽이기는 했으나 그녀가 쓴 독이 무엇인지는 아직 모르고 있었다. 당연히 해독법도 몰랐다. 그래서 소로전을 세워 소로 공주를 숨겨

키울 수밖에 없었던 것이다. 그런데 자칭 설산공자란 자가 모든 것을 한순간에 해결해 버리다니 이 어찌 충격적인 일이 아닌가?

"천자께서 아시면 크게 기뻐할 것이오. 어서 같이 갑시다."

무상인마는 덥석 능설비의 손을 거머쥐었다.

그러나 능설비는 그의 뜻대로 움직여 주지 않았다. 무상인마가 막 능설비의 손을 잡아끌려 할 때, 능설비의 손가락이 그의 옆구리 연마혈을 찍었다.

무상인마의 단단한 몸뚱이가 솜처럼 녹아들더니 그대로 바닥에 나뒹굴었다.

"나는 남으라고 해서 남는 사람이 아니오."

능설비는 중얼거리며 몸을 날렸다. 그는 찰나지간에 드넓은 구중궁궐에서 모습을 감추고 말았다.

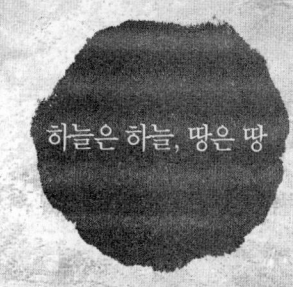

하늘은 하늘, 땅은 땅

달조차 서편 하늘로 숨어버린 새벽이다.

능설비는 홍포 자락을 바람에 날리며 새벽의 궁정을 바람처럼 가로질렀다.

'그가 기다리겠군.'

능설비는 황궁 안을 철통같이 경계하는 금위군사(禁衛軍士)들의 눈을 철저히 조롱하며 거침없이 궁정을 가로질렀다.

잠시 후, 그는 오래전부터 사람이 기거하지 않아 거미줄투성이가 된 거대한 석전 뒤에 이르게 되었다. 뒤편으로 보이는 숲은 어둠 속에 웅크린 공룡 같았다.

능설비가 붉은 그림자를 뿌리며 떨어져 내리자,

"영, 영주시오?"

숲 안에서 이제껏 기다리고 있던 사람 하나가 불쑥 모습을 드러냈다. 나이는 대략 사십 정도였고, 관복을 걸친 모습이 매우 기품

있게 보이는 사람이었다.
 호부상서(戶府尙書) 웅진옥(雄眞玉).
 그는 청렴결백하고 강직하기로 이름난 사람이었다. 언제나 당당한 사람이었는데, 지금 그의 얼굴은 중병을 앓는 사람처럼 초췌해 보였다.
 "그렇다네. 귀하가 황금총관의 아들인가?"
 능설비는 구마령을 꺼내 보였다.
 "기, 기다렸습니다. 저를 따라오십시오."
 떨리는 눈길로 능설비를 바라보다가 웅진옥이 돌아서며 숲 안으로 들어갔다.
 '나를 경계하는군. 마도와는 다른 길을 걷고 있다더니… 아예 나를 적이라 여기고 있어.'
 마도인이라면 의당 보여야 할 존경 대신 살기가 느껴졌으나 능설비는 모른 척 넘어갔다.
 숲은 안으로 들어갈수록 깊어졌다. 나무들에 가려 석전이 보이지 않았다. 조금 더 깊숙이 들어가자 외부와는 완전히 단절된 공간이 되었다.
 웅진옥이 멈춰 선 곳은 나무가 베어져 만들어진 공터였다.
 "물건을 구하느라 꽤나 힘들었습니다."
 '떨고 있군.'
 천천히 돌아서는 웅진옥을 보며 능설비는 그가 흔들리고 있다고 여겼다. 어쩌면 아버지의 부탁을 마지못해 들어주는 불편한 심기가 드러나는지도…….
 웅진옥은 잠시 머뭇거리다가 품 안으로 오른손을 넣었다.
 그 순간 그의 표정에는 대담한 무엇인가가 떠올랐다.

"나의 손에는 영주가 원하는 것이 쥐어져 있소. 그게 매우 위험한 물건임을 영주도 알 거요. 크기는 작지만 터지면 놀랍게도 반경 일백 장 안이 불바다로 화하오."

"그래서 자네 부친에게 구해오라 한 것이네. 그 정도 위력이 아니라면 구하고자 하지도 않았을 것이네."

능설비가 달라는 뜻으로 손을 내밀었다.

옹진옥은 여전히 오른손을 꺼내지 않았다.

"소, 소문을 들었소, 구마령주가 보름 안에 정각대선사를 만인이 보는 앞에서 처단하려 한다는 것을. 그래서 당신과 동귀어진(同歸於盡)할 작정을 하게 되었소. 구마령주인 그대를 죽여 버리기로!"

상상도 못할 일이었다.

마도의 후예가 구마령주를 죽이려 하다니.

"후훗, 그런 생각을 했단 말이지?"

능설비는 놀라기는커녕 오히려 가볍게 웃어넘겼다.

"죽음이 무섭지 않소? 아니, 축융화뢰가 무섭지 않소?"

능설비의 대담한 태도에 옹진옥은 몸을 한차례 떨며 물었다. 능설비는 여전히 여유만만이었다.

"황금총관이 아들 하나는 잘 두었군."

"축융화뢰를 당신에게 주어 정각대선사를 해하는 목적으로 쓰게 할 수는 없소. 그분은 구마령주인 당신과 달리 위대하신 분이오. 그게 터진다면 바로 이 자리에서 터질 것이오, 악의 도구가 아닌 천하를 위해!"

옹진옥이 악을 썼지만 능설비는 귀담아듣지도 않았다.

"웅 상서(雄尙書)에게 필요한 것은 천하를 위하는 마음이 아니라 하나뿐인 아버지의 소원을 풀어주는 것이지. 그렇게 여기고 있는데 내가 잘못 생각했는가?"
'무, 무서운 자!'
웅진옥은 땀을 비 오듯 흘렸다.
그는 무림계의 실정을 잘 모르는 사람이다. 구마령주에 대한 소문을 들었을 뿐인데, 지금 눈앞에 서 있는 능설비의 존재가 태산으로 여겨졌다.
결국 그는 고개를 푹 떨어뜨리고 말았다. 아버지 황금총관을 누구보다 흠모하고 존경하지 않았던가. 비록 자신과는 다른 길을 걷고 있으나 아버지를 실망시키는 일은 하고 싶지 않았다.

"백도인이 내 모든 것을 앗아갔다. 나는 힘이 없어 당했지만 구마령주는 다르다. 그분만이 내 한을 풀어줄 수 있다. 네가 가는 길이 다르다고 아비를 설득하지 말거라."

축융회뢰를 구해오라는 아버지의 말을 들었을 때 그 충격이란……. 그게 얼마나 위험한 물건임을 알면서도 황궁의 창고를 뒤져 꺼내온 까닭은 아버지의 염원 또한 무시할 수 없었기 때문이다.
웅진옥은 탄식하며 품 안에서 손을 꺼냈다. 텅 빈 손이었다.
"축융화뢰는 다른 곳에 숨겨두었소. 다시는 아버지를 찾지 않겠다는 약속을 해준다면 그게 어디에 있는지……."
순간 느닷없이 암경이 밀려들었기에 웅진옥은 더 이상 말을 하지 못했다. 보이지 않는 힘에 떠밀려 그는 다섯 걸음 뒤로 물러난 후에 간신히 멈춰 설 수 있었다.
그사이에 웅진옥이 서 있던 곳으로 능설비가 다가섰다.

"아네, 축융화뢰를 바로 이곳에 묻어두었다는 것을."
"숨긴 곳을 알고 있었단 말이오?"
"자꾸 땅을 본 것이 잘못이었네. 그리고… 축융화뢰같이 위험한 물건을 품속에 넣고도 흔들림이 없기에 다른 곳에 두었다고 생각했지."
 시선을 여전히 옹진옥에게 향한 채로 능설비의 손이 쭉 뻗어졌다. 접인공력이 일어나며 흙더미가 솟아올랐다. 흙더미 속에서 검은 철갑이 모습을 드러냈다.
 철갑의 표면에는 축융화갑(祝融火匣)이란 글이 적혀 있었다.
 능설비는 철갑에 묻은 흙을 털어낸 다음 품 안에 간직했다.
"그대가 나를 시험했다고 황금총관이 부당한 대접을 받는 일은 없을 것이네. 그것만은 약속할 수 있지."
"제발… 아버지를 자유롭게 내버려 두시오. 영주, 제발 아버지를……."
"훗훗, 그대 눈에는 내가 사람을 잡아먹는 마귀로 보이는 모양이로군. 나 역시 그대와 똑같은 사람에 불과해."
 '아니오. 구마령주는 대마왕이오. 그대는 강호에 피바람을 몰고 올 악귀란 말이오.'
 옹진옥의 눈은 그렇게 말하고 있었다.
"다시는 그대를 볼 일이 없을 거야."
 말을 마치며 능설비의 신형이 훌쩍 날아올랐고, 찰나지간 옹진옥의 시야에서 모습을 감췄다.
 텅 빈 어둠속을 바라보던 옹진옥은 다리에 힘이 풀린 듯 무릎을 꿇으며 주저앉는다.
 '사람이 저리 빨리 날다니… 아아, 무림이라는 곳에 몸담고 있는 사람들은 범인들로서는 상상도 하지 못할 사람들이다. 그런데 왜 화탄을 필요로 한단 말인가? 굳이 화탄을 쓰지 않아도 사람을 자유롭게 죽일 수 있을 텐데……'
 웅진옥은 능설비가 왜 축융화뢰를 필요로 하는지 그 진의를 파악하기가 힘들었다.

 구마령주의 출현으로 중원이 요동을 쳤으나 사람들의 일상은 변함이 없다. 무림강호와 가까운 사람들만이 불안을 느낄 뿐 평범하게 살아가는 사람들은 있는 그대로의 생활을 영위하느라 바쁘게 움직였다.
 낙양의 저잣거리는 여전히 분주했다. 가장 시끄러운 곳은 만리대표행의 정문 앞이었다. 천통서생은 표물의 가격을 흥정하며 연신 주판알을 튕겼고, 표사들은 배송될 봉물을 꾸미고 마차에 실으며 비지땀을 흘렸다. 몇 대의 마차가 빠져나가면 꼬리를 물고 표물을 가득 실은 표차들이 들어온다.
 "악양에서 올라온 화물은 오번 창고에 부리게. 다른 물건들과 섞이지 않게 조심하고."
 "구번 창고의 물건은 금릉으로 갈 것이니 조심해서 다뤄."
 "일번 창고는 내일 떠날 물건들이야. 빠진 게 없나 다시 한 번 확인해."
 여기저기서 표사들의 목청 돋우는 소리가 들려온다.
 표사들은 주로 떼를 지어 움직인다. 물건을 부릴 때나 표물을 운송할 때에도. 사람들로 가득 찬 만리대표행에서 그들 중 한둘이 사라졌다고 이상하게 여기는 사람은 없을 것이다.
 해남에서 올라온 표두 하나, 진령에서 온 표사 둘, 장자성에서

막 도착한 표사 둘…….
 천하 각지에서 몰려든 표사들이 어디론가 모습을 감췄다.

 만리표행 후원(後園).
 시끄러운 정문 앞과는 달리 이곳은 여전히 고적함을 유지하고 있었다. 그러나 그것은 겉모습일 뿐 보이지 않는 곳의 경비는 보다 삼엄해져 있었다.
 지난 사흘 동안, 은밀한 경로를 통해 이백여 명의 사람들이 후원으로 들어갔다. 마지막으로 복우산을 거쳐 온 표두 한 명이 들어간 다음부터 더 이상 후원으로 들어오는 사람은 없었다.
 겹겹이 둘러싼 검진이 발동되었고, 매복이 강화되었다.
 이제 나는 새라 할지라도 후원으로 들어올 수 없었다.

 울창한 천산자죽림 아래, 아무도 상상조차 못하는 그곳에 거대한 석부가 자리 잡고 있었다.
 만리총관 구만리가 만리대표행을 열 때 함께 건축된 곳, 그 비밀스런 공간에 지금 이백이 넘는 사람들이 운집했다.
 출신 성분이 다르고 활동하는 지역도 달랐지만 이들의 공통점은 하나였다. 바로 쌍뇌천기자가 이끄는 무림동의맹에 패해 피눈물을 흘리며 달아났던 뼈아픈 과거를 지녔다는 것이다.
 ─마도 부흥을 위해!
 ─백도를 멸하기 위해 하나로 뭉쳐야 한다.
 ─마도대종사 구마령주께 목숨을 바쳐라!
 중원 마도의 주역들이 한자리에 모여 중원마도맹을 결성한 것은 고금에 드문 일이었다.

마도의 신화로 알려진 구마령주의 출현은 이들을 고무시켰다. 특히 무당파를 피로 물들인 일은 이들이 더 이상 패배자가 아님을 증명하지 않았던가.

 이백이 넘는 사람들이 몰려 있으나 석부 내에는 숨소리조차 들리지 않았다. 숨소리를 내는 것도 불경이라는 듯.

 마도이십팔수와 십구비위(十九臂衛), 총관과 당주들, 그들 하나하나는 휘하에 일천 명 정도를 거느리고 있는 마도의 거물들이었다. 이들이 한자리에 모인 건 구마령주의 신위가 얼마나 대단한지를 알려주는 반증이기도 했다.

 만리총관을 비롯한 전 마도의 충신들은 예복을 갖춘 채 상석에 앉아 있는 구마령주를 주시하였다.

 황금색 장포를 걸치고 금색 면구로 얼굴을 가린 구마령주.

 금색 면구는 바로 마도대종사의 신분을 상징하는 신표였다.

 능설비는 입을 다문 채 장내의 여러 사람들을 돌아봤다.

 잠깐의 침묵이 사람들을 더욱 고조시켰다.

 그리고 능설비의 음성이 장내에 낮게 깔렸다.

 "소림사에는 나 혼자서 갈 것이오."

 좌중을 향해 던진 능설비의 첫마디가 모든 사람을 놀라게 했다. 정각대선사를 처결한다는 구마령주의 방문이 장안성에 내걸린 후 소림사는 백도의 무사들로 뒤덮여 있었다. 더욱이 동의첩이 강호 각지로 전달된 후였다. 백도무사들이 득실거리는 소림사 경내는 가히 화약고나 다름없었다.

 "안 됩니다, 영주. 어이해 단신으로 가신단 말씀입니까?"

 "백도인 수천 명이 그곳에 모여 있습니다. 영주 혼자 가시면 아니 됩니다. 속하들이 동행해야 합니다."

만리총관 이하 모든 사람이 능설비의 소림사 행을 적극 만류했다. 그렇다고 해서 뜻을 꺾을 능설비는 아니었다. 혈수광마옹의 돌발적인 행동으로 인해 구마령주의 출현이 알려졌기에 벌이는 일도 아니었다.
 이 모든 계획은 구마루를 나서면서 능설비가 머릿속에 그렸던 일이다.
 "설마 이 자리에 내가 정각 따위를 혼자서 감당할 수 없다 생각하는 사람이 있단 말인가?"
 가벼운 소요는 능설비의 음성에 냉기가 묻어나는 순간 사그라졌다. 구마령주는 마도의 신화이다. 그 권위에 감히 대항하는 사람은 없는 것이다.
 좌중을 가볍게 훑어보던 능설비의 시선이 문득 만리총관에게 꽂혔다.
 "만리총관, 각파의 움직임을 그대만큼 소상히 알고 있는 사람도 드물지. 백도가 지금 어떻게 움직이는지 말하여보게."
 "영주께서 장안성에 방문을 내건 직후 백도의 움직임이 판이하게 달라졌습니다. 자파에 안주하던 자들이 대거 소림사로 떠났지요. 무당산의 일과 맞물려지며 은거하던 자들까지 숭산에 모습을 드러내는 실정입니다. 쌍뇌천기자가 사라졌기에 과거의 일사불란했던 것과는 많은 차이가 있습니다."
 "비었다면… 깨부수는 건 너무도 쉬운 일이야."
 능설비의 시선이 다시 좌중을 향했다.
 "그… 그럼 이 모든 일이 의도적으로 영주께서!"
 답답하던 체증이 확 뚫리듯 만리총관은 그제야 능설비가 꾸미는 일이 무엇인지 깨달았다.

귀영마수라의 목을 걸며 정각대선사를 죽이겠다고 방문을 붙인 일은 광오함과는 거리가 먼 일이었다. 그것은 치밀한 계산에 따른 결과물이었다.
  백도는 쌍뇌천기자를 상실하며 전에 없는 실수를 반복했다.
  정각대선사를 지키기 위해 정예 무사 태반을 소림사로 보냈으며, 그 소란으로 구마령주의 위상이 높아간다는 사실을 망각했다. 또한 현재 백도를 이끄는 구심점이 없다는 것을 만천하에 공표했다. 가장 중요한 것은 구마령주를 막는 데 골몰한 나머지 그 사실조차 모른다는 것이었다.
  "이 시간 이후 그대들은 모두 바빠질 것이오. 그래서 나 혼자 갈 수밖에 없는 것이오."
  능설비는 말을 마치며 품 안에서 봉투를 꺼냈다.
  봉투는 모두 열 개였다.
  첫 번째 봉투는 혈견에게 전해졌다.
  봉투 위에는 '파 아미' 란 글씨가 붉은 먹으로 쓰여 있었다.
  '파 개방' 이라 적힌 봉투는 중년의 무사에게 전해졌다. 전해 받은 사람은 이십팔수의 우두머리가 되는 마각성이라 불리는 이였다.
  계속해서 '파 사천당가' 라 적힌 봉투가 마정성에게 전해졌다. 마규성에게는 '파 신녀곡', 마우성에게는 '파 전진' 이 적힌 봉투가 전해졌다.
  열 개의 봉투가 전해지는 동안 사람들은 흥분에 몸을 떨었다. 그토록 고대하던 백도 궤멸의 순간이 다가왔기 때문이다. 단신으로 쌍뇌천기자를 척살하고 마도의 배신자 귀영마수라의 목을 장안성에 내건 사람.

그가 하는 일은 무엇이든 이루어진다는 생각은 비단 이 자리에 모여 있는 마도인들만의 생각은 아니었다. 백도에 핍박을 받아왔던 모든 마도인의 생각이었다.

 봉투가 모두 전달된 후, 담담하던 능설비의 눈에서 강한 혈광이 뿌려졌다. 그리고 엄습하는 극심한 마기.

 "사흘 후, 소림의 정각이 죽을 것이다. 그리고 그 닷새 후, 천하 각파는 태상마종에게 항복한다는 것을 자기네 소굴 앞에 석비로 세워놓고 그 앞에 꿇어앉아야 한다."

 장내의 인물들은 그 광오한 말에 한마디 대꾸도 못한 채 숨만 죽였다.

 "그러니까 팔 일 후에는 모든 것이 밝혀질 것이다. 봉투 안에는 그대들이 맡아야 할 방파를 깨는 방법이 자세히 적혀 있다. 그대로 해야 할지 아니면 항서(降書)를 받고 돌아와야 할지는 팔 일 후 결정될 것이다."

 능설비가 결정한 일에 대해서는 어떠한 질문도 없었다. 그 역시 꾀하고 있는 일에 대한 자세한 설명은 하지 않았다. 그러나 실패를 걱정하는 사람 또한 없었다.

 모일 때와 마찬가지로 사람들은 은밀한 경로를 통해 빠져나갔다.

 북위(北魏) 효문제(孝文帝) 때 고승 하나가 천축에서 건너왔다. 그는 달마(達磨)라고 불렸다.

 그는 선종을 천하에 퍼뜨리다가 한곳에 정착했다. 그곳이 바로 무림의 태산북두라 일컬어지는 소림사였다. 이후 숭산 소실봉에 많은 인재들이 와서 그의 제자가 되기를 간청했고, 뛰어난 사람들은 그의 문하 제자가 될 수 있었다.

달마는 그들에게 많은 것을 가르쳤다. 그중 가장 탁월한 가르침은 무학에 대한 것이었다.

무림의 성역으로 절대적인 추앙을 받던 그곳.

지금 그 소림사에 풍운이 휘몰아치고 있는 것이다.

유구한 역사를 자랑하는 선종의 총본산이며 불가(佛家)와 더불어 무가(武家)의 총본산인 소림사에 많은 사람들이 모여들었다.

아미복호사와 사천당가, 공래파, 사천성에서 수백 명이 왔고, 화산검파, 태백파, 진령파, 종남검파, 전진, 곤륜, 태극검파, 오대산파, 공동산 고목사, 산동철기보, 막북세가 등 삼산오악과 구주팔황의 정파 명숙들이 대거 모여들었다. 남칠성북육성은 물론이거니와 머나먼 새외 변황에서도 기인들이 왔다.

바로 동의지회에 참석하기 위해서.

이 대회의는 세 가지 뜻을 갖고 있었다.

첫째, 구마령주의 협박 아래 풍전등화가 된 소림사를 함께 지키자는 것.

둘째, 이제껏 마도에 의해 죽은 사람들의 장례 문제를 해결하자는 것.

셋째, 죽은 사람들을 대신할 수 있는 사람들을 뽑자는 것이 주된 목적이었다.

그런데 사람들이 너무 많이 모였기 때문일까, 아니면 천하 만인에게 존경을 받으며 작은 머리에서 실로 엄청난 계략을 만들어내곤 했던 동의대호법이 없기 때문일까?

사람들은 갑론을박하기에 여념이 없었다. 그 통에 초조해진 사람은 상복을 걸친 천기부주인 천기미인 주설루였다.

그녀는 천기쌍뇌자의 후예로 아주 뛰어난 지략가였다.

그러나 사람들은 그녀가 쌍뇌천기자를 대신하리라 믿지 않았다. 그만큼 백도 무림에서 천기쌍뇌자가 차지한 비중은 막중했던 것이다. 주설루는 그 탓에 중인 앞에서 말할 기회조차 갖지 못하게 되었다.

'이러면 아니 되는데… 마도를 일통한 구마령주란 자를 이런 식으로는 절대 처단할 수 없어.'

주설루가 혼자서 벙어리 냉가슴 앓듯 초조해하나 대세는 이미 그런 쪽으로 기울어졌다.

밤이 깊어짐에 따라 동의지회는 절정에 달했다.

정각대선사는 아직도 면벽굴 안에 있었다. 면벽굴 안에는 십맹주 중 이미 죽은 사람들을 제외한 모든 사람이 모여 그의 말을 기다리고 있었다.

그중 신품소요객은 과거보다도 훨씬 젊어 보였다. 그리고 곤륜파의 상취 도장은 최근 말썽을 일으켜 연금된 설옥경이라는 제자 때문인지 몇 년 전에 비해 백 살은 늙어 보였다.

개방의 뇌전신개는 무엇이 그리 못마땅한지 심통스런 모습으로 계속 술만 퍼마시고 있었다.

한순간 목어(木魚) 소리가 울리며 어수선하던 실내에 긴장감이 감돌았다. 정각대선사는 목어를 치다가 오랜만에 입술을 열었다.

"아미타불… 여기 여러분이 오시기 이전에 빈승이 천기를 보았소이다."

좌중을 바라보는 정각대선사의 눈에서는 진물이 흘러나왔다.

"천기를 보고 장래를 짐작한다는 것은 승려답지 못한 일이나 너무도 답답해 그럴 수밖에 없었소."

"……."

좌중은 촉각을 곤두세우고 정각대선사의 말을 경청했다.

"결과 천마성의 기운이 오늘 밤 가장 강해졌음을 알게 되었소."

"그, 그렇다면……?"

"천기자가 살아 있다면 어찌 말할지 모르나, 빈승은 오늘 득보다는 실이 많다는 것을 알게 되었소. 후우!"

그가 깊이 탄식하자,

"대사, 놈이 아무리 많은 부하를 끌고 와도 승리할 수 없습니다. 놈은 나타나지 않아야 했습니다. 저는 그렇게 믿고 있습니다."

그때까지 술만 퍼마시고 있던 뇌전신개가 두 눈에서 형형한 안광을 쏟아내며 입을 열었다.

"신개는 항상 패기가 있어 좋소. 그러나 하늘은 하늘, 땅은 땅일 뿐이오."

"예엣?"

뇌전신개가 얼떨떨해하자 정각대선사가 조용히 미소 지으며 설명했다.

"오늘 밤이 구마령주가 약속한 십오 일 중 마지막 날이오. 노납이 살계를 어기는 파계승이 될지, 아니면 구마령주가 무림의 공적이 아닌 천하제일인이 될지는 오늘 결정될 것이나 세상에는 오늘 하루만이 있는 것이 아니라 유구한 세월이 있는 것이오."

그의 말은 대체 무슨 뜻을 지니고 있을까?

오늘의 승부가 있는지 없는지도 아직 모른다. 구마령주가 약속한 대로 오늘 올는지는 아무도 모른다. 그가 얼마나 많은 부하들을 끌고 올지도… 하여간 그가 온다면 오늘 모든 것이 결정 나리라. 오늘 이기는 자가 최후의 승자가 될 것이다.

모두들 그렇게 믿고 있는데 정각대선사는 전혀 다른 식으로 말하는 것이었다.

하늘은 하늘이고 땅은 땅일 뿐이라 했다.

결국 그는 승부를 자신 한 사람에게만 국한시키려 하고 있는 것이었다. 그는 천하제일 세력의 우두머리로서 싸우는 것이 아니라, 소림사 장문인을 기른 사람으로, 그리고 소림사 진전무공에 도달한 한 명의 무림인 자격으로 싸울 작정을 하고 있는 것이었다.

딱딱! 정각대선사가 평정심을 얻으려는 듯 지그시 눈을 반쯤 내리감고 목어를 치고 있다.

그때 돌연 뎅뎅뎅! 급박한 종소리가 나더니 승려 하나가 줄달음으로 면벽굴 쪽으로 서둘러 다가왔다.

"그가 옵니다! 그가 산하에 설치한 매복을 거침없이 돌파해 이곳을 향해 오고 있습니다!"

소림 집법원주가 크게 소리치며 다가왔다.

"구마령주가!"

"그가 오고 있다고?!"

정각대선사를 제외한 모든 실내의 인물들이 몸을 일으켰다. 뇌전신개가 그중 제일 빨리 나가 집법원주의 팔을 꽉 잡고 물었다.

"몇이나 왔소?"

"듣기에는 구마령주 혼자 오고 있다고 합니다."

"그럴 리가……?"

뇌전신개가 믿을 수 없다는 듯 고개를 가로저었다. 순간 팍! 하는 둔탁한 소리가 면벽굴 안에서 들려왔다.

정각대선사가 목어를 부숴 버리며 몸을 일으키고 있었다. 그의 낯빛은 아주 초췌했다.

"다비식 준비를 시켜둬야겠군. 혼자 오고 있다면 승부는 이미 난 것이 아니겠는가?"

그의 음성은 듣는 이로 하여금 절로 침중함을 느끼게 했다.

다비식이란 승려의 화장 의식을 말한다. 정각대선사는 죽음을 느낀 것이다. 구마령주가 혼자 오고 있다는 것은 정파에게 좋은 일이어야 하는데 정각대선사만은 그 말을 듣자 갑자기 백 살도 더 넘어 보이는 것이었다.

소실봉 기슭.

"우우……!"

긴 장소성과도 같은 군림마후가 터져 나오며 산천초목이 온통 들썩이고, 핏빛 구름 한 덩어리가 마치 비조가 허공을 가르며 날아가듯 수많은 사람들의 머리 위를 타넘으며 소림사 쪽으로 몸을 날리고 있었다.

그가 토해내는 장소성에는 엄청난 위력이 실려 있었다. 그를 저지하고자 산문을 지키고 있던 백도의 무사들이 고막을 틀어막으며 나뒹굴었다.

"고, 고막이 터졌다."

"크윽… 소림의 사자후로는 이런 파괴력을 내지 못한다."

무사들은 손 한번 제대로 써보지 못하고 귀와 코에서 피를 뿜으며 속절없이 쓰러졌다. 그들은 등에 검을 진 허수아비에 불과했다.

"우!"

혈무로 몸을 둘러싼 자는 장소성의 여운을 끌며 거침없이 소림사 쪽으로 움직여 갔다.

그때 산기슭에서 허름한 옷을 걸친 노도사 하나가 혈무가 허공을 가로질러 가는 것을 보고는 피식 웃고 있었다.
"하여간 대단하지 않은가. 무흔류마(無痕流魔)를 십이성 익히다니……."
그는 흡족한 듯 고개를 끄덕이며 혼잣말처럼 중얼거렸다.
"상상 이상이다. 혼자 저놈을 막을 사람은 단연코 이 세상에 없다. 고집스러운 자들은 결국 쓰러지고 만다. 놈은 구마루가 세워질 때 생각했던 구마령주에 비해 몇 배는 강한 고수로 자라난 것이다."
그가 미소 짓는 가운데 붉은 선은 소림사 쪽을 향해 자취를 감췄다.

일대 백도천하

　종소리와 북소리가 요란하게 어우러지는 가운데 수많은 사람들이 소림사의 사문을 통해 밖으로 빠져나갔다.
　"소림의 나한대진이 놈을 잡기 전에 본 파의 태청검진으로 잡자!"
　무당파의 검수들이 분기탱천한 기세로 질타해 나갔다. 이미 구마령주에게 호되게 당한 그들이었기에 아무도 세력권에서 벗어나는 그들을 제지하지 못했다.
　"개방의 용호풍운진이 구마령주를 꼼짝 못하게 하는 장면을 모든 사람에게 보여주자!"
　타구봉을 든 걸인들도 그에 뒤질세라 득달같이 달려나갔다.
　어디 그뿐이랴? 강호에서 이름있는 문파라면 모두 그들의 문하 제자들을 밖으로 내보냈다.
　그 순간 '우—!' 하는 장소성이 갑자기 커지며 중천 위로 혈선

하나가 그어지는 것이 아닌가? 혈선은 핏빛 구름으로 화하며 찰나지간에 소림사의 담을 넘어 사라져 버렸다.
"어엇?"
"저렇게 빠를 수가!"
"구, 구마령주다!"
구마령주를 잡기 위해 산문을 빠져나가던 사람들은 모두 닭 쫓던 개 지붕 쳐다보는 꼴이 되고 말았다. 그들이 발걸음을 돌려 다시 오던 길로 되돌아가려 할 때였다.
"으핫핫핫! 나와라, 정각!"
인간의 목소리가 아닌 마의 목소리가 소림사의 경내를 울리며 핏빛 구름 한 덩이가 지면에 사뿐히 내려앉았다.
금색 면구로 가려진 얼굴과 금빛 장포, 그리고 면구 가운데서 흘러나오는 핏빛 안광이 무시무시했다. 그는 만리표행으로부터 곧장 이곳으로 달려온 능설비였다.
능설비는 대웅전 앞에 도도한 모습으로 버티어 섰다.
얼마 지나지 않아 많은 사람들이 노성을 터뜨리며 능설비가 버티고 있는 대웅전 앞으로 몰려나오기 시작했다.
"포위하라!"
"놈은 단신으로 왔다. 자신의 무예만 믿고 천방지축 날뛰는 놈에게 따끔한 맛을 보여주자!"
그들 중 최근 들어 강호에 영명을 날리고 있는 강호오공자(江湖五公子)가 저희끼리 눈빛을 교환하며 함께 날아올랐다.
"상산의 철선공자(鐵扇公子) 하후량이다!"
"구마령주, 회남의 풍화공자를 아느냐?"
"네놈이 감히 날뛰다니 개방의 철지개공자께서 여기에 있음을 아느냐?"

"만천편(滿天鞭)의 만천공자 사마진룡도 있다!"

"으핫핫! 남해의 신도공자 마력(馬力)도 왔다!"

젊다는 것은 겁이 없는 때이기도 했다. 강호오공자는 구마령주에 대한 소문을 듣고 있긴 했으나, 그가 나타나는 순간 한번 겨루어보고 싶다는 호승심이 솟구쳤던 것이다.

"멈춰! 너희들은 막을 수 없는 자다!"

대웅전 앞으로 모여들던 사람들은 오공자가 능설비를 향해 날아오르는 것을 보고는 대경실색하여 외쳤다.

그러나 오공자는 외침 소리를 듣지 못했다는 듯 막 능설비를 향해 출수를 하려 했다.

"느, 늦었다."

사람들은 오공자가 피떡이 되어 날아가는 처참한 광경을 떠올리며 부르르 몸을 떨었다. 그런데 이게 어찌 된 일인가?

"그대들의 패기가 강렬하도다. 원한다면 마도의 당주로 삼아줄 테니 백도 무림에는 남지 마라. 너희들은 나의 적이 아니다. 오십 년 더 폐관 수련한 다음에 다시 덤비도록 해라."

악랄한 수법을 전개할 줄 알았던 능설비가 웃으며 가볍게 소매를 내젓는 것이 아닌가?

직후, 무풍회선강이라는 신묘한 술법이 시전되며 오공자의 몸을 휘감아 뒤로 날려 보내는 것이었다.

"어어엇?"

"수십 장을 격해 강기를 발휘하다니……."

모두 눈을 동그랗게 뜨고 놀라워할 때, 오공자는 수치심으로 얼굴이 벌겋게 되어 정파고수들 틈 사이로 사뿐히 떨어져 내렸다. 그들의 몸은 다친 데가 하나도 없었다.

"으으, 이런 치욕······!"

"우리가 손 한번 쓰지 못하고 밀려나다니······."

오공자는 참담히 일그러진 표정으로 전신을 경련했다. 그들이 품고 있던 원대한 청운의 꿈이 능설비에 의해 완전히 부서져 버린 것이었다. 차라리 접전을 벌이다가 다쳤으면 이름이나 날렸을 텐데, 솜털 하나 다치지 않고 떨어져 내렸다는 것은 치욕 중의 치욕이었다.

능설비의 모습은 더욱더 높고 커 보이기만 했다.

'마도 사람 중 저런 거효(巨梟)가 있다니··· 아아, 어이해 오공자를 죽이지 않는단 말인가!'

중인은 침묵 속에 빠져들었다.

침묵을 깬 사람은 능설비였다.

"나는 구마령주라 한다."

그 목소리는 평범한 듯했으나 막강한 음공이 실린 탓으로 인해 근처의 땅이 뒤흔들렸다. 내공이 약한 자들은 벌써부터 현기증을 느꼈다.

능설비의 음성이 이어졌다.

"나는 두 가지 목적이 있어 여기에 왔다. 하나는 구마령으로 명할 것이 있다는 것이고, 다른 하나는 속죄해야 할 자의 목을 가져가기 위함이다."

능설비는 십 리 밖에서도 들릴 정도로 크게 말한 다음 손을 들었다. 그러자 그의 손가락에서 태양섬전지(太陽閃電指)의 힘이 발휘되었다.

지력은 칠 장 아래에 있는 석판을 파괴하며 파공성을 냈다.

파팍!

석판이 파괴되며 검은 글씨가 남았다.

"대체 뭘 하는 게냐?"

"땅속에도 매복이 있었던가?"

사람들은 능설비의 행동이 이해가 가지 않는다는 듯 저마다 한 마디씩 했다.

"어엇, 글이 쓰여지고 있다."

그들은 석판을 바라보고 난 후에야 능설비가 무엇을 했는지 알게 되었다.

석판에는 다음과 같은 글귀가 지력에 의해 새겨져 있었다.

〈오 일 이전에 자파의 대문 앞에 거대한 항복비를 세우고 거기에 구마령주를 섬긴다는 맹세를 하라. 따르지 않는 문파가 있다면 오 일 후 멸하리라!

구마령주.〉

실로 놀라운 글귀였다. 자신을 따르지 않는 문파가 있다면 멸문시키겠다니……

능설비는 글씨를 다 새긴 다음 팔짱을 꼈다.

"이제 정각의 수급을 베어가는 일만 남았군."

그가 중얼거릴 때, 휘휙휙! 하는 가벼운 바람 소리를 내며 면벽굴 쪽에서 꽤 많은 사람들이 몸을 날려 다가왔다.

제일 앞에 있는 사람은 뇌전신개였다. 그는 강호에서 가장 빠른 경신술을 갖고 있는 사람이었다. 한데 바로 그 곁에 있는 신품소요객은 뇌전신개보다도 내공을 훨씬 적게 쓰고도 거의 비슷한 속도로 몸을 날리는 것이 아닌가?

그 외에 상취 도장, 건곤금령자, 만리비홍 등 정파의 대명숙들은 이미 능설비의 앞에 모인 중인들의 머리 위를 타넘어 능설비 쪽으로 다가섰다.
'계획대로 되어가지 않는 것인가? 정각이 나의 도전을 받으리라 여겼는데… 그와 싸우기 이전에 많은 사람과 싸울 수밖에 없는 것인가?'
능설비는 백도의 명숙들이 대거 모여들자 은연중 내공을 끌어올렸다.
'모두 덤빈다면 적어도 열흘 정도는 싸워야 한다. 그러나 내 몸 안에는 그동안 혼신 공력을 계속 발휘할 만한 마공이 있으니 두려울 것은 없다.'
능설비는 허리에 손을 댔다. 마종마검(魔宗魔劍)이라 불리는, 허리띠로도 찰 수 있는 연검이 그의 허리에 매달려 있었다. 그의 손이 검 자루를 힘있게 움켜쥐었다.
그 모습을 보고는 백도의 노명숙들도 싸울 채비를 갖췄다.
"구마령주, 어이해 무림을 혼란시키는가?"
"피로 흥한 자는 결국 피로 망한다."
"결국은 사필귀정이다. 악귀를 처단해 백도의 의기가 살아 있음을 알립시다!"
노명숙들이 막 능설비를 향해 공격하려 할 때였다.
돌연, 너무나도 큰 종소리가 장내에 울려 퍼지며 먼 곳으로부터 창노한 음성이 들려왔다.
"아미타불! 이 일은 빈승과 구마령주 사이의 일일 뿐이오. 모두 멀리 물러나기 바라오!"
소림사에서 가장 큰 종이 매달려 있는 달마종각(達魔鐘閣) 위,

노승 하나가 허공중에 둥실 떠서 합장한 채 장엄한 모습을 천천히 나타내고 있었다.
 노승은 바로 정각대선사였다. 그는 강기로 종을 울린 다음 어기비행술(馭氣飛行術)로 몸을 둥둥 띄운 채로 다가섰다.
 '역시 내 짐작대로다. 단독으로 대결을 원하고 있어.'
 능설비는 정각대선사가 나타나는 것을 보고는 내심 쾌재를 불렀다.
 '쌍뇌천기자가 죽은 이상 백도의 일인자는 정각이다. 정각을 격살한다면… 백도의 사기는 철저히 무너질 수밖에 없다.'
 능설비는 회심의 미소를 지으며 고개를 젖히며 광소를 터뜨렸다.
 "으하핫핫! 모두 정각의 말대로 하거라. 그것이 현명한 길이다."
 혼신의 공력을 실은 음공이 퍼지는 순간, 벼락 치는 소리가 나며 사방 백 장 안이 뒤흔들렸다. 내공이 약한 사람은 목소리를 듣고 털썩 나뒹굴어야 했다.
 "으윽!"
 "지, 지독한 음공! 전설 속의 군림마후가 아니면 이런 위력일 수 없다."
 모두 사색이 될 때 능설비는 허공으로 걸어나가고 있었다. 그는 계단을 밟고 걷듯 걸어갔다. 바로 천상제(天上梯)의 신법이고 소림 칠십이종절기 중의 하나로 꼽히는 것이었다.
 "이럴 수가… 정파의 신법을 능숙하게 쓰다니……!"
 "천상제에 이어 본 파의 암향표까지……!"
 능설비의 무공 수위를 알지 못하는 정파고수들은 놀란 눈을 더 크게 했다.

과거 능설비는 이천 관 철갑을 입고 혈수은지를 건너갔던 사람이 아닌가? 그는 허공을 밟으며 정각대선사를 마주 나갔다. 두 사람의 사이는 점점 좁혀졌다.
정각대선사는 눈꼬리를 파르르 떨었다.
"구마종의 모든 것을 얻었는가?"
그가 침중한 기색으로 묻자,
"그렇다."
능설비는 한마디로 잘라 대답했다.
정각대선사의 입에서 묵직한 신음 비슷한 소리가 흘러나왔다.
"으음, 왜 혼자 왔지?"
"후훗, 잘 알 텐데? 늙은 중 하나 정도 처단하는 데는 나 혼자서도 충분하다."
"노납을 혼자 죽여 정파에는 시주의 상대자가 없음을 만천하에 알리겠다는 속셈이란 말인가?"
"그런 셈이지."
능설비는 검 자루를 바싹 쥐었다. 두 사람 사이는 불과 십오 장 정도를 격하고 있을 뿐이다. 두 사람의 주위로 칼끝 같은 기류가 팽배해 있었다.
"후훗, 나는 늙은 중이 스스로 자결하기를 바라고 있다. 이것을 보면 그 마음이 절로 생길 것이다."
능설비는 갑자기 검을 빼 들었다. 검신에서 시뻘건 빛이 충천하더니, 피이이잉! 마종마검이 뽑혀 혈검강을 이십 장 길이로 만들어내었다.
'으음… 검강(劍罡)을 만들어낼 정도였다니!'
정각대선사는 능설비가 뽑아 든 검에서 뿜어지는 핏빛의 기류를 보며 낮게 침음했다.

 검신으로 사물을 베는 단계를 벗어나면 검기(劍氣)를 만들어낼 수 있다. 검강이란 검기가 유형화된 형태로 검술이 최고 수준에 오른 자만이 만들어내는 경지였다.

 백도의 고수들도 검강을 만들어낼 수는 있으나 능설비의 능력에는 훨씬 못 미치는 것이었다.

 순간 능설비의 입에서 한마디 폭갈이 터져 나왔다.

 "등천일정도!"

 시뻘건 검강이 허공을 가르더니 꽈꽝! 능설비의 좌측 십 장 거리에 있던 약왕전(藥王殿)이 검강에 휘말려 반 넘게 허물어져 버렸다.

 "저, 저럴 수가!"

 "가, 가히 검신이다!"

 지켜보던 사람들이 모두 놀라며 입을 딱 벌렸다. 그러나 그것은 시작에 불과했다. 뒤이어 능설비가 검을 쥐고 있던 손을 풀자 마종마검이 어검술로 날아올랐다.

 "구만리장천일검!"

 능설비가 크게 소리치자 마종마검은 마치 말귀를 알아듣는 듯 무수한 검화(劍花)를 날리며 단번에 백 장을 가로질러 날아갔다. 마종마검은 시뻘건 검강에 가려진 채 소림 달마원 건물을 관통했다. 경천동지의 폭음이 터지고 달마원이 산산이 허물어져 내렸다.

 건물을 일거에 박살 낸 마종마검은 믿을 수 없게도 허공에서 방향을 꺾어 능설비의 손아귀 안으로 되돌아왔다. 능설비는 마종마검을 거두며 정각대선사 쪽으로 신형을 틀었다.

 "……!"

그는 할 말을 잃은 듯했다.

능설비는 두 눈에서 더욱 잔혹한 혈광을 뿌려냈다.

"내가 터득한 구마절기 중 가장 약한 세 가지를 소림사에서 발휘했다. 나머지 여섯 가지를 쓰느냐 쓰지 않느냐는 늙은 중에게 달려 있다."

"그, 그것도 전부가 아니라고?"

정각대선사의 눈빛이 심하게 흐트러지며 몸을 한차례 떨었다.

"이것 한 가지를 더 알려주지."

능설비는 왼쪽 주먹을 쥐더니 옆쪽으로 쳐냈다. 주먹을 쳐내는 자세는 소림사 백보신권과 비슷했다. 바람 소리도 일지 않았다. 돌연, 퍼펑! 태산이 무너지는 듯한 소리가 나며 이십 장 정도 떨어져 있던 벽돌담이 와그르르 힘없이 허물어져 버렸다.

그것은 허공뇌정마권이라 불리는 권법이었다. 그 위력은 능설비가 강호에 나온 이후 더욱 강해졌다.

정각대선사의 미간이 깊은 주름을 만들었다.

"아미타불… 최상의 권법이라 일컬어지는 무음신권보다도 더 위력적이로다."

그는 허공에서 멈춰 섰다. 그리고는 눈을 반개했다.

"그가 은둔하기 전에 한 말이 생각나는군."

그는 쌍뇌천기자가 자신에게 들려준 말을 생각해 냈다.

쌍뇌천기자는 정각대선사에게서 항마광음선을 선물로 받으며 이렇게 말했었다.

"언제고 천마성이 뜰 것이오. 그로 인해 구마루의 전설은 실현될 것이며 세상은 구마루의 전인을 볼 수밖에 없소. 나는 여러 가지를 준비할 것이나 자신이 없소. 대사는 대사대로 준비를 하시기 바라오. 나로서는 언제고 나의 화신의 손에 항마광음선을 들리게 하고, 그의 뒤에 일천탕마금강대를 따르게 해 구마루에서 온 자를 막으라 할 수밖에 없을 것이오."

그렇게 말했던 쌍뇌천기자는 천기석부의 붕괴와 더불어 이 세상에서 영원히 모습을 감춰 버렸다.
'그가 가까이에 있다. 아아, 나 역시 곧 그의 곁으로 가게 될지 모른다. 그러나 절대 혼자 가지는 않을 것이다.'
정각대선사는 두 손을 한데 모았다. 그리고는 진중한 음성으로 능설비를 향해 질문을 던졌다.
"구마령주, 소림사를 어찌 생각하는가?"
"후훗, 내 손에 의해 무너져야 할 곳이지."
능설비는 안하무인격으로 잘라 말했다.
"흠… 소림칠십이종절기와 벌근세수경, 달마역근경에서 소림 무예의 모든 것이 나왔다는 것은 아는가?"
"무림인이라면 그 정도야 세 살 때부터 알고 있는 사실이 아닌가? 그래서 늙은 중을 죽이려 하는 것이다. 자아, 이제 항복하고 자결하겠는가, 아니면 박살이 나겠는가?"
능설비가 조소를 지으며 대꾸하자,
"빈승은 어리석은 사람이나 소림 무학은 끝이 없다. 그리고 사필귀정이라는 말이 있듯이 하늘은 백도를 지켜줄 것이다."
정각대선사는 말을 마치고 일신의 공력을 끌어올렸다. 그의 손바닥이 점차 금광으로 물들기 시작했다.
금강수미무적공(金剛須彌無敵功)!
개세무학이라 일컬어지는 소림의 절예가 드디어 정각대선사에 의해 시전되려는 찰나였다.
 정각대선사는 쌍뇌천기자의 충고에 따라 폐관하여 금강수미무적공을 극성으로 터득해 냈다. 그는 지난 십 년간 물도 거의 마시지 않고 정종신공을 단련시켰다. 그 결과 그는 쌍장에서 강기를 발해 오십 장 밖의 천근 거석을 모래로 만들 정도의 절정고수로 발돋움할 수 있었다.
 우르르르릉! 꽈꽝!
 불문신공은 파공성을 유독 크게 냈다. 그 소리만 해도 하나의 항마 절기였다. 항마뇌음은 만마가 복종해야 하는 우렛소리였건만 능설비에게는 단지 소음으로밖에는 들리지 않았다.
 '훗훗, 결국 시체조차 남기지 못할 길을 찾는 것이군.'
 능설비도 손을 한데 합했다.
 '초수를 길게 끌면 목적을 달성할 수 없다. 죽인다는 사실보다 중요한 것은, 남들이 보기에 간단히 승리했다고 여기게끔 재빨리 처치하는 것이다.'
 그는 도박하는 심정이었다.
 구마령주로 수십 년간 백도와 싸워야 하는가, 아니면 백도와의 싸움을 단기일에 끝장낼 것인가. 그것이 바로 이번 싸움의 주목적이었다. 그 일은 마도의 변절자 귀영마수라를 쳐죽인 일과 이어지는 일이었다.
 능설비는 이성이 없는 자가 절대 아니었다. 그는 세상에서 가장 뛰어난 지략가였다. 가히 마도의 쌍뇌천기자라 할 수 있는 사람이었다.
 꽈르르릉!
 능설비의 손이 합쳐지며 굉음이 울려 퍼졌다. 오른손은 천마무적의 내공으로 흑색이 되었고, 왼손은 시뻘겋게 물들었다. 그것은 인마검수 때문이었다.

능설비는 체내의 모든 마공을 모조리 발휘했다. 한순간 모든 소리는 사라지고, 그의 몸은 조금 엷은 혈무에 가려지게 되었다.

반면 정각대선사가 내는 항마뢰음 역시 더더욱 강해졌고, 그는 하나의 금불의 형상이 되어 금빛을 발했다. 그는 눈을 감고 있으나 청각과 영감으로 모든 것을 살피는 중이었다.

'소리가 없다. 분명 앞에 있는데도 아무것도 느껴지지 않다니……'

그의 등줄기를 타고 땀이 쭈욱 흘러내렸다.

문득 거대한 산이 느껴진다. 하늘로 솟아오른 거대한 산령의 그림자에 파묻혀 한없이 침잠해 가는 그 참담함이란…….

'아미타불… 노납의 불찰이로다. 이미 인간의 범주를 벗어난 자이거늘… 알량한 자존감이 백도를 망치는구나. 노납이 죽은 후가 문제로다.'

공력을 끌어올렸으나 딱히 어디를 공격해야 할지 감이 잡히지 않는다. 그럴수록 무력감은 더 커져만 갔다.

"대사, 신품소요객이오. 대사가 바란다면 연수하겠소이다."

신품소요객의 전음이 들려왔다.

"구마령주의 마공이 상상을 초월했는데 사소한 것을 따져 뭐 합니까. 백도가 피바다로 변할 판입니다. 놈을 이 자리에서 제거해야 합니다. 대사, 어서 결정을!"

그러나 정각대선사는 조용히 고개를 흔들었다.

연수를 해서 이길 수 없는 상대가 있다. 그자가 바라는 건 단 하나의 목숨, 저승길로 향하는데 애꿎은 길동무는 필요없는 것이다.

정각대선사가 이를 악물며 능설비를 향해 한 걸음 다가섰다.

능설비는 기다렸다는 듯 몸을 허공으로 뽑아 올렸다. 그는 섬전같이 흐르며 정각대선사가 뿜어내는 금빛 광채 속으로 사라져 갔다.

모든 것이 금빛으로 물들었다.

누구의 승리일까? 사람들은 두 손에 땀을 쥐고 결과를 기다렸다. 그 잠깐의 침묵이 억년비정의 세월만큼 길게 느껴졌다.

잠시 후 금무 속에서 적과 흑의 두 가지 기류가 무지개같이 뻗어나왔다. 그리고 그 이외에는 아무것도 없었다. 있다면 허무뿐이었다.

근처에 있던 사람들은 대단한 암경을 이기지 못하고 수십 걸음씩 주르르 밀려나며 허공을 바라봤다. 뿌연 피 안개 가운데 금색 면구를 쓴 자가 홀로 둥실 떠 있었다.

정각대선사의 모습은 어디에도 보이지 않았다.

금강불괴지체를 이룬 정각대선사의 몸뚱이는 허공에서 산산이 분쇄되어 버린 것이었다.

"대선사께서 패하셨다!"

"으으, 놈이 이기다니!"

사람들 사이에서 소란이 일어났다. 일부는 피눈물을 흘리기도 했다. 그런 가운데에서 능설비는 몸을 핑그르르 돌리며 서쪽을 향해 몸을 날렸다.

"으핫핫, 나를 따르지 마라! 너희들을 죽이고 싶지 않다!"

"서라!"

"뼈를 묻고 혼백만 떠나리라!"

백도고수들이 우르르 능설비를 뒤쫓기 시작했다. 능설비는 기다리고 있었다는 듯 어기충소로 떠올랐다.
"너희들에게 마지막으로 보여줄 것이 있다."
능설비는 수직으로 허공 높이 날아오른 다음 일순 정지했다.
"똑똑히 보아두어라, 내가 어떤 자인지를."
능설비는 품을 뒤져 작은 쇠구슬 하나를 꺼냈다. 순간 능설비를 쫓던 백도고수들 틈에서 경악성이 터져 나왔다.
"피, 피해라! 축융화뢰다!"
"비겁하게 화기를······!"
식견 많은 사람들이 그 물건을 알아보고 자지러질 때, 능설비의 손이 떨쳐지며 축융화뢰가 날아올랐다. 모두 기겁하여 분분히 몸을 숨기는데 그것은 그들 쪽으로 가지 않았다. 축융화뢰는 사람들이 없는 곳으로 날아갔다.

콰콰쾅!

땅이 뒤집힐 듯한 우렛소리와 함께 축융화뢰는 거대한 불기둥으로 자신의 자태를 바꿨다. 뜨거운 불 바람이 몰아쳤다. 사람들이 없는 곳에서 일어났기에 망정이지 그렇지 않았다면 적어도 천 명 이상이 화상을 입었을 것이다.

모두 화마의 숨결에 넋을 잃고 있는 사이 능설비는 귀신보다도 빨리 자신의 모습을 감춰 버렸다.
"흐흑··· 놈이 이겼다. 놈은 화기를 갖고도 사람에게 쓰지 않았다. 그것은 자신이 무공만으로도 백도를 정복할 수 있다는 것을 천하에 공표한 것이나 다름없다."

천기선자 주설루는 통한의 눈물을 주루루 떨어뜨렸.

그녀의 뒤에는 태양천군이 있었다.
"소저, 놈을 죽여야 하는데 길이 없는 것 같습니다. 이제는 어이해야 할는지······.”
 태양천군이 탄식할 때,
 "현재로서는 그자를 잡을 방도가 없어요. 더 강한 무엇이 있어야 해요. 며칠 전 석부를 찾은 운리신군(雲裏神君)이란 노인이 있었지요?"
 주설루가 무엇인가 생각이 난 듯 태양신군에게 물었다.
 "그렇습니다만······."
 태양신군이 영문을 모르고 의아한 표정을 지으며 말끝을 흐렸다.
 "혹 그가 방법을 알지 모르니 어서 그를 불러요."
 "운리신군은 근처에 있습니다. 그는 사실 얼마 전부터 태음천군과 동행하고 있었습니다."
 "아아, 그는 내가 자신을 다시 찾을 줄 알고 있었군요."
 주설루는 갑자기 감탄해 마지않았다.
 운리신군!
 그런 이름을 아는 사람은 주설루와 천기수호대뿐이었다.
 그는 며칠 전 허름한 옷을 걸친 채 주설루를 찾았었다. 그리고 한 가지 광오한 말을 그녀에게 한 터였다.
 그는 그 자리에서 '노부에게 터전만 준다면 보름 안에 구마령주를 잡아드리겠소' 라는 말을 해 중인들의 비웃음을 샀었다.
 주설루는 그의 방문을 깜빡 잊었다가 갑자기 그를 다시 떠올린 것이었다. 그런 그가 자신이 부를 줄 알고 미리 대기하고 있었다니······.

 하여간 이십 년 만에 결성된 동의지회는 구마령주 한 사람으로 인해 쑥밭이 되었다.

　무림고수들은 기가 죽어 하나둘 소림사를 떠났다. 정각대선사를 잃은 소림사는 허탈한 나머지 아무것도 결정을 내리지 못했다. 사람들은 구마령주가 무림에 천명한 것을 생각하며 고향으로 돌아갔다.

　구마령주가 명한 것은 터무니없는 것이었다. 오 일 안에 항복을 결정한다는 것은 무리였다. 돌아가는 데에도 삼사 일은 걸릴 것이고, 결정하는 데 또 며칠이 걸릴 테니까.

피, 그리고 꽃!

만화지(萬花池).

뜨거운 물이 펄펄 끓고 있는 곳, 미끈한 젊은이 하나가 물에 몸을 담고 신비스런 미소를 짓고 있었다. 그의 등 뒤에는 미녀 하나가 서 있었다. 미녀는 실오라기 하나 걸치지 않아 눈부신 나신이 그대로 드러냈다.

여인은 미청년의 등을 섬세한 손길로 주물렀다.

꿈속에서도 보기 힘든 미녀가 벌거벗은 몸으로 등을 어루만지는데도 청년은 미동조차 않는다.

얼굴 한번 쳐다보지 않는 무심한 사내.

미녀의 나직한 한숨 소리는 증기 속으로 사라진다.

청년의 생각은 다른 곳에 있는 듯했다.

"오늘 제일 운수 좋은 사람은 관을 짜는 사람일 것이다."

부드러운 얼굴과는 달리 청년의 머릿속에 그려지는 것은 온통 핏빛의 세상이었다.

구마령주 능설비. 그가 소림사에서 승리자가 되어 돌아온 지 오일째였다. 그동안 구마령에 굴복하여 항복을 천명한 문파는 거의 없다. 소소한 문파에서 항복을 알리는 석비를 세웠지만 동의회에 가담한 문파들은 문을 잠근 채 결사항전에 돌입했다. 강호를 떠돌아다니는 무사들도 눈에 띄게 줄어들었다.

구마령주는 다만 일인의 승부에서 이겼을 뿐이다. 문파 간의 격돌이 벌어지면 어느 쪽도 승부를 장담할 수 없다. 항간에 떠도는 소문은 그러했다.

'백도는 피의 강으로 적셔져야만 굴복한다. 저항이 강할수록 패배감이 커질 테고… 오랫동안 마도천하를 구가할 수 있을 것이다. 지금 꺾인다면 오랜 세월이 필요해. 마도가 그늘 속으로 숨어들 듯 백도 또한 그리하겠지. 마지막으로 그들의 숨통을 틀어쥔다면… 다시는 일어서지 못하리라, 다시는…….'

입가에 드리워진 마의 미소가 더욱 진득해졌다.

지금까지 천산을 떠나면서 계획한 일이 어긋남없이 이루어졌다. 앞으로도 그럴 것이다. 그는 구마령주. 실패란 있을 수 없는 일이다.

극심한 마기가 일어나자 등 뒤에 서 있던 미녀는 몸서리를 친다.

—잘해주었구나, 마의 주구여. 마의 세상이 너를 통해 이루어질 줄 알았다. 그대로 하거라. 내가 너를 지켜볼 것이다. 앞으로 영원히…….

문득 그의 눈에서 섬망이 일었다. 혈수광마옹의 얼굴이 떠올랐기 때문이다.

'네가 원했기 때문이 아니다. 내가 원했기에 마의 세상을 열어

가는 것이다.'

―후후, 그게 그 말 아니냐. 너를 누가 키웠다고 생각하느냐? 하늘에서 그냥 뚝 떨어졌다고? 너를 키우느라 내 모든 것을 걸었다. 네가 생각하고 꿈꾸는 모든 건 내가 심어준 거야. 그걸 알아야지.

'그럴지도…….'

눈빛은 아예 핏빛으로 타올랐다.

'배운 대로 마도의 세상을 열어간다고 여겨도 좋다. 하지만 네가 원하는 세상은 절대 아닐 것이다.'

극심한 살기가 일어나는 순간 욕조물이 폭발하듯 들끓었다. 뜨거운 물이 천장까지 치솟았다. 등 뒤에 섰던 여인이 기절초풍을 하며 엉덩방아를 찧듯 주저앉았다.

쌍뇌천기자가 죽은 후 능설비의 진짜 마음속의 적은 혈수광마옹이었다. 절대 자결할 자가 아님은 누구보다 잘 알고 있는 사람이 바로 능설비였다.

'나에게 잠신술을 가르친 자… 단 한 번 내 앞에서 비굴해진 다음 도망가 버린 자… 그 순간이 아닌 모든 순간에서 나를 죽이려 했던 자!'

설산의 석부에서 절치부심하며 구마령주를 기르듯, 지금도 어둠 속에 숨어 기회만 노리고 있을 것이다.

원한다면 마도의 전 인원을 동원하여 잡을 수도 있을 것이다.

그러나 그렇게 하지 않는 것은 자신이 구마령주이기 때문이었다. 태상마종이 달아난 마졸 하나를 잡기 위해 세력을 동원하는 건 있을 수 없는 일이었다.

'내게 마도를 빼앗겼다 여기는 자가 이대로 사라질 리 없다. 죽었다면 모를까… 조만간 내 앞에 나타날 수밖에 없어. 혈수광마옹,

그때가 바로 네가 지옥으로 들어가는 날이다.'
 어느새 들끓었던 욕조물이 원상으로 돌아왔다.
 나긋한 미녀의 손길이 그의 등을 가볍게 어루만졌다.

 어디일까?
 아주 비밀스러운 곳, 허름한 옷을 걸친 노도사 하나가 말하고 있었다.
 "노부 짐작대로라면 며칠 사이 백도계 명숙 중 반이 죽을 것이오. 구마령주란 자는 모든 일을 철저하게 해낼 것이오."
 "막을 방도가 없단 건가요?"
 "피를 흘리지 않고 그자를 막을 수 있다면 내 목숨이라도 내놓고 싶은 심정이오. 천기를 봐도 그자의 운이 극성하니 어찌하겠소. 이대로 흘러가는 대로 지켜봐야 한다면 그리해야겠지요."
 노도사는 며칠 전 동의지회에 참석한 운리신군이었다. 운리신군의 앞에는 주설루가 단정히 앉아 귀를 기울이고 있었다.
 "그 천인공노할 자를 막을 방도가 정녕 없단 말씀입니까?"
 "안타깝지만 지금 당장에는 방법이 없소. 마도는 수십 년간 힘을 길러왔소. 그 정점에 선 자가 바로 구마령주요. 백도는 너무도 약하오. 단목 어르신이 떠난 후 백도는 덩치만 큰 어린애가 되어버렸소. 그 잔혹한 자를 대항할 힘이 없으니 당하는 수밖에……."
 운리신군의 음성은 단호했다.
 "백도는 피를 흘릴 수밖에 없소."
 "아, 사부님만 계셨어도……."
 주설루는 안타까움과 회한에 젖은 탄식을 흘려낸다.
 쌍뇌천기자가 타계하며 강호의 중심에서 밀려났기에 그 쓰라림은 더했다.

"선자를 만나기 전 천기를 보았소. 구마령주의 운이 극성하나 조만간 꺾이게 될 운세였소. 내가 선자를 찾게 된 까닭도 바로 그것을 읽었기 때문이오."

"방법을 갖고 계시군요, 신군."

"일단 당할 만큼 당해줘야 하오. 그래야 놈의 자존심이 하늘을 찌를 테고… 그때가 바로 놈을 꺾어야 하는 순간일 게요."

"방심하는 순간을 노리자는 말씀이시군요."

"그렇소. 역설적으로 말하자면 놈이 가장 강하다고 여길 때가 바로 놈을 쳐야 할 때요. 마도는 수십 년간 기른 힘을 일거에 쏟아내며 승리를 거뒀소. 조만간 승리감에 도취되어 경계심이 흐트러지는 순간이 반드시 있을 거요. 그때를 노려야만 놈을 제거할 수 있을 것이오. 힘을 기른다고 미룬다면 놈을 제거할 기회는 영원히 없어질 것이오. 단목 어르신이 계셨어도 노부와 같은 생각일 거요."

'그래, 내 생각도 신군과 같아. 어렵더라도… 지금 그자를 처단하지 못하면 백도는 앞으로 영원히 시간이 없을지도 몰라.'

희망이란 좋은 것이다. 가라앉았던 그녀의 눈빛이 환하게 타올랐다.

주설루의 목소리 또한 힘이 실렸다.

"말씀해 주세요, 신군. 어떠한 복안을 갖고 계신지."

"마도의 힘은 하나부터 열까지 구마령주에게 집중되었소. 구마령주를 힘의 중심에서 떼어낼 수 있다면… 마도를 치는 일이 생각보다 어렵지는 않을 것이오."

"그게 가능할까요?"

"모든 일은 생각하기 나름이오, 선자. 세상엔 불가능한 일이란 없소."

볼품없어 보이는 노인, 정체조차 불분명한 운리신군의 자신있는 태도는 주설루를 점점 빨아들였다. 그녀의 귀는 더욱 솔깃해졌다.

"놈을 묶어놓는 데 성공한다면… 두 번째로 해야 할 일은 놈의 손발을 끊는 것이오."

"수하들을 없앤단 말인가요?"

"그렇소."

운리신군은 이미 계산이 되어 있다는 듯 아주 쉽게 대답했다.

주설루가 재차 질문을 했다.

"세 번째는요?"

"놈을 잡는 것이오."

"구마령주를……?"

"후훗, 세 가지를 서둘지 말고 차근차근 할 수밖에 없소. 노부는 여기서 며칠 기다리겠소. 결코 다른 방법으로는 놈을 막지 못한다는 것을 알게 될 때 노부를 부르시오. 그때 첫 번째 방법부터 자세히 이야기하리다."

운리신군은 그렇게 말을 맺었다.

'신군… 당신은 대체 어떤 사람입니까?'

주설루는 왜소해지는 자신을 느끼며 말없이 운리신군을 바라만 보았다.

잔월이 흐릿한 빛을 뿌리는 삼경 즈음,

아미파의 뒤쪽 숲에서 서른여덟 줄기 독광이 뿌려지고 있었다. 열아홉 명이 어둠 속에 몸을 숨기고 눈빛을 번득이며 때를 기다리고 있었다.

"일각 후에 항복비가 세워지지 않는다면 일거에 도륙을 내야 한다."

어둠 속의 인물들은 능설비의 명을 받고 달려온 십구비위였다. 그들은 사람이 아니라 사람을 죽이도록 훈련받은 야수들이었다.

얼음장보다도 싸늘한 말을 뱉은 사람은 십구비위를 이끄는 혈견 일호였다.

그들은 피에 굶주린 모습으로 기다렸다.

아미파에는 사람이 많지 않았다. 우두머리들은 중원의 동의지회에 참석하러 가서 아직 돌아오지 않았다. 그들은 자파를 걱정한 나머지 허겁지겁 돌아오는 길일 것이고, 가까워야 오백 리 밖에 있을 것이다. 일각 안에 그들이 온다는 것은 불가능한 일이었다.

일각은 곧 지나갔다.

"쳐라!"

일호의 입에서 싸늘한 냉갈이 터져 나왔다.

어둠 속에 몸을 숨기고 있던 십구비위가 일제히 숲을 박차고 날아올랐다.

"피로 씻어라!"

"우우!"

열아홉 개의 마영(魔影)은 두 눈에서 독광을 뿜어내며 아미파의 본거지를 향해 날아올랐다.

"누구냐?"

"침입자다! 막아랏!"

아미산의 승려들이 마영 열아홉 개를 발견하고는 야단을 떨었다. 누군가의 침입을 알리는 종소리가 울리고, 산문 앞에 경계가 강화되었지만 침입자들의 움직임은 너무도 빨랐다.
"태상마종이 명한 대로 십구로로 갈라져 모두 능력껏 파괴하라!"
혈견 일호의 명령이 떨어지자 마영들은 순식간에 열아홉 갈래로 갈라져 쏘아갔다. 그들의 몸놀림이 어찌나 신속한지 승려들은 그들의 형체도 제대로 구분할 수가 없었다.
십구비위가 잠입하고 나서 얼마 지나지 않아 아미파의 여기저기에서 시뻘건 불길이 치솟아올랐다.
바람을 타고 혈향이 번졌다.
마의 도구로 길러진 열아홉의 악마들. 아미파가 전력을 다해도 이들을 막을 수 없는데 전력의 태반은 숭산에서 아직 돌아오지 않았다.
화광이 충천하며 대낮처럼 어둠을 밝힐 때 피를 뒤집어쓰고 죽어 넘어지는 사람들의 모습이 보이기 시작했다.
"으아악!"
"침입자를 막아라!"
고즈넉한 적막에 싸여 있던 아미파는 삽시간에 아수라장이 되고 말았다. 그들에게는 살인 훈련을 받은 십구비위의 공격은 감당하기 어려운 것이었다.
불어치는 피바람.
누구도 그것을 막지 못할 것이다.

같은 시각,
전진파에서도 아비규환의 도살극이 벌어지고 있었다. 마우성이 이끄는 고수들이 전진파를 기습해 무자비하게 도륙 내는 것이었다.
 아미파와 전진파뿐만이 아니었다. 참담하기는 개방 역시 마찬가지였다.
 거지들이 동냥으로 저녁을 해결하고 곤한 잠을 청하려 할 무렵 개방은 갑자기 개봉부를 밝히는 거대한 불덩어리가 되고 말았다. 만리대표행에 숨어 있던 마도고수들이 개방으로 쳐들어가 개방 총타를 불바다로 만들어 버린 것이었다. 그 불길은 능설비가 머물러 있는 군방기루 근처 표비장(飄飛莊)까지 붉게 밝힐 정도로 컸다.
 능설비는 성찬을 앞에 두고 있었다. 세 명의 요리사가 준비한 산해진미가 한 상 그득 차려졌고, 주위에는 그가 손만 까딱이면 그에게 몸을 바칠 미녀들이 시립해 있었다.
 식탁 앞, 한 여인이 꿇어앉은 채 넋두리를 늘어놓고 있다.
 "속하의 충성이 이 정도에 불과하다니… 아아, 지금 당장 죽고 싶을 정도로 괴롭습니다."
 만묘선랑의 얼굴은 아예 울상이 된다.
 "나는 총관을 고맙게 여기는데 왜 그렇게 생각하는 거요?"
 능설비가 젓가락을 내려놓으며 가볍게 미간을 찌푸리자 만묘선랑은 더욱 서럽게 흐느꼈다.
 "만화지의 묘(妙)는 색(色)에 있사옵니다. 한데 여기 오신 이후로 아직 계집을 하나도 잠자리로 부르지 않으셨으니… 이곳에 있는 아이들 모두 추녀이기 때문이 아니겠습니까? 당장 절세가색을 구할 재간도 없고 정말 죽고만 싶습니다."
 능설비는 그제야 만묘선랑의 의중을 헤아리고는 부드러운 어조로 입을 열었다.
 "걱정하지 않을 것을 걱정하는구려."

"예?"

만묘선랑이 의아한 듯 눈물이 그득한 시선을 들어 능설비를 바라보았다.

"여기 있는 아이들이 미워 잠자리로 부르지 않은 것이 아니오. 나는 다만 색이 싫어 그러는 것뿐이오."

"그럴 리가요."

만묘선랑의 눈빛이 점차 놀람으로 물들어갔다.

능설비가 정색한 얼굴로 대답했다.

"정말이오."

"아아, 인간인 이상 색이 싫을 리가 있겠습니까? 자고로 영웅호색이라는데."

만묘선랑이 더욱 못 미더워하자 능설비는 흐릿한 미소를 입가에 지어 보였다.

만묘선랑은 탄식하듯 말을 이었다.

"아아, 무슨 말씀을 하셔도 마찬가지입니다. 결국 제가 영주의 마음에 차는 아이를 기르지 못했기에 영주께서 항상 홀로 잠자리에 드시는 것입니다."

능설비는 대꾸하지 않고 다시 식사를 계속했다.

그의 변명이 맞는 것일까, 아니면 만화총관 만묘선랑의 말이 맞는 것일까?

하여간 만화총관은 능설비가 혼자 밤을 지새운다는 것이 몹시 괴로운 모양이었다. 음양의 조화를 인간사의 으뜸으로 알고 있는 여인, 그녀에게 능설비의 대답은 도무지 이해가 가지 않았다.

얼마 후 능설비가 식사를 마쳤을 때,

"오늘 밤만은 혼자 지내실 수 없습니다, 영주."

만화총관은 다짐이라도 받을 듯 강한 어조로 말했다. 그러자 능설비가 가볍게 눈살을 찌푸렸다.
"그런 걱정은 말라 하지 않았소?"
"영주께는 별문제가 아니나 속하에게는 평생을 바쳐 준비한 것이 물거품이 되느냐 되지 않느냐 하는 중대한 문제입니다. 제자 아이들이 밉더라도 한번 품어보십시오. 제가 방중술(房中術)을 잘 가르쳤는지 그렇게 하지 못했는지 직접 시험해 보십시오."
"핫핫, 영주라는 지위가 그리 힘든 줄은 몰랐소."
능설비가 호탕하게 웃으며 고개를 끄덕였다. 그것은 만묘선랑의 제의를 수락한다는 뜻이기도 했다. 기실 만화지에 기거하는 여인들은 향기가 없는 꽃에 불과했다. 그러나 마음에 내키지 않아도 그녀들을 취해야 하는 지위가 바로 영주 된 지위였다.
반 시진 후, 능설비는 만화지에서 가장 아름다운 여인과 잠자리를 같이하게 되었다. 그는 누워 방 천장을 보고 있었다.
"으으음!"
이름이 옥접(玉蝶)이라 불리는 여인은 능설비를 위해 그녀의 모든 것을 불살랐다.
하지만 능설비는 쉽게 달아오르지 않았다. 오히려 무심해 보였다. 그는 여색마저도 짜증스러워하는 것이었다. 하지만 그의 머릿속에 여인이 하나도 없는 것은 아니었다. 영주 지위를 놓고 겨루다 그의 종이 되어버린 혈견 일호, 동경으로 힐끗 본 소로 공주, 그에게 빠져들어 자신을 망쳤던 설옥경, 그리고 가장 진한 인상을 남긴 여인 주설루.
능설비는 그런 여인들을 머릿속에 그리며 내키지 않는 육체의 향연에 빠져들었다.

"아아악!"

어느 한순간, 옥접은 자지러지는 비명 소리를 냈다. 뜨거운 불기둥이 그녀의 하체를 관통했기 때문이다.

"만화총관이 흡족해하겠군."

능설비는 짓궂게도 방 밖에서 엿듣고 있는 늙은 여인 만묘선랑을 위해 옥접을 아주 지독하게 괴롭혔다.

'됐다, 됐어!'

만화총관은 방 안에서 들리는 비명 소리에 박수라도 칠 듯이 기뻐했다.

뿌연 미명이 움터오는 새벽이 오고 있었다.

능설비는 연한 금빛 옷을 걸치고 뜨락으로 나섰다.

"벌써 완연한 봄인가?"

능설비는 화원에서 꽃망울을 터뜨리고 있는 꽃가지들을 바라보며 무심코 지내온 세월이 아쉬운 듯 나지막하게 뇌까렸다.

그때, 휙! 하는 바람 소리가 나더니 만화총관이 분분히 들이닥쳤다. 그녀는 능설비의 앞으로 다가와 허리를 넙죽 숙였다.

"밤새 소식이 많이 들어왔습니다, 영주."

"말해보시오."

능설비는 이날따라 화향(花香)에 듬뿍 취해들고 있었다.

만화총관은 품 안에서 쪽지를 꺼내 하나하나 읽어 내려갔다.

"먼저 아미복호사에서 성공했다는 전갈이 왔습니다."

"……."

능설비는 놀라워하지 않았다. 그에게는 오히려 당연한 일일 뿐이었다.

만화총관 만묘선랑의 보고가 이어졌다.

"사천당가에서 성공, 전진에서는 구자(九子) 중 운학(雲鶴), 운송(雲松)을 제외한 일곱을 죽였고, 막 돌아온 건곤금령자의 팔 하나를 자르는 데 성공했다 합니다."

"쯧쯧… 건곤금령자를 척살해야 했는데……."

능설비가 혀를 차며 오랜만에 운을 떼었다.

만화총관은 쉬지 않고 말을 했다. 밤새 천하 백도의 반이 무너져 버렸다는 내용이었다. 그것은 또한 그렇게 비밀스러운 일도 아니었다. 표비장 밖으로 나가면 바로 그 일을 알게 될 것이다.

개봉부에는 개방 총타가 시산혈해가 되었다는 소문이 공공연하게 떠돌고 있었다. 그리고 얼마 후면 개방뿐만 아니라 천하의 정대문파 모두가 멸문지화를 당할 것이라는 소문도 암암리에 떠돌았다.

'결국 편한 길은 없군. 그럼 마무리 수순으로 들어가는 건가. 단신으로 나를 잡을 사람은 없음이 밝혀졌을 것이고, 그래도 일말의 복수심은 있을 것이니 칠 일 안쪽으로 대항마복룡진(大降魔伏龍陣)이나 태청풍뢰진(太淸風雷陣)이 쳐지고 내게 도전장이 날아오겠군.'

능설비는 마치 앞날을 훤히 내다보고 있기라도 한 것처럼 자신만만해했다. 그는 만화총관 곁을 지나쳐 만화지로 발길을 옮겼다. 만화총관이 그림자처럼 따라붙었다.

"나는 아침을 먹은 직후 낙양으로 떠나겠으니 그리 아시오."

"만리대표행인가요?"

"그렇소."

"만리총관이 여기로 올 예정이 아닙니까?"

만화총관이 영문을 모르겠다는 듯 고개를 갸우뚱한다.

"내가 여기 없으면 낙양으로 간 줄 알 것이니 신경 쓰지 마시오."
"알겠습니다, 영주."
대답은 시원하게 했으나 그녀의 얼굴은 의구심으로 가득했다.
'무슨 일이지? 굳이 만리총관을 낙양에서 봐야 할 이유가 뭘까?'
잠시 머뭇거리는 동안 능설비는 세 걸음을 앞서 나갔다. 만화총관은 서둘러 뒤를 따랐다.

아수라 지옥으로 변해 버린 개방 총타 앞에서 뇌전신개는 끓어오르는 분노를 참지 못하고 전신을 사시나무 떨 듯 부들부들 떨고 있었다. 그는 손에 순찰령(巡察令)을 들고 있었다.
"무림동의맹이 내게 준 이것… 으으, 지난 수십 년간 이 물건의 주인 노릇을 잘했다고 자부했는데 이제 모두 물거품이 되고 말았다."
그가 손아귀에 힘을 가하자 쥐고 있던 동패가 산산이 박살이 났다. 뇌전신개가 명숙들과 더불어 숭산에서 일을 처리하는 사이 개방 총타가 완전히 와해되고 만 것이다.
뇌전신개는 이를 빠드득 갈았다.
"으으, 이제는 대항마복룡진을 치는 수밖에 없다."
그가 한 서린 음성을 뱉어낼 때,
"방주, 제가 추천한 운리신군을 만나보지 않으시렵니까?"
소림사에서 그를 뒤따라왔던 주설루가 간곡히 말했다.
"그럴 시간이 없소. 미안하오. 이럴 때일수록 소저의 선사(先師) 쌍뇌천기자 그분이 그리워지는구려."
뇌전신개는 한탄하듯 말했다. 그러나 주설루는 실망하는 표정이 아니었다.

'운리신군의 짐작대로다. 정파는 나를 어린아이 취급하고 사부가 아니 계신 천기석부는 종이 호랑이라 여긴다. 모두 그분 말대로다. 그분은 어쩌면 사부의 화신일지도 모른다.'

주설루는 그런 일들을 생각하면 언짢았지만 내색하지는 않았다.

그때였다.

"사조(師祖)!"

이십여 장 밖에서 뇌전신개를 부르는 소리가 들렸다. 그리고는 이내 취영보(醉影步)를 써서 급박하게 달려오는 사람이 하나 있었다.

그는 운중유개라는 개방의 젊은 고수 중 두각을 나타내는 사람이었다. 그는 손에 쪽지 하나를 들고 있었다.

"이, 이것이 사조께 전해졌습니다."

운중유개의 얼굴은 붉으락푸르락 수시로 변했다.

"무엇이기에 이리 호들갑스러우냐?"

뇌전신개는 눈을 부릅뜨며 운중유개의 침착하지 못한 태도를 나무랐다. 그는 천천히 운중유개가 내미는 쪽지를 펼쳐 들었다.

〈구마령주가 무림동의맹 순찰에게.〉

운중유개가 건네는 쪽지의 첫머리에 그런 글귀가 적혀 있었다.

막후의 대결

쪽지를 펼쳐 보는 뇌전신개의 손이 부들부들 떨렸다. 쪽지에는 다음과 같은 글귀가 적혀 있었다.

〈구백 대항마복룡진을 펼치려거든 장소를 낙양 아래로 하라. 나의 거처가 그 근처인지라 다른 장소에 가자면 귀찮으니 그곳에서 최후의 도박판을 벌이라는 것이다.〉

아주 간단한 글귀였다. 하지만 뇌전신개의 심경은 달랐다.
'이럴 수가… 나의 심중을 알아보다니. 그자는 대체 어떤 자란 말인가?'
뇌전신개가 넋을 잃을 때 주설루가 곁에서 그것을 힐끗 보며 입을 열었다.
"그렇게 할 작정이신가요?"

"으으음!"

뇌전신개는 대답 대신 침음성을 흘렸다.

"신개는 가장 많은 사람을 부를 수 있는 지위에 계십니다. 대항마복룡진은 신개의 뜻에 따라 펼쳐질 것입니다. 그러나 소녀의 생각으로는 조금 더 두고 보았다가 그것을 펼치시는 것이 옳지 않은가 생각됩니다. 곤륜과 소요문하(逍遙門下)를 비롯한 제파에서 복수를 준비하고 있다 하니 그것이 확정된 후 함께 행동하는 것이 좋을 것입니다."

주설루가 간곡히 말하자 뇌전신개는 고개를 저었다.

"아니오. 나의 명예가 걸린 일이오. 나는 놈의 도전에 응할 것이오. 이번 일은 소림사와 개방, 그리고 무산신녀곡 화소곡주(華少谷主)를 비롯한 몇몇 사람의 일이지 무림 전체의 일은 아니오. 쌍뇌천기자의 후예이신 주 소저는 지금 복수하기보다 수련을 더해 십 년이고 이십 년이고 먼 훗날 놈에게 복수하는 길을 찾아보도록 하시오."

"방주, 소녀 또한 구마령주에게 죽은 신녀곡주 휘하에서 자란 여인임을 모르십니까?"

"낭자는 그렇게 여길지 모르나 나는 다르게 보고 있소. 낭자는 철부지일 뿐이오. 듣자 하니 구마령주가 천기석부를 무너뜨린 장본인이라 하지 않소?"

뇌전신개가 곱지 않은 시선으로 바라보자 주설루는 약간 당황한 모습을 보였다.

"그, 그렇지 않습니다."

"흥, 신녀곡을 조롱한 자가 구유회혼자의 측근 행세를 하고 천기석부로 갔다는 것을 아오!"

뇌전신개의 목소리가 높아졌다.
"아, 아닙니다. 천기석부에 온 사람은 구유회혼자가 보낸 사람입니다. 구마령주가 아닙니다."
"시체조차 남기지 못한 사람이 누구를 보낸단 말인가? 아직까지 그것을 모르다니. 쌍뇌천기자를 죽게 한 장본인이 바로 낭자란 말이오."
"······!"
주설루는 뇌전신개의 반박에 할 말을 잃었다.
금강대환단을 들고 천기곡을 찾은 청년, 그와 대면한 순간의 미묘한 떨림은 아직도 생생하다.
'그가 구마령주였다면 이분의 말은 맞는 말이다.'
그녀는 붉은 입술을 질끈 깨물었다.
그녀 역시 의심은 하고 있었다. 그가 온 직후 천기석부가 무너졌음으로.
'바보같이! 그걸 이제야 알다니······. 사람들이 날 얼마나 못난 계집으로 여기고 있는지를 이제야 알다니······.'
그녀는 아무런 말도 할 수 없었다.
구마령주를 천기석부 심장부로 안내한 장본인이 바로 자신인데······. 입이 열 개라도 할 말이 없는 것이다.
"낭자는 수양을 더 하는 게 좋을 것이오."
뇌전신개는 수염을 빳빳이 세우며 말하다가 뒤돌아섰다.
"당분간 봉파(封派)하라고 천하 모든 분타에 알려라!"
그는 수하들에게 명을 내린 다음 위로 날아올랐다.

노을이 핏빛처럼 산야에 뿌려지고 있을 무렵이었다.

개봉을 떠난 능설비는 낙양성 근처에 이르러 풍경을 감상하고 있었다. 그는 본래의 얼굴을 하고 있지 않았다. 그는 문사의 얼굴을 하고서 이곳저곳을 구경하고 다녔다.

반 시진 후, 그는 닫히기 직전인 성문을 통해 낙양성 안으로 들어갔다. 그는 천천히 걸었다. 느릿한 걸음으로 도착한 곳은 만리대표행이었다.

항상 열려 있던 만리대표행의 정문은 굳게 닫혀 있었고, 반쯤 열려진 쪽문 앞을 무사 넷이 지키고 있었다.

〈강호가 혼란하여 표물의 안전을 책임질 수 없기에 당분간 영업을 중지함.〉

사흘 전, 그런 방문이 내걸린 후 만리대표행은 문을 걸어 잠갔다. 구마령주의 뜻을 정확히 받들기 위해 만리총관이 내린 결단이었다. 강호가 소란스러우면 표국들이 문을 닫는 경우가 여러 번 있었기에 의심하는 사람은 없었다.

간혹, 소문에 늦은 사람들이 허탕을 치자 욕설을 내뱉고 가는 게 전부였다.

능설비가 표국 앞으로 다가서자 무사들이 앞을 가로막았다.

"당분간 표물을 받지 않습니다."

"근처의 진무표국이나 태천표행에 가서 표물을 맡기도록 하시지요."

그들의 말은 정중했으나 거절의 뜻을 분명히 했다.

"쯧쯧, 나는 꼭 여기에 물건을 맡겨야겠네."

능설비는 혀를 차며 자신의 뜻을 굽히려 들지 않았다. 그는 대체 무슨 속셈일까?

만리대표행 사람들은 구마령주가 이곳으로 돌아온다는 말을 듣고 그를 마중하기에 여념이 없는 상태였다. 한데 능설비는 다른 사람 행세를 하고 있으니······.

"나는 장백산에서 왔네. 귀한 모피를 많이 갖고 있고 화적 떼가 그것에 침을 흘리고 있어서 그것을 금릉까지 무사히 옮기고 싶어 여기까지 왔다네."

능설비가 무사들은 안중에도 없다는 듯 안으로 걸음을 내디디려 하자,

"들어갈 수 없소!"

"굳이 권하는 술을 마다하고 벌주를 마시겠단 말이오?"

무사들이 눈에 쌍심지를 곤두세웠다.

능설비의 눈살이 가볍게 찌푸려졌다.

"고약한 자들이로군."

그는 말과 함께 다짜고짜 쌍장을 흔들어댔다. 낙화추영장법이란 화산의 비전 수법이 시전되며 어지러운 손 그림자가 꽃비 뿌리듯 뿌려졌다.

"어이쿠!"

"이자가 소란을 부리다니!"

무사들이 능설비의 장법에 격타당해 휘청거릴 때 능설비는 천마행공의 경신술을 사용해 만리대표행의 담을 넘었다.

"잡아라!"

"놓치면 아니 된다! 조금 후에 그분이 오시는데 소란이 있어서는 아니 된다!"

무사들이 분분히 소리치며 능설비가 사라진 방향을 향해 뒤쫓기 시작했다.

자기 집 들어가듯 거침없이 만리대표행 담을 뛰어넘은 능설비의 걸음이 멈춰진 곳은 후원으로 들어서는 입구였다.

그곳의 공기는 달랐다. 냉랭한 기운이 전신을 휘감아 도는 가운데 능설비는 겹겹이 포위당했다.

대주천마영진세(大週天魔影陣勢)에 이어지는 삼십육마라진(三十六魔羅陣)의 진세가 능설비를 에워쌌다. 죽림 앞쪽으로는 독검을 든 백여 명의 젊은 무부(武夫)들이 눈에 흉광을 뿌려대고 있었다.

그 기세는 가히 산악을 무너뜨릴 듯했다.

"후훗, 제법인데?"

능설비는 그의 앞을 가로막고 선 마도고수들을 보고는 고개를 끄덕였다.

"항복하지 않으면 십 초 안에 죽는다!"

"오지 않을 곳에 와서 보지 못할 것을 보았다!"

무부들이 두 눈에서 칼날 같은 살기를 뿜으며 점차 능설비와의 간격을 좁혀들었다.

그때였다.

"멍청이들, 그분을 몰라보다니!"

허공에서 창노한 음성이 들리더니 한 사람이 장내로 표표히 떨어져 내렸다. 만리총관이 시뻘건 얼굴을 하고 떨어져 내리는 것이었다.

무사들은 그제야 능설비를 알아보고 오체투지했다.

"몰라뵈어 죄송합니다!"

"죽여주십시오, 영주!"

그들이 머리를 조아리며 백배 사죄할 때 능설비는 이미 죽림 안으로 들어가고 없었다.
　능설비는 아주 거대한 태사의 위에 금색 면구로 얼굴을 가리고 앉아 있었다. 그 앞에는 만리총관이 엎드려 있었다.
　"죄송합니다. 수하들을 잘못 가르쳐서……."
　그가 비 오듯 땀을 흘리자 능설비가 빙긋 웃으며 말했다.
　"아니오. 그들의 수비는 내 기대 이상이었소."
　"그럼 우매한 속하를 시험하기 위해서……."
　"훗훗, 나는 이곳 만리대표행의 수비를 시험하기 위해 역용하고 온 것이 아니오."
　"그렇다면……?"
　"나는 본시 아침에 올 예정이었소."
　"그, 그렇습지요. 만화총관에게 여기로 떠나셨다는 말을 듣고 서둘러 달려왔습니다. 아직 도착하지 않았다는 말에 속하는 줄곧 영주를 찾아다녔습니다만… 찾지 못하고 애를 태우고 있는 참이었습니다."
　"흠, 나는 만리총관이 나를 찾아내는지 못하는지 시험하려 반 시진 전에야 이곳에 왔소."
　"죄송합니다."
　만리총관이 얼굴을 붉히며 재차 고개를 조아리자 능설비는 고개를 가로저었다.
　"기대한 바 대로요. 실망도 없소."
　"예?"
　"구마루의 수련이 지독한 덕에 아무도 나를 찾지 못할 정도로 교활하게 움직이는 자가 되었단 말이오."
　능설비의 속셈은 대체 무엇일까? 만리총관이 결국 그 뜻을 헤아릴 길이 없자 그것을 물었다.

"제가 영주를 찾았다면 무엇이 달라지는지요?"

"후훗, 나를 찾았다면 나는 총관에게 한 가지 특명을 내렸을 것이오."

"어떤 것인지요?"

"나를 찾아낼 정도라면 내가 찾고자 하는 한 사람을 찾아낼 것이오. 나는 총관이 그 눈을 갖고 있으리라 믿었는데 갖지 못한 것이오. 결국 그런 눈은 나한테만 있는 것이고, 그 일을 할 사람 또한 나 한 사람뿐이라는 것이 밝혀진 것이오."

"대, 대체 누구를……?"

만리총관이 의아해하자,

"아주 오래전부터 나의 가장 큰 적이 되었던 자가 있소. 그자는 나도 알고 만리총관도 아오. 그러나 나를 찾지 못했듯 그자도 찾아내지 못할 것이오."

"……?"

"결국 그자는 내 스스로 찾아낼 수밖에 없다는 것이 오늘의 놀이에서 밝혀지게 된 것이라오."

능설비의 말대로라면 묘한 술래잡기가 아닌가? 능설비는 숨어다녔고 만리총관은 그를 찾아다녔다. 만리총관은 능설비가 만리표행 한가운데까지 왔을 때에야 그를 알아보았다. 매우 간단하다면 간단한 일이었지만 능설비는 이번 일로 인해 작은 실망감을 맛보았던 것이다.

그는 얼굴 하나를 기억했다.

죽음을 가장하고 사라진 혈수광마옹. 그의 얼굴을 다시 떠올린 건 완벽한 승리가 목전에 다가왔기 때문이다.

'십구비위는 아니더라도 이십팔수 가운데 몇은 그자의 편에 설 줄 알았는데… 전혀 개입한 흔적이 없다. 분열을 조장하여 나타날 것이라는 내 생각이 틀렸단 말인가. 설마… 내가 모르는 또 다른 세력이 있단 말인가!'

능설비는 만리총관을 바라보았다. 충성심이 강한 흑도의 거마임에는 틀림없으나 그에게는 능설비가 바라는 분별력이 없었다.

'이 사람에게 혈루대호법이 어디에 숨어 있는지 알아보라 한다는 것은 어리석은 일이다. 그와의 싸움은 나 혼자만의 싸움인 것이다. 나는 이제야 그것을 완전히 깨달았다.'

능설비는 눈을 스르르 감았다. 가슴 저 밑바닥으로부터 뜨거운 무엇인가가 치밀고 올라옴을 느꼈다. 그것은 자신감이었다.

'나는 이길 자신이 있다!'

어느새 그의 입가에는 오만한 웃음이 드리워졌다.

아담한 석실 안이다.

허름한 옷을 걸친 노도사가 향차를 마시며 운을 떼었다.

"뇌전신개는 몰살극을 벌이고 있는 것입니다."

"아아, 저도 그것을 알기에 지난밤을 걱정으로 설쳤습니다."

탁자 맞은편에는 맛있는 차를 그냥 식히며 걱정에 걱정을 거듭하고 있는 아주 아름다운 여인이 있었다. 바로 주설루였다.

"그 일에는 끼어들지 마십시오. 천기수호대를 낙양으로 보냈다는 것을 압니다. 그들을 급히 부르십시오."

운리신군은 무겁게 표정을 굳히며 주설루에게 충고했다.

주설루는 그의 의중을 알지 못하겠다는 듯 되물었다.

"왜요? 큰 도움이 될 텐데?"

"힘을 분산시키는 것밖에 되지 않지요. 죽을 자는 죽게 놔둬야 합니다. 아시겠습니까?"

"……"

"싸움에는 희생이 있기 마련입니다. 천하 사람 중 한 사람도 죽지 않을 수는 없습니다."

"아아!"

주설루는 운리신군의 말을 듣고 탄식해 마지않았다.

운리신군은 뜨거운 차를 훌훌 불어 마시며 말을 이었다.

"중요한 것은 대권을 쥐는 일입니다. 뇌전신개가 죽는 것은 어찌 생각하면 바람직한 일입니다."

"그, 그럴 리가!"

주설루는 흠칫 몸을 떨었다. 운리신군의 말이 너무도 냉혹했기 때문이다.

그는 조용히 웃으며 말을 이었다.

"후훗, 그는 구시대의 세력 판도에 젖은 사람입니다. 그는 공이 많은 사람이나 결국 고집으로 인해 많은 사람을 죽이고 자신마저 죽을 것입니다."

운리신군은 대세를 냉철하게 꿰뚫어 보고 있었다. 주설루는 그의 날카로운 안목에 할 말을 잃었다. 운리신군은 향차를 다 마신 다음 말했다.

"우선 구마령주란 자가 방심해야 합니다. 그 일은 뇌전신개의 죽음에서 시작될 것입니다. 비정하나 그럴 수밖에 없습니다. 구마령주는 정말 강한 자이기에 방심하기 전에는 당할 수가 없습니다."

"어떻게 해야 그자를 죽일 수 있나요?"

주설루가 진중한 표정으로 물었다.

"우선 그자를 다치게 해야 합니다. 그자가 운기행공에 들게 한 다음 그사이 그의 수하들 중 괴수 급을 잡는 것입니다."

"구마령주의 부하들도 쉽게 상대할 자들이 아닙니다."

무당산에서 보았던 십구비위의 가공할 무위를 떠올리며 주설루는 몸서리를 쳤다.

"피를 봐야만이 죽이는 건 아니지요. 영원히 가둘 수 있다면 죽이는 것과 다름없지요."

"그자들을 어떻게……?"

"천기석부에 무저갱이란 훌륭한 금마부(禁魔府)가 미완성 상태로 있음을 알고 있소이다. 그곳이라면 악마라도 능히 가둘 수 있을 겁니다."

"아, 그것마저 알고 계시다니!"

"헛헛!"

운리신군은 크게 웃으며 차 한 잔을 더 따라 마셨다.

주설루는 곰곰이 궁리하다가 마지막 대책을 물었다.

"어리석은 소녀는 도무지 모르겠습니다. 어떻게 구마령주를 다치게 하는 방법이 있는지……."

"길은 하나뿐이오. 그자의 배를 노리는 것이오."

"배라고요?"

"구마령주의 머리는 결코 암습당하지 않소. 그러나 배는 더러운 창자가 그득한 야수의 배와 다를 바 없소."

"무슨 뜻인지요?"

주설루가 의아해하며 묻자 운리신군은 선선히 답했다.

"낭자가 아는 가장 어여쁜 여인 하나를 십 일 안으로 구하시오.

그때 계략을 모두 이야기해 드리리다."
 운리신군은 얼핏 보면 멍해 보이는 늙은이에 불과했다. 그러나 그는 읽은 책의 수에 있어 주설루의 몇 배라는 것이 이미 입증이 된 사람이었다. 바둑을 둬도 운리신군이 이겼다. 진법(陣法)을 치고 푸는 내기를 해도 운리신군이 이겼다.
 '사부께서 살아나기 전에는 이분을 능가할 사람이 없다.'
 주설루는 그렇게 단정 지으며 눈을 내리감았다.

 고도 낙양에 때 아닌 대풍운이 일기 시작했다.
 모든 주루와 객잔이 살기에 넘쳤다. 상복을 걸치고 허리에 검은 띠를 매어 조의를 표하고 있는 백도고수들이 대거 낙양성으로 몰려들었다. 그들은 지나치는 모든 사람들을 잔혹한 눈빛으로 쏘아봤다. 얼굴이 흉악하게 생긴 파락호들, 신비한 구석이 조금이라도 있는 사람, 그들 모두는 괜히 겁을 집어먹고 자라처럼 목을 꾹 눌러 감춰야 했다.
 대체 무슨 일일까? 갑자기 왜 사람들이 살기 어린 눈동자를 하고 나타나 낙양성을 이 잡듯이 뒤지고 다닌단 말인가?

 봄날의 밤,
 서산에 해지고 사방에 바람이 차갑다.
 달 비치는 개울가에 밤은 깊은데,
 성안 등잔불만 외로이 타고 있다.

 한 편의 시구라도 읊조리고 싶은 낙양성의 밤이건만 갑자기 불어 닥친 대풍운으로 말미암아 평화로움이 깨지고 말았다.

띠이이잉!

 한 가닥 금음이 바람결을 타고 성 밖에서 들려왔다. 그 소리가 마의 바람을 일으켰다. 오랫동안 절전되었던 천마금성이 잠을 설치고 있던 정파고수들을 일깨운 것이었다.

 "마의 금음이다! 놈이 부르고 있다!"

 "때가 되었다. 놈이 나타났다. 이런 금음은 절대고수가 아니면 시전할 수 없는 것이다."

 "모두 예정된 대로 모이라는 신개의 명이다!"

 얼핏 보면 무질서하나 사실은 아주 정연한 방위에 따라 서 있던 고수들이 일시에 몸을 날렸다.

 휘휙휙!

 제일 먼저 몸을 날리는 사람은 소림사의 승려들이었다. 그들은 거추장스러운 변복과 머릿수건을 훌훌 벗어 던지고 성 밖으로 날아올랐다.

 뒤이어 개방의 고수들, 그리고 며칠 전 구마령주의 부하들에게 크게 당해 구마령주에게 이를 갈고 있는 정대문파 사람들이 속속 뒤따랐다.

 낙양성 밖의 너른 평야 가운데 두 사람이 있었다.

 한 사람은 찬 이슬이 싫은 듯 두툼한 황금 포단을 깔아놓고 앉아 귀하디귀한 보금 하나를 무릎 위에 놓고 튕기고 있는 금면인이었고, 그 뒤에는 보검 세 자루를 품에 안고 시립한 은면인이 있었다.

 띠잉, 띵!

 금음이 한가롭게 퍼질 때마다 바람이 불며 두 사람의 뒤쪽에 꽂혀 있는 깃대의 깃발이 펄럭였다. 그것은 방금 전 은면인이 갖고 와 꽂은 깃대였다. 거기에는 금색 깃발이 걸려 나부끼고 있었고, 깃발에는 다음과 같은 문구가 적혀 있었다.

〈오호라, 통제로세. 구백인총(九百人塚)을 세우는 심정이여!〉

무덤이라니?
근처 어디를 봐도 무덤 비슷한 것은 보이지 않는다. 무덤이라면 의당 북망산이 생각나는 법인데 무덤 같은 것은 눈을 씻고 보아도 찾을 수가 없었다.
띠잉, 띵!
금음이 곡조에 따라 튕겨지는 가운데,
"동청룡(東靑龍)!"
"서백호(西白虎)!"
"남주작(南朱雀)!"
"북현무(北玄武)!"
사상 방위로 각 일백 명씩의 백도고수들이 금면인과 은면인을 에워싸며 다가섰다.
그 뒤를 이어,
"육합이 검에 가려지고!"
"삼재가 퇴로를 막는다!"
"삼재 뒤에 구궁팔괘로 최악의 경우라도 동귀어진되리라!"
또다시 수많은 사람들이 모여들었다.
앞선 사람은 은빛 수염을 바람에 휘날리고 있는 노화자인데, 그의 허리에는 매듭이 열 개나 되는 자루 하나가 매달려 있고, 철호도 하나 달려 있었다. 그것은 개방 십결제자(十結弟子)를 뜻하는 신물이었다. 당세에 있어 그런 사람은 단 하나뿐이었다.

바로 뇌전신개가 그 장본인이었다.

의기는 무산되고

　뇌전신개가 대항마복룡진의 총수로서 다가설 때, 금면인이 금을 튕기기를 마치고 은면인에게 말했다.
　"총관, 준비는 되었는가?"
　"옛, 구백 개의 관은 모두 다 준비가 되었습니다. 거기 누워 묻힐 구백 구의 시체만 있으면 됩니다."
　"한 개가 더 준비되었군. 관은 팔백구십구 개면 된다."
　"예? 한 개가 더 준비되었다 하심은……?"
　은면인이 납득이 가지 않는다는 표정으로 되묻자 능설비가 차갑게 냉소하며 대답했다.
　"거적때기에 싸서 묻혀도 황송해하는 늙은 거지 하나가 있기 때문이다. 그를 위해 관을 쓴다면 개에게 보석으로 치장을 해주는 것보다 어리석은 일이 될 것이다."
　"이제야 알겠습니다."

은면인이 그제야 능설비의 말뜻을 알아듣겠다는 듯이 넙죽 허리를 숙였다.
 그 말을 듣고 난 뇌전신개가 진중에 서서 두 눈에서 불똥을 일으켰다.
 '구마령주란 자는 확실히 천하를 두려움에 떨게 하는 자이다. 그러나 나는 그를 두려워하지 않는다.'
 그는 자신을 두고 욕하는 구마령주를 노려보며 이를 갈았다.
 '이곳에 수하 하나만을 대동하고 홀홀 단신 나타나다니 정말 지독한 배짱이다. 그러나 이곳은 소림사가 아니고 나도 정각은 아니다.'
 뇌전신개는 자신의 뒤쪽을 돌아보았다. 그의 뒤에는 아홉 명의 고수가 소기(小旗) 하나를 들고 제자리를 지키고 있었다. 공통점이라면 모든 사람이 상복을 걸치고 있다는 점이었는데, 그중 가장 악에 받친 여인이 있었다. 그녀는 바로 신녀곡의 화빙염이었다.
 "네놈을 죽여 살점을 불에 구워 먹을 작정을 하고 왔다!"
 화빙염은 능설비를 노려보며 이가 갈리는 듯한 음성을 내뱉었다.
 바야흐로 소림사에서의 풍운보다 더한 대풍운의 막이 서서히 열리고 있었다. 무슨 말이 더 필요하겠는가?
 백도의 고수들이 한결같이 시체같이 굳은 낯빛을 하고 다가서는데 문득 능설비가 만리총관을 부르는 소리가 장내를 울렸다.
 "총관!"
 "옛, 영주님!"
 만리총관은 능설비를 향해 허리를 숙였다. 그는 몹시 흥분한 상태였다. 능설비가 그만을 대동하고 이곳에 나타날 줄은 그도 몰랐던 일이다.
 그는 능설비가 아주 침착하다는 것을 알고 있었다. 그러기에 능설비에 대한 존경심은 더욱 커져만 갔다. 그는 상대방의 많은 숫자에 두려움을 느끼기도 했지만 능설비의 능력을 믿기에 적이 안심이 되는 것이었다.
 "무슨 일이신지요?"
 만리총관이 묻자,
 "세 자루 명검을 준비하라 했을 텐데?"
 "여기 대령했습니다."
 만리총관은 품에 품고 있던 세 자루 장검을 얼른 능설비의 앞으로 내보였다.
 "어떤 것들을 준비했나?"
 "마종마검과 천외천혈검, 그리고 복마신검(伏魔神劍)입니다."
 "쯧쯧… 복마신검이란 못된 이름을 가진 물건도 준비했다고?"
 능설비가 혀를 차자 만리총관이 황급히 허리를 숙였다.
 "죄송합니다."
 그러자 능설비가 호탕하게 웃으며 명을 내렸다.
 "하핫, 모두 버리게."
 "예?"
 "사람을 베기에는 쓸모가 없는 것들일 뿐이야."
 "알겠습니다."
 그제야 만리총관이 능설비의 의도를 눈치채고 다시 한 번 머리를 조아렸다.
 "만리총관은 가서 내가 즐길 술좌석이나 마련하게. 일각 후에 가서 미녀들을 데리고 술을 마실 작정이라네."

능설비의 말 한마디 한마디는 모두 정파고수들을 안하무인격으로 놀리는 말이었다.
뇌전신개 이하 모든 사람의 얼굴이 시뻘게졌다.
"결국 빨리 죽기를 재촉하는군."
뇌전신개는 이를 갈다가 위로 날아올랐다. 그가 비조처럼 훌쩍 날아오르는 순간,
"진을 발동시켜라!"
"죽음으로 놈을 벌하리라!"
동의지회에 모여들었던 백도의 고수들이 일제히 움직이며 파란이 일어났다. 진세에서 발휘되는 강한 기운으로 인해 흙바람이 하늘 높이 날아올랐다. 사방 일 리 안에 있던 모든 나무가 요동을 치며 뿌리째 뽑혀 날아올랐다.
만리총관은 숨도 제대로 쉴 수 없었다.
"조심하십시오, 영주!"
그는 능설비에게 말한 다음 힘겨운 표정을 하며 그 자리에 앉았다.
"여기서 구경이나 하게. 까마귀 떼를 쫓는 데에는 나 하나로 족하니까. 하핫!"
능설비는 호탕하게 웃으며 진세를 구축하고 있는 백도의 고수들을 바라보았다.
'용맹하기만 할 뿐 진짜 무서운 데는 없는 자들이다.'
능설비의 손이 천천히 쳐들렸다.
"허공뇌정(虛公雷霆)을 아느냐!"
그는 일갈을 터뜨리며 주먹을 뻗었다. 그 동작은 매우 느린 듯이 보였으나 사실은 쾌속하기 짝이 없는 것이었다. 곧이어 강한 권풍

이 휘몰아치며 소림사의 고수 세 명이 한 덩어리의 피떡이 되어 날아가 버렸다.

능설비의 권법은 백도의 진세에 극성이 되는 것이었다. 대항마복룡진은 가장 무서운 진세이다. 그러나 능설비는 어릴 때부터 그것을 격파하는 비법만을 배워온 처지였다.

그는 쌍권으로 진세의 한 부분을 구멍 내었음에도 제자리를 떠나지 않았다. 그는 구태여 난처한 지경을 자처하는 듯했다.

진세는 몇 명이 죽었다고 느슨해지지는 않았다. 오히려 그 힘은 시간이 갈수록 강해졌다. 진세에서 발동되는 막강한 경기로 인해 주변의 공기가 터질 듯이 팽창되고 있었다. 만리총관은 운기행공으로 자신의 몸을 보호하기에 급급했다.

때를 놓칠세라 뇌전신개가 불같은 기세로 들이닥치며 타구봉을 어지럽게 흔들어대었다.

"뇌전신봉(雷電神棒)!"

공기를 가르는 예리한 파공성이 요란하게 일며 누에 실같이 가는 강기가 능설비의 주위 삼십육 방위를 완전히 차단하며 조여들었다.

"좋은 수법이다. 그러나 아직 멀었다. 그것은 그렇게 써서는 위력이 제대로 발휘되지 않는다, 노화자."

능설비는 등을 뒤로 제쳤다가 약간 굽히며 두 손을 풍차처럼 돌렸다. 순간, 우르르르릉! 금방이라도 땅을 쪼갤 듯한 천둥소리가 울리며 개방 비전 천무뇌우장(天武雷雨掌)이 뇌전신개가 쓸 때보다도 능숙히 시전되어 강한 회오리바람을 만들었다.

"어어엇? 네가 그 수법을 알다니……!"

뇌전신개는 능설비의 손에서 개방의 비전 수법이 시전된다는 데

기겁을 하다가 펑! 하는 둔탁한 소리와 함께 몸을 휘감는 지독히 강한 강기에 휘말려 위로 훌훌 날라올라 갔다.
"크으윽!"
그의 입에서 고통스런 신음 소리와 함께 핏물이 주르르 흘러나왔다.
"으핫핫, 피비를 내리게 하리라!"
능설비는 뇌전신개의 패배로 인해 진세가 느슨해진 틈을 이용해 미리 생각하고 있던 삼 초를 거듭 쳐냈다.
"파라혈광무!"
그의 입에서 폭갈이 터지자 사위는 온통 핏빛으로 물들고 말았다. 그리고 여기저기서 처참한 신음이 터지며 정파의 고수들이 실 끊어진 연처럼 날아갔다.
"천마무적금인!"
연이어 능설비의 손에서 초식이 전개되고, 꽝! 하는 폭음과 함께 서쪽에서 다가서던 한 떼의 무사들이 금광에 휘말리며 피 모래로 화해 날아가고 말았다.
그들의 비명 소리가 메아리칠 때,
"인마검수!"
능설비의 손에서 적혈무(赤血霧)가 뭉게뭉게 일어나며 남쪽으로 다가서던 무사들이 게거품을 뿜으며 벌렁벌렁 나뒹굴었다.
"지, 지독한 자!"
"구마령주는 사람이 아니다!"
남아 있던 사람들이 능설비의 인정을 두지 않는 손속에 치를 떨었다. 그런 그들을 향해 능설비가 광소를 터뜨리며 외쳤다.
"도망가는 자는 용서해 주겠다! 나는 관대한 태상마종이다!"

"어림없는 소리! 우리는 너와 더불어 동귀어진하겠다!"

백도의 무사들은 구마령주 능설비에 대한 두려움이 컸으나 한편으론 더욱 적개심이 불타오르고 있었다.

자신의 경고에도 백도의 무사들이 물러갈 기미를 보이지 않자 능설비는 웃음소리를 남기며 몸을 어지러이 흩뜨렸다.

휘휙휙!

수십, 수백 개의 그림자가 뿌려지는 가운데,

"태양섬전!"

능설비의 손에서 화기를 실은 지공이 뻗어 나오며 사방 곳곳에 파고들었다. 그것은 도망을 치지 않고 버티고 있던 백도 무사들을 무차별로 뚫고 지나갔다.

심장에 구멍이 나서 죽는 자, 미간에 동전만 한 구멍이 뚫려 죽는 자들이 여기저기에서 속출했다.

"으핫핫!"

능설비의 웃음소리는 비명 소리마저 압도해 버렸다. 마영이 가는 곳에 혈우가 내렸다. 백 초가 되기 전에 백도 무사 중 이백 명이 죽었다. 그건 싸움이 아니라 일방적인 도륙이었다.

그런 와중에도 투지를 잃지 않은 의혼이 있었다.

"하앗! 봉무(鳳舞)!"

한쪽에서 앙칼진 외침이 터지며 흰 그림자 하나가 떠올랐다. 그 그림자는 신녀곡주의 수제자인 화빙염이었다.

그녀가 훌쩍 허공으로 치솟아오르자 또 한 번의 외침 소리가 그 뒤를 따랐다.

"화 소곡주, 노화자는 용무(龍舞)요!"

뇌전신개가 지면을 박차고 떠오르더니 화빙염과 더불어 능설비의 머리 위로 날아올랐다.

'어리석은 자들, 꺾일 줄도 모르다니!'

능설비는 화빙염과 뇌전신개가 자신을 향해 공격해 들어오는 것을 바라보며 허공에서 멈춰 섰다. 그는 숨을 크고 깊게 들이마셨다. 역겨운 피비린내가 가슴을 가득 메웠다. 그러나 이미 그에게는 익숙할 대로 익숙한 냄새였다. 그는 자신의 머리 위쪽을 바라보았다.

신녀곡 소곡주 화빙염이 뇌전신개와 더불어 용비봉무연환구절식(龍飛鳳舞連還九絶式)을 시작하고 있었다.

"정의의 심판을 받아라, 구마령주!"

"마를 처단한다!"

두 사람이 연수합공으로 펼쳐 내는 용비봉무연환구절식은 악마를 격파하기 위해 만들어진 정파의 비전 수법이었다. 능설비는 순식간에 두 사람이 만들어낸 무수한 손 그림자 속으로 파묻혔다. 그런데도 그는 너무도 태연했다.

"후훗, 나는 죽지 않는다. 이제 그것을 알려주마."

능설비는 싸울 마음이 없는지 손을 축 늘어뜨렸다. 혼신의 공력을 다한 화빙염과 뇌전신개의 공격이 목전에 다다른 위급한 순간인데도 그는 방어할 기색도 보이지 않았다.

순간, 뇌전신개의 일장이 그의 등판을 사정없이 후려쳤다.

퍼엉!

벼락 치는 소리가 나며 능설비의 몸이 휘청거렸다. 그러나 그것뿐, 능설비는 표정조차 바뀌지 않았다. 다른 사람이 볼 수 있는 그의 눈빛에는 흐트러짐이 없었다.

반면 공격을 가한 뇌전신개의 상황은 달랐다.

"크으윽!"

그는 반탄력을 이기지 못하고 묵직한 신음을 토하며 멀리 튕겨져 나가고 있었다.

그 모습을 목격한 화빙염이 보검을 빼어 신검합일하여 들이닥치는 가운데 공공난무신녀권을 동시에 시전했다.

"죽어라, 악마!"

어지럽게 난무하는 칼 그림자와 날카로운 권풍이 능설비를 휘감았다. 신녀곡주로부터 전수받은 정종 절기였기에 그 위력은 실로 대단했다.

위급한 상황임에도 능설비는 피하려 하지 않고 무심히 손을 그 속으로 내밀었다. 바로 소림사 비전 대금룡수였다. 순간 따앙! 하고 예리한 금속성이 울리며 화빙염의 손에 들린 신녀검이 우박 덩어리같이 산산이 파괴되는 것이 아닌가?

화빙염의 몸이 허공에서 멈췄다.

"으으, 네가 이 정도였더냐?"

그녀의 손목은 능설비의 손아귀 안에 잡혀 있었다.

"후훗, 너는 죽기에는 너무 나이가 어리다. 자, 어디든 가서 사내의 귀여움이나 받으며 살거라."

능설비는 그녀의 손목을 잡았다가 순순히 놓아주었다.

화빙염의 눈꼬리가 치켜져 올라갔다.

"에잇, 조롱받을 화빙염이 아니다!"

그녀는 악을 쓰며 다시 한 번 덤벼들었다. 구유회혼자가 가르쳐 준 회혼산수 칠십이식이 잇따라 시전되며 능설비의 가슴에서 둔탁한 소리를 냈다.

능설비는 화빙염이 시전해 낸 수십 장에 잇따라 격타당했다. 화빙염의 생각으로는 의당 능설비가 피를 뿜으며 나뒹굴어야 했다. 그러나 그는 약간의 간지러움을 느낄 뿐이었다.
"악착같이 죽으려 하는군."
능설비는 조롱하듯 빙긋이 웃으며 다시 손을 내저었다. 그러자 막대한 허공섭물진기가 일어나 화빙염의 몸뚱이를 빨아들였다. 화빙염은 손도 마음대로 쓸 수 없었다. 그녀는 그만 능설비의 가슴에 푹 안겨들었다.
"흐윽!"
화빙염은 참을 수 없는 수치심에 결국 눈물을 흘리고 말았다.
능설비는 그녀를 사로잡았다가는 다시 놓아주었다.
"가라. 계집이 있을 무림이 아니다. 그것을 잘 알았을 테니 어서 가라."
그가 화빙염을 멀리 내던지는 순간, 날카로운 파공성이 일며 뒤쪽에서 뇌전검강이 섬전같이 들이닥쳤다. 반탄력에 날아갔던 뇌전신개가 정신을 수습하고 난생처음으로 남의 등판을 향해 손을 쓰는 것이었다. 무림인에게는 금기시되어 온 것이었지만 대마종 구마령주를 처단하기에는 그 방법밖에 없었던 것이다. 그러나 그것은 뇌전신개의 엄청난 착오였다.
예리한 검기가 섬전같이 흐르다가 한곳에서 보이지 않는 장벽에 부딪쳤다. 팍! 하는 조금 둔한 소리가 나더니 놀랍게도 검기가 형체도 없이 소멸되는 것이 아닌가?
"이, 이럴 수가……! 대체 어떤 호신강기이기에 나의 검기를 막는단 말인가?"
뇌전신개의 중얼거림이 공허하게 들렸다. 그는 눈앞에 벌어진 상황을 보고도 믿지 못하는 것이었다.

능설비는 강기로 검기를 무산시켜 버린 것이었다. 그는 그제야 뒤돌아서서 입술을 떼었다.

"이제 내가 거지굴의 수법 아래 죽지 않을 사람임을 알겠는가?"

"⋯⋯!"

뇌전신개는 그저 넋 잃은 사람처럼 멍하니 바라볼 뿐 입을 열지 못했다.

"후훗, 죽이지는 않겠다. 다만 나의 수하가 되어 나를 위해 일하겠다고 말한다면."

능설비는 뇌전신개를 향해 느릿한 동작으로 다가갔다.

뇌전신개는 식은땀을 주르르 흘렸다.

'오지 않았어야 했다. 아아, 하늘을 몰라보고 왔다.'

그는 고개를 들어 하늘을 올려다봤다. 하늘은 그의 가슴만큼이나 낮게 가라앉아 검기만 했다.

그의 입술을 비집고 탄식이 흘러나왔다.

"어이해 정의를 외면하고 악을 지켜주는 게요? 야속합니다."

그는 천지신명을 원망하더니 손을 쳐들었다.

능설비는 그가 그렇게 할 줄 알았는지 조금도 놀라워하지 않았다.

모두 숨을 죽이고 손을 칼날같이 세우는 뇌전신개를 바라보았다.

"나는 자결하겠다. 그러나 나의 명을 받고 온 사람들은 죄가 없다. 그들을 용서해 다오."

뇌전신개의 목소리가 수치와 분노로 뒤범벅되어 가늘게 떨렸다.

능설비는 뇌전신개의 요청을 흔쾌히 받아들였다.

"바란다면 그렇게 해주겠다. 부상당한 사람들을 위해 금창약과

요상 영단을 마련해 주겠다. 또한 고향으로 돌아갈 자에게는 노자로 은자 천 냥씩을 줄 것이다."

"정말이냐? 아무도 다치지 않게 해주겠느냐?"

"싸우지 않을 사람을 죽여 무엇 하겠느냐."

능설비는 느긋한 자세로 뒷짐을 졌다.

뇌전신개는 소리없이 눈물을 흘렸다.

'나로서는 어찌할 수 없다. 아아, 차라리 주설루 낭자의 말을 들을 것을!'

그는 탄식하다가 눈을 부릅떴다. 그 모습이 마치 사자를 연상케 했다. 비록 발톱이 부러지고 이가 빠진 늙은 사자의 모습이나 그의 풍모는 여전했다.

"미, 미안할 뿐이오. 그리고 오늘은 때가 아니니 돌아가 주시기를 최후의 명령으로 하겠소. 여기 오라는 명을 지켰듯 가라는 명도 지켜주기 바라오!"

뇌전신개의 비장한 최후의 명령이 떨어지자 여기저기서 부르짖음이 터져 나왔다.

"총순찰!"

"우리는 모두 죽을 작정을 하고 왔습니다!"

"저희도 함께 죽겠습니다!"

그 말에 뇌전신개는 고개를 가로저었다.

"하늘이 돕지 않는구려. 노부로서는 이제 어찌할 수가 없소. 노부를 위해서라면 무덤을 세우지 마시오. 나는 그저 한 줌의 흙으로 돌아가겠소!"

뇌전신개는 비통한 어조로 말을 마친 후 손을 들어 자신의 정수리를 내려쳤다.

팍!

그의 머리가 쪼개지며 허연 뇌수가 뿌려졌다. 천하를 호령하던 동의맹 총순찰 뇌전신개가 허무하게 일생을 마감하는 순간이었다. 그의 죽음 앞에 정파고수들은 통한의 피눈물을 흘릴 뿐이었다.

"으핫핫!"

뇌전신개가 자결하자 능설비는 느닷없이 통쾌하다는 듯 웃음을 터뜨렸다. 그의 웃음소리가 장내를 울릴 때, 백도고수들 사이에서 열두 사람이 동시에 날아올랐다.

"함께 죽을 작정을 하고 왔다, 구마령주!"

"에잇, 이제 우리에게는 죽음도 별것이 아니다!"

열두 명은 모두 같은 성씨를 갖고 있었다. 그들은 사천당가의 십이걸(十二傑)이라 불리는 고수들이었다. 그들이 떠오르며 손을 어지러이 흔들어대자 수백 개의 호접표가 떠올라 이십 장 반경 안을 가득 메워 버렸다. 그것은 만천호접표라는 가공할 위력을 가진 백도구절기 중의 하나였다.

무수한 철 나비 그림자가 능설비의 모습을 순간적으로 묻어버렸다. 강기를 맞으면서 방향을 틀어 더 빨리 나는 만천호접표. 그것은 사천당가의 최후, 최고의 암기술이었다. 더욱이 지금 나타난 만천호접표에는 독분(毒粉)이 발려 있었다. 암기에 독을 바른다는 것은 사천당가에서 금기로 삼는 일이었지만 지금은 그럴 수밖에 없는 상황이었다.

그러나 능설비는 태연하기만 했다.

"핫핫, 너희들 것은 너희들에게 돌려주겠다. 나는 이 정도 시시한 쇳조각 따위는 받지 않겠다!"

그의 오만한 웃음소리가 터져 나오며 핏빛의 혈무가 나비 그림자 사이에서 맹렬한 기세로 뻗어 나오며 모든 것을 가렸다.
"위이이잉!"
섬뜩한 소리를 내며 소용돌이치는 혈무가 점점 확대되었다. 그에 따라 만천호접표는 이상하게도 위력을 잃고 원래 가려던 방향과는 정반대되는 방향으로 원래의 속도보다 더 배가되어 쏟아졌다.
"안 돼!"
"나, 나선강기마저 익히다니……!"
당가십이걸은 자신들이 쏘아낸 암기가 되돌아오자 자지러지는 비명을 질렀다. 수백 개의 만천호접표가 당가십이걸이 일으켜 내는 장역을 뚫고 그들 몸속으로 파고들었다.
"으아악!"
"내, 내가 만든 암기에 죽다니… 크으윽!"
당가십이걸은 고슴도치가 되어 땅으로 떨어져 내렸다. 그들이 맥없이 무너지자 백도의 무리에서 동요가 일어났다.
"도, 도망가야 산다!"
누가 말했을까!
그 말을 시작으로 여기저기에서 무기를 버리는 소리가 잇달았다. 얼마 지나지 않아 백도고수들은 피비린내를 피해 모두 도망쳐 버리고 말았다.
그 광경을 지켜보던 능설비는 회심의 미소를 지었다.
'이제 됐다. 후훗!'
그는 강호에 나온 이후 가장 큰 만족감을 느꼈다.
'백도의 기가 꺾였다. 모든 것이 나의 예상대로 된 것이다. 이제 백도는 날개가 부러진 독수리에 지나지 않는다. 무림동의맹은 폐

허가 되었고, 모두 공포에 떨며 심산유곡으로 숨어들 것이다.'

그는 더 이상 손을 쓰지 않았다. 우뚝 선 그의 모습이 더욱 도도함을 느끼게 했다.

능설비 그는 마도의 신이 되기에 부끄러움이 없는 사람이었다.

보이지 않는 손

데에엥, 데엥!

큰 종소리가 백도를 진동시켰다.

뇌전신개가 이끈 대항마복룡진이 구마령주 능설비에 의해 철저히 파괴된 낙양성의 결투는 빠른 속도로 천하 각지로 퍼져 나갔다.

도처에서 구마령주의 보복을 두려워하여 문을 닫아거는 문파가 생겨났고, 무림동의맹에서 탈퇴하는 문파가 하루에 열 개 문파도 더 된다는 소문이 퍼져 나갔다. 백도의 운명은 그야말로 바람 앞의 등불이었다.

그러나 진짜 의사(義士)는 죽어도 그 혼은 죽지 않는다.

상취 도장이나 신품소요객 같은 사람들이 그러했다. 그들은 북상하다가 낙양에서 혈풍이 있었다는 말을 듣고 그 자리에서 땅을 치며 울었다고 한다. 그들은 뇌전신개의 성급함을 탓했다. 그리고 뇌전신개의 오랜 친구로 그의 죽음에 대한 복수를 맹세했고, 구마령주를 죽이지 않으면 자파로 돌아가지 않을 것을 맹세했다.
 하여간 구마령주 출현 이후 오랜만에 평화가 시작되었다.
 폭풍 다음의 평화. 그것은 미리 일었던 폭풍을 능가하는 대폭풍을 알리는 폭풍전야의 적막인가, 아니면 진짜 싸움은 끝이 난 것인가?

 능설비는 서재에 있었다. 그는 항상 책을 벗하는 사람이다. 그에 반해 만리총관은 마도에서 제일 바쁜 사람이었다. 그는 능설비를 위해 거대한 전각 하나를 세울 작정을 하고 그 일을 위해 분주하게 돌아다니는 중이었다.
 전각의 명칭은 천외신궁(天外神宮)이라 했다. 만리총관은 그런 건물을 세울 작정이었다. 덕분에 능설비는 말벗을 잃고 말았다. 그는 만화지를 거처로 삼았다. 능설비를 제외하고는 남자가 없는 곳이 만화지였다.
 능설비는 군방기루 꼭대기에 취의청을 만들어놓고, 하루에 한 차례씩 마도고수들을 만나 중대한 것을 토의하며 나날을 보냈다.
 봄기운이 완연한 아침이다.
 능설비는 춘추(春秋)를 읽다가 책을 접었다.
 '천하는 넓으나 인재는 드물다. 그리고 절기는 많으나 구마절기에 버금가는 것은 없다. 광음공공이나 천뢰신공이 나타나기 전에는 나를 꺾지 못할 것이다.'
 그는 백도 쪽을 생각하고 있었다.
 뇌전신개가 죽은 후 이렇다 할 움직임은 없으나 이대로 주저앉을 자들은 결코 아니었다.

마도는 구마루를 세웠고, 천 명의 영재를 길러 구마령주를 만들어 복수를 달성했다. 백도라고 그렇게 못할 것은 없었다.

'아니야. 백도는 그렇게 오래 기다리지 못할 거야. 머리가 사라졌는데 누가 그들을 하나로 모으겠는가? 그들이 쓸 수 있는 방법은 하나밖에 없어. 내가 그들이라면 암살을 택할 것이다.'

그는 빙그레 웃으며 뜨락으로 나갔다.

화단에는 근사한 식탁이 마련되었고, 주위에 화단의 꽃보다 아름다운 여인들이 즐비했다.

밝은 석실 안.

노도장 하나가 흐릿한 미소와 함께 고개를 가로저었다.

"그 정도로는 아니 되오. 냉염해야 하오, 놈의 가슴을 벨 정도로."

그는 전신에 붕대를 감고 얼굴에 분을 바른 채 침상에 누워 있는 여인을 보며 혀를 찼다.

그러자 침상 가에 서 있던 여인이 난감해한다.

"아아, 어떻게 변용해야 할지 모르겠습니다, 신군. 저의 역용법은 별로 대단하지가 않은가 봅니다."

주설루였다.

그녀가 자신없어하자 노도사가 혀를 찬다.

"쯧쯧, 노부가 적어준 것이 있지 않소?"

"천면경(千面經) 속성 변용 비결을 말씀하시는 겁니까?"

"그렇소."

주설루와 말하는 사람은 신비인 운리신군이었다.

그렇다면 침상 위에 있는 여인은 누구일까? 그녀를 자세히 본다면 눈가에 흐르는 눈물을 볼 수 있으리라.
'나를 제물로 삼으리라. 구마령주라는 작자를 망치는 일이라면 나의 혼이라도 지옥의 불기둥 속으로 집어넣으리라!'
그녀는 속으로 절규를 하고 있었다. 대체 누구인데 구마령주에 대해 이토록 처절한 한을 품고 있는 것일까?
주설루는 고개를 설레설레 흔들었다.
"아아, 신군께서 말씀해 주신 그 구결은 막강한 내공을 필요로 하고 있지 않습니까? 게다가 내공의 종류가 현격히 다른지라 효과가 전혀 나지 않습니다."
그녀가 자신없어하자 운리신군이 또 한 번 혀를 찼다.
"그렇다면 이 주책없는 늙은이가 손을 쓸 수밖에."
"아……!"
운리신군을 보는 주설루의 눈에서 생기가 일었다.
'과연 이분은 고수셨다.'
주설루는 운리신군을 경배하는 상태였다.
사실 무림 백도는 망해가나 주설루는 그 덕에 유명해지고 있었다. 그녀는 백도의 패잔 고수들을 불러 모으는 중이었다.
백도에는 암중에 '천기수호대에 들라. 그곳에 복수의 길이 열려 있으리라'라는 소문이 퍼지고 있었다. 쌍뇌천기자가 죽기 전 무엇인가를 준비했고, 주설루가 그 유지를 받든다는 소문도 더해졌다. 또한, 대항마복룡진에 가담했던 무사들 중 태반이 자파로 복귀하지 않고 천기석부로 모여드는 실정이었다.
쌍뇌천기자의 이름이 살아 있는 탓도 있었으나, 구마령주의 가공할 무위가 결정적이었다. 낙양의 혈전이 있은 후, 백도인들은 단독으로 구마령주를 상대한다는 마음을 버렸다.

뭉쳐야 한다.

무너진 동의맹이 다시 서야만 구마령주를 꺾을 수 있다.

백도인들은 서서히 하나가 되었고, 그 중심이 바로 천기석부의 주설루였다.

며칠 전, 상취 도장과 신품소요객도 천기석부가 가는 길에 동참한다고 언질을 준 바 있지 않은가.

하지만 모든 것을 꾸민 사람은 주설루가 아니었다. 보이지 않는 손을 가진 장막 뒤의 인물. 바로 정체가 불분명한 괴인 운리신군이었다.

'어쩌면… 돌아가신 사부님께서 이분을 보내신 건지도 몰라.'

그렇게 생각하는 사람은 주설루만은 아니었다. 말은 하지 않았지만 천기석부의 모든 사람이 같은 생각이었다.

운리신군은 침상 위의 여인 곁으로 다가갔다.

"얼굴 모양을 바꾸는데 고통이 뒤따를 것이오. 그러나 참아야 하오. 낭자는 잠깐의 아픔으로 인해 서시(西施)가 될 테니까."

"……."

여인은 대답 대신 입술을 꼬옥 깨물었다.

서시는 조비연이나 양귀비와 더불어 중원 천하 미의 상징으로 회자되는 경국의 미인이 아닌가?

여인은 현재로도 아름다우나 서시만은 못했다.

운리신군은 양손을 주물럭거리며 공력을 끌어올렸다. 장심에서 유백색의 기류가 흐르기 시작했다.

기류가 안개처럼 퍼져 나가는 순간 운리신군의 양손이 여인의 얼굴에 포개지듯 올려졌다.

"으으음!"

여인은 신음 소리를 냈다. 운리신군의 손바닥이 아주 뜨거웠기 때문이다. 기름이 부어진 다음 불이 그 위에 떨어져 얼굴이 기름불과 더불어 활활 타버리는 듯했다.

운리신군의 손바닥에서 흐르는 기류가 점점 짙어지더니 여인의 얼굴을 가려 버렸다.

만화총관은 연일 안달이었다.
"영주의 마음에 쏘옥 드는 미인을 찾아야 한다!"
그녀는 부총관들을 앞에 모아 두고 닦달을 해댔다.
"멍청한 것들! 도대체 너희들이 할 줄 아는 게 뭐가 있어! 강호의 미인 명단을 추려 가장 예쁜 애들을 대령하라는데 그게 그렇게도 어려운 일이더냐? 영주를 모시고 있는 내 체면을 생각해야지. 궁둥이를 방바닥에 깔고 있지 말고 발에 불이 나도록 움직이란 말이야. 중원에 없다면 장성을 넘어서라도 찾아와야지."

부총관들은 모두 꿀 먹은 벙어리가 되었다. 군방기루에 속한 미녀들은 하나같이 절색의 가인들이었다. 바라만 봐도 가슴을 뛰게 하는 미인들. 그런 그녀들을 멀리하는 건 구마령주가 여색을 피하기 때문이지 다른 이유는 없었다.

만화총관이 어떤 미녀를 원하는지 알기에 부총관들은 더욱 힘들어했다.

돌부처도 돌아눕게 만들 절세미인.

그런 미인이라면 제아무리 목석같은 구마령주라 하더라도 유혹에 넘어갈 수밖에 없을 것이다.

'그런 미녀를 어떻게 찾는단 말이야.'
'서시나 양귀비 같은 미녀가 지금까지 남아 있겠어?'

그러나 만화총관의 명을 어길 수는 더욱 없었다.
하라면 하는 것! 그것이 바로 태상마종문하(太上魔宗門下)의 사람들이 꼭 지켜야 하는 가장 무서운 법임을 모두 잘 알고 있었다.

고금을 통해 이런 건축이 있었을까?
앞으로 세워질 건축물의 대략은 진시황의 아방궁을 능가하고도 남음이 있었다.
백옥경을 바로 보는 듯한 환상을 주는 건축물이 동악(東嶽) 태산(泰山)의 일관봉 정상에 세워지기 시작했다. 인부는 모두 무림고수였다. 기둥은 백대리석으로 세웠고 바닥도 백대리석을 썼다. 넓이가 무려 일만 평에 달하는 건물이었다. 인부의 수만 해도 오천에 달했다. 거대한 돌이 내공을 지닌 인부들에 의해 빠른 속도로 운반되었다. 날이 갈수록 백상(白象)과도 같은 건축물의 모습이 서서히 나타나기 시작했다.
천외신궁(天外神宮).
그것은 그렇게 불릴 것이다.
"으핫핫, 얼마 후면 모든 사람이 와서 경배를 하게 될 것이다."
만리총관은 건축물이 세워지는 것을 보고 파안대소를 터뜨렸다.
"그리고 나는 그분 뒤에 서 있을 것이다. 으핫핫!"
그가 득의해 웃을 때,
"자금이 더 필요하면 언제든지 말씀하시오, 만리총관."
허름한 옷을 걸친 사람이 그를 바라보며 빙그레 웃고 있었다.
만리총관이 돌아보며 불쑥 말을 던졌다.
"귀하의 아들이 말썽꾸러기라고 들었는데 어이해 노부의 일에 이리 잘 협조하시오, 황금총관?"

필요한 자금을 서슴없이 지원하겠다고 나선 사람은 다름 아닌 황금총관이었다.
 "모두 영주님의 덕이오. 녀석은 영주를 한 번 뵌 후, 영주께서 신기를 타고난 분이라며 자진해 마도계로 투신하겠다고 밝혔다오."
 "핫핫, 그래도 너무 많은 황금을 빼내면 호부상서의 지위가 위태로워질 텐데?"
 "황궁을 모르시는구려. 그곳 창고는 벽이 없다오."
 "세상에 벽이 없는 창고도 있단 말은 처음이오."
 "벽이 있기는 하오만 창고가 워낙 넓어 아무도 벽이 있는 곳까지 가지 못한다는 말이지요."
 "그렇다 해도 그곳은 총관의 창고가 아니질 않소?"
 황금총관이 은근히 자기의 위세를 내세우자 만리총관이 불쾌한 표정을 지으며 반박했다.
 황금총관이 멋쩍은 듯 슬쩍 말꼬리를 돌렸다.
 "듣기에 요즘 연경에서는 해괴한 소문이 떠돈다던데 알고 계신지……?"
 "무슨 소문이오?"
 만리총관은 꽤나 호기심을 느끼는 듯했다.
 "공주가 난치의 괴질에서 벗어난 후 공주답지 못하게 상사병에 걸려 난리라오."
 "상사병?"
 "설산공자(雪山公子)라는 사람이 공주의 마음을 훔쳐 갔다는 것이오. 그래서 보다 못한 천자가 신의를 부르고 동시에 무사들을 풀어 설산공자라는 사람을 잡아들이라 한 것이외다."

"제길, 설산공자란 사람은 복이 터졌군."

만리총관은 쓴 입맛을 다시다가 부하들 쪽으로 몸을 돌렸다. 그는 나이답지 않게 청춘이었다. 그는 부하들과 한데 어울려 천외신궁의 벽돌을 쌓고 대들보를 기둥 사이에 걸치는 일을 마다하지 않았다.

황금총관이 그의 등 뒤에 대고 소리쳤다.

"황금이 더 필요하지 않느냐는 질문에 대답하지 않고 그냥 가시오?"

황금총관이 묻자 만리총관이 너털웃음을 터뜨렸다.

"으핫하, 이제 황금총관의 도움은 사양하겠소이다. 만마가 태상마종께 복종하며 예물로 기진이보를 무진장 바쳤는데 무엇이 부족하겠소."

만리총관은 욕심이 많은 사람이었다. 그의 욕심은 태상마종의 총애를 조금이라도 더 받자는 충절이기도 했다.

구리 거울 앞에 여인 하나가 앉아 있었다.

구리거울 속에는 세 사람의 얼굴이 있었다. 거울 바로 앞에 있는 여인의 얼굴과 순수해 보이는 미녀의 얼굴, 그리고 인생의 땟국물을 가득 갖고 있는 노도사의 얼굴이 그것이었다.

"하핫, 이 정도면 됐네."

노도사는 깎아놓은 듯한 미모를 갖춘 여인의 얼굴을 바라보며 얼굴을 일그러뜨리고 웃었다.

아름다우나 정이라고는 손톱만큼도 찾아볼 수 없는 차가운 얼굴.

"냉정한 미를 창조하자는 것이 노부의 속셈이었는데 화 소저(華

小姐)의 얼굴 모양이 워낙 뛰어나 상상보다 훨씬 더 아름다운 모습으로 만들어졌소이다."

노도사는 자신의 솜씨에 흡족해했다.

그러나 운리신군과는 달리 주설루는 거울 앞에 앉아 있는 미인의 어깨에 손을 얹으며 눈물을 떨어뜨렸다.

"미, 미안합니다."

그러나 냉정한 미인은 고개를 저었다.

"저는 만족합니다. 제 얼굴이 사라지기는 했으나 뜻을 이룰 만한 미색이 되었으니 오히려 기쁜 일이지요."

여인의 목소리는 아주 차가웠다.

냉미인(冷美人). 그녀는 그렇게 불리어 마땅한 여인이었다.

한 시진 후, 운리신군은 품 안에서 아주 묘한 것을 꺼냈다. 그것은 납환(蠟丸)인데 크기가 대추만 했다.

운리신군이 들고 있던 납환을 냉미인에게 내보였다.

"이것은 아주 귀한 것이네. 작지만 매우 치명적인 물건이랄까."

"보기에는 평범한 암기군요."

"훗훗, 암기는 암기이되 가장 묘한 것이지. 일단 발출되면 그 누구도 도저히 막지 못할 암기가 되지."

운리신군이 웃으며 납환을 반으로 갈랐다. 팍! 하는 가벼운 소리와 함께 갈라진 납환의 구조는 아주 간단했다.

납환 안에는 얇은 종이로 만든 봉지가 들어 있었다. 반투명한 봉지 안에는 회색의 분말이 가득했다.

운리신군은 아주 조심스럽게 봉지를 들어 보였다.

"종이처럼 보이나 실상은 밀랍을 특수한 방법으로 가공해 만든 것이네. 침이나 핏물에 닿는 순간 그대로 녹아버리고 말지. 하여 무상지독을 감추기에 최적의 물건인 셈이지."

"안에 든 게 무상지독이란 말입니까?"

"그렇다네. 이 정도면 아마 황소 열 마리는 즉사하고도 남을 거야."

운리신구는 만면에 득의의 표정을 짓는다.

그는 밀랍으로 만든 봉지가 뜯어질까 두려운 듯 아주 조심조심 납환을 다시 닫았다. 납환은 내공의 힘에 의해 다시 하나로 합쳐졌다. 그리고 잠시 무상지독을 담은 납환을 만지작거리더니 불쑥 한 마디를 던진다.

"이것을 어떻게 사용하는지 알겠소?"

"입안에 숨겼다가 발사하는 건가요, 아니면 어떤 기구를 사용해서……?"

냉미인이 모르겠다는 표정을 짓자 운리신군이 진중한 표정으로 입을 열었다.

"몸속에 숨기는 건 맞지만… 사용하는 데는 아주 특별한 방법이 필요하지. 이것은 아주 묘한 곳에서 발사하는 것이오."

"묘한 곳이라니요?"

"훗훗, 바로 여기!"

운리신군이 자신의 배를 툭툭 쳐보이자 냉미인이 놀란 어조로 말했다.

"배에서 독탄을 발사한단 말인가요?"

"그렇다네."

운리신군의 눈빛이 삼엄해졌다.

"이것은 복상시(服上屍)를 만드는 독탄. 그래서 복상비탄이라 불리고 있지."

그는 말과 함께 독탄을 냉미인에게 내밀었다.

"들게."

"예에? 이, 이것을 삼키라고요?"

"뱃속 깊숙이 집어넣어야 하네. 그다음 노부가 그것을 창자 속에서 힘차게 발출해 내는 비장의 술법을 알려주겠네."

"으으음."

냉미인은 침음성을 흘리며 운리신군을 바라보았지만 그의 얼굴에는 별다른 빛이 보이지 않았다.

'아아, 얼굴을 바꾼 것도 모자라 이제는 독탄을 삼켜야 한단 말인가?'

냉미인은 차마 독탄을 삼키지 못했다. 그런 그녀를 바라보며 운리신군이 빙긋 웃으며 말을 던졌다.

"훗훗, 나를 믿지 못하는구려."

"아닙니다. 믿습니다!"

구마령주를 잡기 위해 얼굴마저 바꾸었는데 무엇을 주저하겠는가. 잠시 운리신군을 뚫어지게 바라보더니 그녀는 납환을 입안에 털어 넣었다. 그녀는 침만으로 납환을 꿀꺽 삼켰다.

운리신군은 그 모양을 보고는 만족한 듯 고개를 끄덕였다.

'이만한 결심이면 충분해. 뭐든 해낼 수 있어. 어쨌든 지옥문을 열어뒀으니… 이제 놈의 날개가 부러지는 것만 남았군. 후훗, 복상비탄이 터지면 볼만하겠어. 놈이 참담해하는 꼴을 봐야 하는데…….'

운리신군의 눈빛이 점차 잔혹한 빛으로 물들어갔다.

냉미인과 복상비탄.

어떻게 그것으로 구마령주를 잡을 수 있을지 운리신군의 머릿속을 헤집어보기 전에는 모를 일이었다.

'이제 문제는 놈을 그림자같이 호위하는 십구비위와 마도이십팔수로부터 격리시키는 일인가? 주설루가 나섰으니 실수는 없겠지. 어리석지만 일 처리는 악착같은 계집이니까.'

구마령주 능설비를 제거하기 위한 계획은 치밀하게 준비되고 있었다. 운리신군과 주설루에 의해서.

과연 능설비는 그들 뜻대로 제거되어질 것인가?

낙수 일대에 유서 깊은 명문세가가 있었다. 독고구검식으로 하락 지역을 평정했던 독고세가는 전성기가 지나면서 내리막길을 걸었고, 한때 구파일방과 견주던 위세도 사라져 그저 그런 검가(劍家)로 전락했다.

강호세가의 서열에서 뒤처지자 구대가주였던 독고망은 특단의 조치를 내리게 되었다. 폐쇄적이던 가문의 문호를 활짝 열어버린 것이었다.

―검을 알고 싶은 자는 들라! 진정한 검술의 묘미를 알고 싶다면 모두 내게 오너라!

독고망이 내건 기치는 젊은이들을 움직였고, 무너져 가던 독고세가는 전성기를 다시 이룩하게 되었다. 야심가였던 그는 세가의 현판마저 바꿔 달았다.

하락검방(河洛劍幇).

독고망은 자신을 하락검제라 불렀다.

그러나 세월은 또다시 그를 배신했다. 한때 오백이 넘었던 문도가 급격히 줄어들었고, 사십 년이 지난 지금 아버지 독고황에게 물려받은 그 시절로 돌아가 있었다.

그는 다시 한 번 승부사 기질을 발휘했다.
감히 누구도 하지 못했던 일을 가장 먼저 저지르고 만 것이었다.
쇠락해 가는 하락검방의 정문 앞에 거대한 석비가 세워졌다. 높이가 무려 일 장, 너비는 석 자가 넘었다.

〈천하 무림의 지배자이신 태상마종께 충성을 바치는 증표로 석비를 세운다. 하락검방은 이제 그분의 뜻으로 움직이고 그분의 의지로 인해 일어설 것이다.〉

항복비는 이틀 전에 세워졌다.
하락검방은 강호 정파 중 구마령주에게 첫 번째로 굴복하는 문파가 되었다. 독고망은 백도의 비겁자가 되고도 뻔뻔했다.
"흥! 눈치나 보는 것들! 나를 비웃지 마라. 시간의 차이가 있을 뿐, 모두 태상마종의 휘하에 들고 말 테니까!"
그는 몹시 오만했다. 그는 태상마종이 자기를 따르는 자는 살려 주리라 약속한 바를 철석같이 믿었다.
속으로 저주를 퍼부었지만 백도인들은 대놓고 독고망을 비난하지 못했다. 그를 비난하는 건 구마령주에게 대항하는 일이므로.
독고망은 보란 듯이 새벽마다 항복비에 구배를 올렸다.
'마도든 백도든 무슨 대수냐. 가문의 힘이 커질 수 있다면 이런 돌덩이 백 개라도 세울 수 있어.'
자신이 던진 승부수에 독고망은 흡족해했다. 머지않아 하락검방은 과거보다 더 큰 위세로 하락 지역을 벗어나 전 중원에 그 이름을 떨칠 것을 고대하면서.
그러나 강호는 넓고 깊다. 그는 아직 모든 것이 정리되지 않았다는 것을 몰랐다. 백도에도 아직 사람이 있다는 것을 알지 못했던 것이다.
 어느 날 새벽, 독고망은 벌거벗긴 채 목이 잘린 시신으로 발견되었다. 시신은 부서진 항복비 위에 놓여 있었다.
 시신 곁에는 피로 쓴 글귀가 남아 있었다.

 〈구마령주! 백도의 마지막 한 사람이 죽는 날이 되어야 너와의 싸움이 사라진다는 것을 알아야 한다!〉

 그런 글씨는 다른 날 다른 장소에서 다시 나타났다.
 역시 백도를 배신하고 태상마종 구마령주에게 굴복한 만상공자 욱반(旭盤)이란 자도 독고망처럼 죽은 것이다. 이유도 같고 죽은 모습도 같았다.
 당금의 상황에서 구마령주를 따르는 사람을 처단하는 자가 있다는 것은 정말 놀라운 기백이 아닐 수 없다. 구마령주가 그것을 간과한다면 그는 태상마종이라 불릴 자격조차 없는 자일 것이므로.
 그로 인해 소문이 꼬리에 꼬리를 물고 나돌았다.
 "살인자를 처단하기 위해 십구비위가 나서고, 마도이십팔수가 흩어졌다!"
 "살인자는 천기수호대의 잔당으로 밝혀졌다. 그는 기련산 중턱에서 잡혀 능지처참되었다!"
 "곧 대대적인 처형이 시작되리라!"
 천하 무림은 공포에 떨었다. 마도의 무사들이 떼 지어 다니는 게 곳곳에서 목격되었다. 힘없는 사람들은 심산유곡으로 몸을 피했다. 구마령주의 일차 마수에서 벗어난 문파들은 문을 걸어 잠근 채 외부 출입을 삼갔다.
  어둠이 지나고 나면 신선한 아침이 찾아오건만 지금은 그렇지 않았다. 누구도 아침이 오는 것을 바라지 않았다.

열 번째 미녀

매양 있는 날의 시작이다.
아침녘 물 위를 흐르는 안개가 유심하다면 화원 아래 고즈넉이 피어나고 있는 안개는 바로 꽃밭을 맴도는 화향(花香)과도 같다고 할 수 있다.
"좋은 날이다!"
부드러운 목소리가 나며 흰 손 하나가 안개 속으로 들어왔다. 풀빛을 건드리는 희고 긴 손가락은 미인의 옥지같이 섬세한데, 바로 그 손가락 사이에 꽃봉오리 하나가 잡혔다.
팍! 꽃봉오리는 떨어지고 꽃잎 몇 장이 뿌려졌다.
"흠!"
꽃의 향기를 음미하듯 숨을 들이마시는 소리가 들렸다.
흰 손의 주인공은 며칠 사이 태풍이 몰아치는 듯한 기세로 백도천하를 격파해 버린 태상마종이 아닌가!

그는 눈보다 흰 백삼을 걸치고 표비장 화원에 서 있었다.

그의 뒤쪽에는 미녀 두 명이 그림자같이 따르고 있었다. 오른쪽에 있는 아이는 옥접이라 불렸고, 왼쪽에 있는 아이는 설랑이라고 불렸다. 물론 그것은 여인들의 진짜 이름이 아니었다. 능설비가 일천호로 발탁되었듯이 두 여인도 만화지의 색노로 발탁된 것이다.

'향기가 없는 아이들이다.'

능설비는 갑자기 곁을 따르는 두 여인에게서 혐오감을 일으켰다. 꽃송이가 그의 손바닥 안에서 짓이겨졌다.

'내가 호감을 느낀 사람은 내 손에 죽은 몇 사람뿐이다.'

그는 아이들을 바라보았다.

옥접과 설랑은 그와 눈길이 닿자 수줍은 듯 얼른 눈을 내려뜨렸다.

능설비는 갑자기 그네들을 조롱하고 싶어졌다. 마성이 일어나기 때문일까? 그는 세상의 모든 것을 비웃고 싶었다.

"훗훗, 너희들은 내가 죽으라면 죽을 수 있느냐?"

능설비가 느닷없이 흰 이를 드러내며 묻자,

"하, 하명만 하십시오."

"저희들은 복종하도록 자라났습니다. 죽으라면 죽고 살라면 살 것입니다."

옥접과 설랑은 무릎을 꿇었다. 옷을 벗으라면 벗고 몸을 바치라면 바치는 아이들이었다. 그러나 그네들이 따르는 것은 능설비가 아니었다. 인간 능설비는 그런 존경을 받지 못한다. 존경을 받는 것은 구마루주(九魔樓主)였다. 능설비는 그것을 알기에 모든 것을 비웃는 것이다.

그때 사르륵 옷자락이 바람에 날리는 소리가 나더니 만화총관이

헐레벌떡 뛰어들었다.
"여기 나와 계시군요, 영주?"
만화총관은 능설비 앞에 다가와 얼른 허리를 숙였다.
'이 여인도 내가 구마령주이기에 따르는 것일까? 내가 구마령주가 아니라도 내게 이렇게 충성할 것인가?'
능설비가 속으로 생각하는데,
"아아, 속하와 함께 가시지요."
만화총관은 뺨에 홍조를 떠올리며 간청하듯 말했다.
"무슨 일이오?"
능설비가 약간 눈살을 찌푸리자 만화총관이 재빨리 대답한다.
"하여간 가보십시오."
"……."
능설비는 지그시 바라보다가 말없이 만화총관이 인도하는 대로 따랐다. 만화총관은 신이 나서 앞서 걸었다.
만화지 안.
지하 계단을 따라 스무 계단을 내려가면 복잡한 통로가 나타난다. 일정한 간격으로 벽면에 달린 유등 빛으로 인해 어둡지 않은 곳이었다. 본전이 아닌 비전(秘殿)이었다.
몇 걸음 더 들어가자 코끝을 간질이는 육향이 느껴진다. 길게 이어진 통로 양쪽으로는 석실이 다닥다닥 붙어 있었다.
"호홋, 영주님 눈에 잘 들려고 궁둥이를 우유로 닦느냐?"
"피이이, 그러는 너는?"
청각이 밝은 능설비는 석실에서 저희들끼리 주고받는 여인네들의 농을 들을 수 있었다.
만화총관은 능설비를 한 석문 안으로 인도했다.

문을 들어서며 능설비는 방 안의 풍경을 일목요연하게 볼 수 있었다. 의자 앞에 작은 탁자가 있고, 그 위에는 안주 세 접시와 여아홍(女兒紅) 한 병이 잔과 함께 올려 있다. 탁자 앞에는 휘장이 벽같이 쳐져 있었는데 아주 얇았다. 그러나 특이한 구조로 짜여진 안에서는 밖을 세밀하게 볼 수 있어도 밖에서는 안쪽을 들여다볼 수 없었다.

휘장 너머에는 꽤 너른 석실이 있었다.

"대체 뭘 하자는 게요?"

능설비는 석실이 텅 비었음을 보고 만화총관을 바라보았다.

"호호, 곧 미물(美物)이 들 것입니다. 그중에서 영주님의 마음에 드시는 아이가 있으면 신호하십시오."

"미물?"

"계집들이지요."

"이 안에도 수백 명이 있는데 그래도 모자라오?"

능설비가 미간을 찌푸리며 묻자 만화총관이 간드러진 웃음소리를 내며 대답한다.

"호호홋, 숫자가 많기는 하나 영주님의 마음에 드는 아이가 없질 않습니까?"

"그것은 이 안에 있는 여인들이 밉기 때문이 아니라 내가 남다른 사람이기 때문이 아니겠소?"

"아니올시다. 사실 여자는 향기가 있어야 합니다."

만화총관이 심각해진 얼굴로 말했다.

"향기라······."

"그렇습니다. 그래서 여기서 길러진 미녀가 아닌 진짜 은어처럼 살아 팔팔 뛰는 미녀를 구했습니다."

"아무리 그래도 내 마음에 차는 여인은 없을 것이오."
 "걱정 마십시오. 이래 뵈도 속하는 과거 천하제일색(天下第一色)이라 불렸던 여인입니다. 일각만 시간을 내어주십시오. 속하의 간절한 소망입니다."
 "마음대로 하시오."
 능설비는 만사가 귀찮다는 듯 푹신한 의자에 등을 깊이 파묻었다. 그는 낙화생 한 알을 집어 들었다. 껍질째 소금물에 푹 삶은 낙화생이었다. 그는 그것을 입안에 털어 넣고 어금니로 가볍게 씹으며 눈을 내리깔았다. 그의 뇌리에서 여자 생각은 벌써 지워졌다. 그는 앞으로의 대세를 생각하기 시작했다.
 만화총관이 부는 휘파람 소리가 났지만 능설비는 눈도 뜨지 않았다.
 그는 생각에 골몰했다.
 '백도는 당분간 지리멸렬이 되리라. 이 틈을 이용해 목줄을 쥐어야 한다. 그래야 적어도 반백 년 안에는 일어나지 못한다.'
 그는 십구비위와 이십팔수를 믿었다.
 '십구비위는 지극히 강하다. 어떠한 역경에서도 살 수 있다. 특히 일호는. 이십팔수도 마찬가지다. 후훗, 그러고 보면 구마루를 세운 사람들은 무림 사상 찾아볼 수 없는 뛰어난 스승들이라 할 수 있다.'
 그의 생각이 거기에 이를 때였다.
 끼익!
 휘장 너머에서 방문 열리는 소리가 났다. 정면에 있던 문 하나가 열리며 사람들이 걸어 들어왔다. 그 수는 이십 정도인데, 반은 만화지 여인들이었다. 만화지 여인들에 이끌려 온 사람들은 커다란 포대를 뒤집어쓴 상태였다. 그들은 열 명의 만화지 여인들에 의해 조심조심 방 안으로 인도되었다. 그들은 방 가운데 즈음에 이르러 모두 걸음을 멈췄다.

만화총관이 짤막한 명령을 내렸다.

"시작하라!"

그녀의 명령이 떨어지자 취록색 옷을 걸친 여인 하나가 허리 숙여 인사한 다음, 지체없이 포대를 뒤집어쓴 사람 하나를 데리고 휘장 앞으로 다가섰다.

능설비는 무정한 눈빛으로 그들이 하는 양을 주시했다.

취록색 옷의 여인은 휘장 바로 앞에서 멈춰 섰다.

"몸을 보여라!"

취록색 옷을 입은 여인이 포대를 뒤집어쓴 사람에게 속삭이듯 말하자,

"흐흑… 부, 부끄럽습니다."

포대 안에서 흐느끼는 여인의 소리가 났다.

"쯧쯧, 너는 황금 천 냥에 팔렸다. 그것이 없었다면 네 부모는 죽었다. 그것을 벌써 잊었느냐?"

녹의여인이 꾸짖듯 말하자,

"알, 알겠습니다."

포대 안의 여인은 그 말에 더 이상 거역하지 못하고 뒤집어쓰고 있던 포대를 벗기 시작했다. 포대가 벗겨지며 긴 머리카락이 나타났다. 그리고 나이 십육 세 정도의 앳된 얼굴이 나타났다. 정말이지, 꼭 깨물어주고 싶을 정도로 귀여운 얼굴이었다. 용모만으로 따진다면 만화지 안에 있는 여인들만 못했다. 그러나 싱싱한 생기가 살아 있는 느낌을 갖고 있다는 데에서 만화지 여인들과 달랐다.

포대가 더 벗겨지며 동그스름한 어깨가 나타났다. 이어 발육이 다 되지 않아 조금 작아 보이는 젖가슴이 수줍게 자태를 드러냈다. 소녀는 수치스러운 듯 손을 들어 젖가슴을 가렸다. 만화지 안의 여인들이라면 절대 하지 않는 행동이었다.

소녀가 젖을 가리자,

"흥!"

곁의 여인이 냉소로 은연중 위협을 했다.

"흑흑!"

미소녀는 그녀의 서슬에 얼른 손을 내리며 눈물을 뚝뚝 떨어뜨렸다. 뜨거운 눈물이 딸기 같은 입술까지 흘러내려 이슬방울처럼 떨어져 내렸다.

헐렁하던 포대가 벗어지며 미소녀의 나신이 적나라하게 나타났다. 탄력있는 살결에 배꼽이 움푹했다. 숲이 그리 울창하지 않는 아이, 여인이라 하기에는 아직 성숙하지 않은 미소녀였다.

만화총관이 능설비에게 슬쩍 귀띔했다.

"백설이라는 아이입니다. 가무에 특히 능하지요. 백문옥이라는 가난한 문사의 딸이온데, 자칫했으면 패가망신하는 것을 제가 부총관을 보내 저 아이를 사는 것으로 백문옥이 살고 저 아이는 만화지의 종이 되었습니다."

만화총관이 장황한 설명을 늘어놓자,

"너무 어리군."

능설비가 무관심한 어조로 한마디 툭 내뱉었다.

"마음에 차지 않으십니까?"

만화총관이 약간 불안한 표정으로 물었다.

"당장 황금 천 냥을 주어 무사들의 호위 아래 고향으로 돌아가게 하시오."

"예에?"

만화총관은 능설비의 입에서 예기치 못한 말이 튀어나오자 기겁하고 말았다. 황금 천 냥이나 들여 구해온 아이를 다시 황금 천 냥을 주어 돌려보내라니, 그것도 무사들의 호위 아래.

"말뜻을 알아듣지 못한 모양이로군."

능설비의 따가운 시선이 자신에게 쏟아지자 만화총관은 황급히 허리를 숙였다.

"알, 알겠습니다."

만화총관은 그만 벌레 씹은 얼굴이 되고 말았다.

'태상마종답지 않으시다. 그러나 이러한 마종이시기에 더욱 존경한다.'

만화총관은 미소녀의 곁에 있는 여인에게 전음으로 능설비의 뜻대로 할 것을 전했다.

녹의여인은 혀를 내둘렀다. 그렇지만 그녀에게는 반박하는 마음이 들 만한 머리조차 없었다. 그녀는 무엇이든 명받은 대로 행하는 것만이 있을 뿐이었다. 그녀는 그것을 상기하고 백설이라는 미소녀를 데리고 나갔다.

얼마 후, 두 번째 녹의여인이 다가섰다.

사르르!

큰 포대가 벗겨지며 그 안에서 아주 호리호리한 여인 하나가 나타났다. 피부가 까무잡잡한데 눈이 몹시 고왔다. 반월 같은 눈망울, 그리고 길고 고운 속눈썹이 매우 고혹적이었다. 안으면 가슴속에 감춰질 정도로 작고 귀여운 여인이다.

흑주(黑珠).

그녀를 아는 사람들은 그녀를 그렇게 불렀다. 흑주는 처녀가 아니었다. 장안성에서 가장 유명한 기녀였다. 그녀는 어젯밤 만화지 사람들에게 몸을 팔고 여기 온 것이다. 방중술을 스스로 터득한 여인으로 어떠한 사내라도 홀릴 줄 아는 눈빛과 말재간을 지닌 여인이었다.

흑주는 아무런 부끄러움도 없이 휘장 앞에서 교태롭게 몸을 흔들었다.

"흐으음!"

흑주는 휘장 안에 누군가가 있음을 알고 나긋한 비음을 발했다. 그녀는 운명을 바꿔줄지도 모르는 어떤 사람이 있음을 알기에 갖은 재간을 다 발휘하는 것이었다.

얼마 후, 휘장 안에서 만화총관의 목소리가 들렸다.

"그 아이는 주방으로 보내라."

'이럴 수가……. 흑주를 주방으로 보내라니!'

흑주야말로 천하의 진짜 여인이라 여기고 거금을 들여 모셔온 녹의여인은 얼굴을 무참히 일그러뜨렸다.

"내가 왜 주방으로 가야 하죠?"

흑주도 기가 막힌다는 듯 항변했다.

"가라면 가는 것이란다."

녹의여인이 창백하게 질린 채 그녀의 연마혈을 점혈해 팔과 허리 사이에 끼고 밖으로 나갔다.

세 번째 여인은 화옥(火玉)이라 불리는 여인이었다.

그녀는 앞의 두 여인과 두 가지 다른 점이 있는 여인이었다. 첫째는 색목인이라는 데에서 달랐다. 둘째는 체격이 남달리 크다는 데에서 달랐다.

화옥은 몸이 가장 완벽한 여인이었다. 풍성한 젖가슴과 풍성한 둔부가 금방이라도 끊어질 듯한 가는 허리에 의해 지탱이 된다는 것이 신기할 정도였다.
 화옥은 정열의 화신인 듯 벌써 끈적끈적한 눈빛을 발했다. 터질 듯이 출렁이는 앞가슴과 만추 때의 황금 들녘처럼 화려한 금빛 머리카락, 깊이를 모를 푸른 눈빛이 또 다른 욕정을 일으키기에 충분했다.
 그녀는 중원어도 할 줄 몰랐다. 그러나 그녀가 하는 것은 말이 아니라 행동이 아닌가? 그녀는 어떠한 사람이라도 행복하게 해줄 만한 미색을 갖고 있는 것이었다.
 능설비는 화옥의 몸을 보다가 중얼대듯 말했다.
 "저 아이는 냉막하기만 한 십구비위 중 사내 녀석들의 시녀로 쓰이게 배려하시오."
 "아, 아깝지 않으십니까?"
 정작 만화총관이야말로 아쉬운 표정이었다.
 "후훗, 저 정도 미색은 여기도 얼마든지 있다오."
 "그런 말을 들으니 천만다행입니다."
 만화총관은 오랜만에 웃었다.
 화옥은 녹의여인과 함께 밖으로 나갔다.
 네 번째 여인인 무무(舞舞)가 휘장 앞으로 이끌려 나왔다. 그녀는 언제나 맨발인데 가무 솜씨가 일품이었다. 날아갈 듯 다시는 땅으로 떨어지지 않을 것처럼 환상적인 춤을 추는 여인이었다.
 능설비는 그녀의 춤에 맞춰 발장단을 했다.
 무무는 신들린 사람같이 춤을 췄다. 올해 나이 스물다섯이었으나 아직도 미소녀로 보이는 금릉제일기(金陵第一妓)가 바로 무무였다.
 그녀는 황금 오천 냥에 팔려 만화지로 오게 됐다. 금릉의 재자가인들은 그녀가 실종됐다고 몹시 섭섭해할 것이다.
 무무는 능설비에게 선택이 되었다. 몸이 선택된 것이 아니라 그녀의 탁월한 가무 솜씨가 선택되었다.
 "저 아이는 옥접을 비롯한 만화지의 아이들에게 가무를 가르치는 부교두를 하라 하시오."
 "명대로 하겠습니다."
 만화총관은 능설비가 지시하는 대로 행했다.
 다섯 번째 여인의 이름은 이금방(李琴芳)이라 했다. 그녀는 기녀도 아니고 가난한 집의 딸도 아니었다. 그렇다고 돈에 팔려온 것은 더더욱 아니었다. 그녀는 납치당해 온 것이었다. 미색을 따지자면 가히 천하절색이었다.
 이금방은 혼절한 상태에서 포대 속에서 끄집어내졌다.
 능설비는 만화총관에게서 그녀에 대한 사연을 듣고는 불호령을 내렸다.
 "여인을 납치한 자는 마종의 명예를 더럽힌 자이니 즉시 사형시키시오. 그리고 저 여인은 금조(金鳥)에 태워서라도 하루 안에 제 집으로 돌려보내 주시오."
 "모, 모두 영주를 위함이옵니다."
 만화총관은 자신의 성의가 일언지하에 묵살되자 슬픈 표정을 지었다. 그러나 능설비는 자신의 뜻을 바꾸지 않았다.
 "쯧쯧, 나를 위하는 일이기는 했으나 나의 평판을 나쁘게 하는 일이오."
 "감쪽같이 한 일입니다."

"다른 사람은 모를지 모르나 바로 저 여인이 알고 있지 않소?"
"하지만 저 아이는 절대 도망가지 못합니다."
"마음이 머물지 않는 사람을 잡아둘 수는 없는 것이라오."
만화총관이 간청했으나 능설비는 요지부동이었다. 그는 만화총관을 외면이라도 하듯 눈을 꾹 감았다.
만화총관은 한숨을 쉬며 그렇게 부하들에게 전음으로 명했다. 분위기가 조금 침울해졌다.
여섯 번째의 미인은 장미라는 여인이었다.
얼굴이 희고 가슴이 큰 여인이었는데 젖꼭지의 빛이 유독 붉은 빛을 띠고 있었다. 탄탄하고 기름진 허벅지와 깊은 숲을 가진 경국지미색이었다.
그녀도 화옥과 마찬가지로 십구비위의 시녀가 되었다. 일곱 번째 능능 역시 같은 처지로 전락했다.
여덟 번째 미인 소소(少少), 아홉 번째 미인 교교(嬌嬌)는 이십팔수에게 배정되었다.
휘장 뒤에서 능설비는 무료함을 참지 못하고 낙화생을 바닥냈다. 여아홍도 어느 사이 다 마셔 버린 상태였다.
'일어나야겠군.'
그는 마지막 술 한 잔을 입안에 털어 넣은 다음 몸을 일으키려 했다. 사실 그는 색에 대해서는 흥미가 없었다. 그의 머릿속에 있는 여인은 없다 해도 과언이 아니었다. 그에게는 여인 말고도 너무도 많은 할 일이 있기 때문이었다.
그가 막 자리에서 일어나는데 사르르! 열 번째 여인이 포대를 벗었다.
"엇?"

능설비가 갑자기 몸을 경직시켰다. 대체 무엇을 보았기에 무심하던 그의 눈에 이채로움이 떠오른 것인가.

'이럴 수가!'

능설비는 자신의 눈을 의심하며 휘장 너머 쪽을 다시 보았다.

거기에 능설비의 눈을 시리게 하는 것이 있었다.

목석같은 사내의 차가운 가슴을 여지없이 베어버리는 냉염한 얼굴 하나. 아주 차가운 얼굴을 한 여인이 열 번째로 능설비의 눈에 들어왔다.

키가 훌쩍하게 큰 여인인데 몸이 너무도 균형이 잘 잡혀 있어 커 보이지 않았다. 그녀는 손을 다소곳이 늘어뜨리고 있었다. 백옥같이 흰 살결과 부풀 대로 부푼 가슴, 그 끝에 걸려 있는 두 개의 앵두 빛 유두. 미끄러지고 싶을 정도로 반드레한 배의 선과 부드러운 굴곡이 조화를 이루고 있는 나신은 그대로 조물주의 걸작이었다.

그러나 모든 느낌은 너무도 차갑다. 아름답지만 정념조차 얼어버릴 정도로 차가운 여인에게 능설비의 시선조차 얼어붙었다.

'그러면 그렇지. 이제 됐다!'

만화총관은 능설비가 냉염한 여인에게서 눈길을 떼지 못하는 모습을 보고는 속으로 쾌재를 불렀다.

그녀는 냉월(冷月)이라 했다.

차가운 달이라는 이름에 잘 어울리는 여인이었다.

"출신은 천한 아이입니다. 왕옥산 기슭의 움막에서 살고 있는 저 아이를 부총관이 데려온 것이지요."

만화총관이 슬쩍 귀엣말을 했다.

그러나 능설비는 대답을 할 수 없었다. 그는 냉월의 눈에 빨려들고 있었기 때문이다.

냉월은 애써 능설비의 시선을 외면하려는 듯 눈을 내리깔았다. 그러나 그녀의 눈빛은 무엇인가를 말하고 있었다.
'나를, 나를……'
흐느끼는 듯한 하소연인가? 그것은 절대 아니었다.
'회피하고 있으나 나를 증오하고 있다. 저 여인은 내 앞에서 나에 대한 적개심을 억지로 숨기고 있을 뿐이다.'
능설비의 생각이 그러한데,
"안심해도 될 아이입니다. 저 정도 미모에 소문나지 않았기에 혹 백도에서 자객으로 보낸 아이가 아닐까 해서 다방면으로 조사해 보았습니다. 하지만 눈같이 깨끗했습니다. 심지어 비소까지 뒤져 보았습니다. 호홋."
만화총관은 웃다가 휘이익! 휘파람을 불었다.
즐거운 휘파람 소리가 나자 냉월을 데리고 온 여인의 입가에 회심의 미소가 떠올랐다. 한 번의 휘파람 소리, 그것은 그녀가 두 자리 특진함을 알리는 신호였다.
냉월은 그 뜻을 알까? 자신이 세상에서 가장 높은 지위에 있는 자의 마음에 든 유일한 여인이라는 것을.
냉월에게는 금빛 담요가 덮여졌다.
"제가 모시고 가겠습니다."
녹의여인은 그녀를 아주 정중히 모셨다. 이제 냉월의 머리카락은 범녀의 목숨보다 중요하게 되었다.
'아아, 모를 일이다. 냉기가 나는 계집인데 이상하게도 나의 마음을 훔쳐 버리다니……'
냉월이 나간 다음 능설비는 눈을 지그시 감았다.
만화총관은 그의 심중을 방해하지 않으려는 듯 살그머니 물러났다.
 반 시진 후, 능설비는 군방기루 위층으로 올라갔다. 그는 자신의 본래 얼굴로 가지 않았다. 그는 금색 면구로 얼굴을 가리고 있었다.
 군방기루의 위층은 최근 들어 취의청으로 쓰였다.
 대세를 결정짓는 것은 구마령주의 몫이나, 그 이후에 벌어지는 자잘한 일들을 처리하는 것은 마도 수뇌부의 일이었다.
 연일 벌어지는 마도회의의 주재자는 만리총관이다.
 과거 풍운마검방(風雲魔劍幇)을 이끌며 흑도의 한 축을 담당했고, 만리대표행을 만들어 구마령주의 눈과 귀가 되어주었던 사람. 지금 그는 구마령주의 최측근으로 인정받는 상태였다.
 모인 사람의 수는 오십에 달했다. 장차 천하를 나누어 다스릴 사람이었다. 그들은 능설비의 얼굴을 보지 못했다. 태상마종의 얼굴을 보는 것은 엄격히 금지되었다. 모두 한쪽 무릎을 꿇고 머리를 조아렸다. 그러나 만리총관만은 시립하고 있었다. 그는 능설비가 의자에 앉기를 기다렸다가 입을 열었다.
 "태상마종, 중요한 일이 많이 있습니다."
 그의 어조는 들뜰 대로 들떠 있었다.
 그는 우선 구마령주가 개봉부의 어딘가에 있다는 소문에 관한 것을 얘기했다. 그것은 이미 암중에 소문나 있었다. 과거라면 상상도 못할 일이었다. 마도는 언제나 죄인같이 숨어 다녀야 했기 때문이다. 그런데 능설비가 나선 이후 모든 것이 달라진 것이다.
 오늘의 모임만 해도 그러하다. 과거와는 달리 아주 당당하게 이루어지는 것이니까.
 "다음은 무엇인가?"

능설비가 한 올의 감정도 섞이지 않은 음색으로 질문하자 만리총관이 허리 숙여 대답한다.

"다음은 마도이십팔수에 대한 일입니다. 그들은 남칠성(南七省)에서 몇 가지 일을 처리하고 돌아오는 길입니다."

"그다음은?"

"십구비위에 대한 일입니다. 그들은 태행산에서 일을 완수했다고 전해왔습니다. 조속한 시일 안으로 만리표대행으로 돌아온다 합니다."

"그들이 돌아오면 잘 대해주도록."

"예에!"

만리총관은 길게 대답한 다음 뒤쪽을 바라보고 누군가를 향해 전음으로 무엇인가를 명했다.

잠시 후, 열 중에서 한 사람이 일어났다. 그는 아주 조심조심 태사의 앞으로 다가왔다. 그의 손에는 둘둘 말린 두루마리 하나가 들려 있었다.

"무엇인가?"

능설비가 묻자,

"영주께서 심의하실 일입니다."

만리총관이 두루마리를 받아 능설비에게 건네주었다.

그것을 펴자 명단이 나타났다.

회남 오색기방주 오색마인(五色魔人), 청성산 마승암주 혈혈마승(血血魔僧), 괄창산 적녀혈신교주, 운중산 묵철마보주 철마웅……

여러 명의 이름이 빼곡히 적혀 있었다. 만리총관은 능설비가 명단을 읽기를 기다렸다가 말했다.

"그들은 마도의 무리인데 우리 마맹에 따르겠다는 의사를 밝히지 않은 자들입니다. 그들에 대한 처리를 결정하실 분은 영주이십니다."

"흠."

능설비는 명단을 자세히 살펴봤다. 이름마다에는 각기 설명이 있었다. 재산은 어느 정도며, 부리는 수하의 수는 얼마이고, 취급하고 있는 일은 무엇이며 세력은 어느 정도인지까지 자세히 기록되어 있었다. 명단은 그 사람의 거의 모든 것을 밝히고 있었다.

만리총관은 두 자루의 붓을 준비했다. 하나는 붉은 먹이 묻어 있었고, 하나는 검은 먹이 묻어 있었다.

"주서(朱書)를 하시면 저희들이 그자를 죽일 것이고, 묵서(墨書)를 하시면 다시 한 번 기회를 줄 것입니다."

두 자루의 붓은 생사를 결정하는 붓이었다. 한 자루는 활필이며 다른 한 자루는 사필이다. 이름에 붉은 먹이 찍히면 죽고, 이름에 검은 먹이 찍히면 그래도 살 기회가 있다.

능설비는 모든 것을 그 자리에서 처리했다. 명단에 검고 붉은 점들이 만들어졌다. 그는 철저하게 훈련받은 사람이었다. 마종이 되기 위한 수련과 적자생존의 수련.

능설비는 고금 무림계를 통틀어 가장 무서운 사람이라 할 수 있었다.

그다음의 일은 능설비가 찔끔해야 할 일이었다. 바로 황성에서의 일이었다.

"황성에도 첩자를 들여보냈습니다. 현재 그곳에서 제왕 노릇을 하고 있는 사람은 소광 태자입니다."

'소광 태자!'

 능설비는 황궁에서 마주쳤던 소광 태자를 잊고 있다가 만리총관의 말에 불현듯 그의 모습을 떠올렸다.

 "그자는 아주 욕심이 많은 사람입니다. 잘하면 우리의 동조자로 만들 수 있습니다만 그 일이 잘못되면 그를 베어버리고 우리 세력의 사람을 제위에 올릴까 하는 중입니다."

 "소광을 우리 쪽 사람으로 만든다고?"

 능설비의 검미가 살짝 치켜져 올라갔다. 소광 태자의 도도하던 모습이 뇌리를 스쳤기 때문이었다.

 "그는 무림을 모릅니다. 그러나 인간 세상을 다스리는 자임에는 분명합니다. 그에게 미인계를 쓰면 일 년 안에 그자가 결정하는 모든 것은 저희 마맹에 지극히 유익한 결정이 될 것입니다."

 "......!"

 능설비가 묵묵히 듣기만 하자 만리총관은 자신만만한 미소를 지었다.

 "미인계를 쓸 준비는 다 되어 있습니다. 영주께서 명만 내리시면 즉시 쓸 것입니다. 물론, 미인계가 실패해도 차선책은 있습니다. 황족 중에서 그에게 앙심을 품은 사람들을 골라두었으니, 그들을 이용해도 같은 성과를 얻을 것입니다."

 "태자에게 앙심을 품은 사람이라… 누구인가?"

 "소광 태자의 배다른 동생인 소로 공주입니다."

 "소로 공주라고?"

 능설비의 눈빛이 약간 흔들렸다. 그러나 만리총관은 그 낌새를 눈치채지 못했다.

 "그녀는 지금 소광 태자에게 심하게 핍박당하고 있습니다."

"……!"

능설비는 입을 다문 채 묵묵히 들었다.

소로 공주는 능설비에게 첫 여인이었다. 첫 여인이라는 것, 그것은 사내들에게 꽤나 의미있는 일이 아닌가? 그가 소로 공주에 관한 일을 기억할 때 만리부총관이 말을 이었다.

"소광 태자는 제 아버지를 독살할 정도로 지독한 자입니다."

"독살이라니?"

능설비가 의아해하며 반문하자,

"그자는 제 아버지에게 만성독약을 쓰고 있습니다."

만리부총관이 충격적인 사실을 밝혔다.

"제 아버지에게까지 독약을 쓸 정도였단 말인가?"

능설비는 소광 태자가 고약하고 오만한 성품의 소유자란 건 알았지만 그 정도일 줄은 짐작도 못했다.

"겨우 알아낸 황성의 최고 비밀입니다. 황제는 얼마 못 가서 죽을 것입니다. 사실 황제가 만성독약으로 인해 병약해지지 않았다면 소광 태자는 유명무실했을 것입니다."

'황제가 병약했던 이유가 그것이었군. 그런데 대체 어떠한 만성 독약이기에 나도 몰랐을까?'

능설비는 주 대인을 자처했던 황제를 기억하며 만리부총관에게 물었다.

"소광이 황제에게 쓴 독이 무엇인가?"

"아주 특이한 것으로 투골흡혈고(透骨吸血蠱)라는 것이지요."

"사람을 서서히 말려 죽이는 묘강(苗彊)에서 자라는 것 말인가?"

"그렇습니다."

"한번 걸리면 풀기 힘든 것인데……?"

"보통 그렇게 알고 있지요. 그러나 저희 세력 안에 있는 묘강대독선(苗彊大毒仙)이라면 그보다 열 배 무서운 독이라도 풀 것입니다."

만리부총관이 자신만만한 어조로 대답했다.

능설비는 처음 들어보는 명호에 의아한 표정을 지었다.

"묘강대독선이라 했나?"

"그로 말할 것 같으면 장차 당주 정도 지위에 오를 사람입니다. 충성심이 아주 대단하지요. 뿐만 아니라 그의 일곱 아들과 열두 명의 딸도 마찬가지입니다."

만리부총관은 묘강대독선의 이야기를 계속했다. 얼마 후 능설비가 결정을 내렸다.

"총관이 직접 황성으로 가게, 묘강대독선을 대동하고. 그리고 한 가지 주의할 점은 절대 신분을 노출시키지 말아야 하네."

"황궁에 가서 어떤 일을 해야 하는지요?"

"의원 행세를 하고 복아라는 사람에게 접근하게. 황제의 시위장인데 무서운 자이니 조심해서 행동해야 하네. 한때 무상인마로 불렸던 자이니."

"무상인마가 황궁에 있었단 말입니까?"

몇 배분이나 윗세대의 거마가 황궁의 시위장으로 있다는 말에 만리총관의 입이 딱 벌어졌다. 그러나 능설비의 다음 말을 듣는 순간 머릿속이 혼란스러워졌다.

"그를 만나 설산공자가 보낸 사람이라 하게. 그러면 일이 쉽게 풀릴 거야."

'설산공자라면 소로 공주를 상사병에…….'

목구멍까지 흘러나온 말을 참아내기 위해 만리총관은 숨조차 참아야 했다. 상상은 금물이다. 구마령주는 구마령주일 뿐, 다른 것을 보태거나 빼서도 안 된다.
"가서 할 일은 간단하네. 황제에게 접근해 투골흡혈고를 없애주는 것, 그리고 소리없이 돌아오는 것이네."
"명, 명대로 하겠습니다."
만리총관은 진땀을 흘렸다.
"또 다른 일이 있는가?"
능설비는 떠날 마음을 한 듯했다. 만리총관이 서둘러 말을 꺼냈다.
"마지막으로 가장 중요한 일이 남아 있습니다."
"무엇인가?"
"우리가 경계해야 될 한 인물이 나타났다 합니다."
"누구인가?"
"운리신군이란 자입니다."
"운리신군?"
능설비가 처음 들어본 이름인 듯 고개를 갸우뚱하자 만리총관이 재빨리 설명을 한다.
"최근 들어 삼뇌자(三腦子)라 불리는 사람이지요. 그의 지혜는 죽은 쌍뇌천기자를 능가한다 합니다."
"소문은 언제나 과장된 법이지. 쌍뇌천기자를 능가할 만한 사람은 백 년 안에 다시 태어나기 힘들지."
능설비가 단언하자 만리총관은 어정쩡한 어투로 말을 이었다.
"하, 하여간 그자는 대단한 자임에 분명합니다."
"그자가 어찌했단 말인가?"

"그자는 암중에 백도맹을 재조직하고 있다 합니다."

"백도맹을 재조직한다?"

능설비가 의미심장한 얼굴을 하자 만리총관은 우려의 빛을 지었다.

"애써 싸움을 피하고 있어 자세한 것은 모르나 세력이 커지고 있는 게 분명합니다. 그자는 지금 천기석부를 중심으로 활동하고 있는데… 암암리에 백도인들이 그곳으로 몰려드는 실정이지요. 비밀 장소도 여러 군데 마련했다는 첩보도 있습니다."

'천기석부가 아직 죽지 않았군!'

능설비가 말이 없자 만리총관은 잠시 그의 기색을 살핀 후 말을 이었다.

"현재 속도의 성장세라면 삼 년 안에 본 맹과 필적할 만한 세력이 되리라 여겨집니다."

"운리신군은 어떤 자인가?"

"아직 그 모습을 본 사람이 없으나 듣기로는 천기미인 주설루란 계집이 그 사람을 수양아버지로 섬기기 시작했다고 합니다."

'천기미인 주설루!'

능설비는 천기석부에서 그를 쌍뇌천기자에게 안내했던 주설루의 모습을 잠깐 떠올렸다. 그러나 그 상념은 오래가지 않았다.

"하여간 빨리 제거해야 할 자로 사료됩니다."

만리총관이 자신의 의중을 조심스럽게 말을 하자 능설비는 간단하게 대답했다.

"알아서 하게."

"알아서 죽이란 명이십니까?"

"말을 잘 이해하는군."

만리총관은 능설비가 자신을 칭찬하자 어쩔 바를 모르며 허리를 굽혔다. 그는 웃는 낯을 하고 한 가지 사실을 자랑스레 털어놓았다.
"그리고 천외신궁의 대역사가 반 이상 진척되었다는 쾌보도 있습니다."
"만리총관이 손수 수고를 아끼지 않으니 쉽게 이루어지겠지."
"염려 놓으십시오."
만리총관은 기분이 흡족하여 더욱 낮게 몸을 수그렸다.
"이제 더 할 말이 없는가?"
능설비의 어투는 무심하기 그지없었다.
"더 이상의 문제는 없습니다, 영주."
"좋아, 나는 가겠네."
능설비가 의자에서 일어났다. 그가 뒤로 돌아설 때,
"마종 천천세(千千歲)!"
"구마령주 만만세!"
"오오, 위대하신 마종이시여!"
마도맹 사람들은 일제히 이마를 마루 바닥에 피가 나도록 찧는다. 능설비는 휘장 뒤로 느릿한 걸음걸이로 걸어 들어갔다.
벌써 정오가 지났다.
능설비는 계단을 밟고 내려가다가 금색 면구를 벗었다. 계단 밑에는 만화총관이 와서 기다리고 있었다.
"오늘 회의는 꽤 길군요?"
그녀가 허리 숙이자,
"갈수록 더 길어질 것이오. 해야 할 일이 산처럼 많이 쌓였으니까."

능설비의 대답은 언제나 무뚝뚝했다.

두 사람은 지하 통로로 들어갔다. 군방기루에는 표비장과 직통하는 지하 통로가 마련되어 있었다. 그 길을 이용할 수 있는 사람은 단 한 사람, 구마령주뿐이었다.

배 위의 암수

저녁 무렵, 능설비는 방문을 걸고 정좌한 상태로 운공에 들었다. 그의 두 눈에서는 무심한 눈빛이 흘렀다. 하지만 그는 수없이 많은 초식을 되풀이해 생각하는 상태였다.

끊임없는 단련, 그것은 구마루의 수련이 그에게 심어준 생활 철칙이었다.

'싸움은 끝난 것이 아니다.'

능설비는 작게 중얼거렸다.

'이렇게 쉽게 얻을 것이었다면 다른 마도 선배가 해냈을 것이다. 내가 해야 할 일은 이제부터가 시작인 아주 거대한 것이다. 나는 항상 대비하고 있어야 한다.'

능설비는 중얼거리다가 행공을 거뒀다. 많은 일들로 둔중했던 머릿속이 말끔히 가셔 버렸다.

얼마 후, 그는 산해진미로 저녁을 들었다. 만화총관은 의자 뒤에서 시중을 들어주었다. 식사가 끝난 후 능설비는 욕조로 갔다. 그는 미녀들의 시중을 받으며 뜨거운 물로 몸 구석구석을 닦았다.
 그리고 시간은 쉬지 않고 흘러 밤이 되었다. 능설비에게도 밤의 문이 활짝 열렸다. 그는 속옷을 걸치지 않고 금빛 비단옷을 걸친 채 너른 방 안으로 들어갔다.
 방 안은 꽤 어두웠다.
 너른 방 안에서 다소곳이 앉아 능설비를 기다리고 있는 여인이 하나 있었다.
 냉월, 그녀가 비단옷을 걸친 채 의자에 그린 듯이 앉아 있는 것이었다.
 "흠!"
 능설비가 들어서며 가벼운 기침 소리를 내자,
 "아!"
 시선을 떨어뜨리고 앉아 있던 냉월이 돌팔매질에 날아가는 참새같이 후드득 몸을 일으켰다. 그녀는 능설비를 보고는 얼른 절을 했다.
 능설비는 그녀의 몸에서 일어나는 차가운 기운을 느꼈다.
 '후후, 마음은 여전히 나를 거부하고 있군.'
 능설비는 여인의 마음을 간파하고는 쓰게 웃었다.
 '너를 택한 건 아름답기 때문이 아니다. 그 역감이 마음에 들었을 뿐이야.'
 그는 냉월을 자세히 바라보았다.
 냉월은 애써 그의 눈빛을 피했다. 단, 그녀는 이미 만화총관에게 단단히 훈계를 받은 듯 얼른 다가와서 능설비의 겉옷을 살며시 벗기기 시작했다. 그녀의 손은 꽤 길고 차가워 보였지만 매우 아름다웠다.
 '손끝이 떨리는군. 모든 것이 나 때문이겠지만 특히 나의 무엇 때문일까?'
 능설비는 오랜만에 매우 사소한 것에 신경을 썼다. 그러다가 갑자기 그는 냉월의 손목을 낚아채듯 쥐었다.
 "으음!"
 냉월의 목이 순간적으로 움츠러들며 눈빛이 파르르 떨렸다.
 "내가 두려우냐?"
 능설비가 차가운 냉소를 지으며 묻자 냉월은 얼른 고개를 저었다.
 "벙어리인가?"
 그 말에 냉월은 얼른 고개를 끄덕였다.
 "좋아, 그런 삶도 어느 땐 편할 때가 있으니까."
 능설비는 그렇게 말한 다음 침상에 벌렁 드러누웠다.
 냉월은 얼른 그의 옷을 잘 개어 탁자 곁 작은 나무 책상 위에 올려놓았다. 그녀는 몹시 얇은 옷을 걸치고 있어서 속살이 훤히 들여다보였다. 걸음을 옮길 때마다 젖무덤이 파도를 치고 희멀건 둔부가 차가운 느낌으로 흔들렸다.
 정말 왜일까? 그녀에게서는 육감적인 것이 느껴지지 않았다.
 "너는 매우 차구나."
 능설비가 침상에 팔베개를 하고 누워 그녀를 보며 말하자 냉월은 수줍은 듯 볼을 붉힌다.
 능설비는 방의 한쪽 벽에 시선을 던졌다. 벽에는 털방석이 매달려 있는데 거기에는 난초 한 뿌리가 자라는 그림이 그려져 있었다.
 "너는 난초다. 그중에서도 한란(寒蘭)이 제격이리라."

능설비는 냉월을 난초에 비유했다. 순간 냉월은 얼른 눈길을 돌리는데, 그런 동작이 주는 느낌이 아주 차가웠다.

'냉염함이 가슴을 베는 듯하다.'

능설비는 냉월의 모습을 또 한 번 찬찬히 살폈다.

능설비의 눈에 비친 그녀의 아름다움은 완전에 가까운 절대미였다. 그녀의 몸 어느 한 부분도 더 이상 고칠 것이 없는 모습이었다. 코는 오똑해도 좋은 한도까지 오똑했고 입술은 아름다울 수 있는 만큼 아름다웠다. 선이라기보다 각의 미인이었다. 마치 솜씨 좋은 장인의 솜씨로 다듬은 듯.

그러하기에 능설비와 같은 마음이 냉정한 사람이 좋아할 수 있는 여인이 아닐까?

냉월은 얇은 옷가지를 벗으려 했다.

능설비는 갑자기 나체가 드러난다는 것이 싫다 여겼다.

"옷을 벗지 마라."

"......?"

능설비의 갑작스런 말에 냉월이 눈을 동그랗게 떴다. 그녀의 젖가슴이 팔딱거리는 모양을 보아 적이 당황한 눈치였다.

그 모습을 보고는 능설비가 피식 실소를 머금었다.

"어지간히 놀란 모양이군. 하지만 나는 색마가 아니니 안심해도 좋다."

능설비는 냉월을 가까이 불러 앉혀 그녀의 어깨에 가볍게 손을 얹었다.

'오늘 이 순간만은 구마령주가 아니고 싶다. 이 여인과 더불어 무엇이든 꼬박 밤을 새우며 이야기하고 싶다.'

능설비의 표정이 몹시 부드러워졌다. 그의 얼굴은 실로 아름다운 얼굴이었다. 여장을 시킨다면 냉월의 뺨을 칠 정도로 아름다운 얼굴이 될 것이다.

하긴 그의 모친은 젊었을 때 미색 하나만으로 천하를 온통 들썩이던 여인이었다. 그녀가 만에 하나 고관대작과 결혼했다면 능설비는 태어나지 않았으리라.

난유향은 방랑벽이 심한 여인이었다. 그래서 그녀는 바람 같은 사람을 낭군으로 맞이했던 것이다. 그녀를 멀리 실어 보내줄 바람을.

그 바람은 바로 능은한이란 사람이었다. 문사로 알려졌으나 능은한은 무공을 숨기고 사는 사람이었다. 그는 난유향을 안고 청해로 갔다. 그리고 지금 그들을 부모로 여기지도 않는 사람 하나가 그들의 아름다움을 고스란히 빼어 닮은 모습으로 세상에 나와 있는 것이었다.

이슬이 촉촉이 내려앉는 야심한 밤이다. 밖에는 냉월을 닮은 차가운 달이 떠 있으리라.

능설비는 시간이 가는 줄도 몰랐다. 그는 냉월을 맞은편에 앉혀 놓고 옥소를 손에 들었다. 마음에 드는 여인을 눈앞에 두고 있자니 괜스레 아름다운 곡조를 불고 싶었다. 그의 입술에 옥소가 닿는가 싶자 청아한 가락이 흘러나오기 시작했다.

삘릴릴리, 삘릴리…….

구성진 피리 소리에 달도 취해 휘청거릴 것만 같았다.

냉월은 그의 피리 소리에 크게 놀라워했다. 그것은 신품의 피리 소리였다. 전능하게 가르침받은 능설비의 피리 솜씨는 그의 무수한 재주 중에서도 일품이었다.

냉월은 피리 소리에 취하다가 갑자기 몸을 한차례 떨었다.

'내, 내가 한낱 피리 소리에 취하다니······!'

그녀는 피리 소리에 취해 있는 자신을 발견하고는 흠칫 몸을 떨었다. 순간 꿈을 꾸는 듯 아련하게 물들어 있던 눈에서 한광이 반짝였다.

피리 가락은 오래도록 계속되었다. 능설비는 이대로 밤을 지내고 싶은 듯 계속 피리만 불었다.

이경 무렵이 되자 바람이 몹시 심하게 부는 듯 창이 흔들렸다.

이곳은 화원 안의 장소였다.

능설비는 지하 석부에서 지내기를 싫어했다. 그래서 아름다운 화원 안의 집에 침소를 지은 것이었다. 수많은 매복이 그를 지키고 있는 중이었다. 그들은 모두 능설비의 피리 소리에 취한 상태였다. 모두 피리 소리에 이끌려 감탄하는데, 단 한 사람, 만화총관만은 못내 초조한지 발을 동동 굴렀다.

'오늘 밤도 실패인가? 아아, 냉월이라는 아이만은 꼭 영주를 기쁘게 할 줄 알았는데······.'

만화총관은 충성심이 대단한 여인이었다. 그녀는 능설비의 즐거움을 곧 자신의 즐거움으로 여길 정도로 지극한 충성심을 갖고 있었다.

피리 소리가 밤의 아스라한 안개처럼 정적 속을 흐른다.

"으음!"

가만히 피리 소리를 듣고 있던 냉월이 갑자기 몸을 일으켰다.

능설비가 눈길을 들어 그녀를 바라보자 냉월이 갑자기 옷을 벗으며 팔다리를 놀리기 시작했다. 그녀는 멋들어진 춤사위를 연출해 내기 시작했다. 선녀가 하강하여 신비로운 자태를 드러내듯, 그녀의 춤 솜씨는 능설비의 피리 소리만큼 화려했다. 부드러운 손이 흔들리며 무수한 환상이 나타난다. 화려한 춤사위에 따라 피리 소리도 기교를 더해갔다. 능설비는 꽃이 되고, 냉월은 나비가 되어 훨훨 날아다녔다.
"으으… 음……!"
냉월은 나지막한 비음으로 박자를 맞췄다.
가슴 깊은 곳에서 울어난 비음은 어떠한 소리보다 매혹적이다. 고조되는 비음에 맞춰 하느작거리는 몸뚱이는 더한 유혹이 되었다.
"으… 음!"
그녀는 온갖 향기를 뿌리며 능설비 곁으로 다가섰다. 향긋한 체향이 능설비의 예민한 후각을 자극했다.
능설비의 피리 소리는 계속되고 있었다. 그러나 그 가락은 이미 제 곡조에서 벗어난 상태였다. 즉흥적으로 부는 아름다운 가락은 춤과 잘 어울렸다. 흔들거리는 여인의 몸과 가락을 따라 촛불이 춤을 추었다.
한순간 피리 소리와 춤 동작이 멈췄다.
냉월은 둥그스름한 달이 산마루에 가라앉듯 능설비의 무릎 위에 앉아 있었다. 피리는 융단 위에 떨어진 후였다.
"곱다. 참 곱구나."
능설비는 냉월의 허리 어림을 쓰다듬었다.
방 밖에서 엿듣던 만화총관은 피리 소리가 끊기자 쾌재를 불렀다.
'호호, 이제야 영주가 여색을 알게 되는군.'
그녀는 몹시 기뻐하며 방 안에 모든 청각을 집중시켰다.
"아아……!"

방 안에서는 냉월의 숨소리가 점점 뜨겁게 고조되고 있었다. 능설비의 손이 그녀의 투명한 피부를 스칠 때마다 그녀는 몸을 교태롭게 틀었다. 세상 무엇에도 누그러들지 않을 것 같던 냉염한 그녀였건만 지금의 눈빛은 모든 것을 태우듯 뜨거웠다. 냉월은 어느새 화사가 되었다. 그 뜨거운 몸뚱이가 능수능란하게 전신을 뒤틀며 능설비의 손길을 유혹했다.

능설비의 손은 그녀의 가슴으로 올라갔다. 거기에는 덥석 거머쥐어도 다 잡히지 않는 젖무덤이 솟아 있었다. 능설비의 손바닥 가운데에 앵두 빛의 작고 투명한 유두가 걸리자,

"으으음!"

냉월은 한차례 짧은 환희의 전율을 보이더니 땀을 흘리기 시작했다.

능설비의 손은 점점 밑으로 내려갔다. 원초적인 손짓. 그는 무엇인가를 찾고 있었다. 그가 모르는 아주 사랑스러운 것, 그리고 무엇인가에 의해 알아야 하는 인간다운 것. 사랑이라고 이름 붙이기 이전에 있는 어떤 동물적인 마음이리라.

모든 것의 탈을 벗은 최초의 생각이랄까? 그는 수풀 속으로 손을 밀어 넣었다.

"흐윽!"

냉월의 입술 사이를 비집고 뜨거운 숨소리가 새어 나왔다. 그리고는 벼락을 맞은 것처럼 전신을 세차게 떨었다.

능설비의 손놀림에 따라 냉월은 몇 번이고 환희의 꽃망울을 터뜨렸다. 뜨거운 바람이 두 사람 사이를 휘몰아쳤다. 능설비는 그녀를 애무하다가 벌겋게 단 쇳조각같이 되었다.

'눕히고 싶다.'

능설비는 솟구치는 욕구에 그녀의 몸을 번쩍 안아 들었다. 냉월은 마치 기다리고 있었다는 듯 능설비가 하는 대로 몸을 맡겼다. 그는 일부러 창가로 갔다. 능설비가 다가가자 창이 절로 열리며 교교한 월광이 창을 타고 방 안으로 뿌려졌다.

"으으음!"

냉월은 두 팔을 능설비의 목에 걸고 황홀한 달빛에 흠뻑 취해 있었다. 그녀의 심장이 유독 빨리 뛰고 있었다.

능설비가 망설임없이 냉월의 몸을 탐하기 시작하자 그녀는 흐느끼는 소리를 내기 시작했다. 두 사람은 함께 달빛 속으로 들어갔다. 땀으로 젖는 능설비의 잔등이 고기비늘이 빛나듯 번들거렸다.

냉월의 숨소리가 최고조에 달하기 시작했다. 능설비는 그 소리에 빠지는 듯 몸을 저돌적으로 움직였다. 그는 달아오를 대로 달아올랐다.

"으으음!"

"아아!"

한순간 절정의 통렬함이 능설비의 뇌를 덮친다. 능설비는 강호에 나와 처음이라 할 정도로 자신을 잊고 있었다. 그는 지금 무아상태였다.

냉월의 몸은 능설비의 가슴속에서 녹아버린 듯했다. 더욱더 취하고픈 갈증이 그녀의 몸을 더욱 뜨겁게 달구었다.

능설비는 채워지지 않는 무엇인가를 느꼈다. 그러나 움직임은 멈춰지지 않았다. 그는 여전히 굶주린 야수였다. 냉월은 그것을 아는 듯 더욱 자연스럽게 받아들였다. 달빛 속의 두 사람은 흥건한 땀에 흠뻑 젖어들었다.

어느 한순간 휘이익! 바람이 강하게 부는가 싶더니 방 안이 어두워졌다. 바람이 구름을 움직이게 했을까? 달이 검은 구름 속으로 숨어들며 빛을 잃은 것이었다.
 바로 그 찰나,
 "하아앗!"
 냉월이 숨을 들이마셨다가는 기합 소리를 토하며 이를 악물었다. 거의 동시에 냉월의 뱃가죽을 뚫고 나와 능설비의 기해 단전으로 파고드는 어떤 화끈한 것이 있었다.
 "우욱!"
 능설비는 묵직한 신음 소리와 함께 피를 토하며 벌렁 나뒹굴었다.
 "죽, 죽이겠다!"
 냉월은 벌떡 일어나 능설비의 가슴에 일장을 가했다. 펑! 하는 소리와 함께 능설비의 표정이 참혹하게 일그러졌다.
 "으으… 네, 네가 자객이었더란 말이냐?"
 능설비는 불신의 표정으로 외치며 창가로 굴러갔다. 쿵! 소리를 내며 그가 벽에 머리를 부딪쳤다.
 모든 것이 순간적이었다.
 능설비가 불의의 암습을 받고 의식을 잃어갈 때, 밖에서 엿듣고 있던 만화총관이 사색이 된 얼굴로 방문을 박차며 뛰쳐들어 왔다.
 "이 계집, 네년이 감히!"
 그녀는 득달같이 달려들어 냉월의 뺨을 호되게 후려갈겼다. 사정을 두지 않고 휘두른 손놀림이라 냉월의 입술이 터지며 고개가 홱 돌아갔다.
 그러나 냉월은 오히려 실성한 사람처럼 웃음을 터뜨렸다.
 "이제 되었다. 원수를 갚았으니 나는 죽어도 여한이 없다. 호호호호홋!"

그녀의 흐드러진 웃음소리가 달빛을 타고 꿈결처럼 퍼져 나갔다.

벙어리 미녀에서 자객으로 돌변한 냉월.

"찢어 죽이리라! 네년을!"

미친 듯이 광소를 터뜨리는 냉월의 얼굴로 만화총관이 주먹이 날아왔다. 퍽! 소리와 함께 부러진 이빨이 핏물과 섞여 튀어나왔다. 휘청이는 냉월의 가슴으로 만화총관의 매서운 발길질이 이어졌다.

냉월은 정신을 잃고 튕겨지듯 날아올라 벽에 부딪치며 그대로 뻗어버렸다. 입술이 터지고 이가 부러지고, 아랫배에 뚫린 구멍으로 피가 철철 흘러나왔다.

만화총관은 전신을 부들부들 떨며 능설비의 곁으로 다가갔다. 능설비는 흥건한 핏물 속에 조용히 드러누워 있었다. 상처는 창자가 밖으로 나올 정도로 치명적이었다. 그곳으로부터 더운 피가 뭉클뭉클 쏟아져 나오는데 배가 불룩거리는 것을 보아 능설비는 아직 죽지 않은 듯했다.

영주를 위해

아침이 되었다.

새로운 아침이었고, 정말 새로운 일들이 벌어졌다. 개봉부가 온통 마도고수로 뒤덮여 분위기가 살벌했다. 군방기루 주변으로 그물 같은 경계망이 펼쳐졌다.

대체 무슨 일일까? 개봉부에 대공포가 조성되다니…….

정오 무렵쯤, 조금 이상한 방문 하나가 한적한 곳에서 발견되었다.

〈대가를 치르고 싶다면 혈적곡(血積谷)이나 천기석부로 와라. 언제든지 받아주겠다.〉

대체 누구에게 전해지는 글일까? 보내는 사람과 받는 사람이 분명치 않았지만 그것은 곧 표비장으로 전달되었다.

만화총관은 하루 사이 백 년이나 더 늙어 보였다. 얼마나 충격이 컸던지 주안공으로 팽팽한 젊음을 유지하던 피부가 주름살로 뒤덮일 정도였다.

"아아, 천기석부나 혈적곡이라면 필히 백도의 보복이오. 그것도 모르고 냉월이라는 계집에게 속아 그만······."

그녀는 피눈물을 뚝뚝 떨어뜨렸다.

"복수해야 합니다."

"십구비위로 하여금 천기석부 쪽으로 방향을 돌리라 했습니다. 그리고 이십팔수를 혈적곡이란 곳으로 보내 모두 죽이라 했습니다."

능설비의 뜻하지 아니한 사고를 전해 듣고 몰려든 마도의 인물들이 분노로 치를 떤다.

"영주께 더 나쁜 일이 생기면 나는 할복 자진할 겁니다."

만화총관이 괴로워하자,

"걱정 마십시오. 오늘 안으로 열 곳에서 영약이 올 것입니다. 각 파에서 영주를 위해 비장의 영약들을 내놓고 있으니 곧 좋은 소식이 있을 겁니다."

"장백산에서 채집한 만년삼왕도 있다 들었습니다. 금조에 실려 보내면 모레쯤 받아볼 수 있겠지요."

"신의란 신의를 모두 들이고 있습니다."

만화총관이나 근처에 있는 사람이나 모두 능설비를 걱정하는 마음은 같은 것이었다.

구명대의(救命大醫).

그는 활선이라 불리는 사람이었다. 그는 비전약방문으로 병으로 죽어가는 많은 사람을 구했다. 그는 언제나 청빈하게 살았다. 약값으로 가난한 사람을 구했기 때문에 자신을 위해서는 장원 한 채 갖지 못했다. 그는 악주부사가 배려해 준 덕택으로 악주부사의 사택 뒤 죽림 안에서 기거하며 오십 년을 그곳에서만 살았다.

그런데 그가 어느 날 홀연히 사라져 버렸다.

사람들은 그가 사라지는 날 밤, 큰 수리 하나가 악주부의 장원 허공을 맴돌았다고 했다.

그리고 이렇게 말했다.

"천상신선계에서 신조를 보내 그분을 모셔간 것이다."

사람들은 그의 장래를 위해 빌어주었다.

수리 울음소리와 함께 사라진 의원의 수는 구명대의 외에도 백여 명에 달했다. 관동제일의 신수자(神手子), 운남의 명의 대별독의(大別毒醫), 천독곡의 유명한 독혈의(毒血醫) 등……

의원들이 왜 사라지는지 사람들은 그 까닭을 알지 못했다.

혈적곡은 핏물이 고인 듯하다 해서 이름 붙여진 곳이었다.

병풍처럼 늘어선 붉은 빛 암벽. 석양빛을 받으면 핏물을 바른 듯 더욱 붉게 변하기에 사람들은 그곳을 지옥으로 통하는 입구라 여겼다.

계곡의 아래는 온통 안개에 잠겨 있었다. 안개 또한 붉은빛을 띠었다.

혈적곡은 오래전부터 사람들의 출입이 끊긴 금지였다. 그곳은 전진파가 관리하는 곳이기도 했다.

〈절대 출입을 금함.〉

계곡의 입구에는 오백여 년 전 세운 경고비가 있다. 사방이 호로병같이 막힌 협곡이었기에 바람이 거의 불지 않았고, 세월의 무게만큼 쌓인 독장이 가득했다. 그래서 사람들은 감히 그 안으로 들지 못했다.

밤이 이슥해질 때였다.

빠르게 움직이는 괴영들이 독장을 헤치며 혈적곡으로 날아들었다. 혈적곡에 머물러 사는 유령의 무리가 제 집을 찾아가는 것인가?

스물여덟의 괴영이 피 안개 속을 흐르듯 스쳐 지났다. 그들은 하나같이 두 눈에서 흉흉한 독광을 뿌리는 괴인들이었다.

"쳐라!"

"보이는 대로 죽여라!"

스물여덟의 괴인들은 거침없이 독무를 파괴하며 들어갔다. 그 바람에 오랫동안 침잠해 있던 피안개가 스멀스멀 일어났다.

"마종을 암습한 자는 나서라!"

"자신도 없이 부르지는 않았겠지?"

그들은 피안개보다도 짙은 혈심(血心)을 갖고 있었다.

얼마를 들어갔을까?

돌연 둥둥둥! 세 번의 북소리가 나더니,

"시작하시오!"

안개 속에서 아주 창노한 목소리가 들렸다.

"저쪽이다!"

"마도이십팔수를 아느냐?"

무사들은 소리가 들린 방향을 향하여 스물여덟 개의 화살이 되어 폭사되었다.

그런데 이게 웬일인가? 혈무 속에서 무수한 그림자가 나타나며 나는 새라도 떨어뜨릴 것 같던 마도이십팔수의 대단하던 기세가 즉시 꺾이고 마는 것이 아닌가!

"백팔나한진!"

동편에서 선장을 든 승려고수 일백팔 명이 혈무를 뚫고 나타나 마도이십팔수의 앞길을 차단했다.

거의 같은 순간,

"전진파의 쇄월검진도 있다!"

서쪽에서도 싸늘한 검광이 일어나며 수십 명의 고수들이 검을 쳐들고 다가서기 시작했다. 그들은 땅속에 숨어 있다가 모습을 드러낸 것이었다.

"네놈들이 감히 마도이십팔수의 앞길을 가로막으려 하다니!"

"으핫핫, 그 정도로는 어림없다!"

"구마루의 절예를 알려주겠다!"

이십팔수도 결전을 치를 태세로 검을 뽑아 들었다. 하지만 백팔나한진과 쇄월검진은 더 이상 다가서지 않았다. 그들은 진세를 펼친 채 주위를 빙빙 돌 뿐이었다. 그러는 사이 회오리바람이 일어나 혈무를 일으키는 가운데 두 패의 무사들이 다시 모습을 나타냈다.

"태청풍뢰진!"

"삼십육천강검진!"

"칠십이지살진!"

함성 소리와 함께 수많은 도사들이 대거 절벽을 타고 내려왔다. 그들의 우두머리는 한 팔이 없는 노도사였다.

태청혈우자(太淸血羽子).

그는 죽은 태청백우자의 사제가 되는 사람으로 성격이 몹시 과격한 사람이었다. 그의 팔을 자른 사람은 바로 그의 사형 태청백우자였다. 혈우자는 그 이후 폐관에 들었다가 최근 사형의 복수를 위해 다시 강호에 뛰어든 것이었다.

무당파의 검진은 역시 일품이었다. 그들이 나타나자 대번에 진세가 막강한 힘을 발휘하기 시작했다.

그런데 또다시 둥둥둥! 북소리를 울리며 다가서는 일단의 무사들이 있었다.

"천기수호검진!"

이번에 나타난 자들은 사상천군이 이끄는 천기석부의 고수들이었다. 그 수는 무려 백 명이었다.

마도이십팔수는 진세에 의해 사방이 완전히 차단된 상태에 놓이게 되었다. 진세를 구축하고 있는 무사들은 하나같이 기라성 같은 고수들이었다.

둥둥둥! 북소리가 혈무를 진동시키는 가운데 천기수호검진이 사대진의 주축이 되어 움직였다.

동시에 삼 개 문파의 고수들이 펼친 진세가 회전을 시작했다. 막대한 경풍이 일어나며 혈무가 요동을 쳤다. 이십팔수는 밀려드는 암경에 몸을 가누기조차 힘들었다.

"제길! 단단히 걸렸어."

"백도 놈들이 함정을 파놓고 우릴 기다린 거야."

"꾸물거릴 시간이 없다. 암기로 파괴하자. 일단 이곳을 나가야 한다."

싸움에 이골이 난 그들이었다.

네 개의 대형이 합쳐지며 숨통을 조여오자 그들의 움직임이 빨라졌다. 조금의 망설임도 없었다.
 이십팔수는 네 줄로 모이며 사로(四路)를 동시에 뚫기 시작했다. 그들은 유령 같은 몸놀림으로 한 번에 서른 가지의 암기를 쳐내는 정교한 솜씨를 자랑했다.
 암기가 빗발치듯 쏟아져 나갔다. 진세가 암기를 피하기 위해 흐트러지는 순간을 이용해 탈출하려는데, 상황은 너무도 다르게 흘러갔다.
 진세에서 일어나는 경풍이 돌연 폭풍으로 변하더니 암기가 추풍낙엽처럼 휩쓸려 사라졌다. 그뿐이 아니었다. 강한 암경이 벽으로 일어나며 움직임을 속박해 들었다.
 날아오르던 이십팔수는 어쩔 수 없이 제자리로 돌아올 수밖에 없었다.
 "대체 이럴 수가! 진세가 마공을 분쇄해 버리다니……!"
 경악성을 흘리는 그들의 얼굴에는 불신의 표정이 역력했다. 마도이십팔수는 능설비에게서 새로운 수법을 많이 전수받은 바 있다. 그로 인해 무공이 전보다 막강해졌음이 사실이다. 그런데 지금은 속수무책으로 당하는 것이었다.
 "너희들 우두머리가 쓰러졌음을 안다! 이제는 너희들이 쓰러질 차례다! 너희들이 흘린 피로 백도의 영령을 위로하리라!"
 백도의 고수들은 다가서지 않고 진세만 더욱 배가시켰다. 그들은 간혹 절벽 위를 봤다. 피안개가 갈라진 지 오래. 그 사이로 보이는 절벽 위에는 여인 하나가 서서 깃발 네 개를 흔들고 있었다.

 태청(太淸)!
 쇄월영기(碎月令旗)!

천기수호령기(天機守護令旗)!
소림영기(少林令旗)!

여인은 네 가지 깃발을 각기 다른 식으로 흔들었다. 그것은 절벽 아래 혈적곡 안에 있는 사람들과 이미 내통이 되어 있는 비밀 신호였다.

여인은 몹시 아름다웠다. 그녀는 상복을 걸치고 있었다.

'이십팔수의 수급을 잘라 당신의 고귀한 영령 앞에 바치렵니다.'

여인은 피눈물을 흘리고 있었다. 대체 누구를 위한 눈물일까?

여인이 있는 자리는 본래 쌍뇌천기자가 있어야 할 자리였다. 그가 죽고 없는 이상 그 자리는 천기미인 주설루가 맡아 지휘해야 했다. 지금 주설루는 불철주야 백도 무림의 안녕을 위해 힘쓰다 뜻을 이루지 못하고 유명을 달리한 쌍뇌천기자를 위해 진한 눈물을 뿌리고 있는 것이었다.

꽈르르릉!

혈적곡은 지진을 만난 듯 뒤흔들렸다.

"으으, 도저히 뚫을 수가 없다!"

"이, 이럴 수가! 우리의 약점을 간파하고 있다니!"

"누군가 우리의 무공 비밀에 대해 알고 있지 않고는 이러한 진세를 펼칠 수 없다!"

마도이십팔수는 땀투성이가 되어갔다. 갖고 있는 모든 수단을 총동원했음에도 진세는 금성철벽처럼 뚫리지 않았다. 달려들면 멀어지고, 움츠려들면 조여오는 진세. 허점만 보이면 무자비한 공세가 퍼부어졌다.

시간이 지나면서 이십팔수는 지쳐 갔다. 내공이 탈진되면서 두 눈에서 흉흉하게 뿜어내던 독광은 흐트러졌고, 그들의 손에 쥐어진 독검에도 땀이 축축이 물들었다.

같은 시각.

무당산 사라봉에도 한 무리의 괴영이 들이닥쳤다.

"우……!"

악마가 부르짖는 듯한 칙칙한 장소성이 나며 열아홉 개의 혈영(血影)이 허공을 가로질렀다. 붉은 옷을 걸친 무사 열아홉 명이 한 줄로 날아가고 있는 것이었다.

"모두 찢어 죽여 영주께서 당한 복수를 하자!"

"철저히 파괴해 버려라!"

열아홉 명은 모두 비슷한 속도로 달렸다. 하나같이 일파의 장문인을 능가하는 경공술인데, 특히 맨 앞에서 검은 머리를 날리고 있는 복면여인의 몸놀림이 가장 능숙했다.

그녀는 십구비위 중 일호인 혈견이었다.

'나의 영주를 감히……! 천기석부를 피로 씻으리라!'

피에 굶주린 악마의 눈처럼 그녀의 눈이 붉게 타올랐다.

십구비위는 모두 강했다. 벌써 닷새째 한숨의 휴식도 취하지 못한 상태였지만, 그들은 절대 피곤한 기색을 나타내지 않았다. 십구비위의 몸 안에는 퍼내도 퍼내도 마르지 않는 내공의 샘물이 있었다. 그것은 바로 구마루가 그들에게 준 것이었다.

얼마를 갔을까?

산봉우리에서부터 도끼로 찍어낸 듯 쩍 벌려진 협도가 나타났다. 협도 가운데에는 장막이 길게 내걸려 바람에 펄럭거렸다. 장막에는 다음과 같은 글이 적혀 있었다.

〈환영한다!〉

누가 썼을까?

십구비위가 다가설 때 쓴 듯 아직 먹물도 마르지 않았다. 누군가 분명 이들이 나타날 줄 알고 있었던 모양이다.

"찢어라!"

일호 혈견이 두 눈에 핏발을 세우고 외치자, 한 사람이 검을 뽑아 내던졌다.

피이잉!

검은 비검분월(飛劍分月)의 절묘한 검초에 의해 허공을 갈랐다. 검은 장막을 찢고 나서 허공에서 방향을 틀었고, 검 주인의 손으로 사뿐하게 날아들었다.

"훌륭하다. 이제 그 솜씨로 백도인들의 목을 자르는 거다!"

"와아아!"

"마종을 암살한 자를 죽여라! 철저히 복수해야 한다!"

십구비위는 성난 야수와도 같이 몰려들어 갔다.

천기석부는 마풍에 의해 두 차례나 유린되는 것일까?

일호는 가장 빨리 날아들었다. 천기석부 안은 텅 빈 듯 보였다. 공성계(空城計)일까? 얼핏 보면 아무도 보이지 않았다.

"흥!"

일호 혈견은 냉소 친 다음,

"저쪽에서 살기가 난다. 각자 흩어져서 가보자."

그녀는 육감으로 한곳을 알아봤다. 그곳은 죽림이었는데 어딘지 모르게 신령한 기운이 일어나고 있었다. 십구비위는 능숙한 잠신술로 다가섰다. 그곳에는 진식이 펼쳐져 있었는데 어찌나 정교한지 피안개가 흐르는 것만 같았다.

얼마를 갔을까? 갑자기 일호의 귀에만 전음이 들려왔다.

"나를 따르겠느냐? 그러면 고개를 끄덕여라!"

"아, 아니?"

일호는 느닷없는 전음에 잠시 멈칫했다.

그러자 다시 전음이 이어졌다.

"훗훗… 자, 내가 있는 곳으로 와라. 그러면 너는 나의 양녀가 되는 것이다. 너는 나를 존경하지 않느냐?"

신비한 목소리는 일호를 유혹하는 목소리였다.

"너는 쓰임새가 많은 아이다. 죽이고 싶지 않다. 어서 내가 이끄는 대로 따라오너라!"

일호가 멈춰 서서 신비한 전음을 듣고 있을 때, 일호를 제외한 십팔위는 모두 죽림 안으로 몸을 날려 들어갔다.

일호는 서 있었다. 그녀는 느낌으로 한 사람이 있음을 알았다. 그리고 그가 누구인지도 곧 알 수 있었다.

그녀가 가장 무서워한 인물. 한때 그녀의 영혼마저 지배했던 인물.

바로 혈루대호법 혈수광마옹이었다.

"혈루대호법… 죽, 죽지 않았군. 속임수였을 뿐이야. 그렇다면 내게 준 두루마리는……?"

일호는 휘청거렸다.

"그렇다. 나는 단지 은신을 했을 뿐이란다."

능설비의 예측대로 유리한 시기를 잡은 것일까? 혈수광마옹은 능설비가 부상을 당했다는 소문이 나는 순간 그 모습을 나타냈다.

일호의 눈빛이 갑자기 달라졌다. 그녀는 입술을 조금 달싹였다. 그녀의 입술 사이에서 떨리는 목소리가 흘러나왔다.

"더, 더러운 배신자! 일단 일을 처리한 다음 너를 죽인다!"

일호가 침을 퉤 뱉으며 욕설을 퍼붓자,

"으으, 저년이!"

몸을 감추고 있는 혈루대호법이 이를 빠드득 갈았다.

"나는 구마령주의 가장 믿음직스러운 부하이며 구마령주 앞에서만 옷을 벗는 특권을 지닌 일호 혈견이시다. 나는 주인을 해한 자들을 모두 물어뜯어 죽이기 위해 달려온 것이다."

혈견 일호는 피구름 덩이로 몸을 감싸며 죽림 안으로 날아들어 갔다.

그녀는 빠르게 죽림 안으로 모습을 감춰 버렸다. 그녀가 사라지자 어둠 속에서 한 사람의 그림자가 불쑥 나타났다.

놀랍게도 나타난 사람은 운리신군이었다.

삼뇌자로 불리며 백도를 구원할 영웅으로 떠오른 그의 진면목은 어처구니없게도 마의 한 부분이었다. 혈수광마옹은 유리한 시기를 잡지 않았다. 스스로의 힘으로 유리한 시기를 만들어 그 모습을 나타낸 것이다.

광기에 번들거리는 눈으로 그는 일호가 사라진 곳을 응시했다.

"우라질 년, 키워준 공도 모르고 감히 나를 배반하다니. 그것도 부족하여 나를 배반자라고? 좋다, 네년 따위는 잊겠다. 네년을 심복으로 쓰려 했던 마음은 내 일생일대의 착각이었음을 이제 알았다."

그는 길게 숨을 들이마셨다. 끓어오르던 마음을 진정시키자 그의 모습은 운리신군으로 되돌아와 있었다.

그는 품 안에서 신호용 화탄 하나를 꺼내더니 하늘 높이 던져 올렸다.

펑!

화탄이 백색의 폭화를 피워내며 터졌다.

직후, 사방에서 요란한 함성이 울려 퍼졌다.

"운리신군께서 신호를 보내셨다!"

"쌍뇌천기자께서 남겨두신 무저갱을 열어라!"

"마도를 섬멸하라!"

이곳저곳에서 소리가 나더니, 쾅쾅쾅! 동시에 세 곳에서 폭음이 나며 화룡(火龍)이 죽림을 뒤덮었다. 순간적으로 모든 것이 불에 휘감겼다. 어디 그뿐이랴. 엄청난 진동음과 함께 죽림이 모조리 땅 속으로 허물어져 버리는 것이 아닌가!

"흐윽, 죽림이 함정이라니!"

무너져 내리는 죽림 안에서 일호의 자지러지는 목소리가 터져 나왔다.

"나가자!"

"허공을 밟고 날아올라라!"

비위들의 급박한 목소리도 함께 터졌다.

그러나 허공도 이미 가로막힌 상태였다. 수천, 수만의 독탄과 화탄이 비 오듯 쏟아지며 허공을 새까맣게 뒤덮고 있었다.

모든 것이 허물어졌다. 천기석부가 무너져 내렸듯이 주위의 모든 것이 붕괴되고 말았다. 천기석부가 있던 자리는 본시 거대한 지하 동굴이었다.

"언제고 이것을 쓸 날이 있으리라."

죽은 쌍뇌천기자는 생시에 동굴 위에 흙을 뿌렸고, 그 위에 대나무를 심으며 말했었다. 그리고 그것이 지금 그의 계산대로 유효적절하게 쓰인 것이었다.

하지만 무림 천하를 좌지우지할 대풍운은 이제부터인 듯했다.

만화지.

온옥(溫玉)으로 된 침상 위에 누워 있는 젊은이가 있었다. 그는 벌거벗은 상태였다. 배 위로 피로 물든 천이 놓여 있었고, 전신 요혈에는 백팔 개의 금침이 꽂혀 있었다.

그리고 청년에게 눈을 떼지 못하는 세 사람.

만리총관, 만화총관, 그리고 황금총관. 그들은 망연자실한 표정이 되어 간간이 한숨 소리만을 낼 뿐이었다.

'모두 내 불찰이다. 황궁에 간 사이 이런 일이 벌어지다니… 장차 영주를 무슨 낯으로 뵌단 말인가.'

만리총관은 능설비의 명으로 황궁에 가서 황제의 고독을 치료하던 중 비보를 접했다. 황금총관을 대동하고 서둘러 돌아왔으나 능설비는 차도를 보이지 않았다.

오랜 침묵을 깨고 누군가 먼저 말을 꺼냈다.

"이제는 길이 없소!"

"그렇소. 가능한 한 모든 방법을 다 썼소. 천하의 신의들이 갖고 있는 모든 신기한 의술을 다 동원했소."

"휴우! 황궁비고에서 구룡내단으로 만든 영단을 훔쳐 오기까지 했는데, 그리고 나의 아들 진옥이가 불사에 가서 기원까지 하는데……."

세 명의 총관은 거의 열흘을 뜬눈으로 밤을 새웠다.

냉월의 공격을 받고 쓰러진 능설비는 여전히 혼수상태였다. 가늘게 몰아쉬는 숨이 없었다면 관 속에 누웠을지도 몰랐다. 그는 그 간 백 종의 영단을 먹었다. 그중 반은 그를 위해 새로 만들어진 것 들이었다. 그것도 부족하여 그는 온갖 대법을 시술받았다.

봉황무극심법, 소녀진령사공, 만묘구백술, 묘강의 제독술 등등. 거기다가 온갖 침법도 사용됐다.

생사의 침술, 회천침법, 헌원해독침 등 의서에 나와 있는 온갖 방법이 동원되었지만 능설비는 여전히 깨어나지 못했다.

정녕 그는 이대로 숨을 거둘 것인지?

무거운 정적만이 감도는 실내는 모든 것이 멈춰진 듯했다.

얼마나 시간이 흘렀을까?

월동창을 타고 넘어온 달빛이 부드러운 여인의 눈빛처럼 능설비의 얼굴을 핥았다.

"으으… 음!"

한순간 언제까지 의식을 회복하지 못할 것 같던 능설비가 나지막한 신음 소리를 내며 몸을 뒤틀었다. 직후 그의 요혈에 박혀 있던 금침이란 금침이 모두 튕겨져 나가는 것이 아닌가?

갑작스런 상황에 세 총관이 놀란 눈을 치켜뜬 채 능설비를 바라보았다. 그들의 놀람은 곧 격정으로 물들어갔다.

"아아!"

"역시 불사조시오. 무상지독이 창자를 썩혔을 정도인데도 살아나시다니!"

"내가 뭐랬소. 영주께서는 꼭 사신다 하지 않았소?"

세 총관은 능설비가 깨어나자 기쁨을 감추지 못했다.

능설비는 신음 소리를 내고 일어나 앉더니 두 손을 한데 합했다. 그의 표정은 엄중한 부상을 당했음에도 몹시 장엄했다.

노총관들은 능설비에게 다가서다가 멈칫했다.
"도울 수 없는 순간이오."
"우리는 호법으로 만족해야 하오."
"자아, 노부는 나가서 영주께서 깨어나시면 드실 약탕이나 마련하리다."
세 총관은 열흘 이상 잠도 제대로 못 자고 능설비의 곁을 지키느라 퍽이나 피로한 상태였다. 특히 만화총관은 고심이 지나친 나머지 머리카락이 다 빠져 버린 상태였다. 그러나 능설비가 깨어남으로 해서 그들의 피로는 일시에 씻은 듯 가신 것이다.
얼마나 지났을까? 능설비는 복부에 통증을 느끼며 의식을 되찾았다. 그는 운기행공조차 무의식적으로 한 것이었다.
"으음, 어찌 된 일이오?"
그는 의식을 회복하며 맨 먼저 망막에 비쳐드는 만화총관을 보고 물었다.
"사교의 복상비탄이었습니다."
만화총관은 말을 하면서도 감격의 눈물을 주르르 흘렸다.
고통이 엄습하는지 능설비가 미간을 찌푸렸다.
"복상비탄을 아는 백도인이 있다니……."
그는 구마루에서 읽은 책 구절을 생각했다. 껍데기가 낡아빠진 책이었던가? 그 안에 다음과 같은 글이 적혀 있던 것을 본 기억이 났다.

〈복상비탄은 고금 최고의 암기이다. 뱃속에 감춰둔 독탄을 혼원진기로 발출하면 금강불괴나 만독불침의 몸뚱이도 견디지 못할 것이다. 복상시(腹上屍)를 만드는 비탄은 그것을 시전하는 자의 목숨도 앗아간다. 저주를 불러일으키는

수법이니 불공대천의 원수가 아니면 쓰지 마라.〉

쓰이는 것조차 금기인 수법. 그것은 의당 두 사람을 죽인다. 쓰는 사람과 당하는 사람 양쪽 모두 죽는 수법이 바로 복상시를 만드는 암기술이었다.

"냉월은 어찌 되었는가?"

능설비가 다시 묻자, 만리총관이 조금 격앙된 음성으로 말했다.

"그렇게 독한 년은 처음입니다. 이가 부러졌는데도 혀를 깨물었습니다. 겨우 살려놓았지만… 얻은 건 하나도 없습니다."

"아직 살아 있나?"

"예!"

"끌고 오너라!"

능설비의 명령이 떨어지자 만리총관이 절을 하고 물러나갔다. 만리총관이 나가자 만화총관은 능설비에게 옷을 걸쳐 주었다.

능설비는 그녀의 얼굴을 보았다. 그녀는 두려워 떨고 있었다. 능설비는 갑자기 웃었다. 소리없는 웃음이었다. 만화총관이 깜짝 놀라는데 능설비의 손이 그녀의 주름진 손을 잡았다.

"나는 노총관을 밉게 여기지 않소."

"정, 정말이십니까? 속하를 원망하지 않으십니까?"

능설비의 따뜻한 한마디에 만화총관의 눈시울이 붉어지며 금방이라도 눈물을 쏟을 것 같았다.

"하핫, 나는 이렇게 웃고 있지 않소? 그러니 다시는 이번 일을 머리에 담지 마시오. 며칠이 지났는지 모르나 정말 모양이 망가졌소."

"흐흑!"

결국 만화총관은 눈물을 쏟고 말았다. 자신의 마음을 알아주는 능설비가 한없이 고마웠기 때문이다.

능설비가 측은한 시선으로 바라보다가 입을 열었다.

"내가 얼마 후 새로운 주안공을 전수하겠소. 그것을 익히도록 하시오."

"영주의 은혜가 이리 깊으시니 감읍할 따름입니다."

"천만에. 나는 마도를 위해 총관을 용서할 뿐이라오."

능설비는 다시 냉막해졌다. 그러나 그는 그의 가슴에 마성이 아닌 어떤 열류가 흐르고 있음을 쉽게 알 수 있었다.

마종답지 못한 점, 그것이 바로 마종 능설비를 더욱 존경받게 하고 있으니 매우 신기한 일이었다. 마도도 인간의 범주는 벗어나지 못하기 때문이리라.

이각이 지났다.

끼익 소리를 내며 방문이 조금 거칠게 열리더니 만리총관이 검은 끈을 쥐고 들어섰다. 아니, 그것은 끈이 아니었다. 그것은 여인의 머리채였다.

냉월, 그녀가 만리총관에게 머리채를 잡혀 방 안으로 끌려 들어오고 있었다.

능설비는 태사의에 앉아 그녀를 맞이했다. 냉월의 참담한 몰골을 대하자 그는 미간을 찌푸렸다.

'모질게 대했으리라 짐작은 했지만 너무 심하게 다뤘군.'

그리도 아름답던 여인, 철골빙심의 능설비를 흔들어놓았던 냉염하던 그녀는 지금 여인이 아니었다. 한마디로 일대 흉물이라 표현해야 옳을 것이다. 마치 황성 안에 숨어 살던 소로 공주를 보는 듯했다. 얼굴은 짓이겨지고 곱던 피부는 성한 곳을 한 군데도 찾아볼 수 없었다. 그녀의 얼굴이 태상마종 능설비를 홀렸다고 옥접이 얼굴을 짓이겨 놓은 것이었다.

그리고 그녀는 여인으로서 의당 가져야 할 풍성한 젖가슴을 갖고 있지 못했다. 그녀의 가슴을 그렇게 만든 사람은 만화총관이었다.

그녀의 살색은 희지 못했다. 칼로 북북 그어버린 듯 상처투성이었다. 칼질을 한 사람도 만화총관이었다.

냉월, 그녀는 정말 기구한 운명의 여인이었다. 그녀는 수십 가지 다른 종류의 고문을 받고도 정신을 잃지 않았다. 그녀는 흐릿한 초점이나마 여전히 눈을 뜨고 있었다.

아쉬운 것은 그녀가 진짜 벙어리가 되었다는 것이다. 혀를 자른 사람은 그녀 자신이었다. 비밀을 누설할까 두려운지, 아니면 고문이 가해질 것을 알았는지 잡히자마자 혀를 깨문 것이었다.

그녀의 등장으로 인해 방 안의 공기가 다소 심각해졌다.

만리총관은 다짜고짜 냉월의 가슴을 밟았다.

"크으으!"

냉월의 입술이 벌어지며 검붉은 핏물이 주르르 흘러나왔다.

"바로 이년입니다."

만리총관이 아직도 분노가 가시지 않는 듯 씩씩거리며 말했다.

"쯧쯧."

그 모양을 지켜보던 능설비가 갑자기 혀를 끌끌 찼다. 그러자 만리총관과 만화총관이 능설비의 태도가 이해가 가지 않는다는 듯 얼떨떨한 시선으로 바라보았다.

능설비가 소매를 가볍게 흔들었다. 그러자 만리총관이 주르르 뒤로 서너 걸음 밀려나갔다.

만리총관이 더욱 이해할 수 없다는 듯 눈을 동그랗게 뜨자 능설비가 입을 열었다.
"냉월은 실로 용감한 여인인데 어이해 박대하는가. 그대들이 너무 심하게 다루었어."
"네에?"
"속, 속하들이 너무 심하게 다루다니오? 말도 아니 됩니다. 저 계집은 사분오시를 해도 시원치 않을 것입니다."
능설비가 자신을 해하려 했던 냉월을 오히려 편들어주자 두 총관은 기가 막혀 입을 다물지 못했다.
냉월도 이상한 듯 초점 흐린 시선으로 능설비를 바라보았다. 능설비는 웃고 있었다. 그는 의자에서 일어나 냉월의 곁으로 다가갔다.
"네가 오는 사이 곰곰이 생각해 보았다. 그리고 결국 네가 누구인지 알게 되었다."
"……!"
냉월은 대꾸를 하지 않았다. 그저 풀어진 동공으로 능설비가 하는 양을 지켜볼 뿐이었다.
능설비의 입술 사이에서 흐윽한 음성이 흘러나왔다.
"그리고 너의 뒤에 대환환역체공(大幻幻易體功)의 주인공이 있다는 것도 알게 되었다."
"음!"
냉월의 흐린 눈빛이 잠시 흔들리더니 나직한 신음 소리를 냈다.
"대환환역체공은 마도 수법인데?"
"그럼 이 계집의 용모는 꾸며진 것이었습니까?"
"아아, 어쩐지……!"

세 총관은 능설비의 말에 혀를 내둘렀다. 전혀 눈치채지 못한 냉월의 감춰진 모습을 능설비가 알아내자 탄복을 거듭했다.
 "내 생각이 틀림없다면 너는 바로 화빙염이 맞을 것이다."
 능설비는 냉월을 노려보았다.
 능설비의 입에서 화빙염이라는 말이 나오자 냉월의 눈빛이 심한 동요의 파장을 일으켰다. 과연 그녀는 신녀곡의 화빙염이었던 것이다.
 운리신군에 의해 냉월로 변한 비운의 여인.
 화빙염의 눈빛이 점차 적개심으로 불타오르기 시작했다. 원수를 지척지간에 두고도 처단하지 못하는 그런 분노의 눈빛이었다. 그러나 어찌하랴. 그녀는 지금 원수를 갚기는커녕 자신의 몸 하나도 돌볼 수 없는 처지인 것을.
 그녀는 턱을 덜덜 떨며 피눈물을 방울방울 떨어뜨렸다.
 능설비의 가라앉은 목소리가 그녀의 고막을 파고들었다.
 "자신을 망치는 계략에 몸을 던질 정도로 내게 원한이 깊은 사람은 많지 않다. 그리고 그중 눈빛이 너와 같은 사람은 하나뿐, 바로 신녀곡의 화빙염뿐이다."
 능설비는 말과 함께 그녀의 손을 잡았다. 차가운 손짓은 아니었다. 오히려 인간의 따뜻한 체온이 느껴지는 다정한 손짓이었다. 왜일까? 비정하고 잔혹하기 그지없는 구마령주가 왜 이런 행동을 취하는 것인가?
 하지만 그 누가 능설비의 마음을 알겠는가?
 '나는 안다, 누가 이 여인을 씻을 수 없는 업(業)의 나락으로 떨어뜨렸는지. 그런 계략을 짜낼 수 있는 사람, 그리고 내가 어떤 유의 여인을 좋아하는 것까지 아는 사람, 바로 그밖에는 없다. 그의

혈수가 드디어 나를 노리기 시작한 것이다.'
능설비는 한 사람의 얼굴을 떠올렸다.
죽음의 그늘로 숨어버린 사람, 마도의 천기자로 불렸던 사람.
그는 혈루대호법 혈수광마옹이었다.

대풍운의 장막

 능설비는 부드러운 손길로 화빙염을 안아 일으켰다.
 "너는 이제 무림인이 아니다. 그러니 내가 너를 해칠 이유는 없다. 나는 네게 온갖 향유를 발라주어 너의 피부가 다시 부드러워지도록 해줄 것이다."
 화빙염을 바라보는 능설비의 눈에서 애잔함이 느껴진다.
 동정의 시선이 괴로운 듯 화빙염은 몸서리쳤다. 껴안은 손길 또한 역겨웠다.
 "으으!"
 그녀가 능설비의 손길을 거부하려는 듯 몸을 뒤틀었다. 그러나 그것은 그녀의 의사에 불과할 뿐 능설비의 억센 손 안에서 빠져나온다는 것은 쉽지 않았다.
 "그다음 너를 온갖 영약이 가득 든 상자를 멘 시종 열 명을 딸려서 돌려보내 주겠다."

점점 놀라운 말이 능설비의 입에서 흘러나왔다.

능설비는 지금 화빙염을 칙사 취급하는 것이었다. 사실 그녀는 능설비에게는 칙사라 할 수 있었다.

'이놈! 내가 있음을 아느냐?'

능설비에게 그렇게 외치는 사람이 있었다.

자결한 척 소문을 내놓고는 홀연히 사라져 버린 자. 능설비는 화빙염으로 인해 그자의 정체를 알아버린 것이었다. 화빙염에게 잘 대해주는 것은 그에 대한 보답이라 할 수 있었다.

"……!"

화빙염은 눈물만 주룩주룩 흘렸다.

그녀는 자신이 양대 거마의 암투극에 이용당했다는 사실을 짐작조차 못했다. 그것은 비단 화빙염뿐만이 아니었다. 백도나 마도의 거의 모든 사람이 운리신군이라 자처한 혈수광마옹의 농간에 놀아나는지도 모르는 일이었다.

'아아, 너무도 철저하고 허물어지지 않을 무서운 자!'

화빙염은 능설비의 대범함에 소름이 일었다.

죽기를 각오했는데 치료하고 돌봐주라는 그 말이 그녀를 오히려 비참하게 만들었다.

비록 부상을 당했지만 능설비는 이전보다 더 강해 보였다.

복수를 위해 얼굴도 버리고 몸도 버렸는데 원수는 여전히 건재했고, 자신은 여인의 상징조차 갖지 못한 비참한 신세로 전락해 버렸으니……. 화빙염은 모든 것에서 벗어나려는 듯 눈을 질끈 감았다.

"잘 보살펴 주시오, 총관."

능설비는 화빙염을 만화총관에게 인계했다.

"정말 모르겠습니다, 영주의 속마음을."

만화총관은 진정 알 수 없다는 듯 고개를 절레절레 내두르다가 화빙염을 데리고 밖으로 나갔다.

다소 물기를 머금은 습한 바람이 불어오는 후텁지근한 밤이었다.

능설비는 오랫동안 정좌한 채 운기행공을 했다. 수련은 먹고 자는 것 이상으로 친숙한 일과. 중상을 입고도 기적적으로 살아난 건 구마루의 수련이 너무도 철저했기 때문이다. 어찌 생각하면 혈수광마웅과의 악연이 그를 되살아나게 한 건지도 모르는 일이었다.

그는 길게 숨을 토해낸 다음 지그시 감고 있던 눈을 떴다. 우선 내공의 상태를 점검해 보았다. 단전에서 용솟음치는 힘이 느껴졌다.

'내공의 칠성 정도는 깨어났다. 그리고 보름 안에 다시 내공이 모두 일어날 것이다. 어쩌면 전화위복이 되었을지도.'

그는 예의 신비한 미소를 입가에 지었다.

그때였다.

휙 하는 파공성이 일며 능설비의 고막을 건드렸다.

지금 능설비가 있는 곳은 표비장 한가운데였다. 표비장에는 천명의 고수가 상주했다. 외곽에 포진한 무사도 오백이 넘는다. 표비장을 중심으로 한 일천 장 이내에는 마도고수만이 머물러 있었다.

가벼운 파공성으로 미루어 빠르게 다가서는 자는 분명 마도고수일 것이다.

"큰, 큰일이오!"

문밖에서 누군가 급히 말하는 소리가 났다.

"영주께 급히 알려야 할 일이오!"
 방금 다가선 자의 거친 호흡 소리가 능설비의 귀에까지 확연히 들리는 것으로 보아 꽤 먼 거리를 달려온 듯싶었다.
 "영주께서는 운기행공 중이시오, 순찰호법."
 만리총관의 음성이 들리고,
 "무슨 일이신가?"
 황금총관의 음성도 들려왔다.
 "손에 든 쪽지는 뭐요? 어디서 비합이 날아왔소?"
 마지막으로 만화총관이 질문하는 소리가 났다.
 능설비는 얼른 금색 면구를 썼다. 그리고는 목청을 가다듬고 밖을 향해 입을 열었다.
 "들게 하라. 나는 깨어 있다."
 "벌, 벌써……!"
 능설비의 음성을 듣고 밖에서 놀라는 소리가 났다.
 능설비는 칠 주야 예정으로 운기행공에 들었는데, 하루 만에 운기행공을 마쳤으니 그들로서는 놀랄 수밖에 없었다.
 문이 열리며 순찰호법이 들어섰다. 순찰호법은 과거 무정신마라고 불리던 사람이었다. 그는 능설비의 손길이 닿을 만한 거리에까지 다가와서는 떨리는 손을 쳐들었다.
 "이것입니다."
 그의 손바닥에는 쪽지 한 장이 쥐어져 있었다.
 능설비는 쪽지를 건네받은 다음 천천히 읽어 내려갔다.
 쪽지의 안에는 다음과 같은 글귀가 적혀 있었다.

 〈혈적곡 앞에서 마도이십팔수의 수급을 효시하여 백도들의 망령을 위로하

는 제사가 거행될…….〉

실로 충격적인 내용이었다.
그러나 능설비는 놀라지 않았다. 표정 하나, 눈빛 하나 흔들리지 않았다.
'이십팔수가 당했다는 것은 이미 짐작하고 있었던 일이다.'
그는 미동도 하지 않았다. 오히려 쪽지를 들고 호들갑을 떤 무정신마가 무안할 정도였다.
능설비는 가느다란 미소마저 지으며 순찰호법을 향해 지시를 내렸다.
"이십팔수의 유족들에게 황금 십만 냥씩을 전하라. 그리고 그들의 후예나 친구 중에서 스물여덟을 다시 골라라."
"……?"
순찰호법이 이해가 가지 않는다는 듯 눈만 껌벅거리자 능설비가 설명을 덧붙였다.
"한 시진 안에 새로운 마도이십팔수를 만드는 것이다."
"아아, 그럼 영주께서는 이미 그들이 죽는다는 것도 아셨단 말씀입니까?"
순찰호법이 능설비의 깊은 지략에 탄복을 금치 못하자,
"나는 사실 천기석부 쪽을 우려하고 있다."
능설비의 입에서 뜻밖의 말이 흘러나왔다. 그것은 순찰호법에게도 뜻밖이었다.
능설비의 표정에 언뜻 어두운 빛이 스쳐 갔다.
"이십팔수는 내가 쓰러졌기에 어쩔 수 없이 희생된 것이다. 그러나 십구비위는 이십팔수의 전철을 밟아서는 안 된다. 절대 쓰러져서는 안 된단 말이다. 변절해서도 아니 되고!"
"그들은 절대 변절하지 않을 것입니다."
"가봐라. 나 혼자 궁리할 것이 있으니까."
능설비는 나직한 어조로 순찰호법을 물리쳤다. 그는 능설비의 지시가 떨어지자 얼른 밖으로 나갔다.
호젓한 방 안에는 능설비 혼자만이 남게 되었다.
고독은 구마루의 수련 때부터 그의 오래된 친구였다. 지금 그의 머릿속에는 스무 명의 얼굴이 떠올랐다. 자신을 가장 잘 알고 있다고 생각되는 혈루대호법 혈수광마옹과 그에게 온갖 충정을 다 바치는 일호를 비롯한 십구비위.
신분과 지위가 다를 뿐 그들은 하나였다.
'혈수광마옹이 백도의 칼을 빌어 나를 쳤으니⋯ 백도는 그자의 수중에 떨어졌다고 봐야 한다. 그렇다면 앞으로의 싸움은 백도와의 싸움이 아니라 마마대전이다.'
능설비의 눈빛이 점차 강렬한 빛을 발하기 시작했다.
'마도의 틀을 만든 자가 백도를 움켜쥐었으니 모든 걸 바꾸지 않으면 당하기 쉽다. 나를 누구보다 잘 알고 있는 자다. 절대 내 앞에 나타나지 않을 것이니 죽이기도 쉽지 않다. 그자로 인해⋯ 마도의 원대한 꿈은 영원히 이루어지지 않을지도 모른다. 그것을 이루기 위해서는 십구비위가 필요하다. 십구비위가 건재하다면⋯ 혈수광마옹 따위는 무시해 버려도 돼.'
그는 어둠 속에 꼼짝 않고 앉아 한곳만을 뚫어져라 쏘아보았다. 밤은 점점 밀도 높은 어둠으로 만물을 적요 속으로 몰아가고 있었다.

어느덧 뿌연 여명 속에 새벽이 움터오고 있었다. 청량한 느낌을 주는 아침이었다.

그때 갑자기 부랴부랴 석전을 향해 들이닥치는 사람이 있었다. 역시 순찰호법이었다. 그는 이번에도 손에 쪽지 한 장을 들고 있었다. 그는 저지를 받고 몸수색을 당한 다음에야 능설비 앞에 섰다.

"이, 이것을 어찌 전해야 할지……."

순찰호법은 선뜻 쪽지를 내밀지 못하고 무척 주저하며 땀을 비오듯 흘렸다.

"어서 다오."

능설비가 손을 내밀자,

"아아, 차마……."

순찰호법은 능설비가 재촉하자 더 이상 지체하지 못하고 쪽지를 바쳤다.

쪽지에는 다음과 같은 글이 적혀 있었다.

〈천기석부에 설치된 무저갱 함몰… 십구비위는 몰살된 것으로 추정됨.〉

다급한 상황에서 썼는지 알아보기 힘들 정도로 흘려 쓴 글씨였다.

능설비의 안색이 일순 굳어졌다. 그는 한동안 쪽지만 바라볼 뿐 아무런 반응도 보이지 않았다. 이대로 굳어버린 듯, 침묵은 꽤 오랫동안 지속되었다. 그의 심기를 아는 듯 일대에 운집한 무사들 역시 움직임을 멈췄다. 표비장 주변은 시간마저 정지한 듯 침묵만이 자리했다.

'십구비위를 몰살시키다니… 내가 생각했던 그 이상이다. 아니,

길렀기 때문에 죽일 수 있었겠지. 그들을 너무도 잘 알았으니 내가 당한 것처럼 빠져나가지 못할 함정을 파놨을 테지. 어쩌면 그자와 내통한 자가 있을지도 모른다.'

능설비의 눈에서 혈망이 일어났다.

그는 정말 분노했다. 강호에 나온 이후 가장 큰 분노라 할 수 있었다. 아니, 과거 구마루에서 마성에 대한 분노를 느낀 이후 처음 일어나는 분노였다.

그리고 차츰 그의 얼굴은 평온을 찾아갔다.

'후후… 결국 나는 여전히 혼자란 말이군.'

사라봉 기슭.

천기석부가 내려다보이는 곳에 지은 지 얼마 되지 않은 모옥이 세워져 있다. 근처의 돌을 가져단 만든 기단 위에 올려진 토담은 구멍이 숭숭 뚫릴 정도로 엉성했고, 지붕은 간신히 빗물을 피하는 수준이었다.

모옥 안.

집기는 나무를 잘라 만든 사각형의 탁자와 볼품없는 침상이 전부였다.

운리신군은 느긋한 태도로 향차 한 잔을 즐기는 중이었다.

'하여간 대단한 놈이 아닌가. 복상비탄을 맞고도 그렇게 빨리 회복할 줄이야……. 적어도 반년은 누워 있을 줄 알았더니. 내가 키우기는 잘 키웠어.'

그의 눈빛은 스치기만 해도 베일 것 같은 칼날처럼 삼엄했다.

"고얀 놈! 날 물어뜯지만 않았어도… 말년에 다른 자의 껍데기를 뒤집어쓰고 다니는 수고는 덜었을 것이 아닌가. 모든 건 네놈으로 인해 벌어진 일, 십구비위를 잃은 건 다 네놈이 나를 배신했기에 벌어진 일이야. 이제 네놈이 그 책임을 져야 해, 바로 네놈의 피로."

그는 중얼거리다가 눈을 스르르 감았다.

'서두르자. 영악한 놈이니 지금쯤 내가 배후에 있음을 눈치챘을 터, 머뭇거리다간 놈에게 다시 물릴 수밖에 없어.'

이미 계획은 완벽히 세워졌다. 돌발적인 변수만 없다면 구마령주는 반드시 죽게 된다. 그는 만에 하나 있을지 모를 허점을 찾고 또 찾았다.

얼마 후, 밖에서 누군가 다가서는 기척이 났다.

"아버님!"

여인의 낭랑한 음성이 들리자 운리신군은 감고 있던 눈을 스르르 뜨며 문 쪽을 향해 입을 열었다.

"설루냐? 어서 들어오너라. 여태껏 너를 기다리고 있었다!"

운리신군이 반색을 했다.

끼익! 방문이 열리며 상복 입은 여인이 걸어 들어왔다. 바로 주설루였다. 그녀는 전에 비해 말라 보였다. 그러나 타고난 미색은 여전했다.

그녀는 모옥 안으로 들어서며 운리신군에게 절을 했다.

백도의 새로운 희망으로 떠오른 운리신군. 그는 지금 무림지부(武林之父)라고 불리고 있었다.

전 백도의 아버지. 무림을 통틀어 가장 존경스러운 용어가 아니겠는가? 주설루는 얼마 전 운리신군을 양부로 모시는 결연식을 가진 바 있다.

운리신군은 수양딸을 보며 몹시 흡족해했다. 얼굴 가득 인자한 미소를 지으며 말을 열었다.
"네 고생도 머지않았구나, 설루야."
"고생은 아버님이 하셨지요. 저는 아버님이 세우신 계획을 따라가지 못할까 늘 노심초사하고 있습니다."
주설루는 쑥스러워하다가 품 안에서 주머니를 꺼내 운리신군에게 내밀었다.
"분부하신 대로 아버님께서 나누어 주신 옥편을 거둬왔습니다."
"어디 보자!"
운리신군은 주머니를 받은 다음 탁자 위에 그 안에 담긴 물건을 끄집어냈다. 주머니 안에서 나온 물건은 작은 옥 조각이었다. 대략 백 개 정도. 앞면에는 숫자가 새겨져 있었고 뒷면에는 지흔이 남겨져 있었다.
옥조각은 단순한 물건이 아니었다. 그것은 금강철옥이라 불리는 것으로, 강철보다 단단하기에 그 위에 지흔을 남기려면 강력한 내공의 뒷받침이 있어야 하는 것이다.
'흠!'
운리신군은 안력을 돋워 지흔을 하나씩 살피기 시작했다.
얼마 후, 운리신군은 옥편 중에서 세 개를 골랐다. 다른 것과는 현격하게 차이가 나는 옥편이었다. 세 개의 옥편에는 다른 것에 남겨진 지흔보다 깊은 지흔이 새겨져 있었다.
'여기 지흔을 남긴 사람들의 내공은 다른 사람들에 비해 강한 내공을 갖고 있으리라.'
세 개의 옥편을 바라보는 운리신군의 입가에 흡족한 미소가 떠올랐다.
칠, 십오, 이십팔이라는 숫자가 새겨진 옥편.

운리신군은 품속에서 명단을 꺼내 펼치며 옥편의 숫자와 대조하기 시작했다.

'칠번이라……. 역시 건곤금령자답군.'

운리신군은 명부의 번호와 옥편의 숫자를 대조해 본 다음 고개를 끄덕였다. 건곤금령자는 전진파 장문인으로 한때 무림의 육대 지주로 불리던 사람이다.

'건곤금령자라면 삼재진의 일각이 되기에 충분하지.'

그는 다시 책장을 뒤적였다. 그의 시선이 십오라는 숫자에 머물렀다.

곤륜파 상취 도장이라는 이름이 숫자 옆에 나란히 적혀 있었다.

'역시!'

운리신군은 의미심장한 미소를 지었다.

이제 남은 숫자는 하나였다. 이십오.

대체 어떤 사람이 이십오 번일까? 그리고 운리신군은 대체 무슨 속셈에서 그런 일을 하는 것일까?

〈이십오 신품소요객.〉

명부에는 그렇게 적혀 있었다.

운리신군은 이십오 번 곁에 적힌 이름을 보고 적이 놀랐다.

"대단한데? 가장 깊은 지흔을 남긴 사람이 신품소요객이라니."

그가 놀라워하자,

"그분은 과거 인형설삼 반 뿌리를 드셨지요. 그래서 내공이 지극히 강한 것이랍니다."

주설루가 슬쩍 귀띔해 줬다.

"흠, 그런 기연이 있었던가?"

운리신군은 중얼거리다가 그윽한 시선으로 주설루를 응시했다. 그의 눈빛은 깊이를 알 수 없을 정도로 아주 신묘했다. 아늑하면서 황홀한 느낌. 주설루는 그 기묘한 느낌에 빨려들어 넋을 잃을 때가 한두 번이 아니었다.

운리신군은 눈빛으로 무엇인가를 그녀에게 심어주었고, 주설루는 꿈꾸는 듯한 표정으로 그를 바라보았다.

잠시 후, 운리신군은 품에서 양피지 세 장을 꺼내 주설루에게 내밀었다.

"이것을 세 개의 옥편에 지흔을 남긴 자들에게 전해주어라."

"예."

주설루는 운리신군에게서 양피지를 건네받았다.

〈천(天) - 건천만해(乾天萬解).〉

〈지(地) - 지중대혼(地中大魂).〉

〈인(人) - 영세불멸(永世不滅).〉

양피지 위에는 검술의 구결 같기도 하고 장초와 같기도 한 글이 적혀 있었다. 하지만 그것은 오묘한 내가 구결이었다. 세 장의 양피지가 합해지면 비로소 하나의 진세가 이루어지는 것이다. 대삼재항마진(大三才降魔陣)으로 운리신군 덕에 무림에 나타난 진세라 할 수 있었다.

주설루는 진식 구결을 살펴보다가 미심쩍은 표정을 지으며 운리신군을 바라보았다.

"이것만으로 구마령주란 자를 막을 수 있을까요?"

그녀는 조금 불안하다는 표정이었다.

운리신군이 의미심장한 눈빛을 하고 반문했다.

"너는 어찌 여기느냐?"

"진세가 변화무쌍하고 강하기는 합니다. 하지만… 구마령주를 상대하기에는 부족한 것 같아요. 이 정도로는 십 초도 견디지 못할 듯합니다."

주설루가 미간을 약간 찌푸리며 자신이 생각하고 있던 의견을 밝히자,

"헛헛, 진식을 한눈에 간파하다니… 역시 쌍뇌천기자의 제자는 다르군. 네가 본 그대로이니라."

운리신군이 소탈하게 웃으며 수긍하는 것이었다.

"그럼 제 말대로 대삼재항마진으로도 구마령주에게는 십 초도 버티지 못한단 말씀이십니까?"

"그렇다."

"그, 그럼 어찌 되는지요?"

주설루가 걱정스런 얼굴로 묻자 운리신군은 자신있는 어조로 대답했다.

"걱정 마라. 내가 일전에 말한 대로 혈적곡의 제전이 놈의 장례식이 될 테니까. 대삼재항마진 정도로 내가 자신만만하게 말하겠느냐. 그들 셋은 대삼재항마진 외에 몇 가지를 더 갖고 구마령주와 싸우게 될 것이다."

운리신군의 입가에 미묘한 미소가 떠올랐다. 그는 무엇을 계산하고 있는 것일까? 그것은 바로 앞에 있는 주설루조차도 그 속을 헤아리지 못했다.

운리신군이란 자의 껍데기를 벗기고 그의 속마음을 밝힐 사람은

세상에 하나도 없을 것이다.

주설루는 호기심을 느끼는 듯 눈빛을 반짝이며 운리신군에게 물었다.

"어떤 신묘한 것인지요?"

"일컬어 이독제독이라는 것이다. 독은 독으로써 제거한다는 뜻이지."

"이독제독이라고요?"

주설루는 운리신군이 제시한 방법이 의외라는 듯 두 눈을 동그랗게 떴다.

"후훗, 마물로 마물을 치는 것이지. 구마령주란 놈이 한 짓을 생각해 봐라. 이제 와서 그놈을 제거하는 데 대체 무엇을 가리겠느냐?"

"하, 하긴 그렇습니다만……."

주설루는 구마령주가 무림에 일으킨 피바람을 생각하며 한차례 치를 떨며 말끝을 흐렸다. 그녀에게는 잊으려야 잊을 수 없는 악몽이었다.

잠시 사이를 둔 다음 그녀가 다시 말을 이었다.

"대체 어떤 것으로 놈을 제압하시려는지요?"

"여러 가지 방법이 있다. 지금 놈은 내상을 입은 상태다. 후훗, 놈이 온다면 뼈를 묻고 갈 수밖에 없는 비방이 내 머릿속에는 아주 많단다."

운리신군은 자신의 머리를 가리키며 속을 알 수 없는 미소만 지을 뿐이었다.

'아, 너무도 위대하신 분이다. 이제 알았어. 이분은 돌아가신 사부님을 능가하는 분이야.'

운리신군의 기묘한 눈길에 걸려 또다시 주설루는 알 수 없는 신비경 속으로 빠져들었다.

기이한 눈빛의 노도사, 그리고 꿈결 같은 눈빛을 띠는 아름다운 여인. 시간은 그렇게 정지되어 버린 듯했다.

『실명대협』 2권에 계속…

임준욱 장편 소설

무적자

WITHOUT MERCY

그의 이름은 임화평(林和平)이다.
이름처럼 살기를 소망했고 그렇게 살아왔다.
그를 건드리지 말았어야 했다.
조용히 살게 놔두었어야 했다.

"너희들 실수한 거야. 내 세상의 중심, 내 평안의 근거를 깨뜨린 거다.
세상 전부와도 바꿀 수 없는…….
알게 해주마, 너희들이 누구를 건드린 건지."

그의 고독한 여정이 시작되었다.

―오, 바라타족의 아들이여, 언제든지 정의가 무너지고 정의가 아닌 것이
판을 치는 때가 되면 나는 곧 나 자신을 나타내느니라.
올바른 자를 보호하기 위하여, 악한 자를 멸하기 위하여, 그리하여 정의를
다시 세우기 위하여, 나는 시대에서 시대로 태어난다.

〈바가바드기타 중에서〉

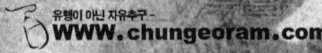

유행이 아닌 자유추구-
WWW.chungeoram.com
Book Publishing CHUNGEORAM

War Mage

워메이지

김재한 퓨전 판타지 소설

사람들이 인식하는 상식의 세계 이면,
짙은 어둠이 드리워진 그곳에 사는 괴물들이 있다.

문명이 드리운 그림자 속에서, 전투기계들과
인간의 사념으로부터 태어난 마물들이 격돌한다.
마법과 주술이 난무하는 초현실적인 전장,
소년은 그곳에 서는 대가로 인생을 잃었다.
운명의 노예가 되어
가족과 인성을 잃어버린 소년, 진유현.

총염(銃炎)과 검광(劍光)이 뒤얽히는
어둠의 거리에서, 운명의 족쇄를 끊고 나온
소년의 눈이 살의를 발한다.

유행이 아닌 자유추구 -
WWW.chungeoram.com
BOOK Publishing CHUNGEORAM

참마도 新무협 판타지 소설

鬼弓士 귀궁사

**참마도 작가!! 그가 『무사 곽우』에 이어
다섯 번째 강호 이야기를 새롭게 풀어내다!!**

"길의 중앙에서 멋지게 서서 당당히 걸어가래.
사람으로 태어난 이상 그 누구도 당당하게 살아갈 권리는 있다고 말이야."

단야의 오른손이 꽉 쥐어졌다. 별것도 아닌 말이다.
하나 이토록 마음에 남는 소리는 없었다.
사람으로 태어나서……

요물, 괴물.
나이를 먹지 않는 월홍과 얼굴이 징그럽게 망가진 단야.
그들 앞에 펼쳐진 강호란……!

유행이 아닌 자유추구 -
WWW.chungeoram.com
BOOK Publishing CHUNGEORAM

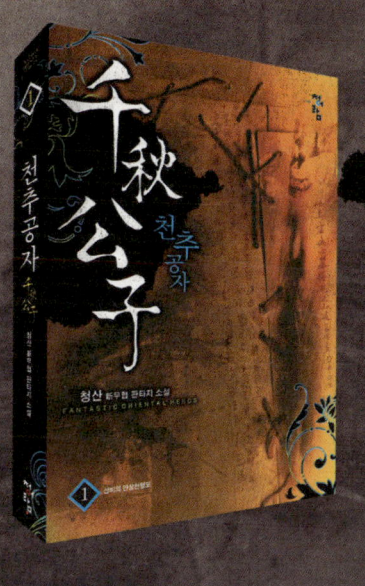

천추공자

청산 新무협 판타지 소설

운명을 뛰어넘는 담대한 도전!

황제마저 농락한 숭문세가의 공자 문천추(文千秋).
용문에 이르기 전까지 그는 시문과 서화를 즐기며 대하를 누비는
한 마리 커다란 잉어였다.
그러나 운명은 그를 용문(龍門) 앞에 이끌었다.
용문의 드센 물살을 거슬러 올라 용(龍)이 될 것인가,
아니면 용문점액의 상처를 입고 추락할 것인가.

죽음의 하늘 사중천(死重天)!
오로지 파괴와 살육만을 일삼는 사마악(邪魔惡)의 결집체.
사중천의 어둠은 태양마저 가리며 천하를 뒤덮는다.
마침내 죽음의 하늘과 맞서는 용 울음소리.

천추(千秋)에 빛날 문무제일공자의 호쾌한 행보가 시작되었다.

 유행이 아닌 자유추구 -
WWW.chungeoram.com
BOOK Publishing CHUNGEORAM

감동의 행진을 멈추지 않는 작가 한성수!

구대문파 시리즈의 두 번째 이야기 『소림곤왕』!!
그 화려한 무림행이 펼쳐진다

"너는 지금부터 날 사부님이라 불러야만 하느니라.
소림사의 파문제자인 나, 보종의 제자가 되어서 앞으로 군소리없이 수발을 들고
모진 고통을 이겨내며 무공 수련을 해야만 한다."

잡극계의 천금공자 엽자건!
소림의 파문제자 보종의 제자가 되다!!

역사와 가상.
실존의 천하제일인과 가상의 천하제일인에 도전하는 주인공!
이제부터 들어갑니다. 부디 마음껏 즐겨주시기 바랍니다.
- 작가 서문 中에서.

 유행이 아닌 자유추구 -
WWW.chungeoram.com
BOOK Publishing CHUNGEORAM